文學研究叢書・臺灣文學叢刊

演繹鄉土：

鄉土文學的類型與美學

陳惠齡　著

李序

　　我的大學歲月，是臺灣報紙副刊的全盛時代。我不但看副刊，也在一些小報的副刊上投稿，領點稿費買書。那時我照顧課外書，絕對比課堂圖籍用心。不知道什麼時候，書架上添了《台北人》、《莎喲哪啦·再見》和《嫁妝一牛車》，而我還摸不著白先勇、黃春明和王禎和是何許人也，書架上又添了《將軍族》和《金水嬸》等書，後來還得加上《鵝媽媽出嫁》及《笠山農場》，多半是短篇小說集。那時節還想當作家，但實在文思不通，只好拿起評論之筆，寫些飣餖式的讀書心得。就在我猶驕矜自喜之際，突然在《聯合副刊》上讀到余光中的〈狼來了〉，繼而又在同一園地上看到彭歌〈不談人性，有何文學？〉一文。前者宣告工農兵文學登台，後者公然批評王拓與陳映真等人。再過不久炮聲更加隆隆，《聯副》變成兩派人馬──尤以彭歌這派人的文章居多──互相論戰的戰場。也不知道打了多久，總之，煙硝塵封之際，我的書架上又多了一本尉天驄主編的《鄉土文學討論集》和彭歌《當前文學問題總批判》。

　　我久矣不讀現代文學，秋天卻在中央研究院應卯，開了一門「白先勇及其時代的小說」，將黃春明、王禎和、陳映真和白先勇並置而觀，吸引了五、六十位醫學院的學生共襄盛舉。當年《文季》及《聯副》上的兩派人馬如今在我課堂上得和平共處了。九月杪，陳惠齡教授這部《演繹鄉土：鄉土文學的類型與美學》的原稿，飄然從新竹飛來，又讓我增添了不少前所未聞的學問。陳教授這本新著除了書名標舉的各種鄉土文學類型之外，又從一個十分富於思辨性的角度在質疑「鄉土文學」這個如今已不太時興的文學招牌。陳教授質疑原有的鄉土文學的定義，指出過往的鄉土文學都得面對新的詮釋面向，而在鄉土文學論戰之後的鄉土文學，在時過境遷，文學已經重整

多年之後，其實已歷一個全新的「感覺結構」，有其美學落差了。我們再也不應以古為師而昧於時代的變遷，忘了文學有其因時而易的各種情懷。從文學新的變化而言，不再高喊「鄉土」的社會寫實之作，說來也是一種從原鄉走來的鄉土文學。在臺灣各種複雜的主義盛行的今天，陳教授《演繹鄉土》這本書，恐怕是研究過往與今天的鄉土之作最富於思考性的經典。連日後臺灣文學的走向，也有一錘定音的暗示作用。所以書中非特有上個世紀九〇年代以後「新鄉土」之作的探討，對日本時代即已開展的「舊鄉土」文學同樣有發人深省的鑽研。陳教授的認識，只在我之上。

陳教授此書還跨越時空背景，走出曩前或一般鄉土文學研究者自陷網羅式的研究。她越出「產地」，並置中國鄉土作家如沈從文和臺灣同脈的寫手呂赫若，舉出他們作品中最深入的異同，加以論列。她也看到在傳統抒情風格和當代寫實中掙扎的《笠山農場》，了解鍾理和的原鄉情懷和社會之間的矛盾奮鬥。托德若夫（Tzvetan Todorov）的形構理論中，她看到林宜澐鄉土小說中的怪誕荒唐，而從在地景的恐懼與認同中，她又走回李昂早期的鹿港故事，筆底浪濤澎湃。李喬的《草木恩情》顯現如同《詩經》的文學情懷，同樣沒有逃出陳惠齡教授的法眼。她藉著田野誌的認識，審視這全書中恐怕敘事情懷最弱而較近散文的文本，分析其中的個人與鄉野，甚至是歷史與族群的關懷。談罷過往，在尾章中，陳教授再度讓自己沉浸在當代的「新鄉土書寫」裡，在青壯作家的筆端懸想來世鄉土文學的氣魄與細膩。

「氣魄」與「細膩」這一組名詞，也可以轉為形容詞，我正想拿來形容我每讀陳惠齡教授的作品的感覺。陳教授曾經是我的學生，但所著已汗牛充棟，如今師徒早已易位，我倒要拜在她門下了。她筆底有春秋，每可「仰觀宇宙之大，俯察品類之盛」。《演繹鄉土》這本書的內容雖然主體僅涉幾本臺灣文學之作，但陳教授寫來左右逢源，堂奧之大，卻不是區區幾本書的內容可以涵括，而是深刻而極豐饒之最，上引王羲之《蘭亭集・序》裡的兩句話，可以概括她行文的癲狂，下筆的多姿。取書一觀，往常陳惠齡教授的筆底春秋，展書可見。陳教授寫作一向條理清晰而深入，極細膩之最，《演繹鄉土》句句深入人心。文如其人，果然。

　　現代文學是我的初戀，鄉土文學又佔其大宗。每回我走在文哲所的圖書館，經過鄉土文學或其相關論述的專區，心頭總禁不住砰然一聲，彷彿重新翻閱昔日所寫，儘管苦澀又青澀，卻也是久違的故人，重逢的所愛。這一生，我想我大概很難走回從前；能把眼前計畫一一完成，就已經是阿彌陀佛，對得起多年所學。然而初戀畢竟還是初戀，我總想在現代文學上有所發揮。所幸陳惠齡教授這本《演繹鄉土》可以濟我不逮，匡我不正。書已箭在弦上，即將推出。陳教授的博大精深，論述周延，縱使由我寫來，怕也不能得其萬一，高下讀者自可以立判。陳教授還年輕，我相信我書架上的相關著作，必然日增月益，燦然可觀。承蒙撰序，乃莫大榮幸，昔日的抱負，我也可藉陳教授的彩筆而得其時也。良師益友，我的收穫，這篇短序實難一一。

李奭學 謹誌

二〇二〇年秋臺北・南港

自序

　　非關代遠年湮的村落社會，或是韶華勝極的現代都會，叩問生命始源之地的「鄉關何處」命題，始終存在！然而探討「現實中的鄉土」與「文學中的鄉土」，卻不必然是延續性或相關性的課題，而可能是一種「斷裂式」的關係。只因定義生活中的「鄉土」（原鄉本籍或意義化了的生活空間），相對而言是比較單純的，即使也可能面對「此心安處即吾鄉」或「永遠生活在他方」的辯證，但總不及討論起文學裡的「鄉土」，不僅要劃出「疆界畛域」，也必然要涉及「主體觀念」與「認同身分」，有時更衍生為「族群意識」的建構，或泛政治化的一種「符號」或「標籤」。在文學生產所關涉的多邊向度中，諸如作家書寫意識或美學策略的操演，在文學形式濾鏡下的「鄉土」，當然也可能只是一種偽裝。總之，相較於我們熟悉的日常鄉土存有，文學中的鄉土範疇，則更為龐雜並富有辯證性。

　　在「後都會」臨現的此時此刻，來重談鄉土文學，自然也會面對許多質詰：「現在還有人在談鄉土文學嗎？」、「在我們的年代，還有鄉土文學嗎？」、「後鄉土文學的不可能性」等等。包括作家自己也不喜歡被界定為是「鄉土作家」。即或如此，許多作家卻也自承個人的生命歷史，的確是從一個特定的地域展開，而且也極其自然地會以生長地來形塑故事裡的場景，即便是以極度反差的地景風貌來描寫作品中的不特定場景，也還是依稀可見那處鄉土聖地！一如薛摩思・黑倪所言：「一個人的敏銳感性有一半存在於那種因為歸屬一個地方、一個祖先傳統、一個文化而產生的那種心理性質。」所有的一切，都必須從鄉土出發，顯然是永不廢去的真理。如是而觀，既然無法規避「一波纔動萬波隨」的「鄉土」漣漪，何不藉由「演繹鄉土」，來討論「鄉土與文學」的種種相關性問題，並就教方家。

　　距離上一本鄉土文學研究著作《鄉土性・本土化・在地感：臺灣新鄉土小說書寫風貌》（2010年）出版，迄今恰好十年。這些年來為配合籌辦竹塹學國際研討會，主要心力大多傾注於新竹歷史地景與地方敘事的考察，看似疏遠於紙上鄉土的研究，卻是更熨貼於鄉土本體的認識論。藉由實地踏查，進入鮮活的地方現場，照見存在滄桑歷史中的鄉土環境變貌，人與土地的情感系連，以及區域文化底蘊與在地生活體驗等等。「鄉土」，對我而言，不再只是來自於文學性與抽象性的空間產物、景觀意象或地方知識的學術議題，而是一種參與、介入與行動的實踐。

　　本書《演繹鄉土：鄉土文學的類型與美學》立論旨歸，即是強調毋需以傳統「鄉土書寫」類型來匡限作品，因而意在嘗試恢廓鄉土文學的內涵，並將之視為台灣「地方性」或「空間感」的一個指涉。事實上鄉土文學從來就不是「一種逝去的文學」，而是在不同的階段，各自呈顯出不同的書寫風貌與意義。歷數從「鄉土文學論戰二十週年回顧研討會」（1997年），至輯錄彙編「鄉土、本土、在地：鄉土文學三十年」論文專輯（2007年）、《左翼傳統的復歸：鄉土文學論戰三十年》（2008年），以迄《回望現實・凝視人間：鄉土文學論戰四十年選集》（2019年），上述有關鄉土文學論戰的多元化辯證面向的學術成果，皆足以證成「鄉土文學」的在場性。

　　本書的論述進程，首先即統整論戰之後的「鄉土論述」，藉資考察「鄉土」語境變化的詮釋脈絡，其後各章節再以鄉土書寫類型、敘事美學及前後鄉土作家作品為例示，展開的觀察路徑，則大致從鄉土的現實反映、抒情意識、奇幻敘事與異質空間等，重新詮釋歷來作家所含藏「鄉土」視野與策略的書寫現象。職是之故，「鄉土」一詞，也將從原本的「分析概念」，轉換為「分析對象」。

　　這幾年在科技部專題研究計畫的經費補助與策勵下，得以持續發表相關鄉土文學研究的論文成果，因而孵育了本書的誕生。本書從導論到結論，總計八篇論文，皆已發表於國內外學術期刊或專書論文中，期間曾渥蒙研討會講評者及匿名審查人惠賜卓見，增益論述的周延性。特別感謝李奭學教授百忙中賜序，身為他門下的博士指導生，面對老師學貫中西的浩博淵深，除了

瞻仰汲挹外,總也不免戰戰兢兢,惟恐有負期許!同時也感念昔日指導碩博
學位論文的何淑貞教授,是她的殷殷引領與溫煦期勉,堅定了我邁向現代文
學研究的道路。在教學與研究的現場中,尤其要感謝清華大學台文所與華文
所同仁溫暖友誼的激盪和鼓舞。本書從撰寫到出版期間,感謝陳敬鴻、杜姁
芸、李泰峰、吳旻陵、葉伊庭、林于琪、陳信穎、陳庭庭等多位研究生助理
協助檢索、蒐集資料與編纂校對。感謝萬卷樓圖書公司梁錦興總經理、張晏
瑞副總、林以邠執編、林秋芬校訂等協助出版,使拙作得以順利問世。

　　我的學術之路起步很晚,自二〇〇五年博士班畢業,順利進入大學執教
伊始,卻幸運地遇到許多可敬可畏的學界前輩,如顏崑陽、許俊雅、楊晉
龍、黃美娥、陳建忠等教授,在學術研究與地方學的拓殖,對我的支持與指
導。在這悲欣交集,偶有風浪的學術道途中,也還有許多良師益友的策勵,
令我點滴心頭,在此也一併致謝。當然不能免俗地,也要感謝家人的體諒與
協助,特別是外子黃忠天教授除了提供我不同領域的學術知見,使文學研究
與經學交融互構外,並親手打造了一個美麗家園——我所擁有的安穩與靜
好,都是從這裡出來的。最後更要將所有的讚美與感恩,獻給「我家之
主」,我深知道一切的好處「不在祢以外」!

撰於風城絜園二〇二〇年十一月十一日

目次

導論

怎麼談，怎樣看「鄉土」？[*]

　　談到「鄉土文學」，便不可避免要溯及「鄉土文學論戰」。自一九七七年鄉土文學論戰迄今，已逾四十年。[1]有謂：「論戰結束後，每隔十年，鄉土派一方或承繼者都會以各種形式再現和再詮釋這場論戰。」[2]見諸《鄉土、本土、在地》所彙編三十年後反思鄉土文學運動的論文集，[3]以及《回望現實・凝視人間：鄉土文學論戰四十年選集》，[4]多位學者分別從多元辯證面向，來討論「鄉土」，即可為之證。論戰之後，隨著歷史環境的變異，相關鄉土議題的對話與討論，也益趨活絡，顯見「鄉土」之論「必須重提」，而不是「別再提起」，只是重提後畫出的「鄉土重點」究竟是什麼？而論戰之後陸續浮現諸家所形塑的「鄉土學」，其作為另一種鄉土歷史文獻，對於再現當下或預視未來文學研究的意義何在？

一　論戰之後的「鄉土」文學

　　學界對於「鄉土」論題的多音交響如是，揆諸文壇創作現象，鄉土小說作為臺灣本土與地域色彩濃稠的一種重要文學類型，自六、七〇年代書寫風

---

[*]　原句為：「怎樣談，怎樣看」，見蘇慶黎：〈站在我們的土地上說話〉，宋國誠、黃宗文：《新生代的吶喊》（臺北市：自印，1978年），頁147。

[1]　三〇年代臺灣鄉土文學論戰中，黃石輝：〈怎樣不提倡鄉土文學〉一文，堪稱是最早提出「鄉土文學」的理論專文。相關討論，參見中島利郎編：《1930年代臺灣鄉土文學論戰資料彙編》（高雄市：春暉出版社，2003年3月）。本文重點主要討論七〇年代的論戰。

[2]　林麗雲：〈序言〉，王智明等主編：《回望現實・凝視人間：鄉土文學論戰四十年選集》（臺北市：聯合文學出版社，2019年），頁24。

[3]　思想編委會編著：《鄉土、本土、在地》（臺北市：聯經出版事業公司，2007年）。

[4]　王智明等主編：《回望現實・凝視人間：鄉土文學論戰四十年選集》。

潮熾盛迄今，歷經被評斷為精神變質、固態文類與批判失能的黑歷史，而遭致撻伐，[5]洎八〇年代末，當商業化都市形成，城鄉差距逐漸消弭，都會性格強烈的作品躍升為主流後，懷舊式的鄉土小說似乎益趨式微。然則鄉土文學果真只是一種根深柢固的原型？或是用過即丟的文類？[6]

一九八七年解嚴以降，政治政策的改變，本土意識的抬頭，取材的多元與開放，皆使得文學內外生態丕變。同樣以「鄉土」為題材，在鄉土作家筆下也有了新的論式與美學樣貌，權以宋澤萊為例，從早期撰作《打牛湳村》（1978）系列中森羅萬象的臺灣農村圖景，來到了幻化為遍地公害，濃煙與瓦礫漫天蓋地的《廢墟臺灣》（1985），其後更一躍而為惡魔附身的《血色蝙蝠降臨的城市》（1996），繼之則是結合魔幻與新寫實的技法，藉以代言南方港鎮老兵軍旅生活的《熱帶魔界》（2001）。結合神魔敘事，跳脫農村鄉民的視景，而以臺灣、城市、老兵作為替換遞嬗的焦點，皆見作者的鄉土關懷面，由鄉村城鎮而至臺灣全島，而臻時空的激增擴散。宋澤萊之例，充分映證文學與世變的關係。

我們或許毋需以「傳統鄉土書寫」類型，來匡限作品，但顯然可以將鄉土文學的內涵，視為臺灣「地方性」或「空間感」的一種指涉。這些作為啟動作品敘述的泉源與媒介，與「背景」、「地方」、「空間」、「土地」的意涵，其實多有互涉，並且表徵了個人、群體和全民族在情感歸趨裡的「家園」與

5　如銀正雄：〈墳地裡哪來的鐘聲〉一文，即瞄準王拓作品《墳地鐘聲》，直指鄉土文學精神面貌一變而為「仇恨、憤怒的皺紋」、「表達仇恨、憎惡等意識」的危機（《鄉土文學討論集》，頁200）；楊照：〈從「鄉土寫實」到「超越寫實」──八〇年代的臺灣小說〉，則言：「被收編後的『鄉土寫實』小說，其『文類惰性』（Generic inertia）愈來愈明顯」（封德屏主編：《臺灣文學發展現象：五十年來臺灣文學研討會論文集（二）》，頁146）；另見王德威：〈典律的生成──小說爾雅三十年〉一文，則批判後繼鄉土敘事「一味舉行某種主義的作者與評者，難免有畫地自限之虞，……逐漸溶入（官方）主流敘事典範」。（《聯合報》，1997年12月24日）邱貴芬：〈翻譯驅動力下的臺灣文學生產──1960-1980現代派與鄉土文學的辯證〉，則直指鄉土「階級」敘述漸失批判顛覆能源，逐漸被收編為現代化社會懷舊的消費。（《臺灣小說史論》，頁200）

6　王德威：〈國族論述與鄉土修辭〉，《如何現代，怎樣文學？：十九、二十世紀中文小說新論》（臺北市：麥田出版社，1998年），頁175。

「認同」意義。在鄉土論戰後的鄉土文學討論中，最引人注目的，即是新／後鄉土的論述。

　　這個書寫現象，自一九九〇年伊始，因應本土文化政策主軸與地方文史工作的推展，運用本土元素或鄉土題材的作品，陸續且大量地在重要的文學獎競賽中脫穎而出，直接展拓了鄉土小說的敘述美學。九〇年代以降鄉土書寫的討論，因而有寓開新於既往的研究起點，如邱貴芬、劉亮雅、范銘如、楊翠等，即透過女性身分與地方、創傷記憶的糾結，關注女性鄉土小說形式上的創新，甚至提出因女性城鄉經驗的差距，導致女性書寫鄉土的比例寡少；此外也擴及原住民女性離返鄉土及認同敘事；[7]郝譽翔、李瑞騰、周芬伶、范銘如、陳惠齡等，則分別名之為「新世代鄉土」、「後鄉土」或「新鄉土」，用以概括九〇年代以降臺灣鄉土小說的總體現象。其中范銘如〈後鄉土小說初探〉一文，間接促生並拓展傳統鄉土文學的研究範疇，初步建立了後鄉土理論體系。[8]

　　值得注意者，最早標舉「後鄉土小說」名稱，實為林燿德在討論八〇年代臺灣政治小說範疇時，所歸納的七種類型之一。其所界定的後鄉土作品，乃指延續論戰前臺灣鄉土小說文體，觸及「城鄉政治問題」與「地域性特有文化性格」，概屬「本土情結」之作，但是在形式表現上卻較諸以往更具多

7　參見邱貴芬：〈女性的「鄉土想像」——臺灣當代鄉土女性小說初探〉，《仲介臺灣‧女人：後殖民女性觀點的臺灣閱讀》（臺北市：元尊文化企業公司，1997年9月），頁74-103；劉亮雅：《遲來的後殖民：再論解嚴以來的臺灣小說》（臺北市：臺灣大學出版中心，2014年1月），書中第三部即為「女性鄉土想像的新貌」，討論陳雪、賴香吟、李昂諸作；范銘如：〈臺灣新故鄉——五〇年代女性小說〉，《眾裡尋她：臺灣女性小說縱論》（臺北市：麥田出版社，2002年3月），頁13-48；以及〈女性為什麼不寫鄉土〉，《空間／文本／政治》（臺北市：聯經出版事業公司，2015年7月），頁33-68；楊翠：《少數說話：臺灣原住民女性文學的多重視域》上下冊（臺北市：玉山社，2018年3月）。

8　相關論述，可參拙作：〈第一章緒論：「鄉土」作為一種文學類型與研究方法〉，《鄉土性‧本土化‧在地感——臺灣新鄉土小說書寫風貌》（臺北市：萬卷樓圖書公司，2010年4月），頁1-11。

元化特色。[9]林燿德定調的後鄉土小說名實及特色，主要歸結為隱含政治批判而不具有鮮明政治立場的「本土創作的中間類型」，旨趣異於其後周芬伶以「歷史感與再現」為基調，也有別於范銘如所揭櫫兼有傳統鄉土系譜，復又受後結構思潮衝擊，而具有反思與解構的鄉土精神及美學質變。綜理上述，「新」或「後」的前綴語，除了標示出「時間軸」與「全球化」底下的現代性特徵外，所謂新／後鄉土文學的美學形式或文類意義，顯然與「本土意識」及「寫實性的模糊」議題攸關。[10]

前述國內研究概況，針對鄉土文學的界定與內涵，多所增擴，對於後繼研究者，也頗多啟迪與挹注。諸如取用「奢華美學」概念，來探索九〇年代鄉土小說對於歷史符碼、鄉土話語的再生產現象，及其異樣與耽美的本土書寫特質；[11]或深究寫實主義內涵的更新，來盤點鄉土小說從「露骨寫實主義」到「反諷現實主義」的書寫策略轉變；[12]或是接續「新鄉土」、「後鄉土」的階段性總結，而轉以「臺灣新寫實」作為觀察取向，以對應新世代的書寫特質與風格論等等。[13]凡此皆有益於拓殖鄉土文學研究的深廣，而相關「新鄉土」或「後鄉土」作家作品個論或集體性作品風貌的研究，見諸碩博士學位論文，成果也斐然可觀。

然而相應於上述學者將九〇年代的鄉土文學視為範疇更廣闊的「本土書寫」，強調藉由各種族裔文化與各區域生活的描寫，以延續鄉土文學傳統

9　林燿德：〈小說迷宮中的政治迴路〉，收錄於鄭明娳：《當代臺灣政治文學論》（臺北市：時報文化出版社，1994年7月），頁172-173。

10　范銘如：〈後鄉土小說初探〉，《文學地理：臺灣小說的空間閱讀》（臺北市：麥田出版公司，2008年9月），頁263-270。

11　參劉乃慈：《奢華美學：臺灣當代文學生產》（新北市：群學出版公司，2015年8月），頁252。

12　張俐璇：《建構與流變：「寫實主義」與臺灣小說生產》（臺北市：秀威資訊科技公司，2016年3月），頁331。

13　王國安：〈序　什麼樣的新時代，什麼樣的新世代〉，《小說新力：臺灣一九七〇後新世代小說論》（臺北市：秀威資訊科技公司，2016年5月），頁024-025。

的觀點；[14]或是將新鄉土的「寫實」技法，二分為「骨董癖式的極端寫實」和「以鄉土作為遊戲場，展演技藝的神奇寫實」；[15]或以「『新鄉土』應不易再見，『新寫實』該能再紅火熱門一番」為斷語的同時，[16]也引人思索：新世代寫家有無他們所關切的屬乎「自己的鄉土」？他們書寫精神的「回歸」或「反動」的旨趣何在？上述探索鄉土或新鄉土的論述，似乎是將鄉土限定於某一個時期，某一類世代，某一種書寫形式，然而自一九三〇年黃石輝發表〈怎樣不提倡鄉土文學〉迄今，各個階段的鄉土文學容或有其差異，但鄉土文學從來就不是「一種逝去的文學」，而是「在不同的時期可以代表不同的意義」。[17]植基於「如何重談鄉土文學」的研究發問，以下茲先展開論戰之後，所匯聚的「問題化」而非「主題化」的鄉土詮釋脈絡，藉此概覽而提供思考「鄉土論」的多元化面向。

二　鄉土的「問題化」與詮釋脈絡

王德威〈國族論述與鄉土修辭〉諸作、[18]邱貴芬〈翻譯驅動力下的臺灣文學生產——1960-1980現代派與鄉土文學辯證〉，[19]及前文提及《鄉土、本土、在地》和《回望現實‧凝視人間：鄉土文學論戰四十年選集》兩冊文集，分別回顧了二十年、三十年和四十年前的臺灣鄉土文學論戰實況與效應。諸位學者的論述焦距，除了再度統整過往的論戰文獻，更重要的則是時序來到了本土在地化、中國大國化，以及國際全球化的「歷史新景觀」時，

14　劉乃慈：《奢華美學：臺灣當代文學生產》，頁198-199。

15　張俐璇：《建構與流變：「寫實主義」與臺灣小說生產》，頁390-391。

16　王國安：《小說新力：臺灣一九七〇後新世代小說論》，頁367。

17　參呂正惠：〈鄉土文學與臺灣現代文學〉，《臺灣文學研究自省錄》（臺北市：臺灣學生書局，2014年1月），頁187。

18　見王德威：《如何現代，怎樣文學？：十九、二十世紀中文小說新論》（臺北市：麥田出版社，1998年10月），頁159-180。

19　收錄於陳建忠等合著：《臺灣小說史論》（臺北市：麥田出版社，2007年3月），頁197-274。

如何藉由回望、反省與再思，重新對焦而取得臺灣鄉土文學論戰的景深，[20]
俾能提供理解論戰之後的「鄉土」概念與內涵的多重可能性。值得注意的
是，這些相關鄉土的申論闡發，如何聯構或映證於其後的文壇創作現象？爰
是，本書的論述進程也擬先統整論戰之後的「鄉土論述」，藉資考察「鄉
土」語境變化的詮釋脈絡，其後各章節再以鄉土書寫類型、敘事美學及前後
鄉土作家作品為例示，進行解析歷來作家所含藏「鄉土」視野與策略的書寫
現象。茲總理各家鄉土諸論，比異歸結六個鄉土討論重點：思想類型、核心
概念、修辭演繹、裂碎意識、文學路線、論題範疇，分述如下：

（一）「鄉土」思想類型與日殖歷史脈絡

鄉土論戰的發生，原因之一是「反西化」和「翻釋西方」兩股論述觀點
的角力，但討論「論戰」或「鄉土」意涵，必須先安置於殖民歷史脈絡裡來
審視，才能理解彼時出／入西方立場所反照的「對抗意識」。林載爵〈本土
之前的鄉土：談一種思想的可能性的中挫〉一文，[21]即認為「鄉土」作為一
種思想類型，第一個含意必須引入「被殖民歷史的審視」，方能理解鄉土派
所強調論戰「不但是理論鬥爭，而且含有民族思想、階級意識、政治運動」
的反抗立場與歷史意識。林文將被殖民的背景，轉為鄉土觀點的前置原因，
並視為一種歷史視野的觀點，與邱貴芬之論有異曲同工之妙。在臺灣歷經多
國殖民史中，「日殖經驗與記憶」顯然攸關臺灣歷史敘述的重整，也牽涉臺
灣本土論述的建構。邱貴芬〈在地性論述的發展與全球空間：鄉土文學論戰
三十年〉一文，[22]則揭示論戰對於「鄉土」、「庶民階級」和「語言」的關懷
重點，不僅形構了本土論述的核心價值，所開啟「社會寫實」的創作路線，
也接榫了日殖新文學運動的脈絡。

---

20 分見編者：〈致讀者〉，思想編委會編著：《鄉土、本土、在地》，頁322；以及林麗雲：
〈序言〉，王智明等主編：《回望現實‧凝視人間：鄉土文學論戰四十年選集》，頁23。
21 王智明等主編：《回望現實‧凝視人間：鄉土文學論戰四十年選集》，頁218-235。
22 思想編委會編著：《鄉土、本土、在地》，頁87-103。

　　邱文特別關注論戰三十年後，臺灣文化與文學場域的「新」與「異」現象，其一即是對於「日殖記憶」開始由「殖民遺毒」轉為「與抗日脫鉤」的正向性定位。臺灣殘存的日本性記憶，不僅重整了臺灣原初以中國為主體的歷史敘述，也召喚出臺灣場域身分認同的一種協商，此外也影響了臺灣文化文學場域。其二，則指出鄉土文學糅合「混語」的文學敘述，除了極具革新與顛覆力，「打破純正中文的創作美學標準」之外，也提示了另一種雜語寫作策略。邱文例示王禎和和原住民文學的在地母語和母文化寫作，並以此回應在鄉土文學時期已開始發展的在地鄉土語言雜語寫作。

　　權將上述學者提出新的鄉土思考面向，轉為觀察鄉土作家在臺灣被殖民歷史脈絡中，所觸及日殖記憶、身分認同及在地語言等具有歷史向度的文學題材與表現，則從黃春明〈莎喲娜啦・再見〉（1974）小說裡譴責媚日行為，[23]凜然散發反日愛鄉土的民族意識，以及臺日文化的不可交流性、中日語言必須透過翻譯才能交際等等，來表現鄉土情懷與身分認同所銘刻傷痕的情節；一路來到了甘耀明《殺鬼》（2009）裡，[24]所展演日本殖民地臺灣景觀，兼及原、漢、日、閩、客等雜語交響共構的現象，「抗日」情節猶見蹤跡，但堂而皇之進入臺灣歷史場域的「日本意象」，已非全然是負面性的人民公敵，甚至當小說人物「帕」處於殖民與解殖後的臺灣歷史場景中，竟然也糾結於「臺灣人」或「日本鬼子」的不穩定的身分認同。凡此皆見不斷挪移、改換的解讀歷史的立場，以及「類昭和遺民」的人物構圖。見諸前後世代作家交互接力所呈現的「日本圖像」，同樣是典借日本經驗與記憶的書寫，卻從中鏡照異世代作家迥不相同的生活經驗及其對於歷史敘述的重整！

（二）「鄉土」核心概念與「農村現實」、「農工階級」

　　不同於從殖民歷史來談「鄉土論戰」，楊照〈為什麼有鄉土文學論戰：

---

23 黃春明：《莎喲娜啦・再見》（黃春明作品集3）（臺北市：聯合文學出版社，2009年5月）。

24 甘耀明：《殺鬼》（臺北市：寶瓶文化事業公司，2009年7月）。

一個政治經濟史的解釋〉一文，[25]則是將「鄉土」的討論，安放在「臺灣戰後政治經濟脈絡中」，來突顯農村經濟的現實層面。楊文採以歷史溯源，先述及二二八歷史事件發酵的後遺症，待國府撤退來臺，又衍生「農業生產分配」的問題，導致在一連串「以農業扶持工業」政策下的產業結構變化。「農工同源」的社會階級變化，不僅造成日後族群與公教勞工的分裂對峙，也引爆了一九七〇年代農村經濟的破產。楊文總結鄉土文學論戰有兩個最核心的價值：「現實」和「農村」，而「文學」並不在其中，藉此證成鄉土派最重要的訴求指標，原是在於從政治經濟面衍生而出的公平議題，至於文學在彼時具有社會行動意義，則是伴隨著副刊媒體的喧騰、炒作，才興起的話題。因此惟有回到「農村的現實」與「農村的經濟」，才能真正理解「鄉土」。

如上所述，楊照從農村的現實面，來考掘「鄉土論」，不僅掀開「經濟」內幕一端，兼也披露從彼時迄今猶糾結於普羅革命意識的社會階級分化現象。[26]有關「階級」問題，在林載爵立基於殖民社會的世界性與全球性的臺灣歷史觀照中，也引為探析鄉土思想的重要內涵。林文引證一九七八年《夏潮》對於勞動階級的報導遠多於政治與社會新聞，藉此而突顯禁忌年代突圍而出的階級議題；此外也援引陳映真所強調「以社會人而不是畛域人的意義展開著繁複底生之戲劇」，來驗證彼時社會的階級分立，顯然超越於「族群省籍意識」的問題。[27]

楊文揭櫫從國府撤退來臺實施的土改政策，以及農村經濟層面，進行重思「鄉土」本義，並再度為「鄉土」正名為「農村」，頗有獨到知見。而林文也例舉諸多鄉土名篇，來說明眾所矚目的鄉土文學，多少包含著「社會正義與社會改革意識」。足證「鄉土論戰時代」所踐履與發揮的社會改革行動

---

25 思想編委會編著：《鄉土、本土、在地》，頁71-86。

26 試觀近幾年來的臺灣總統選舉或九合一選舉，每見社會各階層於其中的抗爭與角力。二〇一九年總統大選，更是飆升了資產階級、軍公教、農民勞工等纏鬥，階級意識益趨壁壘分明。

27 林載爵：〈本土之前的鄉土：談一種思想的可能性的中挫〉，王智明等主編：《回望現實‧凝視人間：鄉土文學論戰四十年選集》，頁229。

力，實不宜湮沒於諸多形上理論中。

　　且循線溯源與下探，在鄉人鄉俗鄉土的敘事情節中，屬乎經濟結構中的土地勞力與階級剝削，以及庶民關懷，向為鄉土作家的寫作襟抱。上自七○年代王拓《金水嬸》（漁民）、楊青矗《工廠人》（工人）、宋澤萊《打牛湳村》（梨仔瓜農）、洪醒夫《黑面慶仔》（貧農）等擁抱草萊，觀照農村漁工生活實境諸作，在在呼應了楊照的鄉土經濟史觀。其中王拓〈金水嬸〉小說中扭轉金水嬸哀樂命運的關鍵點，[28]即是楊照和林載爵文論中所探析彼時民間金融互助組織「標會」而後「倒會」的高風險現象，以及漁農工階級矛盾的社會攝錄寫真。小說情節與民間社會的高度重合，印證了「鄉土書寫」所追蹤、偵察農村庶民社會經濟的實況層面。其後至九○年代以降黃春明《放生》、鄭清文《天燈・母親》以及新世代書寫鄉土諸家，如甘耀明、許榮哲、伊格言、楊富閔等，雖不必然涉及「鄉下人是環境下的悲劇人物，他們缺乏機會」等等悲情農村意識，[29]卻也同步反照出在臺灣經濟社會發展中另一種底層人口爭尋生路的「農村鄉野」視景。「鄉土」的意涵雖遠大於「鄉村」，但不可諱言，與城市之間多所衝突或纏繞的農村或小鎮，始終是鄉土敘事文本中最穩固的風景或場景。

（三）「鄉土」修辭繁衍與政治文化認同

　　「鄉土」詞義訓解的多義性與含混性，使之載負過於紛繁也過於沉重的使命，特別是與「本土」、「國土」多所糾葛，以及所摻雜對立卻又時見重疊的政治認同意識結構——臺灣立場與中國立場。[30]王德威〈國族論述與鄉土

---

28 王拓：《金水嬸》（臺北市：九歌出版社，2001年）；另見王文興：〈欠缺〉，也有標會、倒會的情節，且都具有主導小說故事轉折的關鍵性。

29 黃春明語，引自劉春城：《愛土地的人——黃春明前傳》（臺北市：圓神出版社，1987年），頁276。

30 游勝冠：《臺灣文學本土論的興起與發展》（臺北市：前衛出版社，1996年7月），頁333。

修辭〉一文，[31]針對游勝冠分殊葉石濤（臺灣文學本土論）、陳映真（民族文學論）、王拓（現實主義文學論）等三種鄉土論述路線，而歸結游文的論述旨意，大致是將鄉土等同國土，並隱喻為臺灣鄉土／國族政治的立場。王文的立論顯然意在於將此觀察結論：「鄉土與國族間的關係」，導向鄉土的「非主題化」，而是帶有權宜性與辯證性的「問題化」。全文措力甚深者，即在於討論鄉土與國族的文學書寫關係，以及鄉土文學的風格，王文並另闢以「想像」或「神話」來定義鄉土情結，藉此繫連今昔歷史經驗中的鄉土想像：「七〇年代鄉土論戰的焦點，從國族地位的再思到地方意識的塑立，從民情采風到風土特寫，正是臺灣追求後殖民現代性的重要表現。」[32]準此，鄉土與現代的接駁或齟齬，也即聯絡照應了兼具寫實主義與現代主義的當代嶄新鄉土文學風貌。

　　針對「鄉土究竟是什麼？」的討論，邱貴芬則總理出三條論述路線，一是作為離散華人文化想像的「鄉土的抽象化」；二是發展「鄉土＝（臺灣）本土」，進行臺灣國族建構的本土論述；三是發展出「鄉土」實質內涵與構圖中的一種「多元主義」，藉此強調臺灣多族群的現象。[33]相較於王德威於一九九八年例示諸多書寫鄉土的「文學形式」與別有所圖的鄉土素材的變異，來討論不斷挪移的解讀歷史與鄉土立場。相距近十年的觀察差距後，邱貴芬於二〇〇七年回應王文的「鄉土的問題化」，則是從昔時「鄉土與本土論述」路線，引入觀察臺灣社會轉為「在地化」與「多元主義」的新視域。

　　王、邱交相論述如上，惟「鄉土」既是臺灣文學史最重要的隱喻，[34]即便有種種模糊的詮釋性，終究無法規避從「鄉土文學運動」所延長與衍生的

31　《如何現代，怎樣文學？：十九、二十世紀中文小說新論》，頁159-180。

32　《如何現代，怎樣文學？：十九、二十世紀中文小說新論》，頁168。

33　邱貴芬：〈在地性論述的發展與全球空間：鄉土文學論戰三十年〉，思想編委會編著：《鄉土、本土、在地》，頁97。

34　王德威語：〈國族論述與鄉土修辭〉，《如何現代，怎樣文學？：十九、二十世紀中文小說新論》，頁162。

臺灣社會的認同問題。有別於楊照取徑「經濟」角度，來討論「鄉土」，呂正惠〈我的接近中國之路：三十年後反思鄉土文學運動〉一文，則是以十足的「政治性」觀點，將七〇年代的鄉土文學運動，視為一場政治運動與文化戰場，並以西方新左運動的支脈——「臺灣左傾運動」名之。有關「鄉土」的探索，在呂文中給出的答案，是「應該關懷自己的土地，大家都同意，只是誰都不能確切知道『自己的土地』是什麼意思。」[35]呂文的「鄉土論」，顯然是以正言若反的方式，傳達自己接近中國之路的一種「歷史觀」（可謂之「論文的破題」）。另撰於晚近的〈鄉土文學與臺灣現代文學〉一文，則以鄉土文學在不同時期的歷史發展差異為切入點，除了將日據時期的臺灣鄉土文學，歸類於「落後國家的鄉土文學」現象，並總結出鄉土文學潮流，歷經三個轉折點：一、從「鄉土」（意指「中國」）到「本土」與「臺灣」的限縮範圍，二、從「社會文學」轉向「地域文學」，三、從「反西化」到「去中國」的傾向，最終則轉為摻雜政治認同意識的「臺灣文學論」。綜觀呂文諸論，其對於鄉土文學中「鄉土」觀念的思考點，顯然在於觀察從論戰時期倡導「回歸鄉土」，其後則蔓生為臺灣社會分化的統獨認同問題。

　　林載爵〈本土之前的鄉土：談一種思想的可能性的中挫〉一文，則是藉從審視「語言」和「思想內涵」的繫連關係，來觀察鄉土轉本土的問題。林文雖也強調鄉土和本土代表兩種不同的思想類型，並由此而牽引出中國和臺灣兩種不同的國家認同。但觀點的立場座標顯然不同於呂正惠，林文認為論戰癥結並不在於中國和臺灣的認同問題，而在於突顯蔣渭水和楊逵從事社會運動的歷史意義，[36]藉此強調鄉土陣線作為反抗運動的意義。

　　上述在鄉土修辭繁衍下，引渡出鄉土論述與政治認同的不同效應。惟七〇年代鄉土論戰及其後的學界論述，原本載荷過多的認同意識與「鄉土政治性」的訊息量，來到了九〇年代以降，特別是對新世代作家而言，他們對於

35　思想編委會編著：《鄉土、本土、在地》，頁109、111；另參〈鄉土文學與臺灣現代文學〉、〈鄉土文學中的「鄉土」〉，收錄於王智明等主編：《回望現實‧凝視人間：鄉土文學論戰四十年選集》，頁236-254、256-262。

36　王智明等主編：《回望現實‧凝視人間：鄉土文學論戰四十年選集》，頁221-222。

「鄉土」的循名責實，似乎與研究者的政治性探析觀點大異其趣。「鄉土」一詞，卸去修辭的複雜隱喻後，顯然更近乎指稱「題材範疇」，或是「藝術自覺性下想像、構設的素材與空間，馳騁敘述技藝與寓意上的嶄新表現」。[37]即便如此，換個調門而浮現於各階段的鄉土文學，畢竟有其時代性特色的鄉音與鄉情，而鄉土文學作為臺灣社會變遷史的生動見證，終究也在它主體性訴求下形成了獨特的傳統。

（四）「鄉土」裂碎意識與第三世界觀點

論及七〇年代鄉土文學論戰的今生與前世，皆與日殖階段初萌的臺灣主體性意識有關，探源臺灣鄉土觀念的生發，因此「是來自於一個因殖民而破裂的現實世界」。施淑的想像鄉土之論，即由此而發。[38]乞靈於黃呈聰否定同化政策，而甄別臺灣式、日本式生活與思想意識上的類鄉土意識，施淑指稱因現實世界的分裂（陷落於日殖同化政策與臺灣固有特種文化的拉扯）而存在的「鄉土意識」，其發展途徑有二：一是發展為帶有儀式性的民俗天地，所謂殖民主義式的文化保留地；二則發展為以臺灣特殊性文化為訴求，與文化帝國主義進行搏鬥而存在的第三世界文化，並據此第三世界文學想像，而投射出日據時代臺灣作家所蘊藏的矛盾鄉土情感與族群處境的焦慮感。

在施淑的回顧與剖析中，日本殖民期的「臺灣鄉土文學意識」，並不僅具有畛域意義，或只以地方色彩、風土民情取勝的一般意義的鄉土文學，而是隱含以族群或民族認同的「第三世界的臺灣文學」，以及「第三世界文學中的反殖民帝國主義的文化想像」。這現象直至日本南進政策開始，才漸次失卻了日據臺灣文學中隱然具有抵抗性的臺灣意識和鄉土想像。施文直指二〇年代臺灣新文學誕生後，作家與鄉土的關係有其依違迎拒的辯證性，表現

---

37 見范銘如：〈後鄉土小說初探〉，《文學地理：臺灣小說的空間閱讀》（臺北市：麥田出版社，2008年9月），頁253。

38 施淑：〈想像鄉土・想像族群──日據時代臺灣鄉土觀念問題〉，王智明等主編：《回望現實・凝視人間：鄉土文學論戰四十年選集》，頁202-217。

於作品中的「鄉土意識」，一方面是改革的力量，卻也同時是改革的對象。特別是在表顯日殖統治建設底定之際的臺灣文學，除了反映思想、階級、族群的分化外，也顯示出「鄉土失落」的焦慮。

林載爵也提出近似施淑之論的「第三世界觀點」。林文認為昔時鄉土陣線所為，即是「第三世界的新啟蒙」，藉此理解國際勢力組合，以及同為第三世界的國家與人民如何進行反應與對抗。而「第三世界觀點的提出」，是指明也是質詰臺灣「黨國─資本」結盟的政經體系。職是之故，伴隨著新啟蒙與現代化理論的批判，將臺灣置放於全球歷史架構中的第三世界位置，即意味著「鄉土論戰」與政治、社會、科技、經濟的緊密相聯性。[39]

施、林二人的論點，將「鄉土論戰」的議題，挺進遭遇殖民現代化衝擊下的「第三世界文化」的掙扎與反應情境中。以「殖民歷史的審視」結合「第三世界觀點」，來重探鄉土意識之餘，不僅放大了臺灣鄉土論的視域，也曝現了殖民帝國施加於鄉土地理景觀中的權力控制，[40]由是而拆解日殖作家對於鄉土的愛憎好惡，原來隱伏的正是對那實際已被篡奪、洗劫的鄉土與族群的一種召喚。

現當代臺灣鄉土文學所產生的歷史意義並非是孤立的，就臺灣鄉土小說的興起而觀，可謂迂迴輾轉於臺灣（在地鄉土）從移民社會（文化中國）到被殖民情境（政治日本），以至冷戰／內戰結構中的資本殖民（經濟美帝）的政治歷史命運軌轍中。然而當論及「鄉土意識」的詮釋，勢必也無法遮掩在日殖惘惘威脅的情境中，因遭逢早到的現代性，而引發身為第三世界殖民地之子的碎裂鄉土意識。誠如施淑所言：「這一切首先表現在作家對臺灣鄉土傳統的矛盾的、疏離的關係上。」[41]作家踐跡鄉土的書寫，實鳩合著人類

39　王智明等主編：《回望現實・凝視人間：鄉土文學論戰四十年選集》，頁225-227。

40　施文敘及在失卻國家民族認同下，所有構成臺灣鄉土內容的文化符號、自然條件和地理環境，都會在強制性的殖民帝國主義價值系統規畫中而成為「第二自然」，一如臺灣原住民和漢人的生活區域，即分別以「蕃地」、「古蹟」身分而與神社公園、血清作業所等，並列於日本新政權的空間網絡裡。同註41，頁210。

41　施淑：〈想像鄉土・想像族群──日據時代臺灣鄉土觀念問題〉，王智明等主編：《回望現實・凝視人間：鄉土文學論戰四十年選集》，頁207。

面對文明時空差異、傳統萎頓落後等複雜的情態與樣貌，因此臺灣鄉土文學自也是殖民性與現代性交會下的一種文學體驗。由是也開展出了以「啟蒙意識」為導向的「鄉土寫實（批判）派」，如三〇年代鄉土諸家賴和、呂赫若、張文環、楊逵等釋憤抒懷之作，以及七、八〇年代陳映真、王禎和聯合出擊的一系列「反殖民經濟小說」等；此外，則是浸染濃郁「地方色彩」與「風土人情」的「鄉土寫意（謳歌）派」，如五〇年代鍾理和藉由離與返，重新認識與發現鄉土的《笠山農場》、黃春明以懷舊、溫情，揭現鄉野美善價值，歌詠人與土地浪漫結盟的〈青番公的故事〉諸作等。

（五）「鄉土」文學路線與寫實主義、[42]現代主義

鄉土文學論戰，除了涉及政治文化意識之爭，一般也定調為攸關臺灣文學是現實主義或現代主義的文學書寫風格路線之爭。張誦聖歸結極具反對性格的鄉土文學運動，有三點宣示目標，除了破除國民黨政府塑造的政治神話，以及譴責資產階級資本主義的社會價值觀外，屬乎文學戰役的部分，就是「向以現代主義運動為表徵的西方文化帝國主義的宣戰」。[43]自王拓提出「是現實主義文學，不是鄉土文學」之論迄今，[44]鄉土文學在自我文類的界定中，宜乎歸屬「現實主義」的近親，其與現代主義之間，既然漸行漸遠，

---

42 誠如張誦聖於所言：「雖然『寫實主義』這個詞在鄉土文學論戰中從未被明確地界定過，它的政治功能呼之欲出」。其意指政治功能性其一是，「寫實主義」被視為「現代主義」（代表西方、西化）的對立面，藉此以明鄉土派的反西方和反帝國主義。其二，則作為「文學再現」的手法，藉此達成「批判寫實主義」的理想藝術形式。見〈鄉土文學對現代主義的抗拒〉，《現代主義·當代臺灣：文學典範的軌跡》（臺北市：聯經出版事業公司，2015年4月），頁238-240。本小節以張誦聖之論為主調，因以「寫實」題名，至於論戰期間，王拓針對「現實主義」的開宗明義，以及「現實」與「寫實」之名實甄別，將於下文進行討論。

43 張誦聖：〈第一章緒論〉，《現代主義·當代臺灣：文學典範的軌跡》，頁13。

44 原刊登於《仙人掌》第1卷，第2號（臺北市：仙人掌，1977年4月1日）。後收於尉天驄主編：《鄉土文討論論集》第3輯（臺北縣：遠景出版事業公司，1978年），頁100-119。

就更失去了關聯性。然而論戰之後，當眾聲交口，分從經濟、思想、社會、政治、歷史法則來討論鄉土時，卻從未疏忽於重新審視並正視鄉土與現實主義與現代主義間的關係。

王德威提及論戰二十年後的臺灣文學生態現象時，即言文學「形式」是試探「品味」和「史觀」的重要起點，且所謂現代主義才有的「美學偏執」，其實並未在「鄉土」地平線上消失。其文例舉林燿德採後現代技巧寫高砂族群史詩、楊照以魔幻寫實敘說鄉土的黯魂故事、藍博洲則改以報導文學手法直掘臺籍左翼知識分子受難記等等，其中也納列李永平兼具南國與北地情調的吉陵鄉土符號書寫等作為佐證與例示。[45]權且不論王文收攬諸作，是否皆具有「鄉土文類」的精準界義，惟其立論旨在強調鄉土書寫的現代性與推陳出新，則毋庸置喙。

邱貴芬就現代性敘述脈絡裡的「文化翻譯」，來討論現代派和鄉土文學的堅實之作〈翻譯驅動力下的臺灣文學生產──1960-1980現代派與鄉土文學辯證〉，[46]篇中即提出：若說鄉土文學活絡了臺灣文學「在地性」的辯證，那麼現代派文學則帶出了「跨文化」脈絡中的臺灣文學相關課題。邱文分就現代派書寫特色和鄉土的定義，展開論述，並例舉王禎和展演鄉土語言與多語交混的敘述；李昂、施叔青穿梭於現實和異類空間，滲入傳統時間和現代性時間中的詭異鄉土等，藉此昭顯現代派作品中的臺灣「在地性格」。

向以臺灣現代主義為研究取向的張誦聖，在透過比勘鄉土文學和現代派文學之際，也賦予另一種新向度的「鄉土論」思辨。其於〈鄉土文學對現代主義的抗拒〉文中，[47]除了直揭鄉土派與現代派的「對決」，也將寫實主義加入角力的洶湧暗潮中。張文回溯論戰的焦距，主要在於菁英知識分子對於文學功能論的辯爭；而現代主義和鄉土文學的分歧，也可溯源於中國早

---

45 王德威：〈國族論述與鄉土修辭〉，《如何現代，怎樣文學？：十九、二十世紀中文小說新論》，頁174-175。

46 收錄於陳建忠等合著：《臺灣小說史論》（臺北市：麥田出版社，2007年3月），頁197-274。

47 張誦聖：《現代主義‧當代臺灣：文學典範的軌跡》，頁207-248。

期「自由派」和「激進派」的爭鬥。此外，也指出鄉土派的排他性，即在於將「現代」和「鄉土」視為兩極對立的謬誤上，如現代主義之於鄉土主義，前衛實驗之於寫實創作，以及都會資本主義經濟之相對於鄉村農業生產模式等。

　　張文針對鄉土派攻伐現代派的回應與辯解，主要有兩大重點：道德關注的詮釋立場，以及對於現代主義特徵的曲解與褊狹界義。因此她先區辨「現代主義思潮」（運動醞釀的背景）與「現代主義文學運動」（嚴格定義下的文學史運動），藉此闡明現代主義有其美學特徵，也有其普世主義，以及由人文主義出發的個體經驗關注等思想精髓。張文也深入探析鄉土名篇，揭現前人所遮蔽的「現代派」美學表現，如通過重新闡釋黃春明〈兒子的大玩偶〉一文的悲劇性，而點撥出主人翁坤樹具有存在主義式的「對喪失自我認同感」的憂患，並非全肇因於險惡社會環境所致。張文盤點黃春明諸作，旨在證成鄉土小說與現代主義式主題的繫連；然而檢視陳映真諸作，卻是意在分疏鄉土派和現代派作家的差異性。其以原初帶有現代派書寫色彩的陳映真為例示，闡明陳映真對於「文學再現歷史」觀點的執著，因而賦予對立於現代主義的「寫實主義」（其後則轉為「批判的寫實主義」），[48] 作為一種具有政治功能性的藝術形式。

　　從「迎向西方」的現代主義到「回歸鄉土」的鄉土文學，看似有其時間進程上的演易序列，除了可將之視為參差對照外，觀諸八〇年代以後嶄露文壇諸家如林宜澐、舞鶴、袁哲生等，特別是九〇年代邁入多元書寫後，屬於學院派的多數新世代寫家，更是挾帶著各式各樣的現代性話語返觀鄉土世界，皆足以證明汲取現代主義後，再轉化為「現代」與「鄉土」共構的新文類。晚近文壇生態現象，在在印證張文一再強力論辯的「鄉土文學論戰及其『餘波』」──所謂寫實手法，或是反映對於現代性的一種幻滅感，並非是鄉土派或現代派獨攬的手法或特色。此論可謂真知灼見。然而依據張論：

48　見張誦聖：〈鄉土文學對現代主義的抗拒〉、〈第一章緒論〉，《現代主義・當代臺灣：文學典範的軌跡》，頁240。

「儘管大部分鄉土文學理論本身和當代文學實踐幾乎可說無甚關聯」，[49]以及另文提及：「這十年中嶄露頭角的年輕世代作家，不但汲取了現代派作家精緻成熟的文學技巧，也受到鄉土主義的影響而展現出相當程度的社會意識。」[50]總理所論，猶未能免去將鄉土派視為一種「社會意識」，並且不具有當代文學實踐的理論性。在鄉土派與現代論爭辯方興未艾之際，作為現代派擁護者，顯然還是清楚劃分了現代派和鄉土派的壁壘，並隱然有兩極化的意識取向。

（六）「鄉土」論題的多元化與大眾化趨勢

臺灣文學史家大致是以進入一九八〇年代，來標誌臺灣文學的「多元化」、「多重奏」、「邊緣聲音的崛起」現象。[51]然而一九七〇年代的鄉土論戰實已帶來許多延伸與轉化的面向，誠如陳芳明所言：「作家重新返回社會底層，傾聽壓抑許久的大眾聲音。他們深入農村，進入工廠，到達部落，把長期以來被遮蔽的邊緣生活實況，透過文學形式呈露出來。」[52]以「文學來自社會反映社會」為職志的論戰鄉土派一方，[53]既擔負有「抵抗社會主流」與「社會變革」目標，其所採取的「大眾變革」與「激進戰鬥」的模式，自然與傳播雜誌媒體有緊密的關係。其中最具社會運動與戰鬥性的表現形式即是

---

49 類此論點，亦見於張另文所言：「事實證明，鄉土文學這個多元化運動的實質意義並不曾建立在任何深刻健全的文學觀上。」〈現代主義與臺灣現代派小說〉，《文學場域的變遷：當代臺灣小說論》（臺北市：聯合文學出版社，2001年6月），頁16。邱貴芬曾針對張誦聖此論，回應以「鄉土文學對於臺灣文學觀的深層貢獻無法抹煞。」陳建忠等合著：《臺灣小說史論》，頁261。

50 分見張誦聖：〈鄉土文學對現代主義的抗拒〉、〈第一章緒論〉，《現代主義・當代臺灣：文學典範的軌跡》，頁224、14。

51 分見葉石濤：《臺灣文學史綱》〈目錄〉（高雄市：春暉出版社，1998年）；以及陳芳明：《臺灣新文學史》〈目次〉（臺北市：聯經出版事業公司，2011年11月）。

52 陳芳明：《臺灣新文學史》下，頁520。

53 陳映真：〈文學來自社會反映社會〉，尉天驄主編：《鄉土文討論論集》第3輯（臺北縣：遠景出版事業公司，1978年），頁53-68。

「報導文學」。

首開風氣之先的即是高信疆於一九七五年七月十四日推出的《中國時報‧人間副刊》的「現實的邊緣」專欄。一九七七年在報端引信延燒論戰伊始，踵繼《人間》其後的《夏潮》雜誌、《聯合報‧副刊》的「大特寫」、「傳真文學」等專欄、《民生報》、《漢聲雜誌》等，皆有類似社會現場與文學事件簿的報導專欄。在上山下海，深入民間，採集風土民情中，最引人矚目的即是古蒙仁〈黑色的部落〉（1977）和陳銘磻〈最後一把番刀──高山族的昨日、今日、明日〉（1978），[54]二文的關注視角皆已移至原住民荒山部落的生活文化。

觸及大眾生活形態、深入報導各行各業，所引渡出的文化藝術，自然也不拘限於高雅、嚴肅或經典，而是擴及多元化與庶民性的「大眾文化」。焦桐即指出：「通過報導文學對洪通、朱銘、侯金水、雲門舞集、雅音小集，及中國大陸抗議文學、傷痕文學等的大量推介，肯定本土藝術家的成就和民族情感，討論傳統和現代化議題。」[55]由上述報導事例，可知臺灣新族群景觀與大眾文化，於焉浮現於七〇年代的鄉土論戰場域。

邱貴芬返觀鄉土文學論戰三十年後的臺灣社會轉變，即認為「在地化」與「多元主義」是論戰最大的建樹。[56]鄉土文學原本即與臺灣本土社會緊密關連，藉由論戰而浮出「愛鄉愛土地」的議題，對於在地性的論述或實際推展，自是一大助力。此外，藉由探討「鄉土」的實質內涵，也重新定義了這塊土地上先來後到的住民群像。邱文引導體察「多元主義」，主要強調臺灣多族群的社會圖像，特別是論戰之際，尚未能進入討論，而今則已取得正名

54 古蒙仁：〈黑色的部落〉，原載《中國時報‧海外版》（1977年），今收入《黑色的部落》（臺北市：時報文化出版社，1978年）；陳銘磻〈最後一把番刀──高山族的昨日、今日、明日〉，刊發於《中國時報‧人間副刊》（1978），今收入《最後一把番刀》（新竹市：新竹新文化中心，1993年）。

55 須文蔚：〈再現臺灣田野的共同記憶〉，向陽、須文蔚主編：《臺灣現代文學教程：報導文學讀本》（臺北市：二魚文化事業公司，2002年），頁15。

56 邱貴芬：〈在地性論述的發展與全球空間：鄉土文學論戰三十年〉，思想編委會編著：《鄉土、本土、在地》，頁101。

的「臺灣鄉土最初的住民」。

　　邱文直指原住民議題並帶來拆解與平衡中國／臺灣國族論述的效應，其因除了從血緣和文化層面來破除「中國國族論述」，藉由原住民與不同政權體制下的重層殖民體制關係，也消解了本土論述所欲建構「臺灣國族」的正當性。[57]此外，「鄉土」多元而富辯證性的新領域，也見諸於原住民部落經驗之相對於資本主義文化；山海文學相較於都市書寫種種；「鄉土語言」v.s「純正中文」；「中國中原文化」v.s「西方現代文化」；「庶民文化」v.s「菁英文化」等等從二元對立中跳脫而出的多元文化現象與族群身分的重組，以及在地多語言所形成的「鄉土臺灣」。

　　邱文藉由國境之內的在地性與跨越國境的全球化的循環性，來討論鄉土的續航力，所持觀點大致是肯定而深具信心。林載爵卻是從知識菁英角色「回歸鄉土」之後，所引領民間文化藝術風騷的效應，來檢討被商業媒體操縱的、媚俗的「假鄉土」，以及流於狹隘封閉、懷舊感傷與庸俗化的大眾文化。[58]在論戰階段經由推動而流行的「大眾文化」，原是帶有抵抗主流、改革社會的政治潛能，然而以「庶民主義」與「平等民主」之姿現身的大眾文化，卻也混跡於商業、流行與消費文化之中。林文放大檢視鄉土運動在激進、進步與行動之間的拿捏分際，其終旨在於將「大眾文化」引入第三世界觀點，「進行『在地歷史』中的特定性與全球資本結構的全球史的結合，從而超越單純的反殖民觀點。」[59]

　　基於廓清臺灣鄉土論的論述架構與視域，林文對於論戰之後，本土取代鄉土的現象，顯然有所質疑。針對本土論者彭瑞金所言：「『鄉土』運動完全是臺灣文學本身內在的遞變，……更不勞與局外人多費唇舌」之論，他的回應是：本土與鄉土兩者之間是延續或內在的遞變，有待斟酌，此乃因「本

---

57 同前註，頁97-101。

58 林載爵：〈本土之前的鄉土：談一種思想的可能性的中挫〉，王智明等主編：《回望現實‧凝視人間：鄉土文學論戰四十年選集》，頁230-231。

59 見林載爵引陳光興之論，同前註，頁232。

土」與「鄉土」是互為「局外」的兩種論述。[60]推究林文之論，顯然認為在八〇年代「本土論」的影響下，產生許多「非歷史」的後遺症，例如只見淺層的「懷舊」、「鄉愁」表象，而不具有深層的歷史意識，以致中挫了「鄉土論」的影響。

自七〇年代論戰伊始，誠如呂正惠所言：「各種『鄉土』的解釋，都可以在意義模糊的『鄉土文學』的旗幟下兼容並包。」[61]昔日鄉土論戰現場，不僅是兩方人馬的多邊摩挲角力，喧騰輾轉而延伸漫漶的議題，計有臺灣國際處境、社會大眾、文學與文化課題，從鄉土文學到民族文學，從殖民經濟到媚外意識的批判等等，[62]可謂多音交響。惟「眾聲喧嘩」之後的「鄉土」，是否就此有了穩定的面貌？或還是不安定的構圖？或是猶待對話與交流的命題？

論戰之後，迎來解嚴的衝撞，因應政治體制與文學生態的丕變，加之第三世界後殖民理論勃發，以及文化多元性與全球化趨勢的潮流，藉由盤點史料文獻，重新詮釋、重建歷史的立場也不斷挪移。上述綜理諸家之說，即是從「鄉土的問題化」，來探索臺灣鄉土語境的詮釋脈絡，冀能呈現論戰之後的鄉土論述另一種與時俱進的發展樣貌。

---

60 同前註，頁233。

61 呂正惠：〈七、八十年代臺灣鄉土文學的源流與變遷〉，《聯合報・副刊》，1993年12月17日，43版。

62 參見尉天驄主編：《鄉土文學討論集》目錄各輯之標題。針對七〇年代鄉土論戰當時蔚為流行的「鄉土」一詞，作家王禎和則提出另一種語彙源起及觀點：「『鄉土』這兩個字最先是在美國的一個中國留學生說出來的（後則由劉大任），他們在異國生活，對他們來說，臺灣的一景一物都可以稱之為『鄉土』的景物，由他們說出的『鄉土』，其中的感情是土生土長或是生活在臺灣的中國人所不能體會得到的。所以我覺得，這兩個字由他們口中說出才是恰當的，我們實在沒有必要人云亦云。……除非自己親身體驗過，否則又怎麼能夠獲得實際又深刻的了解。」此論頗發人深思。參胡為美：〈在鄉土上掘根——遠景版五版代序〉，王禎和：《嫁妝一牛車》（臺北市：洪範書店，2015年），頁283。源自於「鄉土體驗」的文學意義，宜乎是王禎和所認同的「鄉土文學」的終極精神，而不單指討論「鄉土意義」的一種運動思潮或文學類型。

三　作家書寫中的「鄉土」

對於「鄉土」固然有不同丈量的詮釋義涵，但一如從「中心感」出發的「家」的概念般，「鄉土」的重要意義與價值，也是基於以「人本」為中心的一種主觀意識下的地方概念，而非特定地理區位的地方概念。[63]準此，所謂文學文本中的鄉土，顯然也是一種主觀情感與思想的混合物，乃是作家透過想像、理解或集體記憶，而表徵所嚮往的一個形象化空間。這個以形象化所顯影的空間，除了可以視為作家個人的意識投射，也可作為某種特定時空環境下的一種集體想像物。不同世代的作家，固然有不同的想像心靈，不同的時代社會，也會有不同的「鄉土」美學符號與言說方式。

必須說明的是，所謂「鄉土文學」，自是以「鄉土」概念作為文學內涵的指稱，因此對鄉土文學作品的判定，終必從「鄉土」詞義而來。本節採列為鄉土書寫的依據，概念的基本閾限先是將「鄉土」視為具有「地方感」或「鄉土性」的一個「指涉空間的隱喻」。[64]循此，推衍「鄉土文學」的分析概念為：一、植基於地方的經驗或想像；二、有關地理空間意象與區域地誌；三、具本土元素或鄉野題材，如多元方言、俚語，民間信仰習俗等；四、載記族群生活歷史風物等，藉此作為鄉土作品選材的判準。探勘鄉土小說的各種議題與體制畢竟過於龐大，本節論述重點與斷限，遂以九〇年代以降，在承續與衍異之中，具有書寫新妍的鄉土書寫類型作為考察，並藉由綜括與並置，初步規模出七種新的鄉土書寫類型。

63　參段義孚（Yi-Fu Tuan）著，潘桂成譯《經驗透視中的空間與地方》（臺北市：國立編譯館，1998年3月），頁143。

64　本文將「鄉土」書寫概念，視為透過對於一個所謂「指涉空間的隱喻」的認同過程，將自我連結於較大的範疇。「指涉空間的隱喻」概念來自於（德）Elizabeth Boa、Rachel Palfreyman 對「鄉土」的界說。資料引自林巾力：《「鄉土」的尋索：臺灣文學場域中的「鄉土」論述研究》（成功大學臺文所博士論文，2008年），頁12。爰此，鄉土範疇不僅實指具體的地方、某個社會空間，也推廓為提供歸屬感、認同感的有界地域或植基於對地方的經驗或想像，而其中對於家族、地方、民族、種族、本土方言、信仰習俗等的認同，即可填補「鄉土」空間的隱喻與指涉。

（一）穿梭時間的憂悒鄉土

從地理學角度而言，時間和空間概念，乃作為宇宙或世界的兩條縱橫軸線，二者的交匯點為地方，是以人不能脫離時間要素而空談空間感和地方感。鄉土之所以作為人類親切經驗的地方，其中的關鍵是鄉土空間是在時間流程中的一種停頓與暫駐，既是停頓，就含有安定和永恆的意象。在人和環境的互動關係結果下，鄉土也是記憶所常降臨的所在，鄉土因時間而呈現，遂形成感覺價值的中心。[65]鄉土作家書寫鄉土，大抵來自對鄉土的感覺和意念，其中且夾雜著生活經驗檔案的時間性演變，如黃春明晚近鄉土名作《放生》，[66]迥異往昔創造一系列頗富理想性的草莽英雄（阿盛伯、青番公、憨欽仔……），而轉為寫真攝錄被遺忘在漁農村落，殘軀病體的老去英雄。作者飽含社會意識的關懷眼神聚合於「鄉間老人」（而非「城市老人」）而感喟連連，這個來自鄉土概念而被揭示的時間意識，乃是從現在視野中的遠景符號化而獲得的。[67]老人所表徵傳統美好的鄉土小鎮，呼應出作者早期所投射出「一個什麼都不欠缺的完整世界」，[68]於今卻即將消褪的殘破社會。就時空經驗而觀，鄉土已非回憶的所在，黃春明卻儼然是時間的監製者，藉由「現在」出發，而同時包攝了「目前社會概況」（高齡化社會，飽受經濟力、政治力侵蝕的現代農村），並登錄了「過去的經驗場域」（〈呼鬼的來了〉中的神秘經驗與鄉野傳奇），以及「未來視野」（〈放生〉中以受毒害的田車仔預示未來走樣的農村生態）。透視時間並身陷於「現此時」和「那時候」的拉鋸，不僅概括《放生》中攸關時間與遷變的互補概念，也刻繪出以老人社群為主體的驚心鄉土世界。

---

65 此處時間與地方概念，酌參段義孚（Yi-Fu Tuan）著，潘桂成譯《經驗透視中的空間與地方》中〈譯者潘序〉、〈空間、地方與兒童〉及〈經驗空間中的時間〉等篇章。

66 見黃春明《放生》〈序〉：「眼看目前臺灣社會、家庭結構的改變，三代同堂的家庭不復存在了。」

67 同前註，黃春明嘗多次言及開始老邁的心境，顯見是一種感同身受的寫法，也是一種對未來遠景的預想與眺望。

68 黃春明：《鑼》〈自序〉（臺北縣：遠景出版事業公司，1983年），頁2。

　　朱天心〈古都〉敘說一則「城市鄉土」的故事，在張致感情的筆調中營構出「回憶性」和「歷史性」的交錯時間感。小說採以第二人稱敘事的手法，或帶有後設批判作用，藉以表呈自我省思與觀照；或以此作為假擬的集體性；或製造美學上的距離效果，形成「參與觀察者」等功用。[69]就語言彰顯「人、空間、時間」的聯繫而言，第二稱敘述者「你」，所達成最大功能性即是「重新記憶」與「召喚歷史」。小說起筆：「難道，你的記憶都不算數……」，使「臺北」順勢成為敘述者「你」的回憶載具，藉由回溯記憶，遂重現了時間秩序（少艾→人妻→人母），也重建了空間秩序（故國→在地→異邦）。隨著敘述者心緒所纏繞今昔街道市景民情地物等種種印象，而連結成長紀事中的壓抑、激憤與喟歎。篇首以七段「那時候」，開啟後續節節散落的記憶，並摻以大量臺灣文史典故的挹注，意欲完成一系列建立在「個人記憶」時間架構下的「歷史文本」，敘述者的回憶，因而可視為一種「回憶義務」。敘述者「你」的「回憶」並置了過去經驗和現在經驗，卻又自我質疑今昔之間的弔詭。交錯的回憶性時間與歷史性時間，恰恰開放給失憶與記憶的辯證。文中被浮雕的客觀鄉土世界——臺北，和遙擬昭顯的主觀鄉土世界——京都，遂藉由「空間距離」，而暗示了「時間滄桑」。〈古都〉敘事的本質不僅是要再現過去，也是宣告它自身所擁有的「合法性」與「歷史性」。篇末：「這是哪裡？……你放聲大哭。……婆娑之洋，美麗之島，我先王先民之景命，實式憑之。」文句中重返歷史的「我」明顯已先「你」而在這裡，「你」卻在不可知的「未來」那裡。在追摹時間所映照的政治文化變遷屐痕中，敘述者「你」儼然成為誤闖桃源的「異質性」存在者。[70]

　　《放生》與〈古都〉中的鄉土景觀均作為一種隨著時間消逝而增長、變異或替換的文化的總和，或集中體現的「歷史重寫文本」，[71]而其中至關重

69　陳翠英：〈桃源的失落與重構——朱天心《古都》的敘特質與多重義旨〉，《臺大中文學報》（2006年6月），頁281及註30。

70　小說逆寫臺灣島嶼的桃源景象是：「但你確實與樹下男女不同語言，怕被認出，便踽踽前行……不理他們因為可能會便邀還家，設酒殺人作食。」（頁232-233）

71　意謂地理景觀記錄了各種時間變化，一如原先刻在書寫印模上的文字，並未徹底擦

要的即是重寫文本乃作為「一段時間的過程」，映現了作者所經驗鄉土中被擦拭及再次書寫上去的歷史紀錄。

（二）怪力亂神的異質鄉土

　　一般指稱本土文化，除了意指土地的區域特性外，主要偏重民眾的文化，意即住民內在深層結構與價值意識所展現而成的日常具體生活文化。[72]本節「怪力亂神的異質鄉土書寫」，主要強調鄉土文學中非寫實性的神鬼靈異敘事，蓋傳統鄉土書寫，大都關涉與現實社會的關係，而寓有寫實精神。但此異質性的鬼神信仰，卻又屬乎一種鄉土民間文化。此處鄉土書寫的「異質性」（Heterogeneity、Disparity），因而兼容「差異」與「多樣化」之義。[73]

　　鄉土書寫中作為鬼神崇拜信仰的鬼故事，其所傳達前工業時期庶民生活文化的記錄資料，頗能映照臺灣本土性的文化價值。鬼故事作為一種類型文學，敘述重點雖大多為死亡或死亡的過程，究其形式意義，則以「人在世時的價值及利害關係」為主調。[74]揆諸文壇老將黃春明、鄭清文鄉土諸作，如〈青番公的故事〉與〈呷鬼的來了〉的水鬼故事、〈鑼〉中的藍家女鬼、〈溺死一隻老貓〉中幾近被詛咒的「痔瘡石」、〈售票口〉中會說話的老伴亡靈，或《天燈‧母親》裡等待救援的眾鬼魂、〈鬼姑娘〉中正與邪的黑白鬼姑娘、〈紅龜粿〉中與鬼魂協商溝通的鬼魅敘事等等。藉由神秘經驗與鄉野民俗傳

掉，還可以一次次重新刻寫文字，時日一久，新舊文字即混合一起。概念參佐克朗（Mike Crang），楊淑華等譯：《文化地理學》，頁20-21。

72　參鄭志明：《臺灣傳統信仰的鬼神崇拜》（臺北市：大元書局，2005年4月），頁253。

73　此「異質性」概念，也見於文學修辭與譬喻的使用與內涵：「被比喻連接的對象或概念為保持各自的獨立性，必須有相當的異質性。」試舉一常見之例，例如：「狗像野獸般嗥叫」，茲因「狗」與「野獸」近似，此例毫無比喻力道，若改為「人像野獸般嗥叫」或「大海像野獸般嗥叫」，比喻力量則強大多了。參見王先霈等主編：《文學批評術語詞典》（上海市：上海文藝，1999年2月），頁285-286。

74　參余國藩著，范國生譯，"Rest, Rest, Perturbed Spirit！— Ghosts in Traditional Chinese Prose Fiction,"（〈安息罷，安息罷，受擾的靈！——中國傳統小說裡的鬼〉）。《中外文學》第17卷第4期（1988年9月），頁4-36。

奇，作者除了表顯鄉村聚落的特殊地理民俗，如白鴿鷥竹圍、涉溪擺渡、墓園、土地公廟，以及放天燈超渡亡魂、安撫孤魂的紅龜粿祭品、拋撒冥紙的路祭、水鬼轉世所寓託「唯有一人死去」的「替罪羊」觀念系統等。[75]小說渲染鬼域，投射出鄉野民間主要的宇宙意識與生存意識——人鬼殊途，卻可以靈性僭越彼此世界的閾限，為追求生存和諧，必須與鬼靈交往和諧，方能秩定宇宙的圓滿。

　　富有鄉土經驗的老輩作家置入「見怪不怪」的鬼話怪譚，賦予鄉土書寫的義涵，已然植入地緣性格、民間信仰、生活記憶與文化層累，而建構出魅幻魍魎的鬼境鄉土。中生代及新世代的鬼魅鄉土書寫，則別有另類黑色喜劇的「笑果」與滑溜的「鬼趣」，如林宜澐〈抓鬼大隊〉裡的真鬼巴比特，[76]一改猙獰本色，儼然「搗蛋鬼」般，撩撥得全縣風雲乍起，天翻而地覆。作者鋪陳一連串「見鬼」、「疑鬼」、「抓鬼」、「裝鬼」的荒唐情節，牽引出俳優化鄉野小人物登場表演的「舞臺性」效果。然而在匪夷所思的胡鬧情節中，其實內蘊作者的社會揶揄與政治挑逗。題名「抓鬼大隊」是隸屬黨國的軍警單位，文中抓鬼種種，則諧擬（Parody）並顛覆了「人人有責」、「保密防諜」、「永懷領袖」等戒嚴體制意識形態下的大敘述；此外針對崇拜「專家開講」的社會現象，也寄寓批判與嘲諷。

　　人稱「作品有鬼氣」的袁哲生也有諸多悖離鄉土寫實的鬼魅敘事，如〈時計鬼〉即藉由「死神」（鐘錶鬼）化身為陰鬱邪詭的吳西郎，[77]帶出兩名哼哈二將（我與武雄），闖盪人世的時間座標。「時間詩學」的縱深哲思，原是袁哲生筆下關乎「常與變」頡頏的沉重命題，[78]此作以童年、異想為敘事策略，讓兼有神魔雙性的陰間使者，翻轉鄉間苦難紛披的災厄，而帶有卡漫特效的奇幻結局，也營漾出嘉年華慶典的氣氛。

75　（法）勒內・吉拉爾（Rene Girard）著，馮壽農譯：《替罪羊》（臺北市：臉譜出版公司，2004年），頁177。

76　林宜澐：《惡魚》（臺北市：麥田出版社，1997年），頁133-156。

77　袁哲生：《秀才的手錶》（臺北市：聯合文學出版社，2000年）。

78　李奭學：〈時間的翼車在背後追趕——評袁哲生《秀才的手錶》〉，收於《書話臺灣》（臺北市：九歌出版社，2004年），頁121-123。

李昂《看得見的鬼》和宋澤萊《血色蝙蝠降臨的城市》也分別演繹了逸出理性邏輯的鄉土敘述。[79]李昂賦形五種生前身分殊異，最終卻都成為獻祭的女性冤魂：「頂番婆的鬼」，是索討土地而慘遭殛刑的部落受難女，「吹竹節的鬼」為渡海復仇的唐山怨懟女，「不見天的鬼」則是禁錮於禮教閨範的鹿港閨秀女，「林投叢的鬼」，即父權體制下冤死的臺灣悲情女，「會旅行的鬼」，則為穿梭臺海兩地，尋找負心漢的寒門痴心女。臺灣女鬼列傳除了反照出女性、權力與空間土地的關係，[80]藉由各擅一方水土的五類女鬼，更側寫出地方史與臺灣政經史的共構。

《血色蝙蝠降臨的城市》誠如作者的夫子自道：內容取自選戰熱潮及黑金政治，技法既像武俠又像靈異，既像偵探又像寫實，既像神話又像哲學。（頁21）小說中法術高強的正邪兩派神魔人物的對壘爭鬥，宛如現代版的封神演義，間有宗教天啟哲思，蘊蓄其內，而投槍直射威權體制，則是昭顯其外。艷異敘事固然終必關懷人間諸景，但作者的政治意識指涉性，畢竟頗多浮露，[81]不免減損了鬼敘事的寓意性美學。

上述鄉土諸鬼們的活絡登場，顯見以土地與亡靈為主題的鬼魅敘事，正逐漸發展成新形態的異質鄉土書寫，其中老將的鬼魅鄉土圖景，應屬於喚起民俗文化記憶的閱歷敘事，而新秀筆下的奇詭鄉土敘事，則歸於召喚想像魅影的鄉土虛擬景觀。

（三）浪蕩荒蕪的頹廢鄉土

九〇年代以降的鄉土書寫乃是走向問題化而非昔日的主題化，創作群落藉由地域空間的投射，流淌出極富現代性的思維，亦即在飽暖之後，擺盪在

---

79 李昂：《看得見的鬼》（臺北市：聯合文學出版社，2006年）；宋澤萊：《血色蝙蝠降臨的城市》（臺北市：草根出版事業公司，1996年5月）。

80 范銘如：〈另眼相看——當代臺灣小說的鬼／地方〉，《文學地理：臺灣小說的空間閱讀》，頁96。

81 作者明顯的政黨偏向與政治批判，小說中歷歷可見，如〈第四篇：就職日〉，頁211。

傳統與現代之間的一種庸常人生，而非關昔日在饑寒之際，掙扎於「食」與「性」的匱乏與煎熬。因而小說人物大多數是一無建樹的「廢人」，所謂或癲狂、真誠，或孤獨、了無生機的精神漂泊者。一如黃春明《放生》中面臨存有之傷、死亡之傷，除了「閒暇時間」外，一無所有，只好練就一身打蒼蠅絕技、捉放田車仔、排隊購票族或大榕樹下閒嗑話的老人群像；童偉格《王考》、《無傷時代》中那些總是「無知無能」、「手足無措」而拓展悲劇的荒人；許榮哲《ㄩˋ ㄖㄢˊ》裡藉著路上的闖盪，而演繹一種「成長的荒誕」的浪遊者；兼具「異色」與「本土」風格的舞鶴作品《悲傷》中，敘事者的人生踐履，即是為了活著之外的事物而活著等等。綜上所述，頹廢概念幾乎貫穿新鄉土小說而成為一種書寫表情。小說演繹人生悲喜劇，卻從中消解了鄉土英雄、神聖、崇高、理想與價值，而只餘精神廢墟。[82]「村子在敗壞、人在敗壞、記憶在敗壞」的頹廢書寫，[83]此新世代鄉土作家帶著理想而流亡的風格，以及前行代鄉土作家所書寫鄉村銀髮族群又老又孤獨的生活誌，正透顯出他們所處於和中心對立的書寫位置。

攸關頹廢美學的幻念、夢魘與憂慮重重的噩夢，敷演出特殊的人物心靈狀態，「廢人」形象因而是臺灣新鄉土小說中最為憬然的焦點人物。黃錦樹論及「廢人」的先例乃源自龍瑛宗〈植有木瓜樹的小鎮〉（1936）裡的陳有三。廢人原型是向陽性被摧毀而墜入感官逸樂的深淵，反抗無望、求超越卻未必能超越。[84]廢人人物生命能量的曖昧性，使其兼具流浪者和社會邊緣人的窮絕角色，因此廢人的概括性，可以對照王德威曾提出「蘊含了一個時代最沉重的悲劇」——「懦夫」人物的典型性意義，[85]或是「精神上之非主流

---

82 昔日鄉土人物即使被定義為悲劇或滑稽英雄，終究還是一介「人民英雄」，如黃春明小說中的憨欽仔、阿盛伯、青番公等。

83 楊照：〈「廢人」存有論——讀童偉格的《無傷時代》〉（新北市：印刻文學生活雜誌出版公司，2005年），頁8。

84 黃錦樹：〈遊魂：亡兄、孤兒、廢人〉，《文與魂與體・論現代中國性》（臺北市：麥田出版公司，2006年5月），頁340。

85 王德威著：〈拾骨者舞鶴〉，《餘生・序》（臺北市：麥田出版社，1999年），頁24。

者」的「畸零人」（Outsider）角色。[86]且循著憂鬱和躊躇的廢人系譜考掘，在舞鶴〈悲傷〉的療養院內景中，那個帶著妄想症、迷戀男女下體及排泄物的「廢人」，當允為真正的承繼者；再沿流下探，一路來到了童偉格小說中諸多「努力做個無用」且「無傷」的廢人群落，當可一覷廢人大觀園的奇異景致。

除了表徵人生層層失落的一種剝離與削弱的人生存在感，「頹廢」也可視為現代的一種面貌。逆溯「頹廢」（Decadence）的拉丁詞源（Decadentia），乃關乎「時間的破壞性和沒落的宿命」之主題。[87]透過書寫「廢人」價值、「無傷」哲學、失敗「畸人」，這些荒蕪而萎頓的生活表象，作家其實是想對生活作出更深層次的把握。頹廢書寫美學，除了表現在角色之理論意義外，也表現在小說情節與小說語言上，最明顯的例子當是以「污言穢語」、「亂言廢語」、「私處話語」、「春言淫語」等大塊囈語流，展開「起乩的、疊擠的、亂迷的、精神分裂的……」等獨異文字實踐，[88]被稱為「異質的本土現代主義風格」的舞鶴作品，允為典型。舞鶴小說往往只見一堆文字話語，而不見敘事性故事，一如他的自白：「我寫作這些文字，緣由生命的自由，因自由失去的愛。」[89]故而可稱為以字詞、書寫附魔的舞鶴。

處乎現代情境中的作家，受到時代風習浸染之慘烈，可以從他們的頹廢書寫中規模出屬於現代性的審思。藉由頹廢色彩所投射的觀察，屬於老中世代的頹廢鄉土，猶帶有某種社會實踐的意圖，如黃春明以遭逢文明污染後的宜蘭，鏡照老人的生死遺事；然而舞鶴則是以激化的「性」為核心，強調淡水的變遷。昔日鄉土小說的鄉鎮空間，若儼然是貧困世界的一個原型，則對應於新世代寫手如童偉格〈王考〉中的荒村、許榮哲《ㄩㄟ ㄧㄢˊ》中的美

---

86 鄭千慈：《崩解的自我——現代主義、畸零人與戰後臺灣鄉土小說》（淡江大學中文碩士論文，2004年），頁7。

87 卡林內斯庫（Matei Calinescu），《現代性的五副面孔》（北京市：北京商務印書館，2002年5月），頁161。

88 分見張錦忠：〈一文興之後：舞鶴文字迷園拾骨，或，舞鶴密碼或舞鶴空話〉、楊凱麟：〈硬蕊書寫與國語異托邦——臺灣小文學的舞鶴難題〉，「哲學與文學：舞鶴作品研討會」，中山大學文學院主辦，中山大學哲學研究所承辦，2008年6月20日。

89 舞鶴：《餘生》（臺北市：麥田出版社，2000年），頁251。

濃等空間，則顯然是以鄉土作為孤立者或局外人在哀惋求索中，終究無法逃逸的一條路徑指向，所謂「褪色鄉土」。綜觀而論，頹廢鄉土諸作，各以書寫者自己對地方想像的語彙和風景作為寫作要點，觀視點並不在於地方風情本身，而是這整個世界與人生。

（四）山海交響的自然鄉土

針對「本土是什麼」的大哉問，而主張以「解構臺灣」或「多元臺灣」的角度，重新詮釋並重新設定／協商「想像社群」的論點，誠如前節所論，在學界大致已成為共識。其中尤以臺灣先住民，擁有大地芳華的原住民，他們在文學的狩獵，原不囿限於城鄉農林的攝取，而是追逐於崇山峻嶺、海洋島嶼、飛鼠山豬等自然生態的場景，這些山海子民別具特色的臺灣經驗及其鄉土書寫，自也應收攬於臺灣鄉土文學的輿圖中。[90]

從地理／人文社會觀點來定義空間，屬於地理空間的是：山川土地；行政區域劃分的地理空間：鄉鎮；社會群體空間：社區、族群；政治權力空間：國家或國族。書寫「鄉土」首重人與空間的關係，是以廣義的鄉土可以包括家鄉、故鄉、原鄉、社群、社區、部落、國家、國土……等認同之形構。對原住民而言，山林海潮地景原本即非作為視覺上的佔領，而是可以解讀為「個人」和「部落史」的生命文本。原住民書寫中最重要的議題即是「認同感」，他們在烙印著先人屐痕的土地上，採集記錄湮遠祖輩的生活事跡，也在家鄉人事風物中尋獲部落「神話」或「祖靈」的信仰。

「大地」對原住民而言，是山水合鳴的自然鄉土，也是可見的符號或標記。拓拔斯・塔瑪匹瑪〈最後的獵人〉一文可謂是控訴之作，[91]相關族群的

---

90 有關「自然書寫」文類，晚近漸趨於「自然導向文學」的範疇，而將詩、小說、科學小說、原住民文學也納入「自然文學」的範疇中。本節訂題「自然鄉土書寫」，雖以原住民作品為主，但關懷重點，主要強調「作品中的鄉土意識」，有別於以「自然」作為被書寫的主位的「自然書寫」文類。

91 拓拔斯・塔瑪匹瑪：《最後的獵人》（臺中市：晨星出版社，1987年）。

牽制、文化的齟齬，以及狩獵書寫的討論頗多，但關鎖情節推進，同時兼具比雅日撤退與前進的「獵場／森林」，具有「部落鄉土」的實質意涵，並帶有祖先創造世界的圖騰場景，頗值得探究。來自山林野性的呼喚，讓比雅日遠離山底下的擾擾攘攘，而復返於這片幽靜而壯麗的山林家園。透過作者大篇幅的山林紀事，除了展演綠色劇場裡最活躍的動植物生態外，在森林中也浮現了部落歷史的時間取向：布農族觀看月亮的曆法、打耳祭的成年禮、祖先拓拔斯的故事、森林大地的催眠、追躡夢境的暗示，以及比雅日時時懸念的未來的後裔想像等等。森林，因此是祖靈律法、夢境、狩獵傳統、我們和子孫……，仍存活於其中的一處部落鄉土空間。

奉守族人的禁忌，遵循祖先的步伐，不僅增強了原住民對部落文化的認同感，也鼓舞他們對地方的忠貞和警覺。霍斯陸曼・伐伐〈生之祭〉，[92]即是透過新生命的誕生、命名儀典，來衍說布農族群的文化薪傳，並展佈族群的生命觀與宇宙觀。文中敘及將新生兒胎衣埋在大樹底下，藉由每一株「生命樹」都代表著一位族人，來教導對土地的綠色思維與綠色關懷，除了抽繹出土地和生命信仰是如此的緊密連結，也帶出重建人與自然的本原性生態關聯。至於鋪敘族人生老病死的禁忌與訓誡，如懷孕時不吃飛鼠肉、產褥期間外人需跨過火堆才能進屋、手指彩虹會受詛咒等，雖然是一些神秘化的戒律，卻是藉由部族的歷史記憶與憂傷經驗的神聖化，來傳承山林生存的智慧法則，也傳達祖先與聖靈的啟示。

至於夏曼・藍波安《八代灣的神話》、《冷海情深》至《大海浮夢》，則是載欣載奔，重返部落的故事。「歸返」，不僅是找回自己，也思欲重建族群文化，其中達悟羅馬字加漢字註解的混語對話書寫方式，也宣示了用文學書寫行動，來表呈身分認定與文化回歸的立場。〈飛魚的呼喚〉中小卡安身陷「零分先生的恥辱」與「飛魚先生的榮耀」的焦灼／夾縫心情，[93]最能彰明原住民書寫中齟齬於「失去」和「回歸」的弔詭命題。此即孫大川以「屬於

---

92 霍斯陸曼・伐伐：《玉山魂》（新北市：印刻文學生活雜誌出版公司，2006年12月），頁319-335。

93 夏曼・藍波安：《冷海情深》（臺北市：聯合文學出版社，1997年5月），頁69-87。

黃昏的民族」命名原住民，殷殷告誡的憂思：「我深信，原住民的『重生』，深植在她的『死亡』經驗裡；……」。[94]

　　然而再美好的鄉土，總也有遠離家園的時候，《天空的眼睛》即刻繪「離散達悟人」的故事，[95]前半段以浪人鰺作為敘事者，用混語並置翻譯的達悟詩歌和神話敘事，揭開了海洋鄉土視景；後半段敘及女兒移居都會卻命喪異鄉的悲劇，透過蘭嶼、臺灣兩個世界的相遇，敘事轉向年輕世代原住民面臨轉化性的存續課題，但夏曼・藍波安歌頌的顯然還是水世界的鄉土：「你家的庭院假如是海洋的話，是巨大的浪人鰺，魚類經常遊玩的地方，也如你家大船底是魚類在海洋的棲息地……。」（頁184）山海鄉土自然景觀顯然並未退位為文本中的背景，而是成為一個可信的敘述視角與故事的前景。

　　上述定義為自然鄉土書寫諸作，主要以原住民作品為據。原民作家具有「個人／部落／族群」認同化的自然鄉土書寫，展現獨特環境地理與極具特色生活圈，作品大致是用腳定義地理，用眼觀察地景，用心感悟「個人生命故事」與「部落滄桑歷史」，其所繪製的山海空間，趨近於對自然的全景俯視，除了與山林星辰、海洋潮汐進行深情對話，提供認識臺灣鄉土的另一視角外，也展示了殊異的自然鄉土裡的生命景觀。

（五）敷演地誌的歷史鄉土

　　自文類書寫與論述系統而觀，「鄉土文學」原是一種地方性詮釋的延展，不僅構築鄉野特有的地理空間，其所映照鄉土民間人文地誌風貌，也堪稱「臺灣歷史記憶的贖回」。陳建忠〈臺灣歷史小說研究芻議〉一文，初步將戰後歷史小說概分為傳統、反共、後殖民和新歷史小說等四類。[96]其中屬乎「臺灣社會歷史記憶」者，概屬「後殖民歷史小說」和「新歷史小說」。依

---

94 孫大川：《久久酒一次》（臺北市：張老師文化事業公司，1991年7月），頁55。

95 夏曼・藍波安：《天空的眼睛》（新北市：聯經出版事業公司，2012年8月）。

96 陳建忠：〈臺灣歷史小說研究芻議〉，《記憶流域：臺灣歷史書寫與記憶政治》（新北市：南十字星文化工作室，2018年8月），頁45-46。

據所論，前者習稱「大河（歷史）小說」，著重日殖民史、國府戒嚴史、二二八史、白色恐怖史的重述；後者則受新歷史與後現代主義思潮影響，有改以小歷史，解構主流、權威敘事的傾向。姑且不論這樣的類型畛域是否適切或穩定，審諸九〇後書寫歷史諸作，則趨近於「新歷史小說」類型，惟融合臺灣史、生活史與地方誌的新世代歷史書寫，則宜乎以「歷史鄉土書寫」名之。

且援引王家祥《倒風內海》（1997）為例，[97]小說的時空場景為一六二四年前座落於急水溪與曾文溪沖積平原間的西拉雅族麻豆社（今臺南市中部偏西北地區，即倒風內海沙洲地）。故事以少年英雄沙喃的獵鹿成長史為主軸，鋪展沙喃帶領麻豆戰士與統治者荷蘭人、移入者漢人的戰事始末，其中並涉及土地主權、殖民政治與生存現實、族群意識等多重議題。

就廣義的歷史界定而言，大則可以追述古代民族的興亡，小則可以描寫個人的性情同動作。[98]其中有關追尋區域族群的歷史，自也包括在內。《倒風內海》推源上溯四百多年前的臺灣歷史，並兼及地方區域史與西拉雅族麻豆社部落史，作者精細考證古文獻，全書標註西拉雅語，已趨於一種「深描」（thick description）式的「信史」，而非只作為記憶再現的歷史。小說家透過跨文化視角，追問與探索土地權力和族群地位的轉換／錯置關係，箇中所呈顯族群題材與地誌歷史，揭露其對歷史的解讀或史觀，顯然與以漢族為主體的正史視角判然有別。這種隱然進入了有意識和無意識的「『為了』『關於』乃至『反對』模式的領域」的書寫意識，[99]既區隔於以日殖歷史為題材的大河小說，而別具地方背景與族群歷史的小說，因此可稱為架構於鄉土誌之上的「新歷史小說」。

後繼以地方史為觀照的何敬堯《幻之港：塗角窟異夢錄》（2014），故事背景同樣構設於一處實存於地誌文獻上的地域名稱。「塗角窟」（音名塗墼

---

97 王家祥：《倒風內海》（臺北市：玉山社出版事業公司，1997年）。

98 （美）魯濱孫著，何炳松譯：《新史學》（上海市：上海古籍出版社，2012年），頁1。

99 （美）帕特里克·格里著、羅新主編：《歷史、記憶與書寫》（北京市：北京大學出版社，2018年5月），頁99。

窟、塗葛堀或土角窟），原是十九世紀中部海岸重要河口港埠，即今之大肚溪的出海口水里港。小說以「塗角窟」港灣及其暗渡閩廈的舟楫航道，作為統攝全書的核心圖景，但歷史地景充其量只作為演繹奇幻異譚的寫作路線，誠如作者自陳：「以往的臺灣小說『大敘事』的風格不能再延續了，歷史不能只是意識形態的載具，過多文獻考察也會喪失作為『小說』該有的單純樂趣。」[100] 爰此而論，新世代寫手喜於取材「臺灣史」，顯然並非植基於贖回歷史記憶的說史意圖，因此也不具有如王家祥志在洄游臺灣先民史與原住民傳統神話的歷史意識。「說史」顯然成了鍛接魔幻、懸疑、推理、恐怖等類型小說的各種元素於臺灣歷史時空的「一種新穎而冒險的實驗」。[101] 將安置於「塗角窟」地景的〈魔神仔〉、〈虎姑婆〉等民間故事諸篇，較諸王家祥取自考古學的矮黑人傳奇的《魔神仔》，或甘耀明以宗教為尊的〈上關刀夜殺虎姑婆〉，益見何敬堯展演人性與妖物間的控御關係，「虛構歷史現場」的趨向。

　　然而將「歷史」視為小說般的話語，並不拘牽於說史的技藝策略或可讀性的唯二功能性效應。有謂新世代「算是最沉重、企圖最強也最接近正宗鄉土小說的異數」的甘耀明作品，[102] 其以歷史鄉土小說炮製過去的意義，並不存在於事件本身，而是旨在把過去事件轉易為現在的歷史「現場」與「事實」，以此迴向現代臺灣的社會文化議題。甘耀明向以童年村落關牛窩為場景（雖是地理實景，在小說中則多為虛構場景），《殺鬼》（2009）自也不例外，[103] 小說以構建的神鬼魔幻世界，對應日殖臺灣以迄一九四七年二二八事件爆發的歷史背景，但小說的情境世界，卻是與作者所處身的時代氛圍及其社會意識，形成相互關照的關係。[104] 惟有解除了寫真歷史人物的包袱，

---

100 何敬堯：〈跂鹿鳴于夜〉，《幻之港：塗角窟異夢錄》（臺北市：九歌出版社，2014年12月），頁268。

101 何敬堯：〈跂鹿鳴于夜〉，《幻之港：塗角窟異夢錄》，頁268。

102 見范銘如：〈輕‧鄉土小說蔚然成形〉，《像一盒巧克力──當代文學文化論評》，頁177。

103 甘耀明：《殺鬼》（臺北市：寶瓶文化事業公司，2009年）。

104 誠如作者所言筆下的人物並不是活在那段歷史時期，而是活在虛構的小說中。參甘耀明：《殺鬼》，頁442-443。

小說才能植入以現代社會為基礎的想像中，來敷演矢志當「唐山鬼」的劉金福、日人鬼中佐、尋找加藤武夫的原住民女子、千里尋親的非洲婦與西洋婦人等多元群族交匯的情節，傳達現代認同與族群融合的概念。

同為二〇一五年出版的吳明益《單車失竊記》和甘耀明《邦查女孩》兩作，皆涉及日殖歷史與記憶的再現，《單車失竊記》以多重敘述者的意識流動，來處理二戰史，並將臺灣單車從交通功能性中抽離出來，成為物體系中的鐵馬史，此外也兼及日殖時期圓山動物園史、蝴蝶工藝史等等，是一部交融時代生活史與自然寫作的長篇佳構。《邦查女孩》以臺灣山林史為題材，卻是從人物角色的構設，來承擔臺灣歷史特具多種族與多語言的駁雜混融現象。小說人物古阿霞和帕吉魯的父系母族，總計有邦查（阿美族）、非裔美軍、日人和客族，以此織就跨族群的人倫網絡，而文本重要的人名（帕吉魯：阿美族語）、職業（索馬師仔：日語＋臺語）、地名（摩里沙卡：漢字拼音的日語），[105]更進一步展演多音多義的混語想像，這又是另一種「多元臺灣化」的書寫基調。

安置於傳統系譜中的歷史小說，或許還意圖維持著忠於史實事件，然而在後現代或後設的歷史小說中，顯然有更多書寫的「自我指涉性」，而使得歷史小說轉向「問題化」與「介入性」的現實性意義。

（六）架構末日的科幻鄉土

如前所述，鄉土或新鄉土小說，大致偏於「寫實性」的文類，誠然新型鄉土書寫，也有非常現代的表現形式，但力圖表現或回應自身與現實社會的關係，顯然也是文學創作的一種效果及重要的目標。至於以想像「未來的時間」（遠程的時代）和「遙遠的空間」（星際的宇宙）為基調的科幻小說，則是一種以「科學」為線索，探討整個人類境況的「幻想」或「空想」性文

---

105 此處有關《邦查女孩》的方言及混語現象，受惠於 UC Irvine 東亞學系副教授 Bert M. Scruggs 的演講：「從原住民族到全球：試論土著化、本土化、臺灣化」（2018年11月7日於清華大學臺文所）。

類。[106]準此，現實的「鄉土空間」與架空的「想像社會」，是否適合接榫為一種書寫類型？這是本節的一種探討「發問」。此外，嘗試從「科幻」文類理論出發，主要也立基於觀察擅寫鄉土題材的新世代作家，其近期創作「召喚未來世界」的新文類，是否還包藏著鄉土的現實意識？而所謂「現實」與「科幻」、「可信」與「想像」之間的辯證關係，又是什麼呢？本節的討論，既然旨在探討現實鄉土的一種科幻想像書寫型態的可能性，則攸關「什麼是科幻鄉土文學？」的文類形態及其結構，就不再是核心議題；「為什麼是科幻鄉土文學？」的文類功能性，反倒成了重要的觀察點。

介於高雅與通俗文學之間，兼涉人文與科技學門的科幻作品，隨著人工智慧（artificial intelligence）時代來臨，將機器塑造成仿人外表、行為、心智的機器人學（robotics）的展拓，通訊網路的無遠弗屆，或 SpaceX 研發太空飛行技術的更上層樓，即將達成載人航天、宇宙旅遊、星球殖民的星際運輸系統等超前部署之舉，已然開啟人類文明的嶄新疆界，而作為替「可能的未來世界」譜寫故事與繪製藍圖的科幻小說文類，也在這個科技新紀元中益加鋒芒畢露。

觀測新世代小說創作，晚近頗有「鄉土文類」轉向長篇小說科幻文類發展的現象，如伊格言《噬夢人》（2010）、《零地點》（2013），高翊峰《幻艙》（2011）、《2069》（2019）等。[107]然而新世代作家即使書寫科幻，也早已迥異於1.0版的素樸科幻小說界定，[108]而是別具「賽伯格／後人類」

---

106 Science Fiction，在日本的正式譯名是「空想科學小說」（サイエンスフィクション），日語的「空想」，即是漢語的「幻想」之意。參范伯群、孔慶東主編：《大眾文學的十五堂課》（臺北市：五南圖書出版公司，2010年），頁231。

107 伊格言：《噬夢人》（臺北市：聯合文學出版社，2010年）、伊格言：《零地點 Ground Zero》（臺北市：麥田出版社，2013年）、高翊峰：《幻艙》（臺北市：寶瓶文化事業公司，2011年7月）、高翊峰：《2069》（臺北市：新經典圖文傳播公司，2019年）。

108 見張系國科幻之論：其一是強調「科」，如登陸月球、生物工程、機器人等俱已實現的科學大業；其二是側重「幻」，反映人類亙古不變的渴望，如時間旅行、長生不老、永恆愛情等。《夜曲》〈自序〉（臺北市：洪範書店，1985年），頁2。

（cyborg/the post-human）[109]，所謂「科幻大未來」的新面目。在全球化資訊傳播的時代氛圍，以及轉向影像的文化趨勢中，[110]勇於嘗試各種小說可能的形式，或探索影像符號與指涉的關係，力求推廓出前衛而嶄新的藝術創作版圖，[111]自屬必然。

在這幾部作品中，除了盡現佛洛依德、拉康等大師理論，也可以看到取用於電影（災難／科幻類型電影）、文學名著（卡夫卡之作）、聖經（似諾亞方舟的綠艙，以及〈啟示錄〉所預表揭開第七封印的末日臨現）、童話（復活的小木偶）等主題或敘事原型的衍化。《噬夢人》和《幻艙》，皆與卡夫卡「追尋與存在」的敘事結構，有所勾連，而這一切也都與人立足於「鄉土」的記憶有關。

《噬夢人》裡的生化人K，除了是召喚、重組與混合讀者已經知道的卡夫卡小說人物K，也類近於《楚門的世界》裡被監視偷窺而不自知的楚門。這個以一組數字編碼而被給定身分的生化人K的故事，儼然是一則「管理受損身分的筆記」。生化人K的「受損身分」，與社會地位、階級無關，卻是依循著社會對於成員分類與結構屬性的規範，而陷落於身體畸怪（生化人）、

---

109 Cyborg，意指「半人」，強調有機與無機、生物與機器、自然與人造，看似矛盾，實則共生、類同、互補的狀態。the post-human，「後人類」的概念，則強調人與機器、內在精神與外部裝置兩者間的反饋迴路。總結而言，在人變成了機器，資訊取代了生命特質而成為人類身體規範依據，人類不再圍限於生物有機體的自然邊界的社會景觀與生命情境中，如何思考或面對後人類的生命政治與倫理，將是最重要的議題。參N.Katherine Hayles 等作；林建光、李育霖主編《賽伯格與後人類主義》〈導論一、二〉（臺中市：國立中興大學出版中心，2013年12月），頁1-4、15-17。

110 高翊峰除了創作，也涉足電視編劇與導演，而伊格言在與羅智成對談時，即言「生在一個以影像作為主導性文化符碼的時代，既是一種幸福又是一種不幸。」〈那些與我失之交臂的溫柔：伊格言對談羅智成〉，伊格言：《拜訪糖果阿姨》〈附錄2〉（臺北市：聯合文學出版社，2013年4月），頁238。

111 伊格受訪時即言科幻作為一種題材的優勢，即是「科幻最極端」，惟有在科幻裡，只要你的設定好，你就可以把人的記憶換掉。參見〈專訪｜高翊峰、伊格言：臺灣的科幻文學是什麼樣的〉，原文網址：https://kknews.cc/zh-tw/culture/l6a952b.html，檢索日期：2020年8月13日。

性格缺失（非人格）、非人類（他者）等遭貶抑的「受污名的生化人」處境。[112]生化人的追索因而是「作為人類的記憶」及「生而為『人』的鄉愁」（頁446-447）。小說中不斷浮現的夢境，大都與出生地、父親、母親，與童年場景攸關，即使是生化人也迷戀於可以帶來一種異常熟悉感的「初生記憶的場景」──生化人製造工廠（或可稱為生化人的「原鄉」）。

　　《幻艙》的主要場景「首都市的沉睡儲藏室」（頁254），以及地下避難室裡的人群，則是另一則卡夫卡「地窖中的穴鳥」故事。[113]高翊峰提及創作《幻艙》其時，甫至北京，住在一廳一室的小空間，加上帶著小孩，也不敢走遠、跑遠。[114]在生疏環境與父子親情牽絆下，所形成密閉而囿限的「心靈幻艙」，顯然也指涉偌大而生疏的「城市」與藏身其中的孤寂個我／群體的一種關係。小說中那群避難者，儼然是生存在「地洞」中的卡夫卡們，他們不得不棲居於城市內部，卻又與地洞外的城市住民另有「視差」[115]，一如卡夫卡日記所披露：「人們默默地將陌生的城市作為事實來接受，那裡的居民自願自地生活著，無須滲入我們的生活方式之中，一如我們不能滲入他們的生活方式之中一樣。」[116]《幻艙》裡的人物群即是具有城籍的市民，卻無法融入其中的「失城」之人。

　　上述兩部科幻作品，都涉及深邃未可知的人類「末日」與「終點」的科幻概念，然而書寫意識的內核及出發點，卻是時時浮露於《噬夢人》中「太

112　有關生化人「受污名」的處境，概念發想自高夫曼著、曾凡慈譯：《污名：管理受損身分的筆記》（臺北市：群學出版公司，2010年7月）。

113　卡夫卡嘗言：「我的名字叫卡夫卡（Kafka），這是希伯來語，意思是穴鳥」。引自吳曉果：《從卡夫卡到昆德拉：20世紀的小說和小說家》（北京市：生活‧讀書‧新知三聯書店，2003年8月），頁15。又，高翊峰《幻艙》扉頁即是引卡夫卡名句：「在清醒的狀態下，我們漫步於夢中，不過只是過去時代的亡靈。」

114　見羅昕：〈對話高翊峰、伊格言：臺灣的科幻文學是什麼樣的〉，原文網址：https://cul.qq.com/a/20170826/013552.htm，檢索日期：2020年8月15日。

115　「視差」一詞，引自高翊峰語。同前註。

116　葉廷芳編選：《卡夫卡集》（上海市：遠東圖書公司，1998年），1911年11月8日〈日記〉，頁518。

平洋西界。島國臺灣」的諸多地景，[117]誠如高翊峰所言：「臺灣這座島嶼之於我的書寫可能性，是更遙遠的無限。游離於北京時，我更傾心想像署名我的臺北。我在光影縫隙，發現一座基於現實的首都市。」[118]據此推知，小說中地面上的城市與地底下的綠艙，正輝映出北京與臺灣「雙城」的對峙／補襯。

伊格言另作《零地點》則是以預示性的末日景觀，直接對撞臺灣社會現實：「不要核四五六運動」的環境議題與公民社會的反抗行動。[119]除了針對「核爆」與「國家機器」體制的批判，小說的現實性指涉也反應於政壇人物的點名錄。書名「零地點」，其實是近乎「寫實」的「有地點」，小說內文處處可見解讀與圖示「北臺灣」的跡象，書內扉頁更是直接點題：「獻給我的故鄉臺灣」。如此「貼地飛行」的「寫實」小說，儘管也歸屬於未來啟示錄的文類，但終究是「非常鄉土性」的科幻之作。

高翊峰《2069》〈自序〉同樣載明：「我開始站在我所在的小島，去尋找類似的島嶼。」（頁5）顯見即使以科幻文類來表現仿人的機器人學，但書寫的關懷主題，依然存在我們的周遭。《2069》的許多角色與物象原型，皆從《幻艙》延續而來，如達利、老管家和高樓層管理人、魔術師和小布偶，以及「密閉的綠艙」等，但故事的風暴則非來自城市下水道的球藻風暴，而是始於「裂島地震造成第二核電廠爐心熔毀，導致本島北部住民受到嚴重的放射線感染」（頁40）。故事主脈所敷演「零誕生」的計畫，恰與伊格言反核書寫的「零地點」，形成了互文性的主題。[120]

人工智能歷經演化後，具有「程式意志」或「電子靈魂」（頁214），並

---

117 伊格言：《噬夢人》，頁86。

118 童偉格‧高翊峰：〈艙音與靈共鳴〉，《幻艙》〈附錄〉，頁344。

119 電影人柯一正、吳乙峰、小野等人，於二〇一三年309遊行當天提出「不要核四五六運動」後，即相約每週五晚間六點在自由廣場相聚，採音樂、戲劇、短講、公民論壇等方式推廣反核思維。其後伊格言也參加了這項活動。（原文網址：https://e-info.org.tw/node/99372）。

120 和《零地點》書名，形成有趣的反差，尚有朱宥勳《暮觀》，小說藉以展演質疑與否定的臺東知名景點加路蘭，反而成了一個虛構的「零地點」。《暮觀》並非科幻文類，此處暫不列入處理。

進而產生自體演化的「AI新智人」的小說情節，顯然關涉目前極熱門的「後人類」（Post Human）與「人工生命」（Artificial Life）的多重想像話題。[121]即或如此，小說中所架構「悠托比亞島」（Utopia譯音）和被四國託管的「曼迪德特區」（從悠托比亞島分割出來的小島，藉由「零誕生計畫」，孕育新品種未來人的一個實驗場）的分裂，及其語言文字系統的設定等等。呼之欲出的即是臺灣島嶼的政治寓言性。[122]此作容或是科幻新浪潮之下的創作，或是以資訊技術作為故事主體的科幻分支的Cyberpunk（賽博龐克）文類，不可否認的是《2069》召喚出的這些科幻情節，是多麼地接近臺灣島嶼，易言之，高翊峰是以科幻寫實的方式，來展演未來虛擬時空中（2019年伊始的後50年）的鄉土脈動。當超越娛樂性質與好奇心，超越那些大量釋出的科技資訊可以負擔的情緒時，這場驚奇的科幻旅程的真實目標，除了是對於所有宇宙現實的探索外，興許是新世代小說家對於鄉土「寫實」、「反寫實」與「新寫實」形式的一種實驗。

（七）定錨地方的區域鄉土

鄉土成為人類具有親切經驗與愛戀的地方，乃是因為鄉土空間轉換成獲得「定義」和「意義」的一種特殊性的「地方」。鄉土諸作，仰賴人和土地結盟的故事，然而作為書寫載體，鄉土已轉衍為童年記憶的鄉土經驗再現（如

---

[121] 「後人類」的「後」字有取代人類和後來者的雙重含義，雖非反人類之思，卻暗示「人類」的日子可能為數有限。至於「人工生命」則意指：將生命的自然形式和過程引進人工媒介中，其後組成這些「生物」電腦程式編碼變成了自然的生命形式，只有媒介是人工的。參見N・凱薩琳・海爾斯（N・Katherine Hayles）作、賴淑芳等譯：《後人類時代：虛擬身體的多重想像和建構》（臺北市：時報文化出版企業公司，2018年7月），頁391-395、317-319。《2069》裡的主人翁綠A集合宅巡護隊隊長達利、副隊長卡蘿，以及電子人賽姬零六零五，皆是擁有電子腦機體與智能覺醒意志的新智人。

[122] 有關高翊峰此作的高度政治性隱喻，已見於多位作家的推薦語，如伊格言即言：「《2069》顯然更為切身、更為敏感，也更與我們所在的島嶼息息相關。」馬立軒則言：「《2069》……講出了深具臺灣特有社會議題、地緣政治內涵的 Cyberpunk 故事。」參見《2069》封面扉頁。

鄭清文的新莊、李昂的鹿港、陳雪的豐原、袁哲生的燒水溝、甘耀明的苗栗
獅潭、楊富閔的臺南大內）；或自然環境地理與地域特色生活的離島書寫（如
夏曼‧藍波安的蘭嶼、吳豐秋的花蓮、陳淑瑤的澎湖、陳長慶的金門等）；
或是刻劃城鄉生活的今昔滄桑、地景變遷與社會文明的推移（如黃春明的宜
蘭、朱天心的臺北、舞鶴的淡水、林宜澐的花蓮、王聰威的高雄、童偉格的
新北萬里）等。這些大致以出生地或成長地，作為書寫的節點，而鋪展地理
經驗與自我認同的空間故事，故事中的鄉土實踐，雖未必純然是藝術自覺下
的構設素材與空間製碼，卻都有鄉土敘事寓意及美學上的展呈或突破。

　　就鄉土書寫中的「地方」而言，除了涉及「區域」或「地方」文學的概
念，也意指一處「地理」實體（座落地點與地區特質），同時也作為一種
「歷史」實體（有其自身的歷史）和文化實體（有其地方的傳統性）。以臺
灣而言，在相對性概念下的「區域」，可劃分為北、中、南、東部，以及離
島（澎湖、金門、馬祖、蘭嶼、綠島、琉球等大小島嶼）。

　　誠如識者所論「南北文學不同論」、「討論地方文學與地方認同，其實是
豐富了『臺灣文學』大纛上的差異性。」[123]在各地方政府展開地方學蔚為主
流趨勢之際，地方文學獎也驅動了許多新銳作家的在地書寫；相關的地方區
域文學亦有文建會推動「透過閱讀文學來閱讀臺灣」的《閱讀文學地景》系
列叢書出版。學界也有「區域小說」，或「地景文學」的討論，前者如范銘
如諸作的主軸焦點，即在於觀察臺灣的地方文學與區域化的趨勢，採取的討
論策略則是以小說文類對於「具體地誌」的摹寫臆想，並宕開作家的籍貫和
地緣關係。[124]後者如蘇碩斌則從描寫「特定風貌的地理意義」、「地方認同的
社會意義」、「去中心化的政治意義」等三層意涵，來總理作家賦予土地的文
學性意義，並表明地景文學使臺灣漸次轉變為多元共存的地方型文化。[125]

---

123 李瑞騰〈序〉、王浩威：〈地方文學與地方社群認同〉，封德屏主編：《鄉土與文學——
　　臺灣地區區域文學會議實錄》（臺北市：聯經出版事業公司，1994年），頁3、21。
124 范銘如：〈臺灣當代區域小說〉，《空間／文本／政治》，頁230-231。
125 參文化部建置「臺灣文化工具箱」多語文網站平臺之一「文學工具箱」之「地景文學」
　　主題策畫導讀，網址：https://toolkit.culture.tw/literaturetheme_151_23.html?themeId=23，
　　檢索日期：2020年7月30日。

　　不同於前述「演繹地誌的歷史鄉土」，偏重於地方的歷史沿革與歷史意識；也相異於原住民以山海芳華為介質，表呈部落或族群認同的「自然形態鄉土」，此處命題為「區域鄉土」書寫，毋寧更趨近於地理實體的地方色彩，以及區域地方特有的傳統習俗，而又區隔於范、蘇兩位學者所採以敘事模式相似性的區域地理範疇，或是輔以地理、考古、文獻等趨近於知識考察的地方書寫觀測。本節關注鄉土表現型態，主要以作家身分與區域地方的關係為前提（出生地、成長或移居地），意在探討作家作品中的「地方經驗」及其「地方意識」，而瞄定區域鄉土書寫，更攸關「人與地方的情感聯繫」，乃因地方實為作家的「關照場域」（field of care），因此藉書寫來表現對「地方之愛」及對於地方的依附感。[126]

　　當「鄉土」作為一種書寫要素時，鄉土書寫與「地方色彩」、「地方性生產」的關聯性，也頗值得關注。所謂「地方色彩」，主要指自然條件與土地環境，例如地理空間相對於西部，堪稱是在政治中心之外最典型文化地理中心之一，有「後山」之稱的花東地區，[127]其空間性格，不論就內部的自然資源，或作為一個「地點」，在臺灣地區所處空間位置的生態性、社會性與政治性的價值，都有其獨特的意義。[128]即或同為東臺灣的花蓮和臺東，也各有其殊異的地景及人文風土，如迴瀾的自然美景，鬼斧神工，發散為殊勝的地方迷魅，其作為展示性的豐饒風景，相較於同樣面山近海，人稱「臺灣最後一塊淨土」的素樸農業縣臺東，實不宜將之併為一談。

　　至於「地方性」，除了是一種生態地理表層的空間生產，也呈顯為社會族群文化、在地傳統習俗、區域生活型態、社會角色網絡、集體觀念與價值體系等互為滲透的一種「在地社群景觀」。論者點出「由於鄉土文學對於庶

---

126 Tim Cresswell著、徐苔玲等譯：《地方：記憶、想像與認同》（臺北市：群學出版公司，2006年2月），頁35。

127 所謂「前山」、「後山」的賦名概念，自是由觀看者所在位置而生發的一種「發明」、「製造」與「界定」，而非客觀性的地理實體的存在，一如以歐美視角為中心，來界定「東方」與「西方」的預設。

128 顏崑陽：〈「後山意識」的結構及其在花蓮地方社會文化發展上的異向作用與調和〉，《淡江中文學報》第15期，2006年12月。

民、土地、在地語言、在地記憶的關懷，對於『在地性』論述的辯證與推展都有莫大的助力。」[129]如吳豐秋《後山日先照》、方梓《來去花蓮港》、《誰是葛里歐》、陳淑瑤《海事》、《地老》、呂則之《憨神的春天》，即分別以地處偏隅的花蓮或澎湖作為書寫主體，藉由生活體驗、語言習俗，而以文字記錄與美學手法，展現在地環境地理與極具特色生活圈，除了提供辨識指認的地方獨特性，最動人處尤在於作家所感知與經驗的地方認同意識。

　　例如呂則之從海煙肅殺中漁民的桑滄紋線（《海煙》，1983）、孤絕荒地上的混亂生存與掙扎（《荒地》，1984），一路來到了融合辛辣喜樂生命寫真與人性衝突暗晦的《憨神的春天》（1996），菊島組曲故事，容或漸漸有了以「荒謬奇詭」書寫痴狂悲傷的新變貌，也依然遮蔽不了屬於澎湖特有海天荒村的貧瘠地貌與依然黏貼鹹水風塵的漁民的臉。吳豐秋則以「後山日出」作為花蓮特有的生態景觀與區域精神象徵，並以此鑄造人地同源同構的村群身分。方梓則分以花蓮史詩與神怪傳說，來講述女性遷移史與尋根記。

　　陳淑瑤的澎湖鄉土書寫，則是將鄉人鄉土鄉情鄉音諸般風景，收攬為地方風情畫，以此作為反芻澎湖獨特的「親切經驗」。〈女兒井〉（1997）雖是初試啼聲之作，卻定調了一種來自生活深刻體驗與創作泉源結合的離島鄉土詩學。一個社群的生活形態，原是與某一特定的土地景觀融合一起。作者以一口井作為核心圖像，將季節時令、人物、故事、村俚方音，鑲嵌入實景實物與日常農事的鄉土景觀中，藉由地物地景、人物悲歡與生活細節所蘊藉的「地土精神」，展現離島苦於乾旱的地理風土，全文別有一股幽幽騷動的細膩情致，也回應了標示為「女兒井」的題名。散文〈井上記〉述及撰作緣起於發現田裡一口廢棄的井，自此陸續開啟系列「井」的故事，如〈守夜〉、《流水帳》等，從中反思鄉土田園農耕年代，並側記鑿井技術。陳淑瑤雖是以小說文類來表顯地方敘事，誠如所言：「但至少是一個人的真實」。[130]

129　邱貴芬：〈在地性論述的發展與全球空間：鄉土文學論戰三十年〉，思想編委會編著：
　　《鄉土、本土、在地》，頁101。

130　陳淑瑤：〈井上記〉，《潮本》（新北市：印刻文學生活雜誌出版公司，2018年），頁
　　129-130。

〈女兒井〉因此可視之為往後諸作的重要的前文本。

　　上述繪製特定區域景致的鄉土書寫諸作，其重點乃在於標誌地方性，是以側重一個地方獨特的風情與一個地區特有的「精神」，不僅體現了對地區感的理解，也描寫出地方特色。

四　回歸「當代意識」與「現代經驗」的鄉土書寫

　　作家書寫「鄉土場」，乃是關乎人與空間、人與人、人與自然、人與歷史、人與時代等文學觀照的議題，然而置放於臺灣文學史的「鄉土」一詞，或緣於過度沉重載負，或過於紛繁義涵，而漫衍成為依附各種意識形態的「認同辨識標記」，以致作為深具「濃稠本土與在地色彩」的臺灣鄉土文學，在本土化典範的參考架構論述中，往往成為重要的爭議焦點。[131]如果再依從地理學概念，將「鄉土」視為一個綜合性詞彙，而細分為「空間」（有面積和體積）和「地方」（強調經驗和意義），則在島嶼族群生息與政治喧鬧中，當益增臺灣「鄉土」語境訓解的治絲益棼。然則「鄉土」究竟是什麼？「鄉土到底指的是哪個『鄉土』？」，幾乎成了臺灣文學場域的大哉問。當從敘事空間、文化價值立場的游移、現代與傳統的融匯或擺盪，切入鄉土文本樣式，「鄉土」作為「描述」的文類或「意義」的生發時，皆將因語境的改變而改變。如此說來，「鄉土」語詞所喚起的文學意義與文學體驗，當非只限於作者的創作意圖或閱評者的類型屬性，而是所有這一切，或更多因素綜合作用的結果。

　　「鄉土」既有繁複的意涵，則勢必進入臺灣「鄉土」語境的詮釋脈絡中，並藉由對鄉土小說的「鄉土性」的提煉，使整體性的新型鄉土小說的理論引導與文類判斷成為可能。首先必須回溯的，即是「鄉土」的名實，特別是以「鄉土」之名，被放大討論而亮眼登場的七〇年代鄉土文學論戰。然而臺

131　參蕭阿勤：《回歸現實：臺灣1970年代的戰後世代與文化政治變遷》（臺北市：中央研究院社會學研究所，2008年），頁201-262。

灣鄉土文學所涉及的辯證，從一開始就不是一場純粹的文學論戰，名為「文學運動」，實則觸及臺灣政治、經濟、社會和文化各方面的一種多元運動。

　　論戰之後迄今的「鄉土學」，延燒迄今，猶是深具魅力的課題，在多音交響中，歸納眾說的幾個鄉土重點，首先是從歷史視野，來審視「鄉土」作為一種思想類型的內涵，如在殖民歷史脈絡中的日殖記憶、身分認同及在地語言等等的臺灣社會轉變。其次則是從政治經濟層面，來解說「鄉土運動」原初的社會行動意義，原是錨定於「農村的現實面」及社會階級分化現象。而針對「鄉土究竟是什麼」的討論，則是在「鄉土」超載的修辭語彙中，探掘出最沉重也最歧異的政治認同意識。此外，也透過將臺灣置放於全球歷史架構中的第三世界位置，來理解臺灣文學中矛盾而分離的鄉土意識，原是肇端於一個因殖民統治而破裂的現實世界。鄉土文學論戰，除了涉及政治文化意識之爭，也有屬乎文學戰役的部分，因此必須正視並重新審視鄉土與現代主義、寫實主義之間的交流關係。昔日「面對西方」，今則轉為「面向全球」，七〇年代鄉土論戰場域實已帶來許多延伸與轉化的新面向，在文化多元性與全球化的現今，透過臺灣族群新景觀與大眾文化的反思，更是拉出了「鄉土」多元化而富辯證性的新領域。

　　從鄉土多元理論到鄉土書寫實踐，在九〇年代以降鄉土書寫總覽中，可以看出一種書寫藝術與敘述新風貌刻在形成中，這現象除了標誌一個新文類的誕生，可視為作家對創作文體的一種自覺，更代表寫作者對於「非常現代」社會的一種回應。誠然新型鄉土小說雖意味著作家自覺擺脫舊有的經驗，而反映出文學對時代現實的把握，卻並非是撕裂性的決絕切割。

　　若將鄉土視為文本詮解的符號，則有關「時代與世代」的差異問題，也應作為觀察前景的條件。藉由城鄉變遷與世代交替，也引渡出新一代創作者不同的「感覺結構」（Structure of Feeling），從「現代」本身的意義而言，即意味著技術上的先進和高度城市化的社會狀態。因此現代新型鄉土小說的書寫美學，實為投射一個時代／世代的想像與實踐。循此而規模出新的鄉土書寫美學類別計有：（一）穿梭時間的憂悒鄉土書寫、（二）怪力亂神的異質鄉土書寫、（三）浪蕩荒蕪的頹廢鄉土書寫、（四）山海交響的自然鄉土書寫、

（五）演繹地誌的歷史鄉土書寫、（六）架構末日的科幻鄉土書寫、（七）定錨地方的區域鄉土書寫。

　　藉由將鄉土小說書寫類別作一綜括與並置，可以察知「鄉土」置放於書寫的想像與實踐，或可作為一種實質的地理空間與地方意識的投射，如原住民的山海家園及部落文化書寫，以及從地方性出發，表現區域社群文化的作品，可稱之為「自然／區域景觀」。而以個人實際經驗或感知體驗為基石，藉以召喚民俗文化儀典與社群景觀，如老作家返照曾經生活其間的鄉土民俗圖景，而新世代則是以曖昧的鄉土身分，重返或編織父祖輩的鄉土場景的「閱歷／體驗景觀」。取徑鬼魅敘事、神魔異想來展演逸出現實的幻魅鄉土，或是以頹廢幻念、時間敗壞與異色夢魘來砌築「褪色鄉土」的書寫，或可總稱為「異化／異質景觀」。此外，從時間和空間概念而發，建立在個人記憶時間架構下，所召喚的空間歷史；或是植基於臺灣史與地方誌，而意在贖回大敘事中所失落的歷史文本，則可歸之於「記憶／歷史景觀」。至於，援借鄉土以為藝術符碼，而意欲生產鄉土知識，展示文史典故；或植入資訊科技，表現網路時代脈動，或以知識從事科幻虛構，淆亂傳統鄉土者，則近乎「知識／虛擬景觀」。

　　值得注意的是，紙上鄉土的美學表現，雖然展呈不同的文學鄉土景觀，但作為類別化的鄉土書寫，並非是定於一的固態化鄉土世界。「文學鄉土」，畢竟都植基於作者主觀心靈的一種浪漫解釋視角，且視角與位置也會隨著不同的時空變遷而流動變化。書寫「鄉土」，因而可以名之為一種「想像的異邦」。

　　本文從總理論戰之後的鄉土論述，以至總攬新時代與新世代於承續與衍異中的鄉土書寫新貌，最後總結鄉土意涵的移轉，大致可簡要歸結為：「日殖臺灣→鄉土中國→臺灣鄉土→鄉土臺灣→多元臺灣」，若將之地理景象化則是：「臺灣地景→中國鄉野→臺灣農村→臺灣全島→想像臺灣」。進入九〇年代後，論者所謂超越傳統與現代的新興思想主流，當屬「當代意識」。所謂「當代意識」，就是回歸現實，回歸我們自己、我們的社會、我們的時代。典借取徑，以觀本文所舉證的鄉土書寫新貌，足以見證當代與現實，所

建構新型態鄉土作家的身分證，書寫儼然是他們的透視鏡，藉資尋得自己與所屬時代與世代存在的意義。而其中「鄉土」，並不止於被植入都市空間的延伸概念，更沒有陷落於鄉土論戰現場的意識形態硝煙中，然而鄉土文學踐履卻回應了論戰之後所展廓的歷史記憶視野，以及族群文化多元性與全球化思潮所帶來的兼有寫實與現代的鄉土美學型態。

「鄉土書寫」作為一種文類，它直接面對現代情境與心靈家園再現的裂隙，卻也標誌了現代人對於現今所處社會的感覺。因此，「鄉土」即使是以不同修辭的喻象系統，重新浮現，例示的也是近代體驗中的一種「故鄉」的失落與孺慕，不管是老將新秀，他們的鄉土書寫都可以說是一種關於現代生存意義的敘事，亦即是「現代經驗」與「內在家園」的一種差異感與交錯性。爰是，九〇年代以降，鄉土作家所含藏視野與策略的書寫現象，所回應與反饋歷史上鄉土論戰的大哉問及其後的論述，也即是把鄉土議題實質地「當代意識」與「現代經驗」化了！

五　研究範圍及章節概述

本專著的論述關懷起點，即在於思考七〇年代鄉土文學論戰過後的「鄉土」本身應該如何重新定義？歷經多年後的反思與觀察，學界諸君植基於當下歷史情境中的主體位置，怎麼來談，怎樣來看「鄉土」？又如何開展出「鄉土」的各種思想類型與種種的詮釋性？而鄉土文學研究者是否也可以取途於鄉土文學理論，返觀過往的鄉土小說諸作，而另啟鄉土性的詮解新面向？[132] 另闢鄉土敘事美學的新視域？此外，在論戰之後的時代與世代的感覺結構中，作家群又是如何承繼、轉化或捨離在作品中呈現以「鄉土」為材的書寫新局，而宕開「鄉土文學運動」的多重複雜性格？有謂二〇一〇年之

---

132 如范銘如：〈七〇年代鄉土小說的「土」生土長〉一文，重新閱讀六、七〇年鄉土文學的研究觀點，即取徑地方感、地理學概論，入探初期黃春明、王禎和與後期洪醒夫、宋澤萊鄉土諸作的蛻變意義。（臺北市：麥田出版社，2008年），頁153-178。

後，鄉土寫作風潮已褪，新鄉土作家群多已改變寫作走向，文本中的「鄉土」明顯退位。[133] 然則反映臺灣社會現實之作，難道就不是鄉土書寫嗎？凡此，皆是本書試圖釐清並重新探討「鄉土」的文學、類型及敘事美學，以期提出更進一步的觀察與回應。

　　與傳統鄉土文學屬乎同一光譜的新世代鄉土作家群，其迥異於前行代作家的鄉土感覺，趨近於展演「知識景觀」與「美學策略」，或是轉為傳統與現代種種衝突下的一種「辯證性」與「學院派」的哲思。準此，新世代作家作品自是重要的考察對象，本書除了關懷鄉土文學的現代性進程及其創作格局的開展外，也旨在展示鄉土文學多元化的書寫質性與新型態的發展樣貌。因此取樣的文本，並不局限於九〇年代以降的新／後鄉土小說，研析的作家作品除了上溯早期鄉土名篇的重新詮釋，諸如呂赫若〈牛車〉、鍾理和《笠山農場》外，也廓及以花蓮鄉土作為書寫主體的林宜澐諸作，以及並非以書寫鄉土而名家的李昂系列鹿城之作。此外，老作家李喬近期唯二之鄉土散文之作，見證並構建另一種臺灣田野誌，也同樣納入考察。

　　循上所述，本書擬從現實、抒情、奇幻與異質性，來重新思考詮釋前後鄉土小說的可能性。所謂「現實性」的界定，除了是一種題材與範圍，也是一種書寫表現手法，誠如昔日鄉土大將王拓將「鄉土文學」正名為「現實主義文學」的意義內涵，[134] 本專書所稱「鄉土現實性」的「現實」範圍也趨於廣義，除了指故鄉故土，也包括相對於都市的農村鄉野，以及生長與生活裡的現實環境，在書寫手法上，則以反映現實為主。如呂赫若〈牛車〉或王禎和〈嫁妝一牛車〉等作，以反轉社會常軌的「典妻」行為，來換取衣食的故事，則是來自於饑餓實況的鄉土世界，本身即具有鄉土的現實意義。[135]

133　王國安：《小說新力：臺灣一九七〇後新世代小說論》，頁23-24。

134　王拓：〈鄉土文學與現實主義〉，收錄於尉天驄主編：《鄉土文討論論集》第3輯「從鄉土文學到民族文學」（新北市：遠景出版事業公司，1978年），頁300-301。

135　發表於一九六七年的名篇〈嫁妝一牛車〉，小說裡的萬發為免於挨餓，迫於無奈而與簡姓商人共享妻子，以換取衣食的題材，即是王禎和童年時從親戚聽聞而來的「又辛酸又絕頂有趣」的故事。參見王禎和講，李瑞記：〈代序──永恆的尋求〉，《人生歌王》（臺北市：聯合文學出版社，2005年），頁5-14。

　　至於「抒情」傳統，雖源於古典詩歌《楚辭》和《詩經》，強調「以字的音樂做組織和內心自白做意旨」，時而以形式見長，時而以內容顯現為要，[136]但轉至現代作家的抒情文學性，則主要關注作家的主觀感受和情緒、色彩與想像力的再現。如普實克藉從主觀主義和個人主義觀點，所歸結的抒情面向時，即提出藝術作品不是客觀現實的真實記錄，而是作者內心生活的反映，此外，作者在作品中的描繪、分析自己的情緒、感受、想像與夢幻，則幾近一種獨白，呈現出作者性敧和生活中較為陰暗、隱晦的側面。[137]表現在臺灣鄉土小說中的抒情性，大致以鍾理和作品敘事所隱藏文學性美化下的現代現實底蘊為代表。

　　單純奇幻文學的敘述，主要是藉由依然無法解釋、不合理的事實，來陳述超自然現象的存在。Tzvetan Todorov所提出的「奇幻」理論，饒富意味。[138]他提及這是一個充滿了驚奇和怪誕的文類，是一個只知道自然法則的人，遭遇了一個明顯超自然的事件後，所經驗的疑惑。因此奇幻文學的概念，主要是在真實和想像中被定義的。[139]有關鄉土書寫型態的奇幻性，可以林宜澐鄉土諧謔諸作，以及一則則具有明晰空間背景與人物的鄉鎮傳奇為代表，包括〈惡魚〉中躲在排水溝的鱷魚和〈抓鬼大隊〉文中「抓不到的真鬼巴比特」等。

　　相對於「同質性」（Homogeneity）的「異質性」（Heterogeneity、Disparity），一般釋義乃指性質或形式上的「相異」或「差距」，然則「異質」更深層之意，也可以指「性質或內容多樣化的一種形態」。[140]至於Michel Foucault，於"Texts/Contexts of Other Space"，提出的「heterotopias」，主要指

136　參陳世驤：〈中國的抒情傳統〉，《陳世驤文存》（臺北市：志文出版社，1975年），頁32-33。

137　分見李歐梵：〈序言〉，以及普實克著、李歐梵編、郭建玲譯：〈中國現代文學中的主觀主義和個人主義〉，《抒情與史詩》（上海市：上海三聯書局，2010年12月），頁2、1。

138　Tzvetan Todorov。1975。"*THE FANTASTIC: A Structural Approch to a Literary Genre*". Trans. Richard Howard. Ithaca: Cornell university press, New York。

139　同前註，頁23。

140　相關資料與討論，詳參本書第五章。

相對於真實空間與虛構空間的「差異地點」。李昂系列鹿城鄉土書寫，則近乎Foucault所指稱：「我們所居住的空間，把我們從自身中抽出，我們生命、時代與歷史的融蝕均在其中發生，這個緊抓著我們的空間，本身也是異質的。」[141]

綜合上述，本書將依此開展重探前後鄉土小說的現實反應、抒情意識、奇幻敘事、異質空間等鄉土型態及其敘事美學的研究面向。除導論與結論外，本書概分六個章節，總計八篇論文。各章提要分述如下：

導論　怎麼談，怎樣看「鄉土」？

置放於臺灣文學史的「鄉土文學」一詞，實具有三種面向的特質：一、從「歷史性術語」而言，乃指陳歷史階段的兩次文學論戰，所生發鄉土觀念的論述；二、作為「文化性術語」，則是「鄉關何處」的曖昧修辭，此即書寫中的「鄉土」存在；三、若作為「描述性術語」，則關乎一種書寫文類的敘述美學，諸如被歸入鄉土文學或新／後鄉土之文類。

本章作為全書論述的啟始，研究發問即從論戰之後陸續浮現諸家所形塑的「鄉土學」，其作為另一種鄉土歷史文獻，對於再現當下或預視未來的意義何在？反映臺灣社會現實，固然不等同是鄉土書寫，然而鄉土文學果真已成為「一種逝去的文學」？鄉土文學研究者是否也可以取途於論戰後的鄉土文學理論，而返觀過往的鄉土小說諸作，另啟鄉土性的詮解新面向？植基於「如何重談鄉土文學」的思考框架，本章除了展開論戰之後，所匯聚的「問題化」而非「主題化」的鄉土詮釋脈絡，並藉此概覽，而嘗試從現實、抒情、奇幻與異質性等鄉土研究面向，來重新思考與詮釋鄉土小說書寫樣貌。

---

141 米歇・傅寇著、陳志梧譯：〈不同空間的正文與上下文（脈絡）（Of Other Spaces）〉，夏鑄九、王志弘編譯：《空間的文化形式與社會理論讀本》，頁402。

第一章　從景觀符號、民俗儀典到資訊媒介：
作為「生產地方性」的新鄉土小說書寫現象

　　在二十一世紀龐大「全球化」潮流不斷消解地域／國土觀念的衝擊下，作家的鄉土書寫是否真有其地方本體論的定錨點？地方性固然作為生命經驗的本質，然而當作家書寫鄉土時，或可能也是一種「空間式的或擬制的【／虛擬的】」，並具有社會再生產地方性的詮釋？就美學操演策略而言，新鄉土小說在表述臺灣「地方感」時，除了論者所強調的自然環境與人文景觀外，是否還有可藉資生產「鄉土性」的書寫元素？

　　基於上述的問題意識，本章將從「生產地方性」的觀點，入探九〇年代以降新鄉土小說如何複雜且有意地援用景觀符號，諸如島嶼、農村、河流、海洋、漁港等等，作為標識地域的各種邊界，或轉換為創造地方主體性的民俗儀典，藉以再現／表演「在地社群景觀」；或在電子資訊與現代媒體形式中，導致所生產的地方主體性有了更為複雜、裂散而多重義涵等。此即本章在「生產地方性」意義脈絡下，賦予新鄉土書寫現象的另一種詮釋概念。

第二章　女人的船屋與男人的牛車──沈從文〈丈夫〉和呂赫若
〈牛車〉中「典妻情節」訊息及其言說方式

　　沈從文〈丈夫〉一文撰作於一九三〇年，呂赫若〈牛車〉一文則寫作於一九三五年。這兩篇名家名作遙隔海峽兩岸，撰作容或有其不同的託寓面向，卻不約而同地將書寫情節指向「典妻」的現象，藉以揭現彼時中國鄉村與臺灣農村社會背景概況。二文無論是在處理社會階級、女性位置、性別政治，或是面對彼時現代化與鄉土矛盾，所表呈個體生命存在樣態，以及因應現代社會變革而產生新的社會網絡等等書寫訊息時，皆隱然浮現饒有意味的互文性對話。

　　本章旨在將〈丈夫〉、〈牛車〉兩作中的「船屋」和「牛車」，縮結「典妻事件」的表意結構，藉此反轉社會常軌的情節，除了浮顯鄉下人在社會朝

向現代流變過程中的人生哀樂，也表徵作者所投射的某一種社會意識形態和社會符號秩序。兩篇小說中的船屋和牛車，皆非只具有普通交通工具或實用農具機物的本質性功能與意義，而是顯豁地占據一個主導性的訊息言說位置，並且作為所傳達訊息的一種延伸義。援此，兩篇小說將被視為一個廣義再現系統的一部分：「女人的船屋」是再現地方與性別的空間場；而「男人的牛車」則表徵歷史與階級的象徵物。

第三章　抒情意識與現代現實的交會
──鍾理和《笠山農場》的烏托邦敘事美學

　　鍾理和《笠山農場》構思於四〇年代的北平時期，完稿於五〇年代臺灣，小說故事的時空背景卻是日殖階段的三〇年代，而完成作品之際卻也是作者飽受生命災難最慘烈的時期，是以鍾理和在倖存的自我與多重打擊的命運之間，轉為頌讚大自然鄉土，雖或表現了某種精神層次上的啟蒙，然而與其創作《笠山農場》「當下此刻」印證，值得關注的卻是作者以抒情主體的發聲方式，所採以「其文主譎」的烏托邦書寫──暫時提供了一個象徵性的解決方案，以因應外在社會道德／政治秩序的一種他我矛盾。因此本章將取徑於烏托邦視域，並佐以「抒情意識」的剔抉，意圖重探《笠山農場》的敘事美學及其創作的深層意識。首先藉由「理想與現實的對照視野」、「個人意志與群體秩序的辯證」，以及「烏托邦的希望追尋與艱難困境」，討論鍾理和《笠山農場》裡烏托邦中立性的敘事話語；其次則分別透過「作為『內在性』與『認識性』的笠山風景」、「常民風景中的民俗學義涵」以及「『凡人之傳：人物風景中的饒新華』」等三個面向來梳理《笠山農場》中抒情經驗裡的風景發現。

第四章　故事、現實與奇幻──林宜澐鄉土小說的敘事體現

　　在林宜澐別具狂想辛辣、怪誕與笑謔風格，內爍本土性與戲劇性的系列

小說中，似乎可見在「想像」與「現實」之間有一種可逆的往返穿梭現象，一個是指向「奇幻傳奇」，另一個則趨於「鄉土寫實」。林宜澐的小說題材與情節，始終都與作家外部的經驗世界有緊密的對應或互文性關係，從中標識出作者極為獨特的書寫位置與視角。在捕捉現實，並且不斷尋找位置，出出入入的書寫過程，除了表徵不斷「朝向玩笑」的寫作風格，一如論者所定調為「笑謔的小說傳統」的審美形式外，藉由林宜澐不斷調動位置的敘事體現，應也可作為啟動小說詮釋的重要途徑。本章主要藉從敘事概念出發的人稱語式、結尾情節形式與奇幻文體書寫等面向，入探林宜澐小說的敘事體現，如何並為何為我們規定意義，並展現寫作實踐中「故事」、「現實」與「奇幻」的盤錯關係。

第五章　恐懼地景？景觀詩學
——李昂小說中鹿城鄉土的異質書寫

　　擅寫兩性交鋒與政治辯證的李昂，從早期借託故鄉鹿港為地景的《鹿城故事》系列（1973-1974），演繹深嵌於流言與窺視中的鄉土社會；中期則以饑餓、性與權力為情境，批判鄉土文化語境中家庭親屬與村群網絡的《殺夫》（1983）；另有在現代經驗下，以座落鹿港的園林風物，反襯國族政治寓言的《迷園》（1991）；晚近則有創設盤踞鹿城國域的女性群鬼列傳《看得見的鬼》（2004），種種融神魔、情欲、世情與諷喻為一爐的詭異陰森鄉土書寫，不僅使原為映照臺灣開發史的鹿港地景風物，成為一種可見性的歷史－社會－空間的現實裝置，更形構出作者觀看鄉土世界的一種獨特方式。

　　在主流鄉土書寫中，「鄉土」總是聯結著「懷舊」與「鄉愁」，而帶有強烈與豐盈的隱喻，包括「愛戀鄉土」的情結。在李昂小說難以抹去的鄉土情節中，卻總是兼攝「恐懼地景」與「景觀詩學」的對舉，呈顯出批判性與辯證性的鄉土視野。本章的關懷所在，乃在於探索李昂鹿城鄉土書寫的幅面及意義，特別是其所表呈鄉土書寫差異性的實踐，雖是根植於生活經驗中的物質空間與再現於心靈中的想像空間，卻是逸出於以「真實」與「想像」簡單

組合而成的鹿城鄉土，而浮露出與鹿港空間相連結，卻又是絕對不真實的一個虛像空間。所謂異質書寫，除了標示李昂鹿城鄉土書寫，不同於男性鄉土書寫史觀與女性鄉土想像中共時性的非同質性書寫外，主要指稱李昂所賦予鹿城獨特的空間性，所謂「不是地方的地方」，卻具有反照「感知其存有」之功能與意義的鄉土世界。

第六章　另一種臺灣田野誌——李喬《草木恩情》的自然書寫

　　老作家李喬近期出版《草木恩情》，全書各章皆以植物草木為名，概分六十二篇，並附圖繪。各章節內容結構大致有三：一為類近圖鑑凡例的博物誌文獻簡介，並兼有客語、閩南方言和漢語等植物命名旨義；二則以生動文字講述各種草木經驗與生命各階段交會的故事（尤以復現童年往事為最）；三則載記植物在地特色與臺灣集體歷史記憶的融攝。《草木恩情》不僅展演出小說家李喬「一生文學生涯」中極為特殊的散文區塊，特別是以「草木」為輻輳，表現作者與自然的互動、田野體驗與環境意識等「非虛構」的記錄寫作，此作歸屬「自然書寫」界義，殆無疑義。

　　從文字到現實生活的個人情志、區域生態、族群關懷、歷史追尋、庶民生活史與家國敘事，甚至是鍼砭陳情的寫作姿態，在在透顯李喬有意藉用草木經驗與記憶，見證並構建另一種臺灣田野誌。本章因擬將《草木恩情》視為李喬通往在地田野、個人生命史與臺灣歷史文化的一份綠色圖誌，冀能按圖尋索李喬如何以文學之筆，及其田野經驗與自然知識，來書寫草木生態，展現喻指遙深的植物修辭學，及其關懷臺灣自然和歷史人文的襟懷。此外，另以生物物種作為書寫主題的《游行飛三友記》，也列為互文對讀，藉資掌握李喬書寫自然生態族類的多元視域。

結論　從「生產鄉土」到「科幻鄉土」
──臺灣新世代鄉土小說書寫類型的承繼與衍異

　　當以「世代」作為分析的概念，所謂前行代與新世代作家或可概分為文壇「主流」（意指作為臺灣文學史的撰述者與詮釋者）與「潛流」（概指在多數學界與評論者眼中「文學血統」未臻純正卻具有潛力者），在二者之間自有其不可迴避的承繼與衍異的書寫現象。循是而論，當針對前行代作家所擁有書寫文類特徵而進行「重寫」或「改寫」時，特別是新世代作家群表現最多的「鄉土地誌」文類，其操作策略與書寫行為為何？又亟於形塑「作品辨識度」的新世代作家，在小說主題、文類的延展與轉異現象為何？

　　基於上述問題意識及所涉及的「世代」理論觀點，本章節所研擬議題，主要以被歸類為「新鄉土書寫」流派的文學世代結構者，作為觀察對象，至於「新世代」的界定，大致即以年齡層落於一九六五年至一九八〇年以後出生者為據。論述進程先是藉從「生產新鄉土」作為上溯起點，繼則下探其所衍異而成擬歷史－家族的「魔魅鄉土」，以及晚近越界而寫就「末日小說」文類形式的「科幻鄉土」。

第一章
從景觀符號、民俗儀典到資訊媒介
——作為「生產地方性」的新鄉土小說書寫現象

一　前言：「在地社群景觀」概念與「鄉土」書寫

　　在二十一世紀全球化時代來臨之際，伴隨著人群物流的「變遷」與「移動」現象，真正落實了「天涯若比鄰」的世界觀。在全球化與國際村概念下，區域或領土的消解，已然是事實，然而卻不等同是各區域文化的同質化，誠如論者援引各地豎立麥當勞金拱門現象而論及：「消費同樣的商品，不等於接受同一套詮釋或追求一樣的歡愉……，如果真有同質化，那反而是族群差異的全球擴散。」[1]族群或區域景觀，或可流動、跨越與穿梭國界，但若就人、文化與土地關係的觀察而言，根植於鄉土的各種地方性、草根性、族群性的區域多元發展現象，在此全球化氛圍中更必然成為一種流行趨勢。各種本土與在地的發展模式，自然攸關區域、民族和當地特有的社會和政治因素。以臺灣為例，自九○年代以降，臺灣各縣市政府基於對區域文化的重視，間接帶動許多地方文化、學術、民俗活動與觀光產業，諸如花蓮以兩年一度的花蓮文學研討會，作為建構洄瀾在地多元文化的軟實力；苗栗則是藉由早期區域性經濟作物桐花季活動，作為喚起客家族群再造鄉土與人文傳統；又如彰化則取徑於鄉土史地、宗教、文學與民俗藝術，推動彰化地方特色與研究；近期新竹地區也開始以「竹塹」為名，進行探討相關竹塹風物民情、自然地誌、族群文化、地方文學等在地多元文化風貌的研究，凡此皆

1　黃倩玉：〈推薦導讀：自傳式的全球化〉，收於（美）阿君・阿帕度萊著、鄭義愷譯：《消失的現代性：全球化的文化向度》（臺北市：群學出版公司，2009年12月），頁 x-xi。

是發展本土化與地方性的典型範例。

相關地方性理論構成與生成要素，以及如何賦予地方定義等等的討論很多，其中阿君・阿帕度萊《消失的現代性：全球化的文化向度》一書，曾提出「地方性的生產」概念，將地方性視為一種複雜的現象學性質，並以「鄰坊」（neighborhood）一詞指稱「地方性」（作為一個向度或價值），能以各種方式實現其中的實存社會形式，並藉此意指「在特定處境上的共同體，他們的實存可能是空間式的或擬制的【／虛擬的】，並具有社會再生產的潛能。」[2] 爰此而論，所謂「地方性」除了是一種生態地理表層的空間生產，也是攸關社會族群文化、在地傳統習俗、區域生活型態、社會角色網絡、集體觀念與價值體系等互為滲透的現象。易言之，「地方性」乃指陳在特定歷史時空脈絡化與關係性中的一種共同體，所謂「在地社群景觀」。

上述「生產地方性」的論點源起，主要在於探述全球文化論述中的地方性位置，並思考當民族－國家面對全球危機，而破壞其穩定性的跨民族力量時，地方性的可能意涵為何？此外，針對定位地方性主體，以及在不同時空中所產生不同的地方性概念，並將生產地方性視為情感結構、作為社會生活的特質、也作為特定處境上的共同體意識形態等論點，[3] 也多發人深省，特別是在觀測九〇年代以降臺灣諸多作品中，「鄉土」屢屢作為一種書寫要素時，有關鄉土書寫與地方性生產的關聯性，或可取徑於此，藉以重新詮釋新鄉土寫作現象。

循上所述，本文撰作的問題意識：在二十一世紀龐大「全球化」潮流不斷消解地域／國土觀念的衝擊下，作家的鄉土書寫是否真有其地方本體論的定錨點？地方性固然作為生命經驗的本質，然而當作家書寫鄉土時，或可能也是一種「空間式的或擬制的【／虛擬的】」，並具有社會再生產地方性的詮釋？就美學操演策略而言，新鄉土小說在表述臺灣「地方感」時，除了論者所強調的自然環境與人文景觀外，是否還有可藉資生產「鄉土性」的書寫元素？

2　（美）阿君・阿帕度萊著、鄭義愷譯：《消失的現代性：全球化的文化向度》，頁255。
3　同前註，頁270。

　　本文論述進程因而藉從「生產地方性」的概念，主要採以新鄉土作家頗多表現的鄉土書寫元素，諸如區域自然與人文景觀、地方傳統民俗景觀，以及表徵現代性鄉土世界的資訊景觀等等，藉此入探九〇年代以降新鄉土小說如何援用景觀生態符號，諸如島嶼、荒地、農村、海洋、漁港、鐵道、燈塔等等，作為標識地域的邊界性，或是藉以生產空間知識與地方文物展示（如陳淑瑤、王聰威等作）；或是借助民俗儀典，再現／表演「鄉野景觀」並內爍「地方族群」特色，作為創造地方主體性（如甘耀明、伊格言諸作）；又或是取材於電子資訊與媒體傳播形式，藉資生產現代鄉土性等等（如童偉格與楊富閔之作）。準此，本章論文在「生產地方性」意義脈絡下，希圖賦予新鄉土書寫現象的另一種開拓與詮釋概念。本文所取樣新鄉土作家作品的原則，主要採以九〇年代以降新世代書寫鄉土諸作，並兼及昔日鄉土老將迎接新世紀鄉土的書寫變貌。[4]必須說明的是，上述三項地方性生產意義，在各個文本中或也觀察得到，然而分類本身原有某些實存的限制，是以此處主要揀擇作品中表現最鮮明之地方生產特色，進行分門歸類，俾便於觀測與析論。

二　景觀生態符號：地方空間的辨識信息

　　雖然攝影專家從空中看地球之後，發出「世界是無疆界」的警語。[5]然而，我們賴以生活的實存世界卻是被各種疆界，諸如高山、島嶼、河流、海洋或荒野所劃分。因著大自然造化萬殊的空間而形成清晰有形的邊界，也使得各區域所呈顯山巔水湄山林荒原的豐饒生態，獨有特殊的個別特色。然而辨識地表景觀，迥非只藉助於視覺的感知，對於外在環境的經驗尚必須擴及聽覺、味覺、觸覺和心靈等各種融合的經驗。根據人文地理學者的說法：

4　相關新鄉土定義，請參拙作系列討論新鄉土的專文。見《鄉土性‧本土化‧在地感：臺灣新鄉土小說書寫風貌》（臺北市：萬卷樓圖書公司，2010年4月）。

5　見（法）亞祖-貝彤（Yann Arthus-Bertrand）著，黃中憲等譯：《從空中看地球——大地觀察366天》（臺北市：貓頭鷹出版社，2003年7月）。

　　無論地方是在直接和明顯的意義上——視覺特徵提供某種人類行為的
集中性的確鑿證據——被理解和經驗為景觀，還是在一個更加精細的
意義上被理解和經驗為人類價值和意圖的反映，外觀總是所有地方的
一個重要的特徵。但是，將所有的地方經驗理解為景觀經驗，這幾乎
是不可能的。[6]

不同類型的自然生態外觀，固然是辨識地方空間的原初方式，但事實上被觀
看的景觀，從總體定義而言是包括整個景致，諸如許多建築物、人造物和自
然物，其中也包括人。人的在場或缺席，尤其至關重要。因此作為被觀看的
景觀，必須是被「構造」的，是「次序地被給予的碎片和瞥見構成的無
限。」[7]如是而言，所謂鄉土小說中所浮雕的「鄉土」生態景觀，自非只作
為遠離都市徵候的農稼田疇、平原草色，或是濱海荒島、煙波漁舟等鄉野漁
村的生態地理表層特性，而是由自然形態和文化形式結合，所構成農漁樵獵
的生產環境與生存經驗的生活區域。

（一）島嶼景觀：空間結構的邊界詩學

　　陳淑瑤《流水帳》一書，一如前作《海事》、《地老》，[8]依舊是刻寫澎湖
離島的風土人情，然而在表現澎湖地理景觀和人文風情細節上，顯然因長篇
巨製而有更細緻的表現。論者稱美該作特點，一為小說貼近庶民日常現實，
諸如時令、節慶、風俗、飲食、倫常、作息，不僅寫出臺灣傳統社會普遍性
的文化和情分，也描繪出屬於澎湖特殊的地景、氣候、人文景觀與生活方

6　（美）史蒂文・布拉薩著、彭鋒譯：《景觀美學》（北京市：北京大學出版社，2008年1
　　月），頁12。

7　（美）史蒂文・布拉薩著、彭鋒譯：《景觀美學》，頁23、21。

8　陳淑瑤：《流水帳》（新北市：印刻文學生活雜誌出版公司，2009年7月）、《海事》（臺
　　北市：聯合文學出版社，1999年10月）、《地老》（臺北市：聯合文學出版社，2004年4
　　月）。

式；[9]一則以「抒情鄉土」視之，認為《流水帳》將澎湖的地理景觀與日常生活以自然主義式的呈現，開啟寫實小說的另一種美學形式與視野。[10]

　　一個社群的生活形態，原是與某一特定的土地景觀融合一起，而產生人地同源同構的屬性關係。從《流水帳》篇目中可以看出地物景觀、人物悲歡與生活細節所蘊藉的「地土精神」。小說以清雅篇目呈現一幅幅有意義的菊島浮世繪風景，諸如以年節時令（農民曆、春水、清明、秋來、大寒、年等）、地方實景實物實事（醃、瓜枕子農耕隊、吉貝、林投與瓜山、掃墓鰹魚刺、筏、青香瓜等）、家事農事心事（借、父與子、新牛、趕豬、暗戀、雷醋、玉殞、別等），全書以眾多細節，串織成看似「每天都是起床上學吃飯睡覺玩，就沒有別的事，就真的沒有別的事嘛」的「流水帳」（頁137），實則以村俚方音浸淫於日常道地民生細節的《流水帳》，可謂曲曲勾繪出澎湖鄉民生活劇場。《流水帳》最耐人尋繹的地誌書寫特色，尤在於以「空間界限」為標誌，引渡出界限內外不同住民的社群意識。

　　在領略景觀的日常經驗中，「分離的」（外在者的觀點）或者是「參與的」（內在者的觀點），原是兩種對立的經驗。[11]島內住民的觀景，即屬於後者，因此〈春水〉一章中少女們在海邊撈珠螺、絡海菜的勞動情態，淌漾的原是一種青春歡愉的幅廓，可是在初來乍到的「外在者」阿兵哥眼中，卻迤轉為「彎腰駝背像老太婆，手還一下一下」的奇異反覆動作。（頁32）這個無處玩樂、冷風刺骨、海沙割面的島嶼，就外地來此服役的阿兵哥經驗認知而言，早已固化為「無可參觀性」的荒涼面貌：「只不過幾條街道一艘郵輪大小，在街上遇見同袍，剛說完再見走不到兩個路口又重逢了，……憲兵每以死板的紀律妨害阿兵哥可憐的自由，就在那三兩條街道不斷玩著貓抓老鼠遊戲。」（頁157）這個逼仄寂寥的離島空間和落後閉鎖的區域樣貌，也同樣

9　見范銘如：〈後山與前哨：東部和離島書寫〉，《臺灣學誌》創刊號（2010年4月），頁71-72。

10　劉乃慈：〈日常的非常──《流水帳》的抒情鄉土與敘事〉，《臺灣文學學報》第20期（2012年6月），頁103。

11　（美）史蒂文‧布拉薩著、彭鋒譯：《景觀美學》，頁40。

映顯在另一情節裡──小說敘及楊格老師在課堂上轉述一則報上新聞，大意是有人從海外寫家書，信封地址只寫了「臺灣澎湖」四個字，而郵差居然能把信件送到，臺灣郵政使命必達，以致傳為佳話。（頁38）小說中這件小插曲原是開啟瓊雲和楊格師生戀的引信，卻頗能說明澎湖列嶼在形勢上受制於河川洋海的邊界，遂自成一種遺世獨立的唯一性與封閉性特質。

島上鄉民生於斯、長於斯，人口流動也少，活動範圍既有地域上的限制，村群即成了「隔壁親家」的熟悉社會，郵差遞送無郵址信件，自然不費吹灰之力。然而村群內部「鮮少陌生人」的鄉土性，其實也是一種「空間的排他性」，藉以區隔空間界限內外的「殊異生活形態」。藉由小說主要人物錦程和父親初次返回老家祭祖的「不識鄉音」和「視覺探索」即可一窺究竟：

> 別說是原有頂山人的口音，就連澎湖腔也不見了，難怪司機把他（錦程父親）當成觀光客。……司機顯然心不在焉，或許不習慣他的口音故意聽不進去。
>
> （頁48）

> 一個上了年紀的婦人，灰白的髮髻，沒有表情的臉龐，挺拔的腰桿子上掛著沒個性的藍底碎花上衣和半長褲，……錦程一時糊塗當她是祖母。（按：老婦是父親的大老婆）院子裡一股酸臭，標準鄉下味。「還在飼豬！」父親邊說邊向內走，……紅磚地上有堆雞屎，綠中帶白，像未調勻的水彩顏料，看起來不髒，感覺卻很髒。「還在飼雞！」父親說。
>
> （頁50）

在特定空間界限內居住的村群，他們特有的「在地土腔調」和「共同體生活形態」，必然也會涉及空間形式的若干基本要素。就空間社會學概念而論，被界限框住的社群意識，或可以藝術品周邊框限為例示：

> 周邊框框宣示在它之內存在著一個只服從自己的各種準則的世界，這
> 個世界並不納入到周圍世界的規定性和運動中去；由於它象徵著藝術
> 品的自成一體的統一。……社會的存在空間被一些明顯意識到的邊界
> 所包圍，所以一個社會的特徵在內在上也具有共同歸屬性。[12]

循此而言，足以辨識在地人身分的地方口音，以及養豬飼雞，海邊捕撈的漁
耕生活模式，又或者屬於鄉野區域才有的看似愚執樸直卻生命力強勁的村婦
形貌與精神種種，儼然是《流水帳》書中藉以展示「參與者／在地者」所特
具只服從自己村群內部的各種準則而不同於外部世界規定性的一種「集體身
分感」。然而就「分離者／外在者」錦程父子的觀點來看，離島村婦卻像是臺
灣「內部的他者」——她的生活背景是正在「消失的時代」所鑄造的異質世
界。相對於外在者負面的論評：「同樣是閩南話，屋內兩個老婦鄉音濃重，
聽起來粗俗嘈雜」（頁54）、「看起來不髒，感覺卻很髒」，小說中看似尋常淺
表的農村人物耕稼生活現象，顯然已被作者提升為理解鄉土經驗的意義。

　　小說中時見以「這裡」（澎湖離島）和「那裡」（臺灣本島）作為明顯對
照的情節，例如〈喜餅〉一章，即引用了澎湖當地的傳唱：

> 土豆開花釘落塗，臺灣查某攔來嫁澎湖，嫁咱澎湖有夠好，一日相招
> 卜流七跎。發仔欲娶的就是臺灣小姐。新起大厝七個門，門樓堆花廳
> 鋪磚，看見臺灣無若遠，一港海水在中央。

（頁206）

歌詞中雖然強調「嫁咱澎湖有夠好」，而澎湖離臺灣也「似遠實近」，但實際
情狀卻透過阿媽與萬事伯閒聊「分糕仔桃」，論及男女嫁娶而真相大白：「現
代的查某囡仔，平平同款條件，寧可嫁臺灣，沒人愛留在澎湖」、「大家攏愛

12　（德）齊美爾著、林榮遠編譯：《社會是如何可能的：齊美爾社會學文選》（桂林市：
　　廣西師範大學出版社，2002年12月），頁298。

住都市，愛欲虛華，誰人欲住這搧海風，阮那兩個不是嫁澎湖，近咧？不是走走至臺灣去，沒效啦！大家腳底像抹油咧！」（頁206）離島畢竟只作為被遊客注視的一個不涉及現實層面的審美對象——「來玩好啦，講到欲來澎湖住，翻身人走去啊！」爰是，屬於「這裡」的人，即使遠離，如秋水、瓊雲等人，也還有鮭魚洄游返鄉之時；然而屬於「那裡」的人，如原本連返鄉奔喪都拒斥的錦程，雖隨著時日而漸能以「細姨兒子」身分，融入「大姨」溫馨老家，並且同時愛戀著秋暖和瓊雲這對如孿生女般的閨中密友，卻終究自知「退伍後他大概就不會再來了吧，再過幾年甚至就會忘掉了。」（頁224）

《流水帳》筆下的島嶼景觀與生活紀事，甚至多數章節標目，雖近乎地方實錄，然全書卻是以人物的悲喜苦樂愛慾糾葛，串織情節，書寫形式迥非自然書寫或是某種生態寫作。審諸作品最憬然鮮明的特色，尤在於從中演繹與提煉澎湖居處於臺灣空間結構中的邊界景觀及其生態符號，藉此傳達「島嶼／邊緣」的鄉土詩學。

（二）重返父母的鄉土：地貌地景與歷史想像

有謂定義「地方」的多種方法之一即是：「地方為能引起我們注意的無論什麼固定物體。」意即當我們眼睛停駐在其中有興趣的點上，每一停駐的時刻就能創造一個地方的意象。[13]因著作家對於「地方」自有其親切且私密的經驗或體驗，所創造的「地方意象」自然也有殊異的文學想像。王聰威《濱線女兒》和《複島》兩作，[14]是書寫母親故鄉哈瑪星與父親家鄉旗後故事的連作。[15]兩書自也體現特定的地理範圍——高雄哈瑪星和旗津，但小說以「家族境遇」為基底，卻非關區域邊界內外的割裂意識。兩作間亦浮雕出

13　（美）Yi-Fu Tuan著，潘桂成譯：《經驗透視中的空間和地方》（臺北市：國立編譯館，1999年5月），頁155。

14　王聰威：《濱線女兒》（臺北市：聯合文學出版社，2009年2月）、《複島》（臺北市：聯合文學出版社，2008年2月）。

15　見王聰威：〈再記一頁女兒故事〉，《濱線女兒》〈後記〉，頁301。

高雄漁業社會「生活博物館」式的地誌景觀，如濱線鐵路、漁船建造、進港、入水知識等，[16]以及港都經濟發展史，如鹽埕埔商業圈、大新百貨、扶手電梯等等地方景觀與歷史建物，[17]書寫焦距則在於人和空間和時間的聯繫。王聰威嘗言：「這是我用文學重新建造的港口，用文字親繪的地圖。」「我沒有住過旗津一天，但我父親、祖父在這裡居住的痕跡，讓旗津的一切與我密不可分。」[18]「我想，總算能夠更自由而大膽地用各種寫作技術與美學主張，來呈現我眼中或心中的家族境遇。」[19]是以兩部作品趨近於作家植基於個人與地方有某種家族性因緣的「親切感」，遂營構「地方意象」，並賦予它有關知識結構、文化心理，以及歷史的魅力，藉以分享個人親切體驗之作。

　　《濱線女兒》的篇目設計，兼具空間史料與歷史景觀——第一章主標目「濱線鐵路　大院　第一船渠　木麻黃林」，副標「公用便所・鶯聲貼・依賴幸運信聯繫・大姐的衫裙・姨婆・坐裁縫車看風景」，第二章主標目「大院　四枝垂　大新百貨」，副標「墨綠色炸彈・殺死懷孕的貓・王麗珍從電梯頂摔下來・匪諜・銅罐仔人」，第三章主標目「高雄驛旁畸零地　代天宮　岩壁　鼓山國校後」，副標「地雷陣囚禁・瘋千金的相簿・烏魚船入港・大雨毀壞的街・沿岸賺食查某」，第四章主標目「哨船頭　旗後　千光寺　大院」，副標「航線廢止日・走私計劃・苔膏人・埋殺嬰仔的海埔新生地・五形脫・日月蛤」。且依標目編排圖誌進行索驥，《濱線女兒》所捕捉的原不是荒村漁港，而是彼時經濟活絡的富庶港都，景觀書寫大致宕開「自然／鄉鎮」而切換到「人性／城市」的觀察閱覽，從章節標目所臚列「公用便所」、「大新百貨」、「大院」、「哨船頭」等人造建物，即可管窺。

　　哈瑪星交通便利，內外區域並無「距離」的分隔，小說情節所及最遠的距離不過是「四枝垂」、「鹽埕埔」等離哈瑪星兩個小時腳程之地。就空間所

16　分見《濱線女兒》，頁30、12、48。

17　分見《濱線女兒》，頁48、49、153、168、189、247。

18　見丁文玲專訪：〈《複島》家族史拼貼旗津風貌〉，《中國時報・中時文化新聞版》（2008年3月21日）。

19　見王聰威：〈家族境遇的形成〉，《複島》〈後記〉，頁267。

生產的人際交往意義而論，有關地方社群的集體認同與統一感意識，非但沒有成為書寫焦點，小說敘及人與人的相遇或相處時，反而呈顯一種敵對、磨擦與傷害。諸如小說中作為主要視角人物阿玉，從小飽受父母重男輕女的苛虐，又如大院厝主與租戶的劍拔弩張關係、厝主與丈夫兒媳的疏離親情、將自己囚禁地雷陣中的淑如父親與所有人的激烈對峙，以及撿拾雜什仔的馬公婆、瘋千金和賺食查某在愛情上的蹇躓挫傷等等，這些種種揭露人間離齬的「歷史的哈瑪星」，所充斥市井聲音與圖像，極具戲劇性視角。作者或意欲透過載記從大東亞戰爭到戰後高雄港擴建的流動時間來繪製空間地圖，因而創造了歷史小編年（日殖轟炸時刻、黨國宣導保密防諜時期、中央海防與海域走私年代等），意圖在歷史與地理間摸索著想像父母的鄉土，並藉此產生概念性的哈瑪星空間。

　　「大院」在四個篇章標目中出現了三次，龍蛇混雜的大院遂可視為「觀看」或「補遺」哈瑪星「地方性格」的中心點。大院的厝主，言語尖誚，為人撒潑刻薄，宅院租戶人人厭之又不得不受制於她的租賃權勢。名為「姨婆」的厝主，實際上也是貫串諸多情節的靈魂人物。姨婆孤寡故事的楔子，始於「那年，姨婆醒來的時候，發現身邊空無一人。」（頁82）伴隨她一生厄運與咒詛，則源自於她「年輕時曾打死一隻懷孕母貓」的流言。第二章副標「墨綠色炸彈」敘說一次戰爭空襲的午後，姨婆昏睡沉沉，等醒來時卻發現闃無人聲，只見院埕中央掉落一個未引爆炸彈。待警報結束，避難人潮紛紛歸來，其中有院落的厝腳，更有全心照護兒子卻忘了喚醒她躲警報的冷漠丈夫。自此姨婆即生活在終生難以「平復」的折辱、扭曲、劇痛記憶中：

　　　　她坐在門口的矮凳，沈默盯著那粒炸彈。她想不透為什麼，這大院的人完全消失掉了⋯⋯。不，也許該這麼說，她覺得他們都在，只是不知道去了那裡，他們都還在的，消失掉的是她。只有她一個人，從他們那裡消失掉了。現在，大院裡只有她一個人。

　　　　　　　　　　　　　　　　　　　　　　　　　　　　（頁90）

同住大院的生命共同體，卻是幾近「老死不相往來」的疏離人際，而原應親密的家庭網絡，更如同冰冷樊籬，礙難跨越。在姨婆生命密碼中齡顯了鮮活的、醜陋的人性空間。《濱線女兒》書寫哈瑪星的「地方意識」與「景觀圖誌」，揭現的其實是芸芸眾生所面臨「他我關係」的艱難課題。作為小說核心圖景的「大院」，不獨收攬了許多哈瑪星「人家」的故事，也象徵了哈瑪星人負載歷史記憶與集體夢魘的符號化空間。王聰威的鄉土書寫本身雖顯示了「人與空間與時間」的親切聯繫，在最終意義上卻是通過自我的想像建構，來展現父母輩歷史層累性的生活經驗。

　　另一連作《複島》一書，南方朔嘗以「一本不要輕估的地誌風土作品」名之。[20] 以四篇主題組構的《複島》，也是以「家」為軸幹而展示魔幻魅力的家族故事。除〈奔喪〉一篇外，其餘三篇中具有多重視角的重要敘事者「我」，也同時是小說中的主角，「我」除了是觀察者，也是被觀察者。〈淡季〉和〈返鄉〉主要刻寫阿傑與毫無血緣關係的小阿媽的深摯情感，哈瑪星－旗後渡船場只作為過渡性場景，旗後海岸公園與近旁的小阿媽溫馨家屋，才是作為小說意義的根源與核心圖景。另兩篇〈渡島〉和〈奔喪〉則皆涉及在「移動」中辨識渡島／旗後方向位置的地標與路徑。

　　〈奔喪〉是關於「回家」的故事，小說交疊今昔兩條時間軸線上返家的路線──當兵奔喪，是以「渡船頭」和「天后宮」作為家方位的地標，至於兒時每逢週五從父親開業診所的返家，則以類索引的街道巷弄商號名稱，鋪排路徑。[21] 小說主要情境的揭現，是藉由王明燦矯正口吃的斷續碎裂錄音：「我……家住……在旗……旗……後，我……家……家有……爸……爸媽……媽……媽，還……有大……哥……二哥……三……哥哥哥……」（頁45-46），原音重現的錄音，不僅使「每一處語句的轉折、凹陷和錯落，都被塗抹得如此鮮明」，也間接放大並坐實了如口吃話語般崩散陷落的父母婚變

20　南方朔：〈推薦序：一本不要輕估的地誌風土作品〉，王聰威《複島》，頁4-9。

21　〈奔喪〉：「一直騎過去……三陽造船、赤竹、陳氏宗祠、昇航造船、中信造船、神龍堂、宜家商號，這是同學蔡萬三厝裡開的甘仔店，有賣小顆的炸魚丸，大汕頭，……祥輝造船、鴻誠造船、啟源鐵工廠、北汕頭、臨水宮……。」（頁43-44）

與家屋風暴。

　　就書寫而言，作家的「地方意識」應是記憶與經驗時常臨現的所在。然則以「夢境與現實的交相滲透」的〈渡島〉一文，[22]明顯是以文字和意象的符號層次，諸如「漁業文化」等實物與信息資料或知識，來建構有關「地方民眾生活及文化形態」的軌轍。小說以近乎兩頁半篇幅，極其刻意且鉅細靡遺地介紹拆船業技術程序及惡劣的工作環境（頁182-184、頁218-220），另也針對旗後住民所賴以維生或習焉察見的各式船舶，進行概述與總覽。（頁176）〈渡島〉一文所收集、記錄、展覽並闡釋的旗後文物種種，使「文本」成了具可參觀性的「漁業博物館」陳列室。[23]然而地方意識自非只涉及儲存文物收藏品，更攸關身分和認同的概念。如前所述，《複島》後三篇有極完整的敘事結構，且都涉及地標與路徑，篇幅近乎五萬多字，文中言及：「每個人的心中應該都有這樣的一座或一座以上的島吧。」（頁124）「渡島」，因此意味不同人不同時代意欲尋找／通往／重返一個島的故事，而這個最終歸趨的島就是「旗後」。全文共分三條交錯的敘述軸線，進行探勘島嶼歷經時代變遷的滄桑地景風貌，最後則在三種不同歷史時空的敘述建構中，完成展示「渡島」代表性地景地物的合體模塑，其中並穿插在拆船場工作的叔叔喪禮。第一軸線主要述說日殖時期建造燈塔及父祖輩家族故事，在這故事中幾近是以幻構手法來講述一則地下複製島的傳奇，連帶也點題《複島》命名由來──「旗後」島嶼化的性格與島上住民生活面貌，整個被複製到地底下的夢幻之城。第二軸線則以敘述者我解職離城，揮別愛情之後，經由另一條路徑──海底隧道而通往渡島，這一條海岸公路線的路上故事，不僅帶出另一種島嶼的風貌，也結合了島嶼與生命的探索。第三軸線則是藉由港區大學生視渡島為觀光遊樂區，根本無暇也無心探究旗後燈塔背後種種文化標幟，在他們的感知中，這個島嶼獨有的築造物「不過就是一般的燈塔」、「無論什麼樣的燈塔，總是有太多海洋與陸地交會的故事，光是一看到燈塔就會馬上想

---

22 見郝譽翔：〈推薦序：夢境與現實的交相滲透〉，王聰威《複島》，頁10。
23 有關博物館與文化的概念發想，參自（英）迪克斯著，馮悅譯：《被展示的文化：當代「可參觀性」的生產》（北京市：北京大學出版社，2012年1月）。

到這個，頭就被壓迫得痛了。」（頁127）顯見新世代予以島嶼觀光化後的一種純粹「外在者」立場。

王聰威以上述兩書作為紀念父母的鄉土及那個年代的憂患人事，一方面也藉書寫來想像與考掘高雄旗津，從中發現歷史，再造地方。唯建構地方性，不僅是區分自然生態、地理疆界，或就社會特質而給予界定或區隔，更重要的是，地方意識在不同的時空環境與不同世代的群體中，也會產生不同的概念化。傳統鄉土或在地文化或可視為一個可以觀賞或旅遊之地，然而就「文化生產」觀點而言，具有文化價值的觀光旅遊地，「必須被視為某一場所的身分」，身分不明確、混亂或者自相予盾的場所，則無法被呈現為目的地。所謂身分即指一種「可讀性」（legible）。[24]王聰威的高雄旗津書寫，顯然也是藉由「生產／再現」父母鄉土，來表徵他的鄉土身分。

陳淑瑤和王聰威之作，雖同樣在文本鄉土中釋放生態景觀或地方空間的辨識信息，然而《流水帳》主要取之於空間界限而劃定鄉土概念，並藉由「回到土地」的故事情節，刻繪種種物心人意的珍重，來重構鄉土世界，展現菊島「太平風物」與「離島生活」的溫馨書寫。《濱線女兒》和《複島》兩作則是將個別村民的命運和歷史事件繫連，藉由人物的空間活動以表顯歷史事件的進展，諸如馬公婆、大院或美軍，或地雷，或走私事件，皆涉及屬於／處於／受制於臺灣歷史中「她」或「他」的生命故事。這些魚貫登場的區域男女的個人體驗，最終則匯聚為產製地方公眾歷史記憶的源泉。

三　民俗儀典：儀式感的表演背後

上文所述，主要探討「地方」在文學書寫中，被構造為具有區隔性與獨特性的「鄉土景觀」或「地方歷史」，進而成為可被識別的一種空間形態。就生產地方性而言，「鄉土」所富有文化價值的意義，不單只作為某一場所

---

24 參（英）迪克斯著，馮悅譯：《被展示的文化：當代「可參觀性」的生產》〈前言〉，頁1。

的文化身分而被閱讀。當地方性作為一種村群生活形態或區分村群的特質
時，反映在村群日常生活中，諸如村落組織、交際方式、婚喪禮儀、生產方
式、時令節慶、宗教信仰等等，也攸關地方特殊的地理環境。此乃因各區域
住民，為了因應外在自然、地理及人文環境，而形塑了特有的文化心理結構
與常民生活行為慣習，例如臺灣各地由宗教活動或習俗所傳承的民俗慶典，
即有東港王船祭、大甲媽祖遶境、臺南鹽水蜂炮、平溪放天燈、頭城搶孤
等等，[25]強調的即是地域性傳統信仰及文化風情。因此最具整合地方「社會
精神結構」的因素，當屬表徵當地民群文化內蘊宇宙觀與生命觀的地方民俗
文化。

　　循此，「民俗儀典」也成了可辨識的地方鄉土特性方法之一，並可藉此
表徵「群體的身分感」，此乃因可能互不相識的群體成員，卻可以知悉賦予
群體身分感的共同核心傳統。[26]鄉土文學極具「本土化」歷史性格與文學特
色，允為臺灣文學最具代表性的一種文類。所謂本土文化，應包含民眾、土
地與文化，除了土地的區域特性外，主要偏重在民眾的文化上，意即住民內
在心靈深層結構與價值意識所展現而成的日常具體生活文化。鄉土書寫中關
於民間信仰與鄉俗儀典的地方文化，尤其能表顯諸多文學觀照的議題。

（一）建構地方民俗的傳奇／知識景觀

　　前行代鄉土作家在表現地方特色時，自有其實質的地方感與地方意識的
鄉俗表現，諸如黃春明早期之作〈鑼〉文中有關「用掃把頭敲打棺材三下，
隔日就會有人去買棺材」的「詛咒人死」的民間習俗；〈溺死一隻老貓〉則
是以一塊人人懼坐的「痔瘡石」，暗指對逝者生前坐擁物的不可輕忽；或
〈呷鬼的來了〉一文敘及在北宜公路上沿途拋撒冥紙，以慰好兄弟並買路獻

25 參中華民國交通部觀光局網站：https://travel.taiwan.net.tw/Tap_TwGuide/tap_twguide_04.
　　aspx?layer2=11，檢索日期：2013年8月6日。
26 參見（美）阿蘭・鄧迪斯著，盧曉輝譯：《民俗解析》（桂林市：廣西師範大學出版
　　社，2005年1月），頁31。

祭的情節，強調的即是宜蘭山區九彎十八拐路段，車禍頻仍的危險現象；又
或是在〈青番公的故事〉和〈呷鬼的來了〉兩文中，同樣都援用了民間水鬼
轉世的「捉交替」傳說，主要傳達的，是帶有東部蘭陽平原地域特色和認知
地理環境的地方水澇災害及水域教育故事。[27]又如鄭清文《天燈・母親》中
超渡亡魂的桃園放天燈儀式、〈紅龜粿〉中用紅龜粿供品，安撫孤魂的客家
鬼祭習俗等等，凡此皆是作家援借民俗題材而發揮鄉土地域性的詮釋，然而
他們載記民俗的敘事，大都來自親身的鄉土經驗，小說情節演述的現實關懷
則在於歷史與現代性交會時，傳統文化所面臨的崩解危機。因此相關民間文
化習俗，只是作為敘事線索，並非取之以為地方感的形塑。再則是植基於個
人的記憶及對土地的情感，以及對鄉親父老的理解與悲憫，諸如黃春明對於
「自卑復自尊的卑微小人物」憨欽仔、儼然如「人神共構的使徒」阿盛伯、
「大地英豪式」的青番公等等鄉土人物，皆見別有鍾愛的賦形與筆調。準
此，「在地參與」精神的落實，對地方鄉土的「認同感」，可謂前行代作家的
書寫精神與正統心事。

　　不同於前輩作家以個人經驗為基石，藉以召喚民俗文化記憶，而建構
「鄉土閱歷／經驗景觀」，隱然透顯出「今不如昔」的書寫意圖。九〇年代
以降，另一批鄉土作家對傳統習俗與祭儀意義則有不同的挪用與思辨，他們
的鄉土想像別有另類呈現，甚或以民俗儀典作為生產鄉土性的符號，藉此演
繹／表演「鄉野傳奇景觀」。如林宜澐載記民風俚俗諸篇：〈王牌〉和〈傀儡
報告〉。[28]〈王牌〉一文敘及有天賦魔魅歌聲，能掌控鬥雞會場的阿溜傳
奇；至於〈傀儡報告〉則以奇幻武術，展演吉野村的「傀儡傳奇」。兩篇小
說中分以鄉野民俗「鬥雞大賽」，和民間喪葬場合的除煞演藝傀儡戲，作為
推進情節的核心圖景，並形成文本中重塑鄉土經驗的重要鄉鎮即景。然而小
說中的柳鎮或吉野村，迥非花蓮真實的村鎮，上述內爍地方民俗鄉土性的悲

---

27 有關黃春明小說中的水鬼故事研究，可參呂政冠：《臺灣鄉土文學中的「民間」敘事與
　　實踐：以黃春明為例》（新竹市：清華大學臺灣文學研究所碩士論文，2011年6月）。
28 林宜澐：《人人愛讀喜劇》（臺北市：遠流出版事業公司，1990年7月）。

歡劇場，雖含藏有作者「廣角的主觀鏡頭下」的嘲諷與悲憫，但在刻意張揚的戲劇性與狂歡化氛圍中，小說微露的現實批判旨意，卻大異於前輩作家置入經驗與體驗辯證的地方性書寫。[29]

至於新世代作家的鄉土小說表現，較之於林宜澐的「奇幻鄉野」舞臺展演，又是另一種在鄉土書寫傳統之內自我改造的現象。如伊格言〈祭〉一文，[30]小說開篇即以一頁篇幅，分引《臺灣縣志》〈輿地志〉、《南安縣志》、《五雜俎》與《澎湖廳志》，藉以營造小說最重要的地方場景：「庄頭三年一次欲送瘟王爺就路行旅的醮祭。」（頁128）「這許不幸的事，瘟王爺咁會皆帶走？」（頁129）是小說自始至終的主旋律，也是作品的精神義蘊。酬王解厄，充滿神性的莊嚴氛圍，雜糅著神明垂憐悲憫和常民虔誠的祝禱，但藉由祭典場景和色情光碟片信息象徵的切換與更迭，小說刻畫出兜售光碟片，艱困營生的鄉里婦人，一生悲苦寫照，儼然如仿冒碟片品質不良的片斷、切割、碎裂鏡頭。此外小說也大肆鋪陳瘟王大醮祭儀三暝三日的巡走普渡及相關民俗儀典：

> 幾個穿著水青長袍、金烏馬褂的五主會師傅，在身軀上披搭著似是畫符一般的飾帶。提著茶壺，一路在王船頭前開水路。伊們把茶壺內底的水崎崎嶇嶇地灑散在地上。……
>
> （頁129）

> 請王船摻。請五營兵馬。開光點眼。啟碇。開水路。撒紙金。添載唱名。送王火化。我的阿妗想起阿舅死去彼時彼些共款著複雜與嚴肅的手續儀典。彼些套衣、請水、接外家、小殮大殮的禮數。……
>
> （頁131）

---

29 有關〈王牌〉和〈傀儡報告〉論評，可參拙作：〈故事、現實與奇幻——林宜澐小說另一種閱讀與詮釋〉，《第六屆花蓮文學研討會論文集》（花蓮縣：花蓮縣文化局，2012年3月）。

30 伊格言：《甕中人》（新北市：印刻文學生活雜誌出版公司，2003年12月）。

類此展演民俗儀典的書寫，尚見〈龜甕〉三部曲，如〈龜甕〉中依序細述三種民俗婚喪儀典：祖母墳冢遷葬撿骨、祖父亡故的殮儀，以及祖父母婚禮儀式。小說所表現斑斕古奧的方言腔調、冷冽而魅艷的意象、愛欲與死亡的情節，盡皆表現於民俗儀典的精工刻繪上。最後故事的收攬，則落於作為提供全篇訊息加密與解碼的遷葬緣由史料：「輿書曰：一塚穴無故自陷，二塚上草木枯死，三家淫亂，四男女忤逆盜刑，五人口暴亡，資產耗散；有此五不祥，至宋始有議改⋯⋯。」（頁152）。至此方知小說主題關涉的即是身體、愛欲、命運與禮俗儀典交織下的家族秘辛──父祖兩代皆放浪於繁華笙歌的霓虹地內，並以此證成生命繁衍真相的華麗莊嚴與隳壞淪覆。

　　由上述概觀，顯見新世代所謂地方感的培養，似乎是極其刻意且有意識為之的一種美學策略。新秀寫家對於「鄉土」的理解與發明，表述實踐在他們所創造的鄉土感覺，顯然趨近於以構建地方民俗的傳奇／知識景觀」或作為小說技藝與寫作策略的展現，迥異於老一輩作家筆底刻繪的鄉土「閱歷景觀」，以及展佈「集體記憶」的書寫心事。

（二）現代鄉土中的族群共同體

　　自陳小說創作中的地景，多取自童年村落苗栗獅潭「關牛窩」的甘耀明，[31] 其系列「關牛窩」作品的故事題材，諸如〈伯公討妾〉與〈尿桶伯母要出嫁〉二文，[32] 頗能突顯在地客籍族群文化特色。客家伯公即是閩南所稱「土地公」。〈伯公討妾〉中的伯公會「卸廟」，跑出廟外和其他動物「風流」，因此村民決議順應社會潮流，為伯公討個「大陸妹」妾神，好讓伯公轉廟回來。故事開篇即引出客家族群的迎神儀典：

31　見甘耀明：〈甘耀明談殺鬼〉，《殺鬼》（臺北市：寶瓶文化事業公司，2009年7月），頁442。

32　分見甘耀明：《神秘列車》（臺北市：寶瓶文化事業公司，2003年1月），頁32-49，以及《水鬼學校和失去媽媽的水獺》（臺北市：寶瓶文化事業公司，2005年10月），頁60-105。

伯公拐看似打醮的燈篙，風中呼啦的驚響，輒常蓋過熱鬧煎煎的關牛
窩。……在竹拐下擺上雕花紅桌，祭出三牲酒禮、五顆黃梨、數疊福
金，看著恩主公福賜的輦轎蚤跳不止，……在採茶戲班、山歌班、醒
獅隊日夜開棚、唧唧喟喟中，紙砲聲帶起高潮，妾神安座大典開始。

（《神秘列車》，頁32）

小說情節雖荒謬，手法雖戲耍諧謔，卻仍有其現實依據，據悉甘耀明故事靈
感來自於宜蘭、苗栗卓蘭、臺南等土地公廟的「討妾」趣聞，[33]顯見〈伯公
討妾〉並非是飄浮於另類時空的幻構鄉土。小說主要的關懷乃在於彼時臺灣
與大陸兩岸開放交流之際，所衍生一波波臺商西進與民間互動頻繁的洶湧暗
潮。因此小說實藉「伯公討妾」作為展示櫥窗，平行對應的則是兩岸小三通
及WTO後的骨牌效應：臺商西進「包二奶」，無法返臺事親，導致家庭體系
的坍塌；經濟掛帥後，價值觀念的解體與傾頹，諸如鄉民代表竟以「卸廟風
流」、「討大陸妾神」的伯公廟，作為宣傳招攬，齊心為在地香火打拚。此作
原是取材兩岸交流熱門事件與話題，作者卻能創設一鬧劇視角，並結合地域
情感，表現族群生活歷史的紀錄。

　　另一篇〈尿桶伯母要出嫁〉，明顯具有載道與宣導作用，文中偶有難以
理解的客語詞彙，然作者逞其鄉俗想像力之奇，將「傑克魔豆」迻譯為「臺
灣魔薯」，並轉易流行歌曲〈素蘭小姐要出嫁〉為「尿桶婚禮」祝禱喜歌
等，[34]在在賦予「尿桶」前所未見的「艷色」景致。小說援借客籍除歲佈新
習俗——每年歲末將尿桶「嫁」至土地公廟，沿途並灌溉平日水源不足的田
尾，並趁此將年來藏污納垢的尿桶滌淨一新。「尿桶」原是農業社會簡易的
衛生設備，揆諸全文寓意，一方面闡明尿桶源自農業社會背景，一方面也藉
此先民文物，表達對祖輩先人的溫情與敬意。藉由先祖渡海開臺，耕稼打

---

33 甘耀明於南臺科技大學演講，題目為「〈伯公討妾〉看文學中的客家文化」。2009年11
月19日。

34 見范銘如：〈後鄉土小說初探〉，《文學地理：臺灣小說的空間閱讀》（臺北市：麥田出
版社，2008年9月），頁279。

拚，拓墾土地的傳家三寶：「尿桶伯母」、「魔薯」，以及「鋤頭棍」，漸次拼貼出化碎石荊棘為良田的「落擔地」家風由來。除此，「尿桶出嫁」尚攸關祖輩拓荒的一則神話——昔日耕稼荒蕪，只能食用番薯，於是求助土地公，得到的回應是：「把你家最棒的人嫁給我」。（頁90）先祖因此穿戴挖底洞的尿桶，獻祭己身，就在淚水汗水齊下，飢腸轆轆之際，竟然嘗出番薯美味而從中領悟「食是福，做是祿」的祖訓。

是否真有「尿桶出嫁」的民俗遺風，不得而知，檢索客家先民文物資料，卻發現盛人尿溲，臊味橫溢的「尿桶」，確然是客家重要文物之一，在女子出嫁時，「尿桶」原是與五色衫褲、梳妝臺、腳桶、門簾席、木箱或皮箱等等並置的妝奩。客籍詩人李源發甚至援「尿桶」以入詩，稱之頌之：「嫌臭臭又屙糟，园到閒角花布遮；……；日時淋尿又沐肥，暗晡閒角等人屙。阿婆時代屙到今，桶底結石榫牽絲。」[35]「尿桶」固然不是農具，卻儼然是先民身體的一部分，它的基礎建立在勤勞報償和自然平衡的感情上，大自然餵養我們，因而有排泄物，這排泄物自需再回饋給自然，因此「尿桶」是人和自然相互贈與的象徵物。今人大都已棄置不用的「尿桶」，儼然為現代的「古物」。在小說民俗儀典中被視為主體物件的「尿桶」，顯然具有「傳家古物的歷史性」，也具有「族群起源神話」的象徵價值——物品越古老，它就越能使我們接近一個先前的時代，接近「神聖」、自然、「原始知識」等等。[36]

甘耀明不獨有客家族群的民俗書寫，〈吊死貓〉一文篇題即點出福佬族群的習俗，篇旨作意主要在於反思現代社會人際之間的溝通與協商，諸如小說情節中關涉父與子、兄與弟、師與生等等人倫情感關係。然而小說卻是循此「吊死貓」舊習，敷演情節，來探討人性，思考人的生存現狀。〈吊死貓〉藉用民俗儀典可安頓亡者或死去物類的敘寫，顯然也是轉用地方鄉俗的

---

35 見〈《客家身影》：李源發　武器專家寫客家詩〉，《聯合報》〈B2版‧桃園綜合新聞〉（2010年12月26日）。

36 參（法）尚‧布希亞（M. Jean Baudrillard）著，林志明譯：《物體系》（臺北市：時報文化出版公司，1997年6月），頁84。

文史知識，作為裝飾性情節或作為一種比喻象徵。

上述新世代寫手，大都為學院派知識分子，從中恰可歸結出所特具某種精神向度——在現代性參照系下，他們的紙上鄉土迥非原來意義上的自然鄉土，更非是僑寓都市或異鄉的記憶鄉土。新銳作家書寫現代性鄉土情境與場景，挪借民俗儀典，或只是作為完成「現代鄉土」表象的藝術符號，如伊格言之作；或以之作為理解族群民俗儀典的鄉土實踐，如甘耀明諸作，然則鄉俗儀典關注的本是「地方主體」，即特屬於某情境下共同體的行為者如何生產出來的課題。於此也可稱為生產「本地人」的一種方式。[37]所不同者乃在於鄉土禮俗儀典，在新鄉土小說家的文學表現上，似乎有從「儀式價值」而演化為「展覽價值」趨向。

四 「天涯觀」的改寫與經驗的「同質化」： 鄉土書寫中的資訊／媒體景觀

九〇年代以降鄉土作家群由於面對的是一個「異化」與「進步」的現代社會，因此大都與新的空間和時間經驗有所連結，從昔日寫實批判性，一路演化為具有某種危機啟示的書寫，甚或如前所述是挪借鄉情民俗而成為一種敘述的美學策略，皆足以說明新鄉土書寫的「非常現代」，[38]是以論者所稱「『鄉土』既是對於『現代』的反思同時也是以自身的方式躍入『現代』的某種嘗試」，[39]可謂晶明洞見。

媒體世紀的來臨，使現代世界成為一個全新的互動系統，除了溯及班納迪克・安德森所謂「印刷資本主義」之興起，大眾開始能識字，以致不需面

---

37 見（美）阿君・阿帕度萊著，鄭義愷譯：《消失的現代性：全球化的文化向度》，頁257。

38 請參拙作系列討論新鄉土的專文。見《鄉土性・本土化・在地感：臺灣新鄉土小說書寫風貌》。

39 見林巾力：《「鄉土」的尋索：臺灣文學場域中的「鄉土」論述研究》（臺南市：成功大學臺灣文學所博士論文，2008年12月），頁7。

對面交際，即能藉由集體閱讀行為產生互動交流，延至十九世紀以來，主要的科技進展則在於交通和資訊方面。[40]蒸汽船、汽車、飛機、相機、電腦和電話出現後，世界即處於「全球村」環境中，其中在汽車速度感下，「城鎮市區只是一個壓縮物」，[41]由於速度拉近了距離，四海之內皆如近鄰，自此而改寫了昔日的「天涯觀」。此外，資訊媒體的無遠弗屆，諸如最能代表現代媒介的報紙、電話、收音機、電影及電腦、手機等電子產品，尤其是現今新媒介——網路的互動平臺特性，更是將人際交流互動帶入一個「新媒體秩序所創造的社群」。誠如論者所言：「每當我們想說全球村時，就要記得媒體創造的社群是『無需任何所在的（no sense of place）』。」[42]一如現代人習用的臉書介面，透過網路傳播的擴散效應，所出現的「社會性群體」迥非傳統的「場所性群體」，而是一種「公眾」（public）的概念。所謂被媒介所中介的這個群集的「公眾」，即是「純粹精神性的集體，是身體分離、心理結合，散亂分布的個人。」[43]因電子媒體臨近，而改變在全球流動中人與物關係與距離，也頗多浮現於「網路世代」作家群書寫中，形成極具現代感鄉土世界裡的資訊／媒體景觀。

（一）鄉土世界的另一種「社會控制」

電子媒介闖入前鄉土小說的姿態，多數表現在廣播、報紙、電話、電視等媒材，如黃春明早期之作〈鑼〉（1969），即已觸及當「發展落後」的農村社會，遭逢工商業社會的傳播媒材時，所產生「新的文化」症候群與劇痛。

---

40 參（美）阿君・阿帕度萊著，鄭義愷譯：《消失的現代性：全球化的文化向度》，頁39-41。

41 （法）尚・布希亞（M. Jean Baudrillard）著，林志明譯：《物體系》，頁74。

42 見（美）阿君・阿帕度萊著，鄭義愷譯：《消失的現代性：全球化的文化向度》，頁41。

43 見（日）吉見俊哉著，蘇碩斌譯：《媒介文化論——給媒介學習者的15課》（臺北市：群學出版公司，2009年9月），頁25。原著所指陳的是以「報紙」活字版印刷媒介為例，然而今日的網路社群現象大致如此。

小說中人物憨欽仔原是以打鑼報訊為職業，舉凡鎮上政令通告、催繳稅務、尋找失蹤小孩、通知預防接種或提醒信眾謝平安等等，憨欽仔皆能善盡其責。但後來「一部裝擴大機的三輪車」卻取代了他賴以維生的那面銅鑼。「鑼」不僅是謀生用具，實質上也表徵憨欽仔與鄉鎮人群的親密關係，相對而言，只會機械式反復播放，無法深植入人心與人情的擴音機，終究只是冷冰冰的器械。

傳播媒介對於鄉土空間的衝撞，除了影響鄉土社會的生活情境外，也為鄉土社會注入價值觀的新尺度與結構秩序。黃春明另作〈現此時先生〉（1986），引人注目的一項媒介，即是作為生產和散布資訊的「報紙」。故事開始即點出省城發行報紙，卻不曾派報到小山村。報紙的取得只能從省城車站，或是山下雜貨鋪用以包物品的舊報紙。由於山村閉鎖，無法得知「天下事」，因此極度仰賴村裡「唯一認識一些字」的「現此時」先生唸報紙（此人因口頭禪「現此時」而得名），接壤偏遠山村與外界訊息。依據「現此時」先生長久唸報紙的經驗，只要說是報紙說的，村民就無條件的相信。所以現此時先生便挾帶「報紙說」的權威，來豎立地位：

> 現此時從他的生活經驗，和他認識的知識、民俗信仰，用常識上的邏輯把它組織起來，再加上出自於他常說報紙說的口，說出來之後，不管是什麼，在三山國王廟的圈子裡的人聽來，確實有個道理的模樣。
>
> （《放生》，頁27）

小說不斷提及「現此時」先生在偏遠山村奠定社會地位和聲望，乃是因為掌握了「邊緣」（農村）來自於「中心」（全國）的新聞資訊──「報紙」。因著掌握傳播媒介，人與社會的接觸面、生活方式與人際關係都增擴了，而在汲取資訊的時間上也極具效率。耐人尋味的是「現此時」先生並非是以知識菁英之姿而孚眾，再則他讀的是「舊報紙」，傳達的也是「舊新聞」，其間並經由「國語」轉譯為「閩南語」，然而村民卻唯「報紙說」是賴。小說除了以「現此時」包孕「那時候」的時間弔詭性，藉以傳達鄉土社會自身的「遲

滯性時間」特徵，[44]並無法同步於外界社會和時間制度外，也別有深意地揭現「報紙說」所扮演強力決定性角色，已漸次削弱並瓦解人們對生活方式和鄉土性祖先傳統的認同。[45]當村民隨著「現此時」先生讀報之助，而導致生活不斷受到「暗示性」與「重複性」的傳媒意識形態刺激時，[46]耳聞的世界意象與價值觀等等，已然逐漸固著與普及，甚至來自「遠方」與「那時候」的資訊霸權，也漸次取代「當下」與「現此時」的原生情感。是以偶然發現「報紙說」假造「福谷村」（即部分山村人所居的「蚊仔坑」）「母牛生小象」的新聞時，荒謬突梯的是「報紙說」的力量，竟然巨大到可以使村民懷疑起自己對於本村在地事物的實存經驗與生活認知，而意欲爬上坑頂，一探究竟。山村居民儼然是「被媒介所中介的公眾」，意即他們雖散居偏遠山城，卻可經由閱讀同樣的報紙，而與多數其他人共享同一想法與同一感情，即使這種「共同想像」並非具有「同時性」，但對於村民而言，他們多數人並沒有清楚的自覺性。小說中金毛等人也曾懷疑過報紙刊載不實，而發出：「騙瘋子！蚊仔坑的母牛生小象？」可是終究屈服於「報紙說的啦！你們不信?!」

　　〈現此時先生〉一文或隱含有作者反思「現此時與那時候」、「傳統與現代」、「地方鄉土與全國傳媒」的一個現代性「時間表」，然而文中對於現代傳媒的批判，尤在於媒體並不直接影響接收者的意見，而是影響人們表達意見的可能性，[47]一如金毛等人最後只能選擇噤聲與接受。因此媒體時代來臨，引發諸多意義的失落，即在於傳媒間接變成了另一種「社會控制」。媒

---

44 參見（法）喬治・古爾維奇著，朱紅文等譯：《社會時間的頻譜》（北京市：北京師範大學出版社，2010年9月），頁78-81。

45 此乃因村民們絕少離開家園，原本只關注本鄉本地的街談巷議，後來經由「識字」與「傳播通訊」才可以接收到某種全國性的新聞報導。然而當村民注目焦點開始從鄉土性的事物，引向全國性或國際性議題時，自然也削弱了人們對生活方式和鄉土性祖先傳統的認同。概念源自（美）愛德華・希爾斯（Shils, Edward）著，傳鏗等譯：《論傳統》（臺北縣：桂冠圖書公司，1992年5月），頁304-306。

46 見（日）吉見俊哉著，蘇碩斌譯：《媒介文化論——給媒介學習者的15課》，頁28。

47 同前註，頁64。

體資訊顯然已將人們架空到一個「超現實」的虛擬世界，人們反而不再認識或相信自己生活的真實世界了。

（二）現代鄉土社會中資訊媒體的「在場性」

如果說老作家鄉土諸作援用科技媒材，是對現代性時間入侵鄉土社會的「拒斥」，主要書寫關懷焦點在於表顯「在鄉下憂憂悶悶，默默地迎送每天的落日」的老人鄉土傳統時間，[48]則新世代小說中刻意運用這些科技媒材，主要的閱讀點或應進入其所嵌入的現代性時間本質。如童偉格〈王考〉一文，主要藉由孫子視角，敘說有考據癖，幾近是書痴、知識瘋子的祖父故事。有關〈王考〉文中以偽知識、歷史與神話的妄錯嫁接等故事線索，駱以軍的論評，[49]識力堅透，本文不擬再作發論，主要切入則在於當現代媒介闖入荒村世界，進而與活在歷史考古現場中的祖父產生碰撞時的衝突形態。

〈王考〉以極具「戲劇化」場面，開啟故事：昔日本鄉三村迎一尊聖王正身，卻因爭神分祀而起爭端，後來請來地方飽學之士祖父，終於化解奪神分祀紛爭。[50]這是祖父第一次展現考證實學，但也因他對祭壇聖王進行一連串的疑神與解構，從此成了村群怪物。祖父生命悲劇性乃在於他一生沈浸於知識學問的執念，卻無法正確感知現實，例如他熟讀縣志、地方誌，手繪本地各村圖誌地名，載記本地歷年災異，可是他隱伏的書齋和繭居的理想世界，卻是一個擺脫了時間的虛幻世界。因而當孫子／敘述者質問「愛情」、「人的愚蠢」與「活著為什麼」時，祖父的回應是《臺海使槎錄》、《東蕃記》等史籍載記的文字。對地方始源文化的迷戀，使他成為本鄉境內最有學問的人，但經由祖父所展演知識文字的「奇觀化」與「空洞化」，卻也形成

---

48 見黃春明：《放生》〈自序〉（臺北市：聯合文學出版社，1999年11月），頁15。

49 見童偉格：〈附錄‧暗室裡的對話〉，《王考》（新北市：印刻文學生活雜誌出版公司，2002年11月），頁201。

50 祖父依考證而主張唯聖王印是真，其餘皆假，因此聖衣、令刀、令旗及聖像俱為其餘二村所取，本村只取得一枚如卵蛋的聖王印。（頁10）

一種「知識象牙塔」的迷障，讓祖父雖「鶴」立於雞群，卻是以一種「在無望中的遊蕩」之姿，存在於所有人之外的一個「絕對存在者」的角色。「孤獨」顯然是一種與世隔絕，無法建立與他者關係的存在主體。

　　「在那個紙張在雨中命定腐壞的過往山村裡」，據祖父考證而預警本地會有一場毀滅性的災難，使一切重頭來過，人類重活，史書重寫的浩劫，果真臨現了：

> 卡拉 OK 大風行的那幾年，大家合作，在棚子裡架了卡拉 OK，後來流行有線電視，他們也翻山越嶺把電視纜線牽進棚子底。長久失業的村人，日復一日聚在裡面喝酒、賭博、爭是非、鬧選舉，一年中總有幾回，他們會勞動分駐所幾位衣衫不整的警員，開著警笛故障的巡邏車，前來樹下關切一番。

（頁12-13）

當都市傳媒漫漶至純樸山村生活時，「一切堅固的東西都煙消雲散了」。[51]易言之，現代性賦予人們改變世界的同時，也在改變人的自身。所謂「電子媒介浸透的社會，其結果就是『地方感的消失』，人們失去了固定安居的地方，社會也因此混雜為一體。」[52]山村鄉俗民情因著媒介傳播的流動而與外部世界合流於「經驗的同質化」中，淳樸山村因而改變、敗壞，地方性原初傳統的摧折，恰恰印證了祖父諄諄警誡災難發生不是因為什麼神靈作祟的緣故，而是「壞掉了的東西就會死掉。」（頁21）。

　　小說對於現代傳媒刻畫最深的，莫過於當精神魂靈始終活在代遠年湮的祖父，離開書房，走進棚子裡的情境畫面：

---

51 借用馬克思之語。見（美）馬歇爾・伯曼著，徐大建等譯：《一切堅固的東西都煙消雲散了——現代性體驗》（北京市：商務印書館，2003年10月）。

52 見（日）吉見俊哉著，蘇碩斌譯：《媒介文化論——給媒介學習者的15課》，頁76。

他拾起桌上的電視搖控器，按開電視。

第一臺，摔角臺上兩個男人絞在一起。

第二臺，一個女子做愛的臉。

第三臺，一個小孩像狗一樣不斷哀號。

人怎麼像狗一樣叫呢？祖父不解，默想一會。

他轉頭，看見棚子外面，各家各戶的簷下，都掛著滿滿的衣物，……他想，自古以來此地風俗即如此，他記得不知道哪本書上記載過，此地人在聚宴時穿衣，……一身凡十餘襲，如裙帷颺之，以示豪奢，宴散，則悉掛衣於壁，披髮裸逐如初。自古以來，此地即無君長與徭役，以子女多者為雄，眾人聽其號令。

（頁23）

電視出現的媒體景觀，原本都只是一些現實的片段罷，然而透過「影像中心」與「敘事主導」的解釋，「這類解釋為體驗並轉化它們的人所提供的是一系列要素（像是角色、情節和文本形式）」，[53]因此從觀看影像的這些「鬥狠戾氣」、「愛欲淫邪」、「家暴磨難」等色情暴力要素中，祖父從中汲取並想像的「生活劇本」，即包括「自古以來」歲月靜好，民風知禮淳美的「此地」和現代全面淪覆墮壞的「他方」的生活。此即童偉格〈王考〉一文藉由寓託電視媒介的出現，使古今社會情境先是產生「分割」，繼而則是形成「重組」的思索。

　　科技媒體所反照現代人內在細微的身心時間感知與空間感受，在前後世代作家作品中都有體現。且以李儀婷〈郵路〉為例，[54]原住民郵差布馬一直不解近來族人不再找他讀信、寫信，連帶地往來信件也銳減了，但包裹卻日增的謎團？直到有一天他掉落山谷，已失去原住民野地求生本能的他，情急之餘打開高高疊起的郵包，才赫然發現了秘密，原來包裹內裝的全是手機。

53　見（美）阿君・阿帕度萊著，鄭義愷譯：《消失的現代性：全球化的文化向度》，頁50。
54　李儀婷：《流動的郵局》（臺北市：聯合文學出版社，2005年4月），頁85-113。

〈郵路〉這篇小說情節簡單，卻不經意透顯出「流動科技」與「裂散人際」的議題。當人手一機，即意味著可以跨越各種邊界，這種移動不只跨越地理的界限，也可超越語言和文化的界限，然而科技真是萬能的嗎？小說結尾探討的並不是高科技產品取代了本該獨屬郵務士傳訊的滄桑情境，而是翻轉出「手機」此刻雖已成了墜落山谷，求救無援的布馬的唯一救世主，但學不會赤腳攀岩，辨認不出月桃花，聽不懂鳥聲的布馬，卻只能痴盼等待著在山區收訊不良的手機鈴響，才有獲救的生機。顯見小說家雖企圖打破對科技媒介的迷思，卻也不得不正視科技資訊的「在場性」。

（三）傳播媒介「大心靈」下的鄉土書寫[55]

　　上述現代媒介在我們生活中影響至鉅，資訊與網路的快速衝擊現象，映顯在新世代作家鄉土書寫表現上，尤其是自稱是「網路原住民」與「重整世代」的年輕寫手，[56]更是大幅躍進為將3C翻轉為小說中的溝通路徑與重要場景，誠如論者所言：「鄉土小說發展到新世紀，令人意外的不是鄉土的失落，田園詩的終結，而是鄉土的再生，以災異與天人感應的方式再生，其中還存有著電子媒材的滑稽突梯與光怪陸離。」[57]藉災異鬼魂等傳奇形式，以擁抱網路中的臺灣土地與文化景像，或未必即是鄉土再生的重要元素，但觀覽新世代這些網路群集子民在書寫表現上的成長，確然無法迴避身陷數位時代集中營裡，諸如網路、Facebook、twitter、line、維基百科，甚或是電子書的文學新環境，因此新世代即或是以最具地方傳統歷史認識層面的「鄉土社

---

55 依據（美）學者庫里論點，所謂「大心靈」（large mind）乃指來自於傳播（communication，亦為溝通之意）的力量，他認為對傳播進行考察，是研究近代社會變化的最佳方式。參見（日）吉見俊哉著，蘇碩斌譯：《媒介文化論──給媒介學習者的15課》，頁27。

56 朱宥勳撰：〈重整的世代──情感與歷史的遭遇〉，朱宥勳、黃崇凱編：《臺灣七年級小說金典》（臺北市：釀出版，2011年2月）。

57 周芬伶：〈推薦序：富閔小子〉，楊富閔：《花甲男孩》（臺北市：九歌出版社，2010年5月），頁12。

會」為素材，依舊可見作品表現的是在一個「大心靈」，所謂傳播媒介的強力影響之下，再出現新鄉土類型的個別分化書寫風格。

如伊格言作品，充分表顯他對電影攝影的執迷與技巧，且就小說情節諸多鏡頭界面與影像元素而論，如〈龜甕〉先是以甕底棺底的蟲蛆「蠕出。蠕入。」入題／入鏡，接著依次是「窺見祖父」、「聽見父親」、「瞥見祖父」、「祖母在房內」、「祖母在那兒」等諸多俗事畫面與細節構圖的發揮，用以嫁接喪葬婚禮、開棺蔭身、男女情事等等喜慶悲喪貪戀愛欲之人生諸景，並引渡出祖父意欲將祖母墓拾骨遷葬的家族秘辛——撿拾的身骨猶如蛆蟲殼膜，「蛻化老去卻遺留痕跡」，一如從祖父母乃至父親母親、阿叔和阿嬸的世代咒詛——原來皆是攸關家族男人和出身霓虹地妓女的愛情。再就伊格言小說表現形式，如〈祭〉中許多交叉剪接AV女優影碟的觀看／監視影像；〈嬰孩〉中的夾註語：「（光圈關閉。曝閃停止。全部，全部都暗下來了……）」、〈墜落〉一文的「啪。（銀幕一片空白。圖像隱沒入光。）……啪啪。啪。（雪盲。雪盲般的白色光亮。）」等等鏡框打亮、剪接分鏡定格，以及畫面外聲音的發揮，一如駱以軍所言：「極度濃縮的段落，被暗示在一放映機捲片聲或剪接控扭的機械磨擦聲介入的『後製』情境。」[58]如果伊格言藉由刻意操作重疊印相、變形鏡頭與鏡框畫面等技術，為的是試圖捕攫時光的影像，以揭露原本安然掩藏的事物，則當楊富閔將手機3C進駐多數文本時，科技媒介的符號形態與其所承載內容之間的區隔，顯然已不再疏離，新媒介所重新顯現的已然是輕盈親切的日常化與鄉土性的場景。

楊富閔〈暝哪會這呢長〉和〈逼逼〉二文，[59]都是以鄉土女性人物作為特寫。一是大內阿嬤，一是水涼阿嬤，小說主要寫其難堪的生命處境與頑強勁斂的哀樂老年。〈暝哪會這呢長〉敘說祖孫三人依攏相偎，長孫女尋愛而從家出發，最後又歸返回家的故事。親情碎裂期間，唯一聯結祖孫親情的「神秘空間」是部落格的網誌。小說中浮現許多現代性網際網路化的社會情

58　見駱以軍：〈借來的時光——序伊格言的小說〉，伊格言：《甕中人》，頁20。
59　分見楊富閔：《花甲男孩》，頁15-38、39-66。

節，如藉由網路平臺特性中「匿名身分卻不斷介入敘述」，始完成姐弟之間的傳訊與關懷；[60]而姐姐也是因為上網結識光頭男友，以致棄家不歸……。小說中最精彩的辯證情節乃在於，經由家族葬禮儀式所織就祖靈的「血系大網」與「身分認證」作為輻輳，將家族史與鄉鎮開發史，甚至是斷代民國史、短暫昭和史，予以宏觀並置，並論證這些親族系譜名諱或符號，若置於網路世界，會不會也生疏得等同只知一組ID和暱稱的網友？（頁33）雖然大內阿嬤一再埋怨：「人有心，電腦無心」、「可憐啦！姐弟講還需要用電腦，又不是沒嘴？信電腦教，走火入魔啦……」（頁29），可是最終她還是得仰賴接聽「手機」，重新啟動和孫女的情感交流。無數個人得以在手機在網際裡互相連結，顯然已成為一種重要的日常生活媒介了，即使是在鄉土世界裡。

　　〈逼逼〉一文命題兼具多義，「逼逼」一為阿公歷年劈腿「十二婆姐」總成果之一的大陸妹花名，其次為文中電子器具及所有聲響的狀聲詞，再則指陳阿嬤一生所遭受的「逼迫」情狀。水涼阿嬤自從聽了看護蘇菲亞說了句：「老闆（即阿公）不吃了。」即啟動了她裝置有GPS衛星定位與孫子HP筆電互聯的摩托車之旅，旅程的導航定向主要是從官田、麻豆到佳里、善化……。穿行這些城鎮，水涼阿嬤可不是隨機晃遊，實質上這是一趟滿載往事風景與記憶痕跡的「報喪之旅」。因為依據在地習俗：「古早人要是烷婿不吃了，都得回娘家報備一趟。」（頁50）所以阿嬤的摩托車「騎跡」正是一條通往「娘家親戚的網路」。小說藉由阿嬤行經的市鎮街道，不僅收攬鹽分地區的地景地標，也突顯人文地誌，諸如描摹沿途所見城鎮與人群或嘈鬧或壅塞或安靜的生活圈（夜市、市場）、工作（修路工與晨起學生）、老病（安養院）、喪葬（路邊喪棚法事）等等常民文化生活最鮮明的畫面。至於阿公天天嚷著：「逼逼說要帶我環遊世界」的心願，最終也在孫子和看護「腳踏實地」的「在地巡遊」版圖中完成世界之旅的壯舉：參訪日本神社遺址──→行徑越南小吃店──→最後則在騎樓窺看民宅客廳電視播放的紐約大聯盟球

---

60 小說敘述者在離家姐姐的網誌中，皆是以同姓氏先輩之名留言，藉祖靈以召喚姐姐返家。（頁16）

賽……。（頁59-60）

　　小說實以水涼阿嬤的女性命運、情感、生命，作為經驗和言說的主體。然而作者並不以悲情「她的一生」作為張致感傷，反而以人世間諸般錯謬糾纏線索，鋪排為另一種「臺灣女性」的性情趣味印記。例如水涼阿嬤即戲稱會寫詩的風流才子阿公，獵艷全臺女孩，堪稱是第一代「環島青年」，允為「用心愛臺灣」之人。（頁43）而阿嬤的「失婚故事」也翻轉為一部「精神傳記」，表徵最堅強的人，站立得最孤獨也最昂然，一如一生被丈夫背叛逼迫至極的水涼阿嬤，仍然努力地活出自我，直至丈夫生命盡頭，仍是滿懷深情以傳說可治百病的龍喉水來潤澤丈夫的口乾唇燥，以免丈夫此番「大行」路難走。

　　〈逼逼〉一文藉高科技通訊作為祖孫兩代傳遞訊息與地方圖誌的媒介，GPS衛星定位不僅聯結祖孫兩人的「共同體時間」（以阿公的病況作為時間表），也在雙向的網路中各自編輯著自己的地方圖誌：阿嬤是市鎮街道的田調者，孫子則是藉由二十七吋螢幕彈出視窗而認識路段名稱。論者嘗言新媒介的出現，使社會情境產生分割、重組的效果：

> 傳統社會裡的公共領域與私人領域、高尚領域與低下領域、男性領域與女性領域、成人世界與兒童世界，都是分立的穩固秩序；雖然一旦電話、收音機、電視闖入家庭，原本空間彼此孤立、防堵他人侵入的生活，也因為資訊流動而帶來某種效果。[61]

原本兩種不同的領域，卻因著網路的直接連結而產生密切交集。數位資訊，不僅是人們認識世界的一種新方式，藉由小說中資訊科技景觀的呈顯，也折射了鄉土世界中許多人物的「非常現代」故事。

---

61 見（日）吉見俊哉著，蘇碩斌譯：《媒介文化論——給媒介學習者的15課》，頁75。

四　結語：
景觀、敘事與新世代「微型感性」的情感結構

　　思鄉或戀土情結，本是人之常情，但就空間社會學理論而言，「對家鄉的熱情也許要追溯到土地的引人觸目的差異。」這是因為土地的差異，必然強烈地把人的意識束縛在土地和它形態的特殊性上。[62]因此，道路筆直，面目模糊的平原景觀或現代都會，對住民的吸聚力或思鄉熱情而言，似乎不敵對於古老的，彎彎曲曲的街道，或不規則的鄉鎮城市。此或即是在多數非來自於「鄉土世界」的新世代書寫中，常可看到書寫鄉土地景的緣由，即使這個鄉土只是源自於對父母鄉土，或是對於已然逝去的成長經驗中的一種「鄉土感情記憶」。

　　然而本文藉由重讀與探述新鄉土諸作，卻發現宕開人類本然的鄉土情懷與追索生命印記的書寫動能外，新鄉土諸作明顯可識察「創造地方」或「生產地方」的書寫方式。首先藉由景觀符號，以辨識地方空間訊息的作品，茲以為例的是陳淑瑤《流水帳》，以澎湖離島景觀，作為「空間界限」，而引渡出界限內外不同住民的社群意識；至於王聰威所浮雕高雄旗津的漁港風物地貌，顯然是藉由「生產／再現」父母鄉土，來表徵他的鄉土身分與歷史想像。

　　其次則就「民俗儀典」儀式感背後所表呈的地方文化即景，援以黃春明、鄭清文、林宜澐、伊格言諸作，以論證新秀寫家表述實踐的鄉土感覺，顯然趨近於「知識景觀」與「美學策略」，迥異於前行代作家刻繪的鄉土「閱歷景觀」與「集體記憶」。至於「群體的身分感」，也是透過反映常民生活行為慣習與特有文化心理結構的民俗儀典而表出，取徑的是甘耀明結合客家和福佬地域風情與族群生活歷史紀錄諸作。

　　最後則從鄉土書寫中的資訊／媒體景觀，進行世代論述與比勘。老作家鄉土諸作援用科技媒材，主要關懷焦點在於對現代性時間入侵鄉土社會的

62　（德）齊美爾著，林榮遠編譯：《社會是如何可能的：齊美爾社會學文選》（桂林市：廣西師範大學，2002年12月），頁299。

「拒斥」，而新世代小說所展現的科技媒材，書寫重點則在於正視其所嵌入的現代性時間本質。總理而言，科技資訊的在場性，表現在新世代寫家的鄉土寫作現象中，堪稱是在一個「大心靈」，所謂傳播媒介的強力影響之下的個別分化書寫，諸如童偉格、李儀婷、伊格言與楊富閔諸作，皆有殊異而「非常現代」的鄉土故事。

綜上所論，新鄉土書寫顯然已非真有其地方本體論的定錨點，一如陳淑瑤的澎湖書寫，主要是以「內在者」視角出發的鄉土書寫，但陳淑瑤的澎湖終究是靜止於永恆時間內的城鎮，文本中看不到現今澎湖面臨現代化與物質性入侵時的急遽變化。王聰威的高雄旗津書寫，主要是就「外在者」視角來模塑地方，裡面有其對父母鄉土的歷史想像。但地方意象卻是藉著曾有識覺經驗的作者之意象轉化而來，[63]並非是作者實存的地方經驗。再者地方性固然作為生命經驗的本質，然而當作家書寫鄉土時，卻也是一種空間式的或虛擬的，並具有社會再生產地方性的詮釋，一如甘耀明系列「關牛窩」作品，傳奇與戲謔性故事，顯然與地圖上的關牛窩「有些距離」，然而其故事題材，卻在於表現並召喚客籍族群的區域文化特性。至於伊格言、童偉格、伊格言諸作也見於全球化浪潮下，援借科技資訊或展演書寫策略的一種鄉土景觀，以此作為定位鄉土書寫主體的的一種寫作姿態。

邱貴芬〈翻譯驅動力下的臺灣文學生產——1960-1980現代派與鄉土文學辯證〉一文，[64]論及六〇年代現代派作品「翻譯西方」的現象，原是為了回應對西方（＝現代）的欲求與想像，然而王禎和鄉土小說的多語言敘述卻逆反於此，而表現出，必須透過「翻譯鄉土」的話語策略，贖回正轉化為陌生的文化他者的「鄉土」。就書寫策略而言，「翻譯鄉土」自也是一種地方性的建構與生產，只是彼時鄉土諸作呈現的大都為「地方本然的樣態」，一如前行代的鄉土來自於親身的鄉土經驗與體驗，寫作者身在地方裡，即使偶有

---

63 Yi-Fu Tuan 著，潘桂成譯：《經驗透視中的空間和地方》，頁141。

64 收錄於陳建忠等合著：《臺灣小說史論》（臺北市：麥田出版社，2007年3月），頁236-237。

屬於文學想像的幻構情節，卻是「經驗親近」的觀察視野。進入九〇年代以降，緣於「經驗疏遠」的觀看距離，新世代寫家的鄉土則多數來自刻意營構的想像鄉土，那塊鄉土或許是真實存在的地理環境，但卻是和虛構想像空間混合而成，書寫鄉土焦點因而轉為「談論地方的方式」，而成為「生產的地方性」。

　　新鄉土作品中「生產地方性」現象，原是在特定時空潮流脈絡中的必然趨勢，本文在「生產地方性」意義脈絡下，希圖開拓九〇年代以降新鄉土書寫現象的另一種詮釋概念，當然也得正視描摹「世代共相」的不易，以及「不可化約」的多元可能性。誠如七年級小說家所言：「身在這麼一個多元的社會中，每個人自然都隨秉性與境遇有自己的特色。但他們共同生活於當代，在小說的思考與關懷上，仍有可辨認的共通之處。」[65]規模新鄉土新世代的寫作，容或作家刻繪的鄉土是「事實記憶」或「情感記憶」，是可觀可知的地方地景，或是私人記憶臨現的地方意識，或是一種「微型感性」的情感結構，總之，鄉土作為親切而富有歷史魅力的地方，小說家意欲向人們展示鄉土親切經驗時，雙向交流的關係是可溝通的。

---

65 朱宥勳撰：〈重整的世代——情感與歷史的遭遇〉，朱宥勳、黃崇凱編：《臺灣七年級小說金典》，頁7。

第二章
女人的船屋與男人的牛車
——沈從文〈丈夫〉和呂赫若〈牛車〉中「典妻情節」訊息及其言說方式

一　前言：鄉村生命形態的「現代」流變

　　沈從文〈丈夫〉一文撰作於一九三〇年，[1]呂赫若〈牛車〉一文則寫作於一九三五年。[2]這兩篇名家名作遙隔海峽兩岸，撰作容或有其不同的託寓面向，諸如沈從文或從「鄉下人意識」和「原始情欲」兩橛，省思現代化侵蝕下的不安定人性構圖；呂赫若則是身處日殖情境，而觸及現代性、殖民性與本土性的多重糾葛，然而審諸兩作卻不約而同地將書寫情節指向「典妻賣淫」的現象，藉以揭現彼時中國鄉村與臺灣農村社會背景概況。二文無論是在處理社會階級、女性位置、性別政治，或是面對彼時現代化與鄉土矛盾，所表呈個體生命存在樣態，以及因應現代社會變革而產生新的社會網絡等等書寫訊息時，皆隱然浮現饒有意味的互文性對話。

　　沈從文〈丈夫〉一文描寫二、三〇年代在中國社會政治、經濟狀況惡化下，農村生存的兩難處境。由於農村微薄收成照例要被上面的人奪去泰半，農民用紅薯葉和糠灰拌和充飢，苦境艱難而悲涼。因此鄉下丈夫援例而把新

1　沈從文：〈丈夫〉一文乃於一九三〇年四月十三日作於吳淞，原載《小說月報》第21卷第4期，本論文則取據於凌宇編：《沈從文著作選》（臺北市：臺灣商務印書館，1994年），頁63-92。

2　呂赫若：〈牛車〉日文原載於東京《文學評論》第2卷第1號，1935年1月。本論文主要依據呂赫若著、林至潔譯：《呂赫若小說全集》（臺北市：聯合文學出版社，1995年7月），頁27-61。

婚妻子送出，在河船上賣淫。小說形容：「這樣丈夫在黃莊多著！」直到逢
年過節，或想見媳婦的時刻，丈夫才進城到碼頭船上尋妻。由於妻子在城裡
每月中兩夜所得，就已足夠貼補滯留鄉下耐勞、種田的丈夫的生計，在此
「名分不失，利益存在」的權衡下，鄉下丈夫們對於送妻賣淫的生存境況，
竟習以為常，甚至當丈夫來訪，遇到妻子生張熟魏之客，竟也主動逢迎承
歡。迢迢前來探望妻子的丈夫，連和妻子話家常的時間都遍尋不著，其間遭
遇了種種屈辱、難堪，眼睜睜地看著夫權旁落時，才赫然發現自己做「丈
夫」的身分，已然在這花船上漸次失去，因此「丈夫」終於從猥瑣、麻木、
隱忍、妥協而抗爭，超越唯實唯利的物質生存層面，而追討在花船中失落的
莊嚴人性與丈夫身分的主權。

　　呂赫若〈牛車〉，也取材自農村，通過截取農家生活的切片，來透視彼
時殖民社會下的生存悲劇。農民楊添丁無田無地，入贅成為阿梅的丈夫，依
靠祖傳拉牛車馱運貨物，以餬口維生。日殖時期，社會經濟變革，日本輸入
大量的運貨汽車，加上日本統治者不准牛車行經公路，即便牛車夫楊添丁日
日乞求與跋涉，也無法找到僱主。於是三餐難繼，家庭經濟遂陷入困境。想
租耕田，卻難有租金佃田，萬般無奈，只好鼓動妻子賣淫，以苟延殘喘。然
而一貧如洗的楊添丁依舊難逃命運的催逼，為了繳不出「坐眠牛車」的罰
金，終至鋌而走險，無奈初次偷鵝即失手被逮，已被磨難損害的生命，竟陷
入更為悲慘的境地。

　　針對二文的相關評論大都著眼於作者撰作的時代背景，而論及貧窮丈夫
面對生存蹇境，導致義利取捨的錯置與人性異化的傾斜，藉此切入中國、臺
灣彼時社會政治經濟敗壞下的道德命題與人性掙扎，並將作品視為控訴社會
政經結構與家庭組織病態之作。諸如聶甘弩即論〈丈夫〉表現二、三十年代
中國社會政治、經濟狀況的惡化情狀，迫使鄉下人將新婚妻子送出賣淫，積
以時日，則顯現出面對生存窘況習以為常的精神麻木；[3]陳映真則從殖民地
臺灣的主佃與押租制，以論〈牛車〉裡的丈夫不得不挫折尊嚴，央求妻子賣

3　見凌宇編：《沈從文著作選》，頁63。

淫存錢，湊足押佃所需。[4]

　　重審這兩篇被譽為深具「啟蒙」意識、「有所為而發」之文學名篇，發現當作者將「典妻賣淫」情節視為反常、扭曲的社會現象，而用力刻繪人間苦難與荒謬時，顯見「典妻賣淫」在作者書寫概念中的確佔據一個重要的主導性情節位置。因為「典妻賣淫」固然反映的是歷來迫於經濟環境壓力下的無奈與無告的蹇困，然而外部的社會變動雖然造成家庭經濟的一窮二白，但送妻賣淫並非唯一解決生計的選擇。不同於一般小說的「賣淫」情節，所關乎墮落的經歷與變化，或墮落的深淺程度，或關注賣淫業、聲色場種種世態人情等等，上述兩篇作品既是從夫妻關係出發而揭現「賣淫」現象，因此議題焦距除了人性議題、政經交涉、社會文化問題之外，賣淫現象顯然尚涉及關於夫權與婦權的辯證。意即在什麼情況下，會讓擁有「夫權」的丈夫甘心讓自己的妻子以肉體進行特殊的「交換」與「買賣」？被男性視為私有財產，佔用為生產、生殖以及性功能的的人妻／女體，又是如何被販賣，而以性服務作為謀生的「交易女人」（traffic in women）？[5]是以文本所呈現人間炊煙裡的生活場景，似應與兩性硝煙中的社會文化現場，並置而觀。

　　然而本文所欲處理者並不在於從「關懷女性」的視點，探究作者書寫中是否不自覺地摻雜有根深柢固的父／夫權文化意識形態，本論文所著意者乃在於〈丈夫〉、〈牛車〉二作中，「船屋」和「牛車」縮結「典妻賣淫」的表意結構，除了昭示出鄉下人在社會朝向現代流變過程中的人生哀樂，似乎也可視為作者所投射的某一種社會意識形態和社會符號秩序。小說中的船屋和牛車，顯豁地佔據一個主導性的訊息言說位置，並且作為所傳達訊息的一種延伸義──「女人的船屋」和「男人的牛車」。爰此，小說將可被視為一個廣

4　見陳映真：〈激越的青春──論呂赫若的小說〈牛車〉和〈暴風雨的故事〉〉，收錄於陳映真：《呂赫若作品研究──臺灣第一才子》（臺北市：聯合文學出版社，1997年），頁296。

5　蓋兒・魯冰首創「交易女人」一詞，近二十年來一再被用來描述經濟劣勢的女人，特別是指第三世界婦女身體被販賣的現象。見顧燕翎，鄭至慧主編：《女性主義經典》（臺北市：女書文化事業公司，1999年10月），頁167。

義再現系統的一部分──再現地方與性別，表徵歷史與階級意識。因此本文試圖以船屋與牛車，作為闡明性別分化的入探起點，析論船屋和牛車是如何被編入小說，作為結構性別關係的體系，並如何引渡出三〇年代中國與臺灣鄉村生命形態的「現代」流變種種。以下論述將從女性在「船屋」這個空間位址，來思考〈丈夫〉如何再現地方與性別現象；以及藉從男性擁有「牛車」這個技術性農具，來探究〈牛車〉階級分化與社會實踐的訊息言說方式。職是之故，「船屋」與「牛車」，作為性別分殊化的二種訊息，在互文性閱讀結構中或可進一步得到辯證性與整合性的破譯解讀。

二　訊息與訊息言說的方式

就空間屬性而言，「船」原是一個浮游的空間片斷，是一個沒有地點的地方，以其自身存在，自我封閉，同時又被賦予大海的無限性，從一個港口到另一個港口，[6]然而〈丈夫〉中作為類妓院而泊定一處的「船屋」，雖然還是作為與人類生活區隔的一個異質性空間的存在（妓院畢竟是一處特殊地點），卻是具有「揭露」真實的空間──「家屋」的功能性意義。至於〈牛車〉中的「牛車」除了標明和技術沿革相應的社會結構變化外，也同時回應彼時臺灣農民與牛車緊密關聯的真實生活體驗，是以所謂「牛車」也已非關交通運輸的技術或功能意義了。「船屋」與「牛車」，作為小說中重要的訊息，所傳達的並非是普通交通工具或實用農具器物的本質性功能與意義，而是作為指向另一種訊息的言說。

（一）再現地方與性別：女人的船屋

在沈從文小說中常作為串聯敘述或是其間人際網絡樞紐的場景──船屋

6　見（法）米歇・傅寇著、陳志梧譯：〈不同空間的正文與上下文（脈絡）〉，夏鑄九、王志弘編譯：《空間的文化形式與社會理論讀本》（臺北市：明文書局，1999年3月），頁408。

或吊腳樓，除了表顯為湘西世界特有的地域性和文化性等歷史特徵外，同時也表徵為一種「性欲化空間」（sexualized space），[7]是水手、舟夫、商旅和妓女的交會處。從原本作為公共性的交通工具，轉變而為關乎經濟交易的空間性產物，船屋因此同時含有隱喻和社會實踐的意義，是再現地方與性別的空間場。

1 居有定所與不得其所

　　不管是因為戰亂、饑荒或跨國資本的發展，而被迫「遷移」；或是為了娛樂、增廣聞見而「旅遊」，這兩種「移動」類型都徹底改變了個人與群體認同、日常生活，以及領域或地方之間的關係。[8]〈丈夫〉開篇即敘述鄉下婦人如何為了分擔家計而遠離種田挖園的家人，來到市鎮大河妓船謀生的勞動遷移史。小說人物老七的「移動」自然是受到經濟、社會環境變遷的結果。[9]在移置中，由於日漸喪失了傳統性和穩定性，於是有關所來處的地方獨特性和文化形式概念，自然也間接受到衝擊，而老七所帶有原本地方的習癖和原初的性情言行，也逐漸地淪喪與剝蝕，所以小說中初來乍訪「遠親」的丈夫，遂只能「用著吃驚的眼睛，搜索女人的全身」，繼而發現妻子的面容、神情派頭、穿著與說話口音全然不同，已然「像城市裡作太太的大方自由，完全不是在鄉下做媳婦的羞澀畏縮神氣了。」（頁65-66）老七是否是被迫賣淫，文本中並未交代，但端看她在花船上適應賣淫生活的從容自在與橫潑老練，已知老七的淪覆與妓女化。一旦面對委屈而惱怒的丈夫，老七也只是半是揶揄，半是嘲弄地安撫著丈夫，甚至將丈夫「嫖客化」，特意寬衣解

7　所謂「性欲化空間」乃援借自貝絲特（Sue Best）理論，貝絲特提出許多城市，諸如巴黎、紐約等，常被設想或被書寫成陰性或女性化，遂由此而審視了隱喻和社會實踐，從而闡述女性身體和空間的關聯。引自（英）Linda McDowell 著，徐苔玲、王志弘譯：《性別、認同與地方》（臺北市：群學出版社，2006年5月），頁90。

8　參（英）Linda McDowell 著，徐苔玲、王志弘譯：《性別、認同與地方》，頁2。

9　小說中言及：地方實在太窮了，一點點收成照例要被上面的人拿去一大半，手足貼地的鄉下人，任你如何勤省耐勞的幹做，一年中四分之一時間，即或用紅薯葉和糠灰拌和充饑，總還是不容易對付下去。（頁68）。

帶，露出極具風情的「鴛鴦戲荷」紅綾胸褡刺繡，藉以拉近夫妻距離感，並
簸弄得丈夫慾火賁張。

因著移動而改變人對社群與地方的認同歸屬，並滋生新的地域依附感，
小說人物老七移動後的身分，即是歸屬於「城鎮」區域與「妓女」階級。因
此對於過往鄉居經驗與記憶種種，只能藉著「君（丈夫）自故鄉來」而探知
「故鄉事」，或是藉著丈夫帶來紅薯糍粑、風乾栗子等家鄉土產，來強化即
將淪喪的老地方的認同感。

泊定的「船屋」的異質性，使其看似歸屬於所有的地方，實際上卻不屬
於任何地方，但對於老七而言，船屋雖然有其與賣淫關係的聯結，卻也是她
總體生活人際關係的所在。在眾多船屋中，老七的船屋位置「在較清靜的一
家蓮子鋪吊腳樓下」，不僅被編列入水保管轄的河面秩序中，船屋的成員也
自然形構為類親屬關係，如大娘、五多與老七的共生共存結構，以及老七與
乾爹水保的擬父女關係。[10]顯見在船屋這個「地方」，老七已然結合了「那
裡」（家鄉黃莊）和「這裡」（岸上河街）的文化與習性，另創造出新的地方
感，並重建新的「家園」感受。

然而船屋雖是另一種形式的「寓居」和「家園」，卻也同時作為老七營
生的工作場所和公共空間，亦即家庭和支薪工作的所在地，原本分屬兩個世
界，但就船屋的空間屬性而言卻兼具二者。諸如船屋對老七而言是私領域
（每位船妓都有一艘屬於自己的船屋），但對於水保或嫖客而言，則是公共
領域，一踏進船屋即是最私密的牀艙，訪客或接客的地方一律是牀鋪，並無
家門的藩籬界限。因此這個「家屋」並無法展現庇護、安全與愉悅的家屋詩
學，[11]任何時分都得飽受生張熟魏或醉鬼惡漢的踢船與推篷，無怪乎小說裡
的丈夫來到船屋後，頗有「非家園」的深重感喟：「如今和妻接近，與家庭
卻離得很遠，淡淡的寂寞襲上了身。」（頁67）。

---

10 從老七與大娘對於金錢配置使用的關係，看出兩人超越同居合夥的情誼，已然近乎親
　人關係；而水保也儼然以丈人身分自居，預備款待甫自鄉下來訪的老七「丈夫」。
11 參見巴舍拉：《空間詩學》中賦予家屋的詩學敘述與定義。加斯東·巴舍拉著，龔卓軍
　等譯：《空間詩學》（臺北市：張老師文化事業公司，2003年7月），頁66-69。

　　船屋因此是一個「居有定所」，卻是「不得其所」的「非地方」，這是再現地方與性別的「女人的船屋」。在船屋裡的老七並不是操持家事和養兒育女的妻子，她在丈夫探望她的這二天光陰裡，非旦未履行妻職，反而以上岸燒香為由，將丈夫冷落在花船上。如是而觀，當老七從鄉下遷移來到河街船屋時，儼然來到一個「她鄉」。由於船屋處於沒有地方歸屬感的「邊界」地域，既不屬於岸上城鎮，也不屬於航道中下一處定錨點，因此〈丈夫〉中船屋的空間意識是一種「跨域」與「互動」的實踐，在這裡有來自各地商旅舟楫交會的人際網絡，而船妓們既處於移轉變遷的歷程，已習於挑戰僵固性，因而擁有不固定、不穩定的地方認同。船屋中既有許多「違規」且「跨越」傳統鄉土性的女人，因此傳統的夫妻名分或個人的社會屬性和身分，在此也都得以重新建立。「船屋中的女人」，不只在經濟上的地位有了翻轉，看似淡漠於夫妻床笫之事的老七，其實隱然已具有重新界定夫妻間性愛、情感層面等位階的權威。然而船屋場域中關乎性別權力關係的重構，對女性而言，或許是一種性別解放，卻也同時是另一種受性別綑綁的社會控制的開始。

2　船屋空間中的女性身體

　　從〈丈夫〉文中，可以看出由於女性的空間移動而產生性別體制結構內的變化，一如小說敘及丈夫曾疑心老七誤將鐮刀遺落溪裡（後來則發現是丈夫自己不慎擲落樑上飯籮），即聲色俱厲威嚇道：「找不出麼？那我就要打人？」（頁76）這是丈夫憑藉「父／夫」權，所施加妻子粗暴而直接的宰制形式，顯見彼時不事生產的鄉下居家女性與具有生產力的丈夫之間結構性不平等狀況。然而藉由女性空間的「移動」，卻導致老七與丈夫性別區分的重新協商，並拆解了原初丈夫與妻子階層化的關係，從前的「大丈夫與小妻子」已然翻轉為「大女人與小丈夫」的敘述，[12]就老七今昔居家地位而觀，簡直為雲泥之判。小說中言及大娘擬請男子上河岸看戲，戲碼《秋胡三戲結

12　小說結尾敘及老七對丈夫的金錢安撫，以及丈夫受盡委屈後，用兩隻大而粗的手掌摀著臉，像小孩子莫名其妙的哭了起來。（頁91-92）從中可見丈夫與妻子位階的巨大移異。

髮妻》頗能點染出小說演述「妻尊夫卑」情節的反差與嘲諷。

　　船屋既作為交易與互動的人際關係展開之處，已然界定是一種社會——空間的實踐。只是船屋空間的社會生產，同樣深刻隱含了男女二元性別的劃分，推廓而言，性別差異和性別關係依舊是建構船屋權力與位階的基礎。作為「性慾化空間」的船屋，其社會——空間生產中最發人深思的是安置於船屋中的女性身體。若將身體視為個人的地方、區位或位址，則一個身體和另一個身體之間，多少有些不能滲透的界線。循此，所涉及身體如何配合某個空間而定位的問題，即稱為「人際距離學」（proxemics），所謂「人際距離」反映的重點是公共或半公共空間中，陌生人之間的鄰近性問題。[13]身體原本標誌著自我與他者之間的邊界，但在船屋中作為賣淫女性身體的界線似乎是模糊的，反倒是緣於女體在船屋空間中被實質定位，而從社會意義上所形成的「身體習性」（hexis）概念，毋寧揭示了更複雜的意義性。

　　例如當聞樂聲而來的醉客闖進後艙鬧事，預備搜索拉胡琴的丈夫時，老七立即拖著醉客的手，「安置到自己的大奶上」，藉機平息了一場風波。老七在這看似情性自主下「自我改造」的行為表現，說明的自非是女性身體的性慾實踐化，而是明示了船妓身體的去私我性與無邊界性，然而見諸相對性的意義，卻也點撥出老七藉由船屋空間中身體的各種實踐，所標明的習慣、生活方式、打扮、姿態、言語等等，已然成為在職場裡的「馴化身體」。事實上賣淫等同是一種勞動力，所以老七的身體同時是生產性的，卻又明顯是隸屬性的身體，隸屬於父／夫權支配下的女體。[14]試觀〈丈夫〉一文開宗明義的揭櫫：

---

13 從尖峰時段公共運輸的「擁擠」程度及其成因調查資料，以及人們如何在公共空間挑選或站或坐的地方等等，皆可為例示。參見（英）Linda McDowell 著，徐苔玲、王志弘譯：《性別、認同與地方》，頁48-56。

14 有關「婦女勞動」與「身體政治」中（女性的妻／母角色）「必然的命運」，以及女性被視為生殖動物等論述，參見羅莎琳‧邁爾斯著，刁筱華譯：《女人的世界史》（臺北市：麥田出版社，2006年5月），頁305-328。

> 由於習慣，女子出鄉討生活，男人通明白這做生意的一切利益。他懂
> 事，女人名分仍然歸他，養得兒子歸他，有了錢，也總有一部分歸他。
>
> （頁68）

所謂「名分不失，利益存在」的心態，充分表顯丈夫基於「利大於弊」的判斷，遂暫時將妻子身體挪借為生存手段，事實上丈夫對妻子的軀體和財物仍保有最終支配權。是以當丈夫兩日探親而終無法擁有妻子身體的實質夫權時，必然要悲憤地與妻子宣告決裂。誠如論者所言：「在文本的情節中，存在著深層的矛盾衝突，這個衝突實質上存在於夫權的兩個互相抵牾的側面：即丈夫對妻子作為性愛對象的權利和他對妻子作為經濟手段所享有的權利這兩個側面之間時隱時顯、時高時低的矛盾。」[15]誠然，女性以生產性的身體營生，受惠者主要還是女人的丈夫與父親，一如名分上身為老七乾爹的水保，明知老七丈夫遠從鄉下來訪，所圖的自是與妻纏綣，一晌情愛的渴欲，詎料巡官卻交辦查哨後還要轉回來「細考察」老七，於是叱令老七徹夜待命。爰是，水保在己身利益考量下，也依然盡責地扮演起仲介乾女兒的掮客角色，而無暇顧及常情彝倫。

如是而觀，當沈從文為讀者展示那幅典妻賣淫的丈夫，由麻木猥瑣→屈辱難堪→尊嚴反抗的「人性復甦圖」時，雖拼貼出柴米夫妻的悲苦與堪憐，但作者即使意圖揭現不健全社會——經濟制度下的悖逆人性，而欲以此質詰鄉下人的生存實境，卻終究難以脫卸在「女性賣淫身體」與「男性權力慾望」纏結糾葛下，社會控制形式的另一種書寫意識形態。小說最後敘及「問到時，才明白兩夫婦一早都回轉鄉下去了」的故事收梢，是否即代表夫妻兩人已超越生存溫飽需求，而追求更高層次的情感、尊重或自我實現的需求？[16]回轉鄉下後，果真可以尋回原來的夫妻情愛？返鄉後又如何平衡食與

---

15 見張盛泰：〈傳統夫權失而復得的悲喜劇——重讀沈從文的〈丈夫〉〉，收於《中國現代文學研究叢刊》1992年第2期（北京市：中國現代文學館，1992年）。

16 有關馬斯洛的需求層次理論，可參馬斯洛著、莊耀嘉編譯《馬斯洛》（臺北縣：桂冠圖書公司，1990年）。

性的難題？在小說結尾所提供的喘息與退路中，固然平添一種閱讀想像，但其中頗值得體味的，當是老七作為女性所承載社會性別印記的複雜心理構成，以及丈夫與妻子返鄉後必然要抵達的那個充滿艱難、困頓的生活境遇。

（二）表徵歷史與階級：男人的牛車

呂赫若〈牛車〉一文，逕以農機具中最古老而純正的運輸物「牛車」為篇名，自非是呈述對農業文化的自戀心態，或是作為紙上農具系列的展覽。小說中的「牛車」，作為一種生產的體系，其中嫁接的實為殖民壓迫與現代化威脅下的種種毀滅性災厄。失卻速度與威望的牛車，一方面表徵農村階級處於勞動工作和家庭結構之間的雙重落空，一方面也引渡出臺灣人與牛車歷史的同構關係種種。

1 牛車：一個抵抗的位址與物體

「牛車」，原是作為農業村群的再生產與延續的一種形式，然而當小說中的牛車被高運輸效率——汽車逐漸腐蝕，而在實際運輸與勞動生產中失卻原有地位時，則表徵農村社群已然失去了基本的生存意義。相對於「無用」、「遲鈍」、「慢吞吞」的牛車，代表很可怕的「文明利器」與「日本物」的現代化運輸工具，在小說中無不以各種敘說形式而「魂在」：

> 在雙親遺留下來的牛車上迷迷糊糊拍打黃牛的尾股，走在危險、狹窄的保甲道時，口袋裡隨時都有錢。……等到保甲道變成六個榻榻米寬的道路，交通便利時，即使親自登門拜訪，也無功而返。
>
> （頁31）

> 有時為了趕時間，雖然我有三、四部載貨兩輪車，還是得租卡車。……我並不是沒有想到從以前就經常為我搬運的你。不過，現在不能再使用牛車了。
>
> （頁34）

不只是牛車。從清朝時代就有的東西，在這種日本天年，一切都是無
用的。原本我家的稻穀，就是委託那個放尿溪的水車。可是，當這種
碾米機出來後，那個就慢到無活可說。反正都要拿出相同的工資，那
就決定靠這個囉。不只是我，大家都這麼認為。如今，那個水車已經
不見蹤影了吧？

（頁35）

農夫利用時間和鄰居一起抬轎，多少能賺點錢。可是，那個傢伙（汽
車），如果每一條路都毫不客氣地行馳，那我們的生意就會一落千
丈，賺的錢就剛好只夠付稅金。

（頁35）

上述從清朝時代到日本天年的今昔傳統遷變，連結至轎子／水車／牛車與汽
車／碾米機／運貨車等運輸交通的對比，在現代物體系下的劫餘古物（轎
子、水車、牛車）命途，儼然也是世變中農民（牛車業、轎伕、水車碾磨業
等）生命的蹇困與危機。

　　就社會學的角度而論，「現代性」作為現代社會或工業文明的縮略語，
所包括者乃從世界觀（針對人與世界關係的態度）、經濟制度（工業生產與
市場經濟）到政治制度（民族國家和民主）的一套架構。現代性既是一個歷
史時期，也是一個時間概念，因此也意味著現代性與傳統的斷裂，亦即在制
度性、文化與生活方式等方面發生了秩序的改變。[17]在小說中作為殖民主引

---

[17] 有關現代性概念的界定，大致有三，可分從一、吉登斯的社會學角度，將現代性等同
於「工業化的世界」與「資本主義」制度；二、哈貝馬斯從哲學角度，將現代性視為
一套源於理性的價值系統與社會模式設計；三、福科也是從哲學視角出發，但卻是將
現代性視為一種批判精神。本文此處所定義之社會學角度的現代性概念，參見安東
尼‧吉登斯著，趙旭東等譯：《現代性與自我認同》（北京市：生活‧讀書‧新知三聯
書店，1998年），頁1-2；另參陳嘉明：《現代性與後現代性十五講》（北京市：北京大
學出版社，2009年），頁1-5。

入先進技術物的符徵——汽車，其實傳達的是現代化與現代性成果的延伸意義，而物品（牛車）過時的程序之所以加速進行，也是因為面臨日新月異的現代化社會之故。因此，小說在現代物體系與傳統農業生產體系的並置敘說中，回應的是一種見證、回憶、懷舊、逃避與抵拒，其中尤其攸關現代性時間觀與技術的力量。

就農村階級所屬的社會時間意識而言，大致有長久而緩慢運動的持續性時間、與季節相關的輪迴時間、轉向其自身的遲滯性時間、在延遲和超前之間交替的時間等等。[18]農民階層的生產傳統模式大致是在上述時間中開展的，因此農業技術的變化也趨於緩慢。置放於農村自身的遲滯性與延遲的時間意識中，遲緩而優哉游哉的「牛車」，堪稱是田園牧歌年代的「太平風物」之一，[19]然而一旦面對資本主義進步的時間與創新的爆發性時間，就必然屈服於「時間就是金錢」——對資產階級時間意識的最佳寫照。是以〈牛車〉中遑論是米店老闆的苦嘆：「買賣還是希望賺錢，如果還是像從前一樣靠著慢吞吞的牛車，那就無法有多大助益。」（頁34）就連雇請楊添丁牛車馱運貨物的王生，也不可避免地「從一跨步伐就頻頻惦記時間」（頁40），凡此，皆顯見植基於「求快速」與「趕時間」的現代化意識。

小說裡的「牛車」作為重要的文本訊息，本有其現實及象徵意義，在現實性方面，可將「牛車」視為農業生產的物體系之一。爰此，再就牛車的社會用途，使之回復到牛車在生活和功效上的複雜性之中。呂赫若〈牛車〉本有其日殖情境與撰作背景，[20]因此透過「速度」與「移動奇蹟」的「汽車」

---

18 有關農民階級及其社會時間層級的概念，參見（法）Georges Gurvitch（喬治・古爾維奇）著，朱紅文等譯：《社會時間的頻譜》（*The Spectrum of Social Time*）（北京市：北京師範大學，2010年9月），頁78-81。

19 見李銳：《太平風物：農具系列小說展覽》（北京市：生活・讀書・新知三聯書店，2006年）。「太平風物」一詞援借自書名，一方面取其紙上農具展覽館裡將系列農具詠為歌詩，並兼有展現鄉土歷史的詩意與農村現實生活的困境。臺灣農村的「牛車」若置入臺灣農具展示中，應也同屬「太平風物」之一。

20 相關論說，可參陳映真：〈激越的青春——論呂赫若的小說〈牛車〉和〈暴風雨的故事〉〉，收錄於陳映真等著：《呂赫若作品研究——臺灣第一才子》（臺北市：聯合文學出版社，1997年），頁296-313。

作為「日本物」、「現代化機械物」、「可憎的壞東西」與「農民的強敵」等等的一個主體圓心，「汽車」在小說中已然體現為「征服者」的形象，並以此輻輳出被圈圍的圓周——在汽車壓迫下的不僅是自僱性駁運業者的蕭條，同時也是一連串骨牌效應式農村相關勞動的失業率與貧困化，以及穀米糴糶皆無法安家的經濟凋敝。[21]循上所述，小說遂從「牛車誌異」而敷演出「典妻賣淫」的家變風暴，乃至牛車主人楊添丁受昔日同行「勞動無用論」的蠱惑，竟然以「賭博」、「偷盜」置換「勤儉」、「勞作」，最終則以「偷鵝」這個荒謬卻屬自發性針對社會道德秩序的乖悖行為，作最後的拚摶與反抗。

「牛車」所表呈的是與現代性世界觀、制度性、文化與生活方式等方面的分殊、落後與斷裂，是以保正所宣揚的傳統勤勞觀：「只要認真，凡事就不會都引以為苦。總之，那就是變成富人與變成乞丐的界線不同。」（頁49）顯然已無法適用於現代性殖民壓迫與資本主義制度下多方掠奪的複雜情境。從勤勞與報酬早已非等比的關係中，小說釋放的反諷訊息，雖然顯示了彼時農民生命的茫昧與生活的困頓，然而這一切危險威脅，後來竟演變為毀滅性的總結，實肇因於日殖現代性與工業資本主義的衝擊。

論者曾提及自十九世紀以來決定「中國現代性」的迷戀，即是「技術的力量」，並說明「技術」將中國文化面對西方時，定位在「缺乏」的形式上。[22]同樣的，在臺灣彼時與西方／日本現代性關係的敘述語境，也可以被描述為「對日本技術的追尋」，意即若非如此，臺灣就無法產生出具有強大力量的「現代性」文明景致。這是由上述超前、進步的現代時間意識，切換至現代化「技術力量」的另一命題。

在日本殖民與資本主義體制脅迫下，臺灣社會若欲擁有西方／日本的技術，就不得不改變自身的農業社會生產結構，然而矛盾與衝突的是，表徵「農村臺灣」而行將被棄擲的「牛車」，卻幾近於一種信仰圖騰的「國家－

21　小說中並非只楊添丁一人受「汽車」之迫害，佃農、米店老闆等相關農業生產體系諸人，皆是受害群體。

22　見周蕾（Rey Chow）：《原初的激情——視覺、性慾、民族誌與中國當代電影》（臺北市：遠流出版事業公司，2001年），頁119-120。

物件」（nation-thing）：

> 物件並不直接是這些特色組成的一種特殊的生活方式的集合；其中有
> 「更多的東西」，在這些特色裡存在的、通過它們顯現的東西。參與
> 一特定「生活方式」的社群成員相信他們的物件，這一信仰具有與主
> 體間的空間相應的反省結構：「我相信（國家的）物件」與「我相信
> 其他人（我的社群的成員）信仰這一物件」相同。[23]

「牛車」作為「國家－物件」，固然是一種幻想本質的論述，但小說中卻因
著牛車與汽車的頡頏，而涉及清朝時代與日本天年的對峙，不無隱喻了殖民
體制之下的國族意識。隨著現代化交通工具如汽車、火車的產現，傳統的
「天涯」概念，既日漸在現代化社會及其交通與傳播中被瓦解為「比鄰」概
況，就某方面而言，也說明了殖民霸權無遠弗屆的征服、掌控與佔據的現
象。然而即使汽車霸佔了道路，超越了動物「牛」的力量與耐力，但「牛
車」依舊是楊添丁等參與農村特定生產生活方式的社群成員的信仰物件。是
以呂赫若〈牛車〉中的牛車訊息，除了具有現實性的「物」的功能體系外，
還作為一種「文化性」的符號與象徵。在作者彼時或評論者今時的「牛車」
皆已鮮少有實用的狀況出現，是以，「牛車」幾近是作為符號象徵的一種存
在物。至今猶在的「現代物」——「牛車」的功能性儼然已變成了「歷史性
的古物」，它的氛圍價值是「歷史性」，代表時間的文化標誌；它的象徵價值
是「神話性」，亦即無用之用，是為大用。[24]因此，「牛車」，這個父祖輩湮
遠年代的「古物」所指陳的象徵，不僅是作為終結性之存有、作為完美的存
有物體，更是作為現代性情境下一個抵抗的位址。是以小說描述牛車伕群合
力推倒禁止牛車通行的路碑，讓牛車像「主人似地不客氣地在道路中心碾著
走過去」時，牛車伕終於能勝利地高呼著：「這時候是我們的世界！」

---

23 同前註，頁122-123。

24 有關物體系的自然性和功能性概說，參見尚·布希亞（M. Jean Baudrillard）著，林志
明譯：《物體系》（臺北市：時報文化出版公司，1997年），頁71-72、81-84。

2 汽車與牛車：殖民論述下的階級與性別實踐

具有「房車」功能性，可以掌握時間／速度與征服空間／移動樂趣的「汽車」，似乎也是一個居所，是一個擁有封閉領域的「例外的居所」，然而小說中專屬於男人的「牛車」，莫說不是棲息之所，卻是連休憩其上都被禁止的一個區域位址。小說裡的「牛車」雖被視為謀生工具的一種，但駄運收入卻無力養家活口，因此在家庭勞務和不動產中，無法被賦予價值感，甚至還被禁錮於「道路中央禁止牛車通行」與「人不能坐在牛車上」的日殖惡法中。因此小說中隱伏的生存危機和家變硝煙，皆來自於「牛車」這個「禍源」。「牛車」作為小說的核心物像與情節單元，同時也是一種敘事，一種寓言與結構，藉此揭現在殖民論述下「階級」與「性別」雙向牽引的社會實踐。

論者嘗就小說中的「機械奴」一詞，提出這是「反應農民無法對抗工業化的事實」。[25] 就農業文明而言，人力與獸力的地位相當，牛車雖是以動物為駄運主力，但「人」卻擁有操控的手勢與權力。然而一旦面對強大的新發明——汽車，傳統的勞力漸次被全面取代，連帶的人的價值也就被貶值化了，因此不得不臣服於「機械神」的威力之下。現代交通工具原是涉及社會空間再生產的形態，不僅體現社會生產力、生產技術與制度，也反映社會關係形態，是社會經濟體系及其結構性的再現。[26] 據此，小說中的「日本物」（代表先進工業國的現代機械產品，如汽車、卡車運輸等）與「機械奴」（指陳臺灣農民階層，如牛車駄運業者等）二者，顯然重組、分化並控制了社會階級和社會秩序。在現代工業和傳統農業的兩分之下，貧富貴賤的階級憬然有別，而半封建的地主也與佃農形成了苛毒的押租、地租制的盤剝關係。[27] 楊添丁在多次吃閉門羹中即體悟出，他只能賺取到同為社會貧棄階

---

25 林載爵：〈呂赫若小說的社會構圖〉，收錄於陳映真等著：《呂赫若作品研究——臺灣第一才子》（臺北市：聯合文學，1997年），頁184。

26 有關現代交通技術與社會空間再生產的論述，可參徐敏：《現代性事物》（北京市：北京大學，2011年），頁119-121。

27 在小說情節推進中，可以得知楊添丁就是為了湊足押佃租金，才迫使妻子賣淫，終致一步一步走上墮落毀滅之途。

級——農民的丁點薄利，而無法在城鎮商業界謀取稻粱。至於在小說中以超卓的速度戰勝空間，進而使城鎮市區宛若壓縮物的汽車，更是引爆了城鄉空間位階，以及日本人、臺灣人的人種優劣論：

> 鎮上還在睡夢中。直到出現從鄉下蜂擁而至的一群農夫，整個鎮才被搖醒。不過鎮中央的二樓還深深陶醉在夢中。只有鎮郊骯髒的白鐵屋頂下的市場，以及破舊的板壁，洋溢著擁擠之喧嘩聲。
>
> （頁32）

> 鎮郊櫛比鱗次的骯髒房子埋在砂塵中。木板與鐵皮屋頂掉落，雞、火雞與鵝在路上吵鬧，到處都是糞便。汽車很少會挨進這裡。它就是所謂的臺灣人鎮，官廳視其為不衛生的本島人之巢穴，根本就置之不理。
>
> （頁44）

引文中不僅註記了睡夢中的城鎮（城／日本人）與髒亂喧嘩的鎮郊（鄉／本島人）的區隔，也描摹了集結砂塵、骯髒、吵鬧、糞便、不衛生於「臺灣人鎮」的總體映象。然而融匯一切衝突、排斥、對立、敵視、憎惡、矛盾的階級意識，最具體的呈現則是由牛車伕集體推倒標示「禁止牛車通行道路中央」，維護汽車通行特權的那一柱石標。牛車伕們最後飽蘸著阿Q式的精神勝利，卻是幽幽吐露出悲劇反諷式的話語：「好想看汽車那傢伙哭喪的臉。這時候就敵不過牛車先生吧。哈……」（頁43）牛車駄運業的沒落，不僅表顯農業生產人口的失業與貧困，對於貧農的家庭生活結構也形成致命的影響。

不同於〈丈夫〉情節中，賣淫是區域風俗性的慣習，〈牛車〉裡妻子阿梅的賣淫，卻是可議可譏，傷風敗俗，被村人唾棄的屈辱難堪事。就阿梅對入贅丈夫的輕蔑與強悍之姿而觀，若非為了撫育孩子，阿梅絕不會如此自苦自虐於從娼賣淫之途。爰是，阿梅淪覆賣淫，實具有「地母」擔荷的精神。廖炳惠嘗論及：「不少學者指出女性乃是被殖民者及解放運動的影射形象，

在國家被入侵或於轉捩的危機點上，女性總是成為代罪、犧牲或希望及問題所繫，同時在各種有關被殖民者及其他非歐美體係之文化族群的描寫與田野調查報導中，女性往往也是注意的焦點。」[28]〈牛車〉是一篇義憤與控訴的檄文，小說將女性角色放入被殖民歷史脈絡中，其所表現的文化政治與性別意識，自不可等閒視之。「賣淫」情節在小說中雖有其敘述的含糊性與簡略性，但並不代表情節是被淡化的，相反的，「典妻賣淫」乃是被放大、被突出的一個事件焦點，並藉此引出「非常年代造成扭曲異化心靈」的思辨命題。有關呂赫若小說以女性作為重要焦點或將之視為殖民論述裡「被壓迫的象徵」議題，學者陳芳明、林載爵等皆已有所論。[29]本文則嘗試將男人的「物權」──「牛車」與「女人」並置而觀，藉以收攬小說關乎「典妻賣淫」訊息及其言說方式。

　　小說開篇推演情節的重要場景即是「家屋廚房」，在昭顯「家務體制」的廚房空間中，阿梅「理所當然」地必須總攬所有「家事」和「育兒」的家宅勞動。上述乃植基於傳統性別劃分二元清單中家務勞動歸屬的結果，[30]因此當阿梅外出工作而遲歸時，丈夫添丁即怒斥：「真是愚蠢的女人。也不早點回來，難道不覺得孩子們很可憐嗎？」（頁137）從中可窺見傳統父權社會派定給家庭主婦的「家奴」身分（專屬家宅），據此並可進一步構建出「家裡的天使」（純潔神聖）與「家庭化女性氣質」（domesticated femininity）（替家庭帶來秩序）的妻子形象。[31]作者賦予阿梅此一潑辣生命力的女性角

---

28 見廖炳惠：〈從蝴蝶到洋紫荊──管窺施叔青的《香港三部曲》之一、二〉，收於《女性與文學──女性主義文學國際研討會論文集》（香港：嶺南學院，1996年），頁19。

29 見陳芳明：〈殖民地與女性──以日據時期呂赫若小說為中心〉、林載爵：〈呂赫若小說的社會構圖〉二文，收錄於陳映真等著：《呂赫若作品研究──臺灣第一才子》（臺北市：聯合文學出版社，1997年）。

30 有關最普遍的性別二元區分表，大致如下：
　　男性的：公共／外在／工作／工作／生產／權力／獨立。
　　女性的：私人／內在／家庭／工作／休閒／缺乏權力／依賴。

31 部分概念來自（英）Linda McDowell著，徐苔玲、王志弘譯：《性別、認同與地方》，頁103-107。

色，動輒以戶長自居，冷嘲熱諷入贅丈夫沒出息等等錯置性別位階的言行，雖顛覆了慈道慧心，任勞任怨的賢妻良母典型，但阿梅終究是一個從屬、軟弱而無法自主的女性，不僅包攬所有家庭勞務，最後甚至忍辱負重，以出賣靈肉的所得，當作是一家底命脈。

當楊添丁要求妻子：「暫時地忍耐一下，用能夠賺錢的方法幹一幹。」復又自我安慰：「只要能賺錢，我是不要緊的。」小說透過刻劃楊添丁不安與自尊的紛亂心思，赫然指向了一種「絲蘿非獨生，必託喬木」的典型男性語話，十足印證了「女人是男人的私有財產」的霸權心態。文末楊添丁在妻子拒斥奧援他的罰金時，竟憤恨而不理性地怒吼：「懂了。街上的男人比我更有味啦！」最後楊添丁選擇反常式的激進抗爭，更是將貧窮的積怨、發洩與報復，全部轉嫁在妻子身上，絲毫未顧及妻子因賣淫而飽受村人饕餮眼光與流言傳播的身心創傷。呂赫若藉賣淫情節，指涉的或許是一種「苦多讎深」的反殖民意識，但〈牛車〉中的丈夫境遇雖堪憐，從中卻看不出屬於「人性自覺」的況味，一如論者所言：「所謂完全未經『意識化』的被壓迫者的哀愁的生活。對自己貧困、被壓迫的本體、本質和核心沒有正確的理解，……，也就只能在對於生活的『錯誤意識』（ideology）中沈淪，不得翻身。」[32]楊添丁這種「我受苦，因此我道德無瑕」的心態，同樣見諸於他施加妻子阿梅的父權控制。

拘定於「女人的地方就在家裡」，因而總攬所有家務，卻又被迫從「家屋廚房」走到「鎮上魔窟」，成為經濟生產者的阿梅，雖擁有戶長之名，卻始終受制於夫權支配，這自是緣於傳統女性對於男人的情感依附，因而讓她們選擇加入父權的性別秩序。就「外部殖民化」（在臺灣的日本資本主義）與「內部殖民化」（固有封建社會的父權制）交織下的一個政治焦點，作為解讀呂赫若小說中殖民地女性形象，[33]當是極具眼目的卓越觀察。小說中的

---

32 見陳映真：〈激越的青春──論呂赫若的小說〈牛車〉和〈暴風雨的故事〉〉，收錄於陳映真等著：《呂赫若作品研究──臺灣第一才子》（臺北市：聯合文學出版社，1997年），頁303。

33 見陳芳明：〈殖民地與女性──以日據時期呂赫若小說為中心〉，收錄於陳映真等著：

丈夫楊添丁固然深受殖民與資本體制的經濟剝削與迫害，然而妻子阿梅面臨的卻是更多重結構下的宰制：擔負育兒與家務勞動、藉低賤賣淫行業謀取經濟生產、隸屬男性的主導制度、備受男性暴力（來自丈夫的家暴與村人性慾物化的凝視）、女性身體的受控制、作為文化制度生產下非家庭化女性氣質的負面女性再現等等，凡此，皆見資本主義和父權主義聯手造成女性居於劣勢的權力體制。「牛車」的主人楊添丁最後成為「逃跑的男人」，[34]而「家屋」的戶長阿梅，卻依舊是擺盪於家務體制與公共體制中間的「賣淫的女人」。

三　結語：
從「人間炊煙」、「兩性硝煙」到「時代烽火」

「不管社會的性質是什麼──父權制、母系、父系等等──總是男人交換女人，女人成為交際中的示意符號。」[35]女性／異己的身體，雖然歷來是男性行使幻想暴力與構思社會問題的「寶貝清單」，但在「女人是男人的私有財產」前提下，女性身體被侵犯的事實卻等同男性的尊嚴和財產權被侵奪的意義。歷來女性將生殖行為轉換成經濟行為，以身體為商品，藉以應付經濟的窘迫，而從事賣淫行為，或不乏見，依據古代文獻記載，確有因納稅、徵調、貧病飢荒，而被男方質賣、典雇妻子的習俗，[36]至於現代社會中經由

《呂赫若作品研究──臺灣第一才子》，頁248-264。。

34　呂赫若：〈逃跑的男人〉原載於1937年5月《臺灣新文學》第2卷第4號，現收錄於《呂赫若小說全集》，頁160-182。

35　見朱麗葉・米切爾：〈父權制、親屬關係與作為交換物品的婦女〉，收於張京媛主編：《當代女性主義文學批評》（北京市：北京大學，1992年1月），頁431。

36　賣妻風俗，歷來即有，肇因於戰亂貧病不能相養自濟，遂賣妻求活，後則相沿形成惡習。南北朝之際，因納賦稅、應徵調、貧病飢荒，夫妻因之相離事例極多。如《陳書》載有徐陵弟徐孝克賣妻以供養母親之事。見《陳書》〈徐陵列傳〉（臺北市：鼎文書局，1983年），卷26，頁337；另《大明律》〈典雇妻妾〉（上海市：上海古籍出版社續修四庫全書，1995年）亦載有相關條例，如「凡將妻妾受財典雇與人為妻妾者，杖

丈夫支使或默許，而從事賣淫，以達經濟效益的例子，還是屢見不鮮。[37]

　　文學作品在針對社會人生作一描繪時，其實也正不由自主地在修正社會制度，或重塑時代背景的一些面貌與記憶。一如沈從文所言：「一切事物形成有它的歷史原因和物質背景，目前種種問題現象，也必然有個原因背景。」[38]藉由「典妻賣淫」扭曲而畸形的情節，刻畫人間苦難與荒謬的文學名篇，並非只有〈丈夫〉、〈牛車〉二篇，諸如王禎和〈嫁妝一牛車〉及李廣田〈老渡船〉等，[39]均有因生存困境而徹底向扭曲人性繳械屈伏的情節。顯見「典妻賣淫」反常現象，因著某種迫不得已的生存因素，一變而為常態時，已然成為浮出歷史地表的社會文化奇觀，從中可以看出「女體」商品化之下性別結構的隱喻和社會實踐，而當將女性的生殖行為轉換為經濟交易時，更燭照出性別／階級／殖民等多重壓迫的陰暗面。

　　沈從文〈丈夫〉發表時日（1930年4月），適值中國左翼作家聯盟召開成立之際（1930年3月），對照於其後沈從文意欲與當時文壇流行之左翼文藝思潮劃清界限，而於《小說月刊》發刊辭（1932）所倡言：「我們只會憑自己的一點呆力氣握著筆寫，不會用手執旗高呼，也不會叫口號，若是可能，只想用自己寫出來的東西說話。」並強調「把小說作為傳單、廣告，那全是聰

八十，典雇女者杖六十，婦女不坐。」凡此皆見典妻現象之陳迹。

37 感謝學報匿名審查者提點文學作品書寫與現代民俗民情典妻賣淫情事的關鎖。根據網路google檢索日期：（2012年5月27日），逼妻賣淫之例，屢見不鮮，多數乃迫於經濟狀況困窘。諸如《蘋果日報》（2004年2月6日）所報導無業男子逼迫新婚的大陸妻子接客賣淫，以賺取費用之例等等，事多不及備載。

38 見沈從文：〈抽象的抒情〉，《抽象的抒情》（上海市：復旦大學，2004年），頁287。

39 葉石濤、古繼堂等人均言王禎和〈嫁妝一牛車〉和呂赫若〈牛車〉有著某種血緣關係。參見葉石濤：〈呂赫若的一生〉，以及古繼堂：《臺灣小說發展史》（臺北市：文史哲出版社，1996），頁101。由於本文命題為「典妻賣淫」，旨在處理女性依附男性，為剝削她的丈夫而被迫以從娼賣身，作為經濟生產者。王禎和：〈嫁妝一牛車〉裡的萬發與阿好之間夫妻性別權力關係，並未呈現夫權施加於妻子的社會控制；李廣田：〈老渡船〉收於蔡清富編：《李廣田散文選集》（天津市：百花文藝出版社，1982年），文類歸屬於散文，主要描寫老船工屈辱悲涼的一生，就像他那艘破舊的老渡船一樣。是以上述兩作暫不列入研究文本。

明人的事情，我們是做不來的。」[40]審視沈從文諸作不無潛藏著對現實反諷，與寫實的文學並不相悖，只是形式上採取自然主義式眼光，而近乎抒情的獨白敘事，實為一種主觀情感與客觀現實之間的粘合，一如論者所稱以「批判的抒情」。[41]饒富興味的是，始終被視為左翼立場堅定的呂赫若，也有類同於沈從文的文學藝術主張，一如呂赫若〈即使只是一個諧和音〉一文所言：「文學力量的發現，一種從實用觀點切入是膚淺的表面妥協，無法發現其力量；必須與人的精神之內在深處深深結合，才能發現其真正力量。」[42]上述〈丈夫〉與〈牛車〉二文，雖是藉由關注現代化假面下的社會遷變與不安定的人性構圖，揭現人生實境的批判之作，但就敘事體現而觀，作者顯然已退居「旁觀者」之姿，並不拘囿於寫實主義的慣習，諸如以激情來表顯鮮明旗幟與立場，或以超然的分析，而有暴露的抗議或營構嘲諷氛圍等等。如是而觀，沈從文〈丈夫〉側重在「形式結構和給人影響的習慣有所破壞」的抒情氣氛藝術手法，[43]雖不同於呂赫若〈牛車〉運用寫實技巧的左翼書寫風格，「典妻賣淫」訊息言說方式，容或有其本質上的差異，但交疊參照的訊息卻有其互文對話性，諸如兩作都植基於「從生活中出發」，且共同反映了某一時期底層農民的生活方式和生活願望，兩位作家所持守的文學觀念，表現在兩篇名作實踐中，也都蘊蓄「引起愛和崇敬感情」、[44]「精神的共鳴與感動」[45]的精神內涵。

本文以小說中的船屋和牛車，作為闡明性別分化及其社會實踐的入探起

---

40 見於可訓主編：《中國文學編年史・現代卷》（長沙市：湖南人民出版社，2006年），頁281。

41 參見王德威著、宋明煒譯：〈批判的抒情——沈從文的現實主義〉，收於劉洪濤等著：《沈從文研究資料》下冊（天津市：天津人民出版社，2006年），頁876。

42 見黃英哲主編：《日殖時期臺灣文藝評論集（雜誌篇）》（臺南市：臺灣文學館，2006年10月），第4冊，頁478。

43 見沈從文：〈抽象的抒情〉，《抽象的抒情》，頁281。

44 同前註，頁288。

45 見呂赫若：〈舊又新的事物〉，收於呂赫若著、林至潔譯：《呂赫若小說全集（上）》（新北市：印刻文學生活雜誌出版公司，2006年3月）。

點。「船屋」與「牛車」，作為小說中重要的訊息，所傳達的並非是普通交通工具或實用農具機物的本質性功能與意義，而是作為指向另一種訊息的言說。因此作為「女人的船屋」是再現地方與性別的空間場；而「男人的牛車」則表徵歷史與階級的象徵物。

　　〈丈夫〉中泊定「船屋」作為性慾化空間的異質性，雖是另一種形式的「家屋」，卻是一個「居有定所」，而「不得其所」的「非地方」。因著小說中妻子老七從荒村鄉野移動到熱鬧河岸，而產生性別體制結構內的重構與變化，然而藉由船屋空間中女性身體的展演，協商而來的性別解放，卻也同時是另一種性別社會控制的開始。〈牛車〉中作為農業興盛時期的「太平風物」之一的「牛車」，本有其現實及象徵意義，相對於作為殖民主引入先進技術物的符徵──汽車，「牛車」嫁接的實為殖民壓迫與現代化威脅下種種毀滅性的災厄，但同時也作為抵抗怒潮的象徵位址。從「牛車寓言」敷演出的「家變風暴」，更揭現出在殖民論述下「階級」與「性別」雙向牽引的社會實踐。

　　兩篇名作容或撰作意圖有別，指涉意涵有異，卻都不約而同地先是呈現人間炊煙的現場諸景，再切換至兩性硝煙中的性別重新協商，而兩作中的「典妻賣淫」情節皆涉及「女人與經濟」的命題，循此，也浮雕出關乎社會文化場域裡鄉村生命形態的「現代」流變種種。兩篇小說在賣淫現象與政經交涉、文化問題，以及性別慾望（身分）等互動關係中，皆呈顯女性藉由走出「家屋勞動」而朝向「河岸船屋」或「城鎮魔窟」的空間移動，小說中的女性所獲致性別結構重組的「不完全啟蒙」，如老七雖翻轉為「大女人」，卻終究隨著丈夫轉回鄉間，歸返於起點；阿梅成為家計生產主力，雖然以拒絕金援丈夫，作為反抗宣示，但究竟是受制於丈夫而成為「賣淫的女人」。小說並藉從兩位丈夫的所經所歷，揭露時代巨變中的城與鄉、富與貧、官與民等階級對立現象。

　　不可諱言，〈丈夫〉、〈牛車〉二作中的「女人」，都是作為文本中的重要構圖。顯見兩位作家對於女性的關注，以及女性與歷史、當下現實間種種線索的盤整。周蕾嘗別有洞見地認為中國現代文學轉向「現代」，正是通過對

原初的攝取──隸屬群體、女性以及孩童的取材。其中特別是女性──社會上受壓迫的階級之一，她們已成為一種新文學的首要組成部分。周蕾更進一步地闡釋接受啟蒙的知識精英，是因為發現選擇關注受壓迫階級，能夠幫助他在書寫主題和形式上激活、復興文化生產，而使之現代化。因此便轉向下層階級的苦難與沮喪，從中尋找靈感，並在弱勢群體中尋找令人迷戀的源泉。這個令創作者迷戀的「源泉」，於是成了指向被有意識種族化、國族化的一種人性道義的方式，乃是知識分子觀看國族的新的方式，此即所稱之「原初的激情」（Primitive passions）。[46]〈丈夫〉與〈牛車〉兩作，也正值所謂第三世界國家的知識分子因應現代性或資本殖民主義壓力下的書寫狀況，兩作也以同樣的方式書寫關於女人和受害弱勢群體的故事，並透過女性賣淫的「經濟生產」而將其原初化。相對於現代化西方／日本文明的比較視野，作家對於中國或臺灣文化的「原初性」，一方面是帶有「落後」、「傳統」的貶抑意味，一方面又蘊藉著古老的文化或原初的、鄉村的強烈根基感。

　　然則沈從文與呂赫若對現代化的態度，自是有所不同：呂赫若身處日殖情境，觸及的是現代性、殖民性與本土性的多重糾葛，誠如論者所言：「在理性上是不可能否定臺灣的現代化，他否定的只是作為殖民侵略與經濟掠奪伴隨的畸形『現代化』。」[47]是以〈牛車〉文中並置「牛車」與「汽車」，作為表徵本土性與現代性的兩大意象，[48]藉此表呈臺灣由傳統農業社會，步上現代化工業社會的歷史進程中的巨變；沈從文藉由賣淫的婦人，從起先「鄉下人」的「羞澀畏縮」，一變而為「城市化」的「大方自由」，勾勒出以金錢物質為核心的「現代文明」對人性的蠶食，則顯見對現代文明扭曲人性的厭憎，其所關懷者乃在於現代文明侵蝕下的人類精神「重造」。

---

46 周蕾（Rey Chow）著、孫紹誼譯：《原初的激情──視覺、性慾、民族誌與中國當代電影》（臺北市：遠流出版事業公司，2001年），頁38-43。

47 見許俊雅：〈燦爛的星光──談談呂赫若作品的評論〉，收於許俊雅編選：《臺灣當代作家研究資料彙編10‧呂赫若》（臺南市：臺灣文學館，2011年），頁67。

48 一如「牛」與「鐵枝路」作為臺灣文學兩大意象，一作為本土精神表現，一為拓展空間的現代性表徵。見國立臺灣文學館中標示「深耕土地，走向現代」的常態性展示區文物圖像。

　　在現代文明與鄉村文化對立互參下，沈從文〈丈夫〉或許強調的是人性命題；在殖民現代性與被殖民階級的對立面上，呂赫若〈牛車〉或許強調的是階級壓迫議題，然則兩篇小說卻共同從「典妻賣淫」情節訊息中，交匯出社會階級、女性位置、性別政治等充滿權力色彩的等級化和邊緣化過程，[49]並藉從城鄉對峙空間，豁顯現代化與鄉土的矛盾，例如沈從文文本中的城鄉對立，顯見來自於「現代文明」（城）v.s.「自然人性」（鄉）的二重性；呂赫若則揭示「日本人／資產階級／現代化」（城）v.s.「臺灣人／農業階級／傳統化」（鄉）的殊異性，二者雖各自有不同的文化空間與背景，要之皆是以城鄉對峙，來表現傳統「鄉下人」與社會「現代化」的兩種文化存在方式，及其相互衝突的典型圖景。[50]

　　〈丈夫〉與〈牛車〉兩篇小說的結尾皆是處於未完成的狀態──當丈夫失去「船屋的女人」或妻子失去「牛車的男人」之後的窘困現實生活該如何過下去？而行將被捕獲的「牛車的男人」，或只能茫然面對絕望無告的未來？但失去「船屋」的女人，不再具有經濟優勢後，果真能安篤地走回湘西世界，不復再有動輒遭受丈夫怒罵的劣勢處境？這還沒寫完，也永遠完而不了的人間故事，或許就是令兩位創作者興生「原初的迷戀」的源泉。兩篇名作皆運用了一個反轉社會常軌的故事──乞靈於「典妻賣淫」訊息及言說「船屋」與「牛車」的訊息方式，則凝聚了重要的主題，藉從「船屋」與「牛車」的象徵意義中，得能解讀出不同時代的人們生存困境、解套求索及其局限性。

49　周蕾嘗言：「婦女涉及的不僅是性別問題，而且還是發生在文化閱讀中的充滿權力色彩的等級化和邊緣化過程。」見周蕾：《婦女與中國現代性──東西方之間閱讀記》（臺北市：麥田出版社，1995年），頁105。就沈、呂兩作而觀，頗能覺察出作者寫作意識中不經意流露出父權與夫權的些許幽魂。諸如沈從文以〈丈夫〉為題名，敘事觀點純就丈夫而發，讀者並無從知曉妻子老七的心思意念，而丈夫的義憤是否即意味著人性的覺醒？或是基於一種考量「弊大於利」之後的夫權本位情緒反應呢？而呂赫若〈牛車〉所塑造反典型的「賢妻良母」角色，是否也意圖將口德苛刻，不肯金援丈夫的阿梅視為鑄成生存悲劇的共犯呢？

50　感謝學報匿名審查者惠賜二文比較異同的修改意見，增益此節論述的周延性。

第三章
抒情意識與現代現實的交會
——鍾理和《笠山農場》的烏托邦敘事美學

一 前言：從迷離他界到現代現實

　　鍾理和其人及其作品，歷經多次學界論戰後，已然走向「經典化」的過程，在臺灣文學發展史上，不僅形塑了極其特殊的「鍾理和論述」現象，鍾理和諸作也儼然可視為「鄉土文學」的書寫濫觴。有關鍾理和研究已有應鳳凰編選之兩冊資料彙編，[1]總攬前人之述，可謂完備矣。然而隨著文集的重編所試圖逃離並清洗權力對文本的影響，也可解除評論者的規訓與枷鎖，因此研究者應該展開鍾理和文學詮讀的新旅程。[2]

　　置放於臺灣「鄉土」語境詮釋脈絡中的《笠山農場》，[3]原是鍾理和一生中唯一完成的長篇小說，且就鍾理和心路歷程的演化（非創作的歷時性）作一重點梳理：先是從〈原鄉人〉（1959）一路「想像中國」到「經驗中國」，[4]

1　見應鳳凰：《鍾理和論述1960-2000》（高雄市：春暉出版社，2004年4月），以及應鳳凰編選：《臺灣現當代作家研究資料彙編・11，鍾理和》（臺南市：臺灣文學館，2011年3月）。

2　見曾貴海：〈完整全景〉，鍾怡彥主編《新版鍾理和全集》（高雄縣：高雄縣政府文化局，2009年3月），頁11-12。

3　本論文研讀文本，主要以草根出版社於一九九六年九月發行之《笠山農場》與鍾怡彥編：《新版鍾理和全集4・長篇小說卷——笠山農場》為據。

4　〈原鄉人〉一文，乃一九五八年為參加香港《亞洲》徵文比賽而創作。見《新版鍾理和全集7・鍾理和書簡》，頁53。既為應制之作，則其創作意圖是否也可能是迎合彼時徵稿的氛圍，而訴諸中國原鄉想像的命題？

繼而在〈夾竹桃〉（1944）裡「放逐中國」，[5]最後則是在《笠山農場》（1955）裡「體驗臺灣」，並進而在「故鄉四作」中「根植臺灣」。相較於諸作，藉由「返與離」情節，重新認識鄉土、發現鄉土，最後卻厭離鄉土的《笠山農場》，其所反照鍾理和遇難遭劫的事實及其藉以發揮文學療癒的效能，實具有極重要的意義。這點從《鍾理和書簡》中幾乎封封信函都涉及《笠山農場》創作、投稿與出版的坎坷載記，即可識察而知。

《笠山農場》構思於四〇年代的北平時期，[6]完稿於五〇年代臺灣，小說故事的時空背景卻是日殖階段的三〇年代，[7]而完成作品之際卻也是作者飽受生命災難最慘烈的時期。小說完稿前夕的諸般重創與勞悴，見諸鍾理和致廖清秀函即可窺知：[8]

> 我的一生，是由一連串的失敗綴合而成，……每以中夜睡醒之餘，或獨坐追憶之際，失敗的痛苦便會像條毒蟲嚙著自己的心。
>
> （民46年4月24日）

> 然而打擊還不止於此。四十三年正月，……繫父母的寄託和慰藉於一身的次子，竟在一場急性支氣管肺炎裡，像水泡似的逝去了。……我時時想到自殺，如果沒有理想和願望在支撐，我相信我已經不在這個人世了。
>
> （民46年10月30日）

5　鍾理和嘗言〈夾竹桃〉有使人墜淚之處和力量，因此雖自覺非成功之作，卻是自家最深愛的一篇。見《新版鍾理和全集7·鍾理和書簡》，頁65-66。

6　現今刊行版《笠山農場》第九章，在鍾理和客居大陸初稿之際，原為初稿的第一章。同前註，頁50。

7　依據小說情節，除劉少興乃是從日人高崎引入栽植咖啡此一特點，可作為日殖背景辨識外，小說敘及：「對於日本政府有無為了某種目的把巴西日僑的事業向國人大肆渲染……」（頁32），亦可作為小說背景之明證。

8　下引兩信函，分見《新版鍾理和全集7·鍾理和書簡》，頁115、139。

爰是而論，鍾理和在倖存的自我與多重打擊的命運之間，轉為頌讚大自然鄉土，雖或表現了某種精神層次上的啟蒙，但與其創作《笠山農場》「當下此刻」印證，而值得關注的，卻是作者所採以「其文主譎」的烏托邦書寫形式。[9]

小說中「笠山」作為田園詩的鄉土時空體，所表徵為美善之城、游離於現實的大觀園式夢土，其所突顯來自於強化平等而無性別、階級意識的土地人文視覺，堪稱是浸染濃郁「地方色彩」與「風土人情」，臺灣浪漫「鄉土寫意（謳歌）派」書寫的開端。[10]然則表徵「社群理念」而「烏托邦化」的《笠山農場》，在鍾理和「禁忌與救贖」的生命敘事中，顯然也表徵另一種「社會入世文本」（worldly text）。[11]

且將《笠山農場》中的時空向度與作者實際人生的遭遇作一比較，同姓之婚與結核病疾，[12]之於鍾理和幾近連鎖式的災難生命，彷彿是一種原罪的存在。然而同姓之婚、肺結核病，以及各種命運打擊，在鍾理和《笠山農場》書寫中又展現怎樣的一種風景「倒錯性」？笠山牧歌世界中的風景，所強調完整的生活幸福原是依賴於人與人、人與大自然之間的親密關係，這是鍾理和理想中人類社會的原型，然而這一個和睦的世界，實際上卻與鍾理和

9　有關烏托邦「其文主譎」的辯證本質與弔詭性，簡要而言，或可從「utopia」所兼具希臘原文的兩個字根：eu-topia（美土樂地）和 ou-topia（烏有之地），以及標舉「與世隔絕，孤懸一隅」而經緯不明的烏托邦所在地，窺知矛盾的雙重義涵外，另也可就湯馬斯・摩爾的「實話虛言」的修辭策略觀知，諸如講述烏托邦異境的敘述者拉斐爾・希適婁岱（Hythlodæus），原意為「瞎掰之人」，另烏托邦首都艾默若（Amaurot），拉丁文 amauroton，乃意為「無明」，等等可為證。見 Thomas More 原著、宋美璍譯注：《烏托邦》（臺北市：聯經出版事業公司，2003年2月），頁21，以及頁61註解5。

10　拙作：〈「鄉土」語境的衍異與增生——九〇年代以降臺灣鄉土小說的書寫新貌〉，《中外文學》39卷1期（2010年3月），頁85-127。

11　見楊照：〈抱著愛與信念而枯萎的人——記鍾理和〉，《霧與畫：戰後臺灣文學史散論》（臺北市：麥田出版社，2010年8月），頁182。

12　作為臺灣彼時傳染性極廣的肺癆病，自然也是值得解讀的社會與文化症候。《鍾理和日記》也曾述及與林新澤醫生提及日本文學中「病與文學」的表現問題，並思及自己也可寫寫療病記種種。（頁120-121）本文囿限於議題及篇幅，有關鍾理和「療病書寫」將另文撰述。

從俗世遁逃，出奔天涯後的現實世界，有極大的悖逆。

　　弔詭的是，《笠山農場》小說中的主要人物致平和創作者鍾理和之間原也有種種身分與遭遇上的相同之處，諸如同姓婚姻愛戀，以及協助父親墾殖「笠山農場」事業等等取捨於現實的材料。[13] 緣於小說部分片段的自傳性質，因此小說主要角色致平，可視為鍾理和自我的角色化。然而作為主人公致平角色的功能性，卻代表一種全新的作者立場，這是另一個主體，另一個能自由展示自己的「我」（鍾理和），[14] 因此致平這個角色，提供了鍾理和得以解讀、觀察和評價自己及其周圍世界的一個特殊視角。眾所皆知，在鍾理和創作原初構圖裡，飽受同姓苦戀磨難的致平與淑華，最後皆是以「對人生絕望之深」的悲劇收場：一為投海自殺；一為削髮為尼。然而最後卻因故而改異為「償了宿願──結成夫妻。」[15] 由是而知，改異結局而後發行的《笠山農場》，乃是鍾理和擷取日常生活經驗中的苦難、理念與理想，而藉由書中角色與情節來展演「超越現實」取向的一種「烏托邦心態」。

　　所謂「當一種心靈狀態與它在其中發生的那種實在狀態不相稱的時候，它就是一種烏托邦心態。……只有當某些社會群體通過他們的實際行為舉止，把這些充滿希望的意象體現出來，並且為了實現它們而努力的時候，這些意識形態的心靈狀態才會變成烏托邦的心靈狀態。」[16] 從鍾理和與諸多

13　「鍾理和生平大事年表」一九三二年的生平紀要，見《新版鍾理和全集8‧特別收錄》，頁409。

14　依據巴赫汀理論，小說主人公並不是無聲的客體，而是小說家把自我意識作為描繪主人公的要點，但這個人物角色卻是另一個主體，表徵作者全新的態度與全新的立場。見錢中文：《巴赫金全集‧第四卷：文本、對話與人文》（石家莊市：河北教育出版社，1998年1月），頁345。

15　有關《笠山農場》結尾改異的插曲，主要在於鍾理和接到同樣受到「同姓結婚之苦」讀者的來信，遂思及若照原意作結，「豈不正對這些苦惱的青年兜頭澆冷水？」因而把結局大為翻轉。《新版鍾理和全集7‧鍾理和書簡》，頁55-56。

16　有關「烏托邦心態」之論述，參見（德）卡爾‧曼海姆著，艾彥譯：《意識形態與烏托邦》（北京市：華夏出版社，2001年1月），頁228-229。曼海姆所區別於同樣具有「超越現存秩序的觀念」的意識形態與「烏托邦心態」，主要指陳「烏托邦心態」具有提出「革命」的可能性，以及實際的行為舉止可以體現出「希望的意象」。

文友的書簡往復中，已可洞察鍾理和對於傳統舊式包辦與盲目婚姻觀的抨擊，[17]而表現於其創作中也頗多關注於自由戀愛與同姓婚戀的現象，實際人生中的鍾理和與鍾臺妹的婚姻形式，更臻於打破彼時社會結構與生存秩序所具有的各種網絡。[18]凡此，皆可證成鍾理和「超越社會情境」的一種「烏托邦心靈」，甚至是一種藉「改革」以體現「希望意象」的一種「烏托邦姿態」。

　　然而鍾理和又是如何在《笠山農場》中書寫這些「烏托邦」意識呢？在與鍾肇政郵簡中，鍾理和論及撰寫《笠山農場》時的創作形式：[19]

> 我以為文章也和人一樣貴在有他自己的個性。如果我裡面本有此物，或有這種傾向，我固樂於通信用此形式來寫，何況這又能博取讀者歡心，否則我仍喜歡保留我自己的方式。

事實上，鍾理和確然踐履了「不合當代創作的形式」，而將關乎社會生活的一種理念，置放於牧歌式《笠山農場》中並轉化為藝術形式，體現為一種抒情詩質的書寫。所謂「抒情」的概念，乃是指主體內在的情懷，由內心向外流注的過程或流注所達成某種的效應。[20]有關鍾理和這種基於主體內在情感情緒波動，而往外表顯為某種傾瀉流動的抒情創作風格，也可從他自陳創作理念及文學觀的日記中證成：[21]

17　見鍾理和：〈致鍾肇政函〉，《新版鍾理和全集7‧鍾理和書簡》，頁11-14。

18　見鍾理和：〈致廖清秀函〉中言及他與臺妹的愛情，在社會上被視為一種罪惡，並涉及世俗原則上的道德問題。然而鍾理和也陳明正緣於舊社會不允許同姓的人結婚，反而在他心裡激起一種類似偏執狂的固執和偏強的意志。顯見鍾理和選擇同姓之婚，實近於反制度反傳統的革命。同前註，頁136-137。

19　見鍾理和：〈致鍾肇政函〉，同前註，頁55。

20　陳國球：〈「抒情」的傳統——一個文學觀念的流轉〉，《淡江中文學報》第25期（2011年12月），頁184-185。

21　以下引文採自鍾理和：《鍾理和日記》（高雄縣：財團法人鍾理和文教基金會，1996年10月）。

而今我只能在藝術裡，在創作裡找到我的工作與出路、人生與價值、
平和與慰安。我的一切的不滿與滿足、悲哀與歡喜、怨恨與寬恕、愛
與憎……一切的一切，在我都是驅我走近它的刺激與動機。甚且是糧。

（《鍾理和日記》，頁32-33）

我贊成說一篇作品，是外在世界透過作家的個性扭曲出來的映像的說
法。……然而一個人的個性是不能離開他的人格品行思想而獨立
的，……一部作品被列為世界最偉大的小說之列，絕不單是他有趣，
有特性，有感情，對於社會人生亦必賦有極大的感化力，必然是一個
作家的人格和正義感透過筆尖流到紙面上的東西。

（《鍾理和日記》，頁244）

從其餘日記篇什中也可看出鍾理和對於虛假的文學與不純、誇張、矯情、不
健全、不真實，不關心現實生活的作品，是極其厭憎的。[22]所謂「文學所要
傳達的是情感，所要喚起的也是情感」，[23]顯見宣揚文學要使讀者能夠親近
並感到興趣，堪稱是鍾理和創作的信念，然而引文中也強調偉大之作「對於
社會人生亦必賦有極大的感化力」。由創作理念而推衍鍾理和的書寫踐履，
因而也可能具備一種情志傾注與公共意義的抒情精神。[24]高友工嘗論及抒情
傳統的觀念並不是一個傳統上的「體類」的概念：

這個觀念不只是專指某一個詩體、文體，也不限於某一種主題、題
素。廣義的定意涵蓋了整個文化史中某一些人（可能同屬一背景、階
層、社會、時代）的「意識形態」，包括他們的「價值」、「理想」，以

---

22 同前註，頁32、239。

23 見鍾理和：〈致廖清秀函〉，同註5，頁123。

24 見陳國球：〈「抒情」的傳統——一個文學觀念的流轉〉中就中國抒情傳統中「賦詩言
志」與「述德抒情」性質的論述。同註20，頁189。

　　及他們具體表現這種「意識」的方式。[25]

有關「抒情傳統」之探索與討論，前人之述，不及備載。諸如陳世驤、歐洲漢學家普實克、高友工、蕭馳、陳國球、王德威、呂正惠等等皆有精彩專論，[26]分從不同面向以論中國古典文學或現代文學之抒情本質及傳統。學者所定調的抒情傳統大致源自詩騷的「抒情內涵」，諸如屈原《九章》〈惜誦〉：「惜誦以致愍兮，發憤以抒情」的騷賦傳統，以及《毛詩正義》〈詩大序〉：「詩者志之所之也，在心為志，發言為詩」的詩教傳統，又或者是陸機〈文賦〉所言「緣情而綺靡」等等，以論中國「抒情詩學」的根源。依據學者所論：「『情』可以是個體對外力的一種反響波動，可以化成一種精神交通的管道；『抒』是意圖超越私我，進而叩開通往個人以外的宇宙世界的大門。」[27]顯見「抒情意識」並非僅是中國比興詩學傳統中怨悱傷懷的書寫，而是另有現代視野下的詮解新義。

　　本文無意對此抒情文學形式的歷史性或總體性作出系統梳理或析論，本論文主要藉從《笠山農場》、《鍾理和日記》、殘集與書簡中，所透顯鍾理和的抒情經驗、體悟與表現，而尤關注於鍾理和《笠山農場》所採取不同於彼時臺灣文學經驗領域的寫實主義書寫形式，而是獨樹一幟地以極具抒情性的

---

25 見高友工：〈文學研究的美學問題（下）：經驗材料的意義與解釋〉一文，《中國美典與文學研究論集》（臺北市：臺大出版中心，2011年8月），頁95。

26 相關抒情傳統論述，尚有柯慶明、鄭毓瑜、蔡英俊、龔鵬程、張淑香、呂正惠、顏崑陽、黃錦樹等精闢專文。資料可參陳世驤：《陳世驤文存》（臺北市：志文出版社，1972年7月）、（捷克）亞羅斯拉夫・普實克著、郭建玲譯：《抒情與史詩：現代中國文學論集》（上海市：上海三聯書店，2010年12月）、蕭馳：《中國抒情傳統》（臺北市：允晨文化實業公司，1999年1月）、王德威：《現代抒情傳統四論》（臺北市：臺大出版中心，2011年8月）、呂正惠：《抒情傳統與政治現實》（臺北市：大安出版社，1989年9月），另見柯慶明、蕭馳主編：《中國抒情傳統的再發現》上下冊（臺北市：臺大出版中心，2009年12月），以及高友工：《中國美典與文學研究論集》等等。

27 有關「抒情精神」議題的簡要梳理，以及「抒情」義涵，資料參見陳國球：〈論徐遲的放逐抒情──「抒情精神」與香港文學初探之一〉，王德威：《一九四九以後》（香港：Oxford University Press，2010年），頁290-291。

風格，在烏托邦想像中寓託對時代意識形態的批判。《笠山農場》所表顯
「時代歷史時間」（特定指涉的日殖情境）、「自然宇宙時間」（往復循環的自
然現象）與「作者自傳時間」（同姓婚姻的經驗紀事），在情節和細節，甚至
在主題之間，所交錯聯繫而形成的抒情風格，應該是作者建構《笠山農場》
作品世界的重要創作意識，因此本論文取徑於鍾理和所集中在「抒情自我」
（lyrical self）與「抒情現時」（lyrical moment）兩個坐標焦點上的抒情風
格，[28] 來解讀《笠山農場》所可能包含一種「政治無意識」的烏托邦書寫，
或是被埋藏的文化敘事與社會經驗。

　　本論文重探鍾理和作品，誠如上述，乃援借新的理論面向進行探索外，
也希圖佐以新出土的文獻資料，[29] 提出相應的描述和解釋策略，因此本論文
雖以《笠山農場》為主要關懷命題，論述涉及的範圍則是鍾理和整體作品，
而非單一文本。以下即嘗試融合《笠山農場》與現實逆反的烏托邦書寫，以
及鍾理和所開顯臺灣鄉土文學的抒情意識，來探索鍾理和敘事所隱藏文學性
美化下的現代現實的底蘊。

二　烏托邦中立性的敘事話語：
　　詩意／哀輓與反諷／批判的混合

　　有關鍾理和《笠山農場》的烏托邦特性，前行研究如葉石濤、彭瑞金、
古添洪及應鳳凰等，皆有簡要觸及，[30] 如葉石濤先是鎖定小說時空背景為

28　見高友工：〈中國文化史中的抒情傳統〉一文，同註25，頁113。

29　《鍾理和全集》自一九七六年由遠行出版，至一九九七年續由高雄縣立文化中心增補
　　刊行，到了二〇〇九年則交由鍾氏後人鍾怡彥主編出刊《新版鍾理和全集》，在作品的
　　編目、詮釋與內容整理上，增益頗多。參鍾怡彥：〈新版《鍾理和全集》編後感言〉，
　　《新版鍾理和全集》，頁13-19。

30　施懿琳：〈鍾理和作品中所表現的人道主義精神〉一文，提出鍾理和乃歸屬於「內斂型
　　作家」，易將自我的影像強烈投射於作品中，並具有深刻的內省能力。觀點頗符契本文
　　所定調鍾理和創作的抒情意識，然而施文並未處理《笠山農場》的烏托邦書寫。施文
　　收錄於《跨語、漂泊、釘根——臺灣新文學研究論集》（高雄市：春暉出版社，2000年
　　6月），頁116。

「殖民地臺灣的一小環」，繼而推論小說裡不但沒有殖民統治的現實反映，「甚至連一個日本人的影子也找不到」，以致「《笠山農場》裡絲毫沒能看到這種時代風暴的氣息……」。從葉文可看出他所強調《笠山農場》的烏托邦色彩，乃在於具有「牧歌般的言情小說」，並歸屬於桃花源似的夢幻與避亂性質。[31]至於彭瑞金則從臺灣人民與土地的誠摯情感角度，指陳《笠山農場》「無疑是個遙遠而古老的世界」、「像一幅太古先民的耕樵圖」、「表達出葛天氏之民的生活理想」，並點出《笠山農場》的美，便美在「這種生命情調與自然的交融」。[32]古添洪更獨到的知見則是上溯鍾理和在北平生活期間對「原鄉」期待的失落、生活上的「疏離」，加上對昔日美濃笠山的「懷舊」心境，以致在《笠山農場》孕育並發酵了烏托邦化的「社群」理念。[33]應鳳凰則宏觀著眼於鍾理和置身於中國的「認同的危機」，因此在思念臺灣鄉親之際，促成他構思帶有烏托邦色彩的小說創作。[34]

總理上述，彭瑞金洞見小說所展示作者直接審美化生活體驗的抒情性風格；古添洪則以「非異化」的社群與未經「異化」的勞動，提點鍾理和以「愛本能」與「反異化」而結構出最純樸的「社群理念」；[35]至於葉石濤則認為這一座「遺世獨立的山間農場」裡看不到臺灣新文學作家的共同主題——民族的矛盾，遂認為小說完全缺乏這時空潮流的影響。[36]上述學者分從追尋

---

31 葉石濤：〈新文學傳統的承繼者——鍾理和——《笠山農場》裡的社會性矛盾〉，應鳳凰：《鍾理和論述1960-2000》，頁279-280。

32 彭瑞金：〈土地的歌‧生活的詩——鍾理和的《笠山農場》〉，同註3，頁288、293。

33 古添洪：〈關懷小說：楊逵與鍾理和——愛本能與異化的積極揚棄〉，彭小妍主編，《認同、情欲與語言》（臺北市：中央研究院中國文哲所，1996年6月），頁81。

34 應鳳凰：〈鍾理和文學發展史（代序）〉，同註31，頁20。

35 同註33，頁82。

36 基本上葉文所假定《笠山農場》撰作背景是為一九三〇年左右，因而對於小說無法表現臺灣民眾反抗日本統治的題材與主題，頗有主觀判語。審諸葉文前後論述，也頗多矛盾處，諸如文中先是論及《笠山農場》的主題乃是針對封建的抗拒，以及臺灣社會內部矛盾的命題，並認為小說人物的階級屬性刻畫很清晰（頁281），但後文卻又轉為批判鍾理和所要探討的主題並非是社會矛盾與階級對立，並明言《笠山農場》裡的階級性並不明顯（頁283）。同註31，頁280-281。

歷史流程中被視為「美好起點」的「太古時間」，以及指涉「美土樂地」的「空間距離」，並且從「群的歡愉，勞動的樂，人際間親昵的關係」，[37] 以及「身分認同危機」來說明《笠山農場》作為「烏托邦小說」的屬性。

（一）「理想」與「現實」的對照視野

空間的模式與時間的韻律，固然界定了笠山農場作為烏托邦書寫的存在，然則《笠山農場》中「歷史性的時間」是否真的被懸擱起來？笠山農場的意境與氛圍，雖類同於「夢」，但就空間的構置而言，笠山農場是否只是一種「挪借地方的遊戲」？且就鍾鐵民所辨識的笠山地理區位座標而觀，小說中的笠山，乃當地人所稱「尖山」，座落位置即今黃蝶翠谷的入口處；小說中的磨刀河也即水底坪溪；飛山寺即名剎朝元寺等等。[38] 顯見「笠山」並不是一個未來的世界，也不是一個新世界，而是一個與真實「尖山」農場有明顯對應關係卻又判然有別的世界。如是而觀，整部作品實為依託於一個特定外在指涉領域，卻又藉由笠山農場的空間象徵而具涵烏托邦軼事性的色彩。在這個非幻構的《笠山農場》文本世界中，最值得關注的是，當作者跳脫臺灣文學主流所標舉的寫實主義與抗議精神，而從自我生活出發，另闢蹊徑採以烏托邦敘事與抒情寫作時，是否真如眾多論者所言：「抵抗精神不夠」、「顧忌太多」或「有所規避」、「迫於生活種種，他的抗議消失了，他反而把自己限定在一個很窄很窄的範圍裡無從施展了」？[39] 又部分學者即使能從另一種面向開掘《笠山農場》的新意義，最終也只能賦予「山水風土藉此永遠留傳，鄉土氣息濃厚」、[40]「反映了農村生活裡那些農民堅忍不拔，向生活、向命運的苦難絕不低頭的奮鬥精神罷」，[41] 或「傾向優美的田園牧

---

37 同註33，頁81。

38 見鍾鐵民：〈我的祖父與笠山農場〉文中所辨識與對應的小說場景。應鳳凰：《鍾理和論述1960-2000》，頁312。

39 見彭瑞金記錄：〈秉燭談理和──葉石濤與張良澤對談〉，同前註，頁194-195。

40 張素貞：〈五十年代小說管窺──《笠山農場》〉，《文訊》第9期（1984年3月），頁107。

41 方健祥：〈《笠山農場》的新意義〉，同註38，頁272。

歌，在所有作品中獨具一格」等歸諸「鄉土書寫」的讚語，[42]而無法在解讀
《笠山農場》的方法論及詮釋觀點上有更進一步的開展。又或者即使以「未
經異化」的「社群」，來為《笠山農場》的烏托邦色彩定調，似乎也無法詮
解小說人物最終為何選擇「逃離笠山」與「放逐社群」的現實性收梢？

　　構思最久，歷經改作最多的《笠山農場》是為鍾理和代表作，也是他始
終最縈懷掛心的摯愛作品，從撰寫、投寄到退稿等曲折過程，見諸鍾理和日
記或是與文友書信中，都是最重要的景致與點綴。《笠山農場》中同姓婚姻
故事的自傳性況味，已然成為鍾理和作品的主軸與基調，因此多與其餘諸作
有互文性關涉。單就小說而言，即有改寫自《笠山農場》的〈同姓之婚〉、
傳達自主之愛的〈游絲〉、批判家庭成員的〈新生〉、嘲諷視愛情、結婚為兒
戲的〈秋〉、控訴包辦式婚姻制度的〈柳陰〉，以及接續《笠山農場》情節之
後的〈奔逃〉、〈錢的故事〉與〈貧賤夫妻〉諸篇，[43]在在涉及自由婚戀與家
庭、舊社會之間的衝突頡頏。職是之故，在研究鍾理和論述中，涉及「同姓
婚姻」的《笠山農場》顯然還有值得處理的脈絡，而置放於極小眾的臺灣烏
托邦文本中，時時浮露理想與現實對照視野的《笠山農場》也應該還有可拓
展的研究新視域。

（二）「個人意志」與「群體秩序」的辯證

　　誠如論者一致的觀點：「同姓婚姻」的悲劇，在《笠山農場》或鍾理和
其餘諸作中儼然是最大的關鍵。如果這個前提無誤的話，則同姓婚姻顯然也
是一種隱喻——表徵了以某種分類或符號論體系存在的一種社會制度。此即
《笠山農場》中一再申論「為了彼此腦袋上頂著同樣一個字」，導致盲目而

42　余昭玟：〈《笠山農場》評析——兼談鍾理和的創作歷程〉，鍾理和／應鳳凰編選：《臺
　　灣現當代作家研究資料彙編・11》，頁120。
43　上述諸作，分見鍾怡彥主編：《新版鍾理和全集1・短篇小說卷（上）》、《新版鍾理和全
　　集2・短篇小說卷（下）》。

強制性的宗法倫理觀：[44]

> 在致平看來，這個「叔」便意味著一道牆，人們硬把它放進裡面去，
> 要他生活和呼吸都侷限在那圈子裡，而這又都是他所不願意的。……
> 他發現自己所棲息的世界，是由一種組織嚴謹的網兒所牢牢籠罩
> 著。……每一個人對另一個人的關係，就是一小結對另一個小結的關
> 係。每一個人背負著無數的這些直系和橫系的關係，……你不能更改
> 你的地位，也不能擺脫你的身分，不問你願意不願意。
>
> （《笠山農場》，頁88-90）

同姓族群網絡所產生「血緣的紐帶」和「神聖的關係」，間接衍生的即是
「規範」與「干涉」，因此小說人物致平對「同姓」文化的深惡痛絕，並非
源自於喜愛同姓的淑華或瓊妹所引發的效應，而是肇因於強烈不滿外界侵害
他應得的權利。爰此而論，《笠山農場》「同姓婚姻」的故事情節，迥非鍾理
和退回私人敘事中「男女情愛」的悲歡離合劇碼。小說曲曲勾繪與折射的實
是作者承載彼時的社會景象，而轉以極致抒情的抗議書寫，來表呈自己與世
界之間的距離，[45]並彰顯自我理想，以撼動社會輿論。是以作為經驗世界的
一個觀察者，鍾理和在作品中頻頻賦予「歷史上的臺灣」現象種種，諸如階
級意識、社會制度、傳統禮教與他我關係等概念的辯詰與反思。因此或可將
《笠山農場》置放於社會的歷史悲劇和哲學的生存悲劇脈絡中來解讀，進而
探索作品可能寓寄「求索與抗爭」的革命潛在性意識。

　　就討論烏托邦的論述而觀，烏托邦文本原也可以理解為「實踐」的一種
明確類型——關於某種「完美無缺的社會」觀念的「建造」，亦即是一套具

---

44 本文所引《笠山農場》原文，除非特別說明，否則主要採用文本為鍾理和著：《笠山農
　　場》（臺北市：草根出版社，1996年9月）。

45 鍾理和〈致鍾肇政函〉中言及寫作《笠山農場》的孤絕心境與背景：「我個人在這裡獨
　　來獨往，不為人理解和接受，沒有朋友、刊物、文會……。我就這樣寫了我那些長短
　　篇，和《笠山農場》。」《新版鍾理和全集7．鍾理和書簡》，頁43。

體的思想操作活動，[46]而不只是再現某一處樂土美境的殊異書寫模態罷。溯源西方湯馬斯・摩爾的「烏托邦」或中國陶潛的「桃花源」，其所想像「避其世」之境，都是緣於自身特殊的存在，而在徹底否定當下現實的基礎上，構建出社會希望工程的沉重藍圖。如是背景的著色，使得任何烏托邦版本皆饒富歷史經驗的判決與況味。然而從烏托邦結構中的「文本」和「意象」（如《烏托邦》中孤懸海外的「島嶼」，以及〈桃花源記〉中洞天福地的「桃源」）兩種語域所產生的二重性，卻開展出飽含種種意涵與效應。誠如論者論及「中立化」與「烏托邦話語」的生產，即言：「所有真正的烏托邦都會無意當中暴露出一種複雜的設置：之所以把它設計出來，是要在它生產主題性的隱喻並且對它加以強化的同時，使之『中立化』。」[47]其所指稱的「中立化」，可理解為某種施加在根本性的矛盾或二項對立本身的兩個「主」項之上的操作。概言之，「中性形式的立場」是一種烏托邦的複合項，它並沒有屬於自己的任何一個真正的前提或立場。[48]由於烏托邦本身有其悖論性，因此烏托邦敘述話語也呈現出一種具有決定意義的自相矛盾以及困惑現象，此即烏托邦同時兼有「美樂地」與「無是地」的根本性特色。當《笠山農場》作為一種烏托邦的實踐，雖然表徵鍾理和對社會和政治的某種意欲圖式化的心理活動，但藉由烏托邦書寫，鍾理和最終所辯證的，確然呈現一種「中立性」的敘事立場，尤其是在鄉土的「返」與「離」的概念對立上。

　　「同姓不婚」的故事原型，原是從父系家族制度的文化歷史而來，因此「同姓不婚」及「男女婚姻」的議題，乃是作為《笠山農場》對於社會制度與法律禮教挑戰的總體性表徵與意義。[49]這點在出於同一主題的〈同姓之

---

46 見詹姆遜：〈論島嶼與濠溝：中立化與烏托邦話語的生產〉一文，王逢振主編：《批評理論和敘事闡釋：詹姆遜文集・第2卷》（北京市：中國人民大學出版社，2004年6月），頁29。

47 同前註，頁31。

48 同前註，頁25、59。

49 揆諸巫永福：〈山茶花〉一文即敘及留日青年鄧龍雄苦戀同姓女子「鄧秀英」，卻始終無法掙脫「同姓不婚」的習俗。小說徵引保羅・瓦雷利之語，大力詮釋與衍義「習俗應該打破」、「現代青年不要想去理解習俗，也不應該去理解。應加以抹煞，應該加以

婚〉中也可尋致：[50]

> 我們的結合，不但跳出了社會認為必須的手續和儀式，並且跳出了人
> 們根深蒂固的成見——我們是同姓結婚的！在當時臺灣的社會，這是
> 駭人聽聞的事情。……在外面，雖然不再有人來干涉和監視我們的行
> 動，我們應該完全領有我們的日子和我們自身，……然而妻總還忘不
> 了對世人的顧忌，彷彿隨時隨地可能由一個角落伸出一隻可怕的手來。
>
> （〈同姓之婚〉，頁86-92）

同姓之婚是鍾理和一生流離、折辱、劇痛、磨難生活的咒詛原點，它和肺結
核病，以及各種命運打擊，組構了鍾理和以「貧，病，眼淚，嘆息……」交
織而成的人生哀歌。[51]「同姓之婚」的悲劇與「肺結核病」的現象，[52]雖是
普遍存在於彼時歷史語境中，但一旦賦形於鍾理和的文學表現，卻儼然成了
一種「分類」與「位置」的比喻象徵：

> 討厭我們。平妹說得絲毫不差。這一句話，道破了周圍和我們的關
> 係。……我意識了這是強有力的世界，雖然它不是理想的世界。
>
> （〈同姓之婚〉，頁96）

據說我們是有了病的人，已經是和社會斷絕情緣了，於是在我們周圍

忽視」等觀念，皆可見彼時創作者藉男女婚戀題材，所表徵社會封建禮俗的意涵。見
巫永福：《巫永福全集》（臺北市：傳神福音文化事業公司，1996年5月），頁109-110。

50 鍾理和：〈致鍾肇政函〉中言：「此係舊作（指〈同姓之婚〉或另名〈妻〉），寫於醫院
中，日後兄如看到長篇《笠山農場》，當可看出二者都出於同一主題。」同註5，頁22。

51 《新版鍾理和全集6‧鍾理和日記》，頁78。

52 有關鍾理和的疾病書寫，可參王珮真：《論鍾理和病體與書寫：以文類差異敘事為中
心》（清華大學：臺灣研究教師在職進修碩士論文，2012年）。該論文主要藉從「病人
／作者」的角色，入探鍾理和其日記、書簡、散文與小說等四種不同文類的疾病書寫
經驗。

築了一道牆，隔開來。牆內牆外是分成兩個世界了。

（《鍾理和日記》，頁116）

因著鍾理和的結核病體與同姓婚姻狀況，而被「區格」（gird）為與社會群體之間存在有明顯的邊界，其間並涉及對個人角色的嚴格規範與道德約束，且對個人具有強大的控制力，就區分類型而言，顯然是被污名化與邊緣化的一種分類。依據人類學家的考察與研究，發現人們之所以對於生活的世界有一個系統的看法，乃是來自於位置與分類的觀念：

> 觀念中的秩序首先是社會的規範性法則，它既起著調節行為的作用，也把現實劃分為類型和結構，而這些類型和結構的具體化，就是人們在日常生活中依據的思維基礎。從這一點看，秩序的基本層次就是事物的定位，它不僅為我們的一般評論預先設定了一個觀念體系，而且為道德評價的產生提供了認識論的條件。[53]

就此推論，集體思維中的「位置」觀念在社會秩序形成中極具主導性作用，而「分類」與「位置」也關鎖著對社會道德意識的闡釋。一如那個無法容納鍾理和與鍾台妹的美濃鄉親社會，竟然針對「同姓結婚」現象而將之詈罵為「畜生養的」譴責語，除了表露世俗社會一種禁忌與偏見外，更深沉載負傳統道德意識的嚴厲審判。準此，作為主要角色致平（或者是作者鍾理和）心中最無可解脫的精神困境──「同姓婚姻」癥狀已然引渡出《笠山農場》中關乎「個人意志」與「群體秩序」的辯證：

> 這種愛在道德上是不是惡？一種犯罪？……在意識中，他每每感到那道牆的存在。……不能讓自己在舊禮教前低頭，聽憑人家從他手中把

---

53 王銘銘：《想像的異邦：社會與文化人類學散論》（上海市：上海人民出版社，1998年5月），頁228。

她帶走。那會證明他的軟弱、無能；那是可恥的。

（《笠山農場》，頁172）

你還不明白我們這個社會是怎樣的一個社會。依我的看法，假使你父親不答應，我也不能說他做得不對。

（《笠山農場》，頁224）

他我關係的齟齬，所造成人事的荒涼況味，甚至被鍾理和援以定義「運命」：「與其指冥冥中的一種力量，無寧是人與人間磨擦而成的合理的事實的總和。」[54]無怪乎《笠山農場》小說中即使是號稱「溫和的合理主義者」劉漢傑，當碰上了「強群體強區格社會」狀態，[55]也只能屈伏於其下，甚至提出革命家的工作，雖偉大但不一定愜意，「愜意和舒適祇在平凡和庸俗裡才會有的。這才是真正為你所熟悉的群體生活。」（《笠山農場》，頁227）由是而觀，「笠山農場」並非盡如論者所指稱是一個「未經異化」的「社群」，或所謂階級，所謂性別都失去了對立面，「人」在「群」中獲得了自身與他者個性的體現與歡娛。[56]「笠山農場」終究只是個烏托邦，一個太虛幻境，自始至終都存在著被世俗擾攘的本質。

（三）烏托邦的「希望追尋」與「艱難困境」

所謂「無地位階級區分」的集體性烏托邦構築，在《笠山農場》中並非是穩固的風景，一如小說所繪製兼具神性靈氣與生滅喧動的紛淼笠山世界：

---

54 同註51，頁93。

55 「強群體強區格社會」原指「儀式主義社會」，主要強調人與神之間關係的儀式色彩，繼之則由此衍生人們注重形式主義的表演、道德的修養、戒律，以及種種典章化的條文。同註53，頁230。

56 見古添洪：〈關懷小說：楊逵與鍾理和——愛本能與異化的積極揚棄〉，同註33，頁57-58。

笠山不比旁的山，連石頭也都有肥分呢。……從前逃日本人時，……
單有逃進笠山來的一批人保了安全。

（頁105）

群山若然聞見，仍然保持著太古的永遠無人能解的緘默，向著這騷亂
和多事的一角作深沈的注視。

（頁77）

水聲彷彿流向不可知的另一個世界裡去的洪流，它有如在劫後荒涼的
廢墟上四處徬徨的野獸，在聚群狂吼──向虛寂和毀滅的世界……。

（頁154）

始終處於「人為」與「自然」二元對立關係中笠山理想社群的存在，[57]本身
就是極脆弱的、涉及世俗欲求與階級矛盾，其中更有無序與邪惡的罪行。小
說第五章敘及劉少興在笠山的墾殖與築造，是極具關鍵的一章。在此最樂之
境中不僅鑑照出《笠山農場》的主題根源與核心，也預示未來種種的衝突危
機，包括小說末章所闡明人背離了自然以後即將遭致的荒漠與寂寥。

　　就彼時臺灣資本家階級的結構而言，概可分為日人與臺人，其中臺人又
分為從屬於日本人經營者，以及與日本資本家對立者。[58]從劉少興接受日人
高崎建議而栽植咖啡，可見乃歸於從屬日人之經營者。此亦即小說指稱劉少
興徹頭徹尾是一個現實主義者之故。[59]笠山的管理，從往昔對任何人均可開
放，到農場頒布干涉和禁止條款，即使最後劉少興被迫與當地住民聯繫感情
而放寬入山禁例，但畢竟已觸及自然與文明的牴牾、私我與公我的爭戰、人

57　在《笠山農場》第五章中，即已暗示笠山農場的人為墾殖間接對自然深林產生的摧枯
　　拉朽，恰如「蜘蛛網一般牢牢統治著這裡的一切。」（頁41）

58　見（日）矢內原忠雄著，木明德譯：《日本帝國主義下之臺灣》（臺北市：吳三連臺灣
　　史料基金會，2007年5月），頁103。

59　《笠山農場》，頁43。

為築造與自然力量的抗衡命題。是以即使支持劉少興墾殖的張永祥如是說：「雖說地方是自己的，做成路，架了橋，就是大家的了，誰都可以走。」（《笠山農場》，頁56）但無法達成共享共榮與合一的笠山世界，終究在牛瘟、地方居民的偷竊、敵視與蓄意破壞、福全受綁、趙丙基潛逃，以及致遠的死、咖啡苗病變的慘烈拓墾史中，逐漸崩解為變色的烏托邦。小說中關乎階級勞作飽受壓抑與剝削色彩，也先後透過福全、丁全兄弟，以及淑華與母親阿喜嫂受制於農場主人粗礪對待的感受而表出：

> 那天，（福全）祇因一點小事──回家時把隻山鋤遺置在工作地點，就挨了致遠一頓臭罵。本來他和致遠同在一起，責任應該兩人共負，然而他的長工的地位，卻令他一人擔負全責。
>
> （《新版鍾理和全集4・長篇小說卷──笠山農場》，頁361）

> 劉老太太交給阿喜嫂的無疑是一個難題，使她左右為難，……。但話又說回來了，她能抗拒農場的命令嗎？很明顯的，只要她今天拒絕了，明天她便可以發現由此所引起的種種不利後果，這是她所深深恐懼著的。
>
> （《笠山農場》，頁245-246）

在原作刪除的第十章中，小說曲曲勾勒福全矢志逃離農場的心境，福全與農場的關係既被形容為「囚徒與監獄」，[60]福全與致遠的惡化關係，也顯豁出勞資雙方的矛盾衝突；而劉少興處心積慮將與致平暗結珠胎的淑華，像商品般地販售／轉嫁給全然不知實情的長工丁全，他表面上固然擬出一張「外貼兩分地」的陪嫁清單，實則卻是一種資方宰制勞工的強橫惡行。

　　《笠山農場》乃是鍾理和經由擇選、歸納與概括大量特殊經驗的創作代表作，通篇飽含濃郁「歷史症狀」的意義與形式。除了以「同姓婚戀」的改

---

60 見《新版鍾理和全集4・長篇小說卷──笠山農場》，頁361-362。

革觀念，作為對自身所承繼傳統的反抗與撻伐外，其中也不乏對臺灣社會危機的回應，甚至是對於客家族群傳統與鄉土文化形態的批判，這部分的抗辯意識，可藉由主角致平諦視新時代事物後，而提出新方案的討論看出端倪來。諸如小說透過劉氏父子面對伐木墾殖、招租雇傭，以及同姓婚戀等觀念的對峙與衝突，在蹇滯心靈和習俗改革的齟齬中，作為新時代人物之一的致平不禁發出「新事業，老法子！」的憤慨語（頁5），最能道破現代知識發蒙與農村環境保守的明顯落差。另外對於客家族群褊狹地域觀念的批判，也在小說中多處提及，諸如區分北部人（新竹客）和下庄人、南眉和芎蕉園、福佬人的村子，甚至傳言嫁到南眉就會得黃水湖的怪病等等情節。[61]小說裡致平最後總結笠山此地的風土人情時，即點出「這裡融合著受壓迫者的反抗和對異鄉人的排外的敵意。」（頁80）然而致平更大的喟嘆尤來自於人情淳厚，質樸溫良的鄉土，卻因循守舊而封閉迂腐，對於自己的命運和生活不去多費心思。（頁24）

　　上述種種蠻荒與幽黯的人情世態，足以驗證《笠山農場》一書絕非「最無抵抗的書寫」。鍾理和的烏托邦書寫自可視為一種反抗的意識形態，因此或可轉讀為一則社會寓言與文化批評，然而在反抗書寫中尚包括他所寄予的價值和理想，以及希望與建構過後的困頓與磨難。此即鍾理和以「笠山」作為原鄉的理想國想像，而寫出烏托邦的可能模式，然而故事的結尾，譬如致平與淑華出走伊甸園、致遠遭佃農擊傷致死、守護山林的饒新華亡故、咖啡豆突然全數萎枯、笠山易主等等……，鍾理和刻繪的也正是烏托邦的崩解，這無非證實烏托邦的艱難，在實踐追尋上根本就是不可能的困境。[62]循此而言，文本裡的「笠山農場」乃作為一種概念的描寫，是鍾理和藉以並置且區隔「個體追求價值」與「世俗禮教禁忌」的一個異質空間，因此「笠山」雖非實在的山林，卻也迥非空疏烏有之地。誠如烏托邦論者所言：「烏托邦其實表徵我們意圖對它構思但最終表現出來的無能，我們試圖把它作為一個幻

61　參見《笠山農場》，頁35、85、100-102。

62　感謝匿名審查者於此處增益《笠山農場》烏托邦視境的曖昧性與辯證性特質。

想生產出來但終而顯示出來的無力，我們希望把屬於現實存在的東西的『他者』投射出來而陷入的失敗。」[63]斯語恰足以箋注《笠山農場》所兼具超越論式而非實在的，以及自相矛盾的中立性烏托邦話語的意涵。總理而言，鍾理和《笠山農場》所標誌的鄉土現實情懷，實是一種既愛戀又厭離的心態，其所開展的鄉土書寫，正是兩種風格的匯流：詩意／哀輓與反諷／批判。

三　「風景」的發現：抒情經驗、體悟與表現

《笠山農場》裡同姓之婚的情節雖然被引向一個有未來、有希望的結局，實際上鍾理和所遭逢的，不僅是走異路，逃異地的「離鄉」故事，更是「遠方未完成」的苦難長征。真實生活裡的鄉土對鍾理和而言，是一個充滿矛盾，具有多重意義的存在：一方面是仇視、迫害和驅逐他們的地方，[64]一方面卻也是哺育生命的乳母之地。在鍾理和於開刀前夕對台妹叮囑的日記中，最能看出他對於鄉土的愛憎情仇：「你是土裡生長的人，原可回到土裡去，它是會供給你們生活之資的。……我們的故鄉，是一個封建勢力相當頑強的地方，正是為了它，我們才離鄉背井的，現在再度回去，其苦樂如何，自不難想像而得。」[65]然而現實的美濃鄉土固然不是他精神的內在家園，但當他凝視殘破鄉土時，卻是寓寄傷逝、哀輓與悲憤。一如藉由村人悲嘆死了一隻大豬的哀戚眼色，來說明縱或死了至親家屬，也未必傷心若此的荒謬敘事，內裡刻繪的卻是農村經濟的凋敝與艱困。[66]「故鄉四作」，最能映現鍾理和逼近那同情與憐憫，批判與寄託的鄉土情懷。〈山火〉主要針對鄉人的迷信愚頑而發；〈竹頭庄〉與〈阿煌叔〉則是以殘破的鄉村景象，聯結勤奮工作卻屢遭困挫，最後竟崩壞為鄉鄙人物的故事，來記錄瘡痍滿目的土地滄

---

63 參詹姆遜：〈論島嶼與濠溝：中立化與烏托邦話語的生產〉，同註46，頁60。

64 《鍾理和日記》，頁130。

65 同前註，頁132。

66 同前註，頁153。

桑史。[67]在最後一篇〈親家與山歌〉的後記及正文中，鍾理和直指自民國三十五年返臺後，「故鄉已非記憶中那個可愛的故鄉」、「從前，我曾和它們一起歌唱過、脈博過、和感覺過。然而現在，我明白要想由它們身上找回昔日的感情，是如何地不可能了。」[68]過去的回憶可能帶來快樂，但當與現實參照時則不免於必然的悲辛。鍾理和在「故鄉四作」中對於故鄉的依違迎拒，也同樣表顯於《笠山農場》，這或許即是初稿完成於一九五五年的《笠山農場》創作本身的「敘事」意義——身陷鄉土「返」與「離」雙重情結的糾葛中。然而鍾理和在「中立性」的「敘事」之外所建構「笠山」鄉土烏托邦風景，卻極盡作者創作經驗中所具有「抒情」與「感性」的特質。有關「敘事」與「抒情」的簡要區分：「敘事」意在「展現」故事和人物、場景的效果，而「抒情」則側重藝術家的創造經驗，意即從創作者自身出發，且以創作時的瞬間為限制。[69]以下即藉從《笠山農場》中諸般「風景」的發現，入探鍾理和所展現自我與現時交融的抒情體驗。

（一）作為「內在性」與「認識性」的笠山風景

《笠山農場》從「笠山」的墾殖與興建為基柢，而後開展笠山人事風物等細節，最後的結局導向則是返回原初狀態，一切人事記憶復歸於無有，只餘大自然山鳥的啼聲。小說最具創造性寫實的描述，即在於表顯抒情自我之境與現實世界必然的衝突。在笠山農場此一烏托邦背景中所發生的純粹抒情畫面中，許許多多狀態與感覺的描述，皆可稱之為鍾理和內在體驗與外在感覺的呈現。例如小說第十五章即是以蟲鳴譟動，熱氣傾洩而來的夜景，作為圖繪致平與淑華衝破禮教禁忌樊籬而萌動的原始激情：

因為久晴不雨，氣溫很高，由被烤熱了的大地不住蒸發出一種像霧氣

---

67 上述諸作分見《新版鍾理和全集1‧短篇小說卷（上）》。

68 同前註，頁172、158。

69 見高友工：〈中國文化史中的抒情傳統〉一文，《中國美典與文學研究論集》，頁113。

一樣的東西，……地上充滿著各種聲音，……它如痴如醉。它裡面充
滿了佔有的原始極大的欲望，那執拗和急躁的程度，似乎立誓得不到
滿足便要永遠嘶叫下去。空氣中有一種酵母體催發著每一樣東
西。……又一陣溫暖的風輕輕吹過，草蟲的狂熱的嘶叫聲撒遍田野。
有兩隻貓頭鷹在黯黑的東面山頭，諧和地唱和著。到處青春在招手，
生命在高唱，血液在轉動。

（《笠山農場》，頁193-194）

上述以客觀自然世界作為佈景，藉以反照「情欲竄流」的畫幅，其實正是作
者鍾理和心境再現的一種主觀映像。且證諸《鍾理和日記》（四月十五日）
中所載記：

夜十時，在庭中小坐。……聽著蟲鳴，忽然想起「笠山農場」第十七
章中夜景。那夜景的時間幾乎就是這時候──農曆三月間之夜。現在
久旱不雨，暑氣迫人，空氣中有一種使人發生浮躁的東西。這也和第
十章中的情形相彷彿，但是那夜的蟲鳴似乎要比如今自己所聽到的熱
鬧得多，焦躁得多，狂熱得多了。也聽不見貓頭鷹的唱和。

（頁196-197）

從前後引文的參照，[70]即可識察鍾理和融匯外在景觀與內在心境的抒情寫作。
所謂抒情傳統本是由「感情本體主義」和「文字感性」交織而成的，意即把
「把經驗凝定在某一範圍之內，加以深化與本體化。」然而經驗的本身只是
個象徵、誘因，藉此而讓吾人體驗世界或者人生的本質。[71]準此而言，論者
雖界定鍾理和作品為出位的「散文體小說」，[72]然則小說散文化的最主要根

---

70 通讀《笠山農場》第十七章與第十章，皆未見描繪夜景的文字段落。日記中所指篇
　章，疑為第十五章的誤植。

71 呂正惠：《抒情傳統與政治現實》，頁200。

72 王珮真：《論鍾理和病體與書寫：以文類差異敘事為中心》，頁77。

源即是鍾理和小說頗多關涉自傳性的揭示。既是關乎親身經歷的寫作藍本，則文中必有過往的經驗與現時的感悟交織而成的真情實感。《笠山農場》本也可視為自傳體小說創作，且是鍾理和唯一完成的長篇創作，因此別具意義。鍾理和在〈致鍾肇政函〉中也曾提及：「小文固可寫，但我覺得終不出遊戲文章，要表現作者的個性、靈魂，和人生觀等究竟非長篇莫辨。」[73]由此推論鍾理和撰作唯一長篇小說《笠山農場》應有其經驗的內省，以及所傳達個人諸多由內隱而外顯的感覺與感情。鍾理和《笠山農場》雖偏離了臺灣文學自日殖以來所發展的寫實主義潮流，卻更多倚靠一種抒情文學風格的心靈審美方式，來表現作者與外在「美濃鄉親組構成的那個世界」[74]的論辯或對應關係，而其間作為中介的即是《笠山農場》裡諸多的「風景」意象。本節所尋繹新的立足點，並藉以重讀鍾理和這種特殊的抒情意識與風格的小說書寫形式，主要取徑於柄谷行人的「風景」論點。

　　柄谷行人嘗就文學中結核病的書寫，來討論「風景」與「寫生」的不同概念，並針對建立在某種內在的顛倒之上的「風景」，予以定義：[75]

　　　　風景是和孤獨的內心狀態緊密聯接在一起的。……換言之，只有在對周圍外部的東西沒有關心的「內在的人」（inner man）那裡，風景才能得以發現。風景乃是被無視「外部」的人發現的。

柄谷行人強調的「風景」，主要是指經過一種價值顛倒而看得到的景致，迥異於「寫生」的客觀性。「笠山農場」作為鍾理和破損生命的另境界，並非是想像出來的虛幻世界，而是真有其地，在某一程度上是作者親身經歷與目擊之景，但其中的虛幻性則在於雖是曾經生活的一處鄉土之地，但大部分卻又是作者所想像的藝術世界，所以並非是實境的鄉野之景，而是藝術之境，

---

73 《新版鍾理和全集7・鍾理和書簡》，頁19。

74 借用楊照語，《霧與畫：戰後臺灣文學史散論》，頁182。

75 （日）柄谷行人著，趙京華譯：《日本現代文學的起源》（北京市：生活・讀書・新知三聯書店，2006年8月），頁15。

在意義上是一種「具實的虛幻」。[76]因此「笠山農場」也是作為一處表現鍾理和的地方，提供足以表徵他的個性的「風景」。

小說開篇即對淑華和瓊妹在斜坡耕種番薯的辛勤農事有一番抒情的歌詠：

> 那蚯蚓翻了又翻，黝黑而稀鬆的土，被細心的鋤起來；帶有黴味的淡淡的土腥氣，在空氣中飄散著。
>
> （《笠山農場》，頁1）

又如另一篇抒情文本〈作田〉所繪製：「天，和雲，和山的倒影，靜靜地躺在注滿了水的田隴裡。犁田的人把它們和著土塊帶水犁起，它們就和田裡茂盛的青豆之類糾纏在犁頭上，像圍脖一般」的美麗畫幅，[77]作者的筆觸其實是藉由天光雲影與綠野田疇共構，而伸向鄉土生活的深廣處。鄉村農民的耕稼原是一種擔荷重載的悲苦情調，在鍾理和的筆下，卻是鋪展出澄澈柔和、閒適安逸的山水人物畫卷，顯然這是鍾理和所體現為一種抒情詩質的書寫──基於對現實存在物事的修補，因而對於原初鄉土想像予以一種美好的賦形。小說中作為總體景觀的「笠山」，乃是一種廣角全景式的空間，是山川、動植物與人共同演出的生命舞臺，然而鍾理和對於「笠山」「風景」的形容，並不在於表現它的「美」，而在於描繪直接審美化的一種生活體驗。小說敘及致平之父劉少興所以買下「笠山」的一段心路歷程，頗有陶淵明「桃源體驗」的況味，其中並雜糅著對中國道家淵泊靜寂思想的孺慕：

> 他閉起眼睛，流水在耳邊切切細語，……這一切，看來就像一個夢境：老頭兒，岸邊的炊煙，樹，藤和水聲。這和他那僕僕風塵的生活，是多麼的不同啊！……在他的意念裡，有一種隱隱的想頭在漸漸

---

76 此概念發想自蕭馳：《中國抒情傳統》，頁203。蕭馳論及王維的輞川別業系列詩作，認為是王維以閒居者的身分遊目於山水風物，既不像謝詩涉及舟楫行旅，也缺乏陶詩中躬耕的描寫。

77 鍾理和：〈做田〉，收於《新版鍾理和全集5‧散文與未完稿卷》，頁71-75。

地滋長。這是每一個血液裡有著老莊思想，而又上了年紀的中國人容
易有的極為普通的願望。他好像認為自己是應該退休山林了。

（《笠山農場》，頁15）

劉少興購置笠山的主因，顯然是笠山所具有「虛靜異境」特質，以及與「現
世塵俗」的抵制性意涵，笠山對於劉少興而言，因而是一種「尋」、「求」與
「夢」的生命實踐。抒情自我安身立命於文本中，而投射出理想之境的段
落，尚見於致平觀看淳美人情人性人味的視角，而獲致「重新認識」與「發
現鄉土」的體悟：

原來以前他在中國山水畫上常常看見的那種傍山依水，表現著自給自
足與世無爭的田家風景，……卻不期在這裡遇見了。……在這裡，如
果時間不是沒有前進，便像蝸牛一般進得非常慢。一切都還保留得古
色古香，一切都呈現著表現在中國畫上的靜止，彷彿他們還生活在幾
百年前的時代裡，並且今後還預備照樣往下再過幾百年。

（《笠山農場》，頁20-24）

對照鍾理和在不同時期所載記的日記，[78]不難發現他雖一方面對於傳統農村
囿限於民智未開的致死病源：貧寒、多子、無智、愚頑，而發出「冷靜的裁
判」；一方面卻又欣羨那杜絕於時代風潮之外，自足生活於遲緩性時間內的
和平農村、故鄉山水、樸實農夫，而投注「熱烈的眷戀」。鍾理和所賦予笠
山農場的「風景」繪製，即在於這種獨特性的文學時空形態：沒有日殖惘惘
威脅的情境，也沒有遭受現代化竄流的變調鄉土樣態。審諸當他目睹日趨現
代化的美濃，而發出怨毒嘲諷語，即可探得鍾理和藉書寫《笠山農場》作為
參證時代的方式：「美濃已大非昔比，它進步之速，擴張之大，使人深深驚

78　《鍾理和日記》，頁94、177-178中，皆見鍾理和以回憶之筆，對照今昔而興發濃稠懷
　　舊與禮讚昔日和平農村、豐沃大地、樸實農夫等等之幽情。

嘆。它已學會了看電影，追求現代文明的享受。好！美濃！你已不再是我
『笠山農場』的村莊了，我恭喜你！」[79]就此而論，笠山農場的「太平風
物」景象，原是緊密聯接著鍾理和的內心狀態，笠山農場的「風景」因而是
一種「認識性」與「內在性」的裝置。作者採以抒情主體的發聲方式，顯然
是對於外在歷史風暴與現代文明追捕夢魘，所帶來不安不滿和沉重擔荷的一
種「現代現實」回應。

（二）常民風景與民俗學的聯繫

就抒情傳統所實現「言志」的理想而言，其核心義即是在個人心境中得
到一種「自然、自足、自得、自在」精神的實現。[80]在笠山「風景」的抒情
視境中，尚可看到鍾理和藉由「山歌」作為召喚原初美好故鄉的啟動媒介，
其中並寓託個人對於烏托邦社群的想像。鍾理和《笠山農場》與〈親家與山
歌〉兩作，對於客家山歌頗多著墨，而在歌頌山歌的文字中也總是聯結著工
作勞動的歡愉與青春韶光的故事：

> 他們把清秀的山河、熱烈的愛情、淳樸的生活、真摯的人生，融化而
> 為村歌俚謠，然後以蟬兒一般的勁兒歌唱出來，而成為他們的山水、
> 愛情、生活、人生的一部分。它或纏綿悱惻，或抑揚頓挫，或激昂慷
> 慨，與自然合拍，調諧於山河。流在劉致平血管中客家人的血，使他
> 和這山歌發生共鳴，一同經驗同樣過程的情緒之流。他愛好這種牧歌
> 式的生活，這種淳樸的野性的美。
>
> （《笠山農場》，頁33）

山歌的平靜、熱情與憧憬的情調，和周圍的徬徨，不安而冷涼的現

---

79 見《鍾理和日記》，頁212。

80 高友工：〈文學研究的美學問題（下）：經驗材料的意義與解釋〉，《中國美典與文學研
　　究論集》，頁97。

實，是那樣地不調和。在那裡，通過愛情的眷戀而表現著對生的熱烈
愛好、和執著。……在一切變換和波動中，也許它是我所能夠找到的
唯一不變的東西。過去，她們也是這樣工作和唱歌來著；一樣的山
坡，尾巴，和藍色洋巾。而青春的故事，便反覆被吟詠，被歌頌，今
昔如此。

（〈親家與山歌〉，《新版鍾理和全集1・短篇小說卷（上）》，
頁162-163）

山歌的內容大都是表現生活、愛情和地方風土感情的歌謠，概而言之，盡皆
客族民群生存經驗的實錄。鍾理和載記彼時山歌風貌，從方言土話、特有習
俗，乃至村野風情，種種細節，不僅拼貼起客家鄉土的本然面貌、展現客家
純樸性格和濃厚的人情味，在文字與文化的交融下，更揭現出民俗學的產物：

笠兒山下草色黃，阿哥耕田妹伐菅。……

（《笠山農場》，頁33）

久聞笠山寺有靈，笠山寺裡問觀音：笠山人人有雙對，何獨阿哥自家
眠？

（《笠山農場》，頁94-95）

在男女對唱的山歌歡樂氣氛中，鍾理和用近乎田野調查式的筆調，載記村莊
男女利用農閒期採伐菅草火柴，好做秋潦時的燃料，徵實回顧了客家族群墾
殖生活的歷史；而透過郎呀妹啊的山歌傳情，不僅召喚出青春男女在愛戀過
程中的性情趣味，也鑑照出捻香虔誠拜觀音或拜土地公的客鄉常民宗教信
仰。[81]這是鍾理和用山歌來攝錄鄉土風華，鋪陳地方色彩，藉以追尋／重溫

---

81 另見〈親家與山歌〉中的伯公信仰：「二想情郎伯公埠，伯公埠前說囑詞，有靈郎前傳
　一句：小妹何時不想伊！」見《新版鍾理和全集1・短篇小說卷（上）》，頁169。

那流逝已久的感覺。另一方面不羈的山歌野趣，溫馨而和樂，也透顯出鍾理和極主觀且有所側重地勾繪出故鄉人的勞動神話。勞動除了是體能消耗在土地上的滿足外，也是一種聯結社會網絡的途徑；勞動力的流轉，更是建立在彼此深厚的友誼基礎上。工作應該是快樂的源泉，人們所討厭的不是勞動，而是它令人不快的一面。未異化的勞動精神原是一種願望的滿足與構建，故而勞動也成為一切藝術產生的根源，[82]而不只是作為生產工具。當勞動進一步形成人的審美能力時，即可以從自己參與的勞動世界中感受到喜悅。準此，當諸多鄉土之作，紛紛以「無償的勞力」等等農村故事，來開掘厚土史詩的悲壯時，《笠山農場》所藉山歌呈顯人和自然、土地關係的浪漫想像，以及頌揚「苦樂融於一體」的勞動有償性與「墾民村群歡愉」的美好畫面，這個近乎原始烏托邦理論中「神聖勞動的幸福論」，[83]或別有其微言大義？

（三）詩意的「凡人之傳」：風景中的饒新華

上述藉由勞動中充滿明朗熱情的談笑與歌吟，所展示笠山世界的聲音與視境，自也是笠山風景的一角。當景觀作為審美對象時，必須從總體上來定義，如建築物、人造物和自然物等整個景致的涵括，其中自也包括「人」在內。在景觀中「人」的在場或缺席，經常是至關重要的。[84]在《笠山農場》裡的饒新華，是一個看似平凡而無重要性的人，可是卻是作為意味深長的「人物風景」，被我們看到了。在前述劉少興總覽笠山如夢似幻的風景時，饒新華這個角色即被賦予與「岸邊的炊煙，樹，藤和水聲」同源共構的一個

---

82 有關「藝術勞動說」，參見（德）格羅塞著，蔡慕暉譯：《藝術的起源》（北京市：北京出版社，2012年5月），以及蔣勳：《藝術概論》（臺北市：臺灣東華書局，1995年8月）。

83 在原始「烏托邦」理論中，所有勞動都是神聖、光榮的，每個人都得工作，勞動是公民義務的一部分，因而有強制性的全民勞動。當所有人都參與勞動，不成為社會的寄生蟲，就不會有階級意識，而能達安和樂利之境。見（英）Thomas More原著，宋美璍譯注：《烏托邦》，頁66-71。

84 參（美）史蒂文‧C‧布拉薩著，彭鋒譯：《景觀美學》（北京市：北京大學出版社，2008年1月），頁23。

「自然人」身分：「……這一切，看來就像一個夢境：老頭兒，岸邊的炊煙，樹，藤和水聲。」（頁15）且對應《笠山農場》的故事情節而將「自然」的界定歸納為三類：外在的蠻荒自然（未經拓墾的笠山原初野地風華）、淳樸而本性未泯的自然人（山精饒新華），以及未被強加規矩限制的人類行為（不同於媒妁與包辦的男女神聖愛戀），[85] 從中可知饒新華作為人物角色的示意特性，並非是作為笠山鄉土民群的代表，而是在於他表徵了一種世俗性顛倒價值的殊異「風景」。

　　《笠山農場》初稿第九章原是以饒新華人物性格作為基調的篇章，這一章是鍾理和彼時在中國大陸創作稿的最初一章，[86] 顯見這篇饒新華小傳，實具有《笠山農場》總綱領的意義與重要性。即或鍾理和最後接受文獎會建議，整篇幅刪去「渙散文字」、「技巧上的累贅」，以及「對於故事的發展沒有關係」的第九章，而成為現今發行版樣貌，然而鍾理和始終擺盪在刪與不刪之間，他且一再強調「如果不妨害作品的價值的話，我倒有意把它重新加入」。[87] 如是觀之，假若宕開作品的客觀性與目的性而言，原第九章應屬於鍾理和創作意圖中極具「抒情」與「言志」的表現形態。饒新華在初稿中原是以「童謠」中的「傳奇性人物」現身，且頗有點「戲劇視角」的意味，然而饒新華絕非全書中的微末點綴，就笠山「風景」中「被發現的常民」意涵而言，這個人物角色頗值得細膩觀照。

　　從小說諸人物的曲曲勾繪中，大致可歸結正負兩極的饒新華形象。[88] 一是作為「癡氣」十足，喜愛鑽山和喝酒，失去常性的古怪老頭；二是作為有

85　此處有關「自然」的概念，參考自蕭馳：《中國抒情傳統》，頁129。

86　《新版鍾理和全集7・鍾理和書簡》，頁50。

87　《新版鍾理和全集7・鍾理和書簡》，頁49-50。

88　以下援引資料來源除舊版外，亦取自《新版鍾理和全集4・長篇小說卷——笠山農場》「附錄一：刪除部分・第九章」。另可參編按說明：「本段文字對《笠山農場》中的小人物饒新華的家世作深刻的描繪，敘述生動，本身就已具備精緻的短篇小說的架構。就《笠山農場》整個故事而言，屬於陪襯人物的枝節情節，後來作者為求通文意連貫，文氣順暢，本章屬於枝節延伸的部分全數刪除。幸原稿尚存，附於書後，可做比較。」（頁347）

別於庸眾的「獨異山精」，對於山有極豐富的知識與生存本領：

> 他那兩隻手一落水，彷彿就已變成一領魚網，碰到它的魚兒，一尾也
> 別想逃跑掉。
>
> （《笠山農場》，頁14）

> 像來去無蹤的魑魅徬徨於參天古木的大森林裡，……他常常由這裡，
> 像數十萬年前從森林遷出水濱的人類的祖先經常做的那樣，一條又兩
> 條拖出嬰兒的脖子般粗大的鱸鰻來的。
>
> （《新版鍾理和全集4・長篇小說卷──笠山農場》
> 「附錄一：刪除部份・第九章」，頁348-349）

> 飲了相當程度的酒的丈夫（饒新華），睜大了紅沙眼，在滿地爬著。
> 屁股往兩邊擺著，表示尾巴的存在和動作。他用四肢支地，臉孔迫著
> 坐在地下的兒子，學著狗叫──。
>
> （《新版鍾理和全集4・長篇小說卷》
> 「附錄一：刪除部份・第九章」，頁352）

> 他能夠想出和做出別人要想卻想不出，要做卻做不到的事。對這種
> 人，你必須努力去瞭解。……你別看他這樣，他也很不容易做人呢？
>
> （《笠山農場》，頁182）

饒新華的角色賦形，諸如作為本領高強的「山林守護者」、「森林的精靈」；
或是性格裡有一種揮之不去的「謔」的玩世不恭；或是具有神奇、玄奧、有
趣的人格特質等等，就未刪稿與定稿的比較而觀，所刻繪人物諸說，並無二
致，差別只在於工筆與素描的不同罷。然而原稿裡的饒新華似乎多了一些
「凡人」、「異人」以外的「品格」描述：「大凡像饒新華這樣的人看來，世
間的每種事物，都是又調諧，又合適的。他們的人，祇向一面──好的，善

的，快樂的一面開著。因此，很少能夠引起他們感到不快，和憎惡的東西。」[89]爰是而觀，在鍾理和塑造饒新華鮮活人性空間中，顯然隱藏著通向自然生命的符碼，需要解密詮釋。

就現實生活層面而論，饒新華其實是一個失敗者與跌倒者，小說援借諧謔兒歌童謠的嘲諷：「饒新華，嘴沒牙，桌上吃，地上爬，……」，自有其弦外之音；而藉由饒家妻子終生的憾恨與哀怨：「母親用了他（福全）終生難忘的怨恨的眼光，凝注在兄弟倆的身上。……要他們兄弟倆答應她一輩子也不喝酒。」[90]更說明了饒新華無法服從於現世規則的放恣與獨鳴的生命情調。然而就某一方面而觀，這個不怕高山和黑夜，半夜入山不會迷山的老人饒新華，其實是兼具「天真者」、「魔法師」、「守護者」，甚至是作為山林與農場「殉道者」等多重角色的化身，他自有一種「異質人性」的品格，迥不為外在世俗權位名利所屈伏。前文曾提及小說中的致平角色可視為鍾理和「角色化」了的自我，致平的精神歷程等同於作者鍾理和年少的生活心境，顯見角色的塑造乃是作者自我投射的一個有機向度。然而饒新華這個自然人／自由人，未嘗不是鍾理和人生角色的另一種演出？

烏托邦文本大都被構設為「追尋」的基型，追尋或許是逆向回溯，或許是張望未來，無論是幻滅或完美的最終解決，所定義的烏托邦意識則定位於以「欲望敘述」為本質，而以「完願（wish-fulfilling）性質的自我表演」構成文本敘事性的虛構線索。[91]循此，饒新華這個角色在作為顛倒世俗價值而被看得到的「風景」意義上，實具有鍾理和對於自我憂世傷生的一種「抒情言志」的宣洩意味。一如鍾理和一直陷落在內在經驗與外部世界、個體與群類、主觀與客觀、個人意志與公共真理等概念的對峙中，因此饒新華的角色遂可定調為作者鍾理和一種思辨性的反省，同時也是自我界定，超越自我的救贖過程的圓滿實現。

---

89 同前註，頁354。

90 同前註，頁362。

91 （英）羅蘭・費希爾（Roland Fischer）撰、陸象淦譯：〈烏托邦世界觀史撮要〉，收錄於《第歐根尼》（1994年2期），頁12。

四 結語：文學形式與歷史／自我的救贖

　　在《笠山農場》中鍾理和並非以回憶之筆來發現鄉土，或是以昆蟲複眼般錯綜交織的眾人視野來觀察笠山，而是透過小說人物劉致平觀看的視角，來獲致「重新認識」及「發現鄉土」。劉致平對美麗大地的愛戀，因而有賴於人與土地的美好結盟故事，然則土地有其雙重性，當作為葬埋之所時，即是吞噬生命的場所；作為沃土膏壤時，則是孕育生命的母土。小說最後的結局，乃是將來自於外在的「社會力」（致平飽受同姓婚姻的倫理承擔）置換為「自然律」——笠山農場的興衰流轉，以及山林守護者饒新華生命的存有與寂滅，已然化為大自然生命的交迭現象，而展演出一種巨觀下的悠悠天地無盡循環時間。這特定歷史發展情境下的社會力自然化，儼然是古今一致，普世皆然的規律。小說中致平逃離家庭的情節並未有實質性的收梢，然而結尾也不是否定的形式，而是另以「破繭而出」的方式，為社會同姓不婚的衝力，暫時提供了一個象徵性的解決方案，以因應外在封建禮教／政治秩序的一種他我矛盾。以此參照作者「同姓婚戀」的真實生命歷程，顯見《笠山農場》乃是作為鍾理和「實際存有狀態」的一種「理想性對應物」，此即本文乞靈於自傳性小說與烏托邦文類作為入探作品的立論根源。

　　本文論述進程，先藉從第一個命題烏托邦「中立性」立場的悖論性，提出烏托邦敘述話語所呈現具有決定意義的自相矛盾以及困惑現象，以此闡述小說中「笠山農場」所具有「理想與現實的對照視野」，繼則從「同姓不婚」及「男女婚戀」，所表徵社會制度與法律禮教的意義，揭現小說關乎「個人意志」與「群體秩序」的辯證。然而鍾理和的烏托邦書寫雖可視為一種個體意識的希望與追尋，但藉由故事荒涼的結尾卻引渡出笠山烏托邦的艱困與崩解。

　　本文第二個命題主要以「風景」的發現為根柢，討論鍾理和創作的抒情經驗、體悟與表現。鍾理和《笠山農場》雖偏離了日殖以來的臺灣文學寫實主義潮流，卻更多倚靠抒情文學的心靈審美方式，來表現作者自身與外在「美濃鄉親組構的世界」的論辯或對應關係，其間作為中介的即是《笠山農

場》裡諸多的「風景」意象。首先觀測作為「內在性」與「認識性」的笠山風景，其次簡要梳理常民風景與客家山歌民俗學的聯繫，最後則聚焦於饒新華人物角色的示意特性——代表一種世俗性顛倒價值的殊異「風景」，並隱藏著通向自然生命的符碼。

　　巴赫汀曾論及：「每一特定文類都意味著為作家提供一種獨特的觀察和概括世界方式。」[92]在鍾理和的自傳體色彩中，可捕捉作者的反省內觀；而就其具有傳奇性的烏托邦文類特質而觀，也可發現鍾理和訴諸想像力與感性抒情的單純的美感愉悅，因此不同於傳記與寓言其本身的客觀性和載道功能。[93]鍾理和的《笠山農場》有寫實前景，也有虛幻背景的構置，小說中的笠山農場實為地圖上的某個地方，但卻是一處「易位」的書卷空間；農場故事時間雖是「虛構化」的，卻也是歷史中的某個時刻。在此非完全「易位」與「虛構化」的書寫模式下，《笠山農場》雖被視為一種烏托邦文本，卻迥非是一首退化的田園牧歌，而是有其表現時代意識（客觀之物）與自我意識（主觀之物）的永恆性主題。職是之故，鍾理和《笠山農場》裡的烏托邦敘事似乎更切近於卡爾‧曼海姆所強調烏托邦必須相即於現實社會，是一具有改革性，並超越實際生存狀態的人類歷史理想之境，而不盡然是湯馬斯‧摩爾筆下純屬虛構的空想輿圖。[94]

　　且將《笠山農場》安置在臺灣文學史中，顯豁可見並非像吳濁流《亞細亞的孤兒》諸作，或鍾肇政《濁流三部曲》等意圖從史詩角度的書寫風格，以致論者對於鍾理和此作頗有嚴苛的批評：「抵抗精神不夠」、「時代環境不明」，並認為「這一篇作品忽略了許多重要的東西」。[95]然而誠如本論文探掘的總結，在鍾理和書寫個人苦難、理想和理念的敘事中，實乃雜糅著經驗的

92　見 Albert J. Wehrle, *The Formal Method in Litarary Scholoarship* (Baltimore: The Johns Hopkins University Press, 1991), p.133.

93　此處概念源自於高友工：〈中國敘述傳統中的抒情境界——《紅樓夢》與《儒林外史》讀法〉同註25，頁357。

94　有關（德）卡爾‧曼海姆的烏托邦理論，參見註16。

95　彭瑞金記錄：〈秉燭談理和——葉石濤與張良澤對談〉，同註1，頁194。

與虛構的、公共的與私我的、歷史的與非歷史的材料。鍾理和《笠山農場》
所開顯臺灣鄉土文學的烏托邦特質及其個人特有的抒情性意識，並兼具社會
話語和審美話語，應可視為一種不同社會觀念形態與書寫美學範式。《笠山
農場》藉由鍾理和遇難遭劫的事實與文學發揮的效用，充分映現文學形式與
歷史／自我救贖性的緊密聯結關係，並同時證成了鍾理和的氣力特質是體弱
衰殘的，但精神特質卻是堅韌的。

　　爰是而論，林載爵嘗論及鍾理和文學表現為「在默默隱忍的精神中，所
潛藏，表現出來的奮鬥意志」，[96]在本論文的烏托邦論述視野中，已然被轉
衍為在鍾理和「抒情」（lyricism）風格與現代現實交會下，所指向一組政教
論述、知識方法、感官符號、生存情境的編碼形式。總此，本論文取徑烏托
邦視域，並佐以「抒情意識」的考掘，重探鍾理和作品，將有助於開拓方法
論及詮釋觀點，使「鍾理和論述」更臻對話性意涵。

---

96 林載爵：〈臺灣文學的兩種精神——楊逵與鍾理和之比較〉，同註1，頁185。

第四章
故事、現實與奇幻
──林宜澐鄉土小說的敘事體現

一　前言：書寫的位置與觀看的距離

　　林宜澐小說創作計有：《人人愛讀喜劇》（1990）、《藍色玫瑰》（1993）、《惡魚》（1997）、《夏日鋼琴》（1998）、《耳朵游泳》（2002）、《晾著》（2010）等。[1]有關林宜澐小說的評論面向，大致是將林宜澐置入臺灣鄉土文學、地方書寫及喜劇文學的脈絡之中，除了觀察其作品的美學呈現，也探討林宜澐一貫的人生哲學思維，表顯林宜澐小說的豐繁面貌。諸如王德威、郝譽翔分以「苦中作樂」、「鬼話連篇」、「怪誕嘉年華」，概括小說的「喜劇世界」；廖咸浩、楊照、蕭義玲等則分就「現代性」、「舞臺表演性」與「哲學性」，來定調林宜澐的鄉土書寫；另有南方朔以「記憶的符號森林」作為解讀觀點；又如王浩威、馬翊航則著眼於林宜澐的花蓮在地實踐等等，[2]其

1　林宜澐：《人人愛讀喜劇》（臺北市：遠流出版公司，1990年）、《藍色玫瑰》（臺北市：麥田出版股份有限公司，1993年）、《惡魚》（臺北市：麥田出版社，1997年）、《夏日鋼琴》（臺北市：麥田出版社，1998年4月）、《耳朵游泳》（臺北市：二魚文化事業公司，2002年9月）《晾著》（臺北市：二魚文化事業公司，2010年）。

2　相關評論，分見王德威：〈苦中作樂──評林宜澐的《人人愛讀喜劇》〉，收於《閱讀當代小說》（臺北市：遠流出版公司，1991年9月），頁97-100；王浩威：〈地方文學與地方認同：以花蓮文學為例〉，收於《山海文化雙月刊》第2期（1994年1月），頁90-102；南方朔：〈代序：一切堅固皆融化成風〉，收於林宜澐：《夏日鋼琴》，頁3-17；郝譽翔：《大虛構時代‧怪誕嘉年華──林宜澐小說中的喜劇世界》（臺北市：聯合文學出版社，2008年9月），頁156-171；楊照：〈魔法師的生活哲學──序〉，林宜澐：《惡魚》，頁3-9；廖咸浩：〈序：最後的鄉土之子〉，林宜澐：《耳朵游泳》，頁5-14；蕭義玲：〈從存在的悲感析評林宜澐的小說世界〉，收於《地誌書寫與城鄉想像：第二屆花

餘相關論述，不及備載。[3]綜上簡述，隱然可察林宜澐別具狂想辛辣、怪誕與笑謔風格，內爍本土性與戲劇性系列小說中，似乎可見在「想像」與「現實」之間有一種可逆的往返穿梭現象，一個指向「奇幻傳奇」，另一個則趨於「鄉土寫實」。

　　有關「想像」與「現實」的區別，或可從亞里斯多德所標舉的創作原則：「藝術模仿自然」和「形式與內容」的概念來發想。在文學中藝術本身就是一種形式，藝術所模仿的自然就是內容，然而藝術本是通過自身內部所包含的自然而去模仿自然。[4]是以，所謂「憑空想像」或「記憶模式」的幻想，不僅可以實現對「虛假」、「怪誕」、「奇幻」的征服，而小說創作中的「現實」，顯然也是藉由「想像」所加工處理後的一種外在現實事物。然而在「文學」與「敘事」論述中的重要命題，則是涉及對現實的種種複雜的中介處理。[5]

蓮文學研討會論文集》（花蓮縣：花蓮縣文化局，2000年12月）；馬翊航：《虛實對照，城鄉融涉──論花蓮文學中的地方意識與城市／街書寫》（臺北市：臺灣大學臺灣文學研究所碩士論文，2008年）。

3　另有廖淑芳從語言學角度切入的〈從語言運用角度比較王禎和與林宜澐小說〉，收於《區域‧語‧多元書寫：第四屆花蓮文學研討會論文集》（花蓮縣：花蓮縣文化局，2008年）、陳惠齡：〈經驗透視中的空間與地方──九○年代以降花蓮鄉土小說的書寫樣貌〉，收於《地方感‧全球觀：第五屆花蓮文學研討會論文集》（花蓮縣：花蓮縣文化局，2009年）；以及王國安：〈後現代的林宜澐，林宜澐的後現代〉，第七屆兩岸中山大學中國文學學術研討會，高雄市：中山大學，2005年11月。另學位論文或專題處理或涉及林宜澐作品，如魏婉純：《林宜澐短篇小說研究》（彰化縣：彰化師範大臺文所碩士論文，2007年）；黎俊宏：《突圍、質疑與距離──林宜澐的小說世界》（臺南市：成功大學臺文所碩士論文，2008年）；翁智琦：《重梳鄉土，理解八○：王禎和、林宜澐、王湘琦的鄉土喜劇小說研究》（新竹市：清華大學臺文所碩士論文，2011年）等等。

4　參亞里斯多德著、姚一葦譯註：《詩學箋註》（臺北市：臺灣中華書局，1973年），頁33-34。

5　有關文學敘事與現實世界的關係，諸如「什麼是現實？」「文學能再現什麼樣的現實？」「再現與表現」、「想像與幻想」，或是「語言與再現」等命題之討論，本應納入文論史的脈絡和框架中，進行辨析，唯囿於篇幅限制，只能配合後文論述，擇要辨析。相關理論可參（英）拉曼‧塞爾登（Selden, R.）編、劉象愚等譯：《文學批評理論──從柏拉圖到現在》（北京市：北京大學出版社，2000年5月）。

　　從《人人愛讀喜劇》到《晾著》，林宜澐的小說題材與情節，始終都與作家外部的經驗世界有緊密的對應或互文性關係，並流淌著個人與社會慾求的聯結，從中標識出作者極為獨特的書寫位置與視角。如鋪展鄉野傳奇的情節機制，或形構「異域」的詭秘鄉土，也自有融合地方生活型態與風情民俗的「在地化」的寫實特色。反之，效仿散文作品第一人稱或第二人稱的仿報導敘事，卻是弔詭地翻轉出帶有調侃意味的虛構故事，充分表顯作家的本色在於「書寫」，而不在於「講事實」。

　　林宜澐身兼「局內」與「局外」雙重位置，習於將「過去」敘事化，而把「生活檔案」裡的歷史陳跡轉變成「文本」的書寫特色，尤其顯現在論者所稱「文學性的自傳或日記」的《夏日鋼琴》篇什，[6]諸如從〈商業人生〉中素樸氣味的五〇年代市鎮，一路來到了〈消逝的進行曲〉中倚仗軍樂、進行曲、遊行，頌揚英雄的六〇年代；至於〈十月‧十月〉中百無聊賴地觀看／解讀八〇年代的軍樂與國家慶典，則又可接榫至〈驚訝〉文中以梁祝與黃河協奏曲，共構兩岸民族、政治、歷史的新紀元圖景。

　　上述所陳列個人式編年與紀事，除了說明作者個人指涉性介入時代遷變的內涵外，也同時提供了小說「互文本」的功能。如〈天花板上的吉他〉文中點燃愛情風暴的女孩，顯然是《晾著》〈那晚〉中同樣愛用「綠野香波」的女孩本尊；〈颱風祭〉與《惡魚》〈大水〉裡則重複套疊了在大水中，居高俯視而吹口琴的突梯畫面。〈閣樓〉與〈野宴〉中的童年記憶與人事諸景，也逕可與《藍色玫瑰》〈弟弟〉裡樹下野宴相片故事，展開跨時空的對話。小說中這些故人舊事老日子的種種情節，無論是想像出來的，或是真實發生過的生活滄桑，就文本互文性與敘事觀點轉異而論，[7]皆見作者並不擬清除或迴避過去，因此在新的語境中重寫過去，藉此塗抹過往與現在的鴻溝。於是小說前後互文遂形成了一種「換位」的連結，而非僅止於提供古典新詮或

6　見南方朔：〈代序：一切堅固皆融化成風〉，林宜澐《夏日鋼琴》，頁13。

7　〈閣樓〉、〈野宴〉敘述者皆為M，而M在野宴相片中實為缺席者；至於〈弟弟〉一文的敘述者則是小說人物「弟弟」的雙生姐姐──「伊」。

作為「前史」「後傳」的效用。互文現象因而可視為作者藉文學作品來超越
自身視角與體驗的一種拓展象徵。

　　總此簡要梳理，旨在說明林宜澐小說一方面藉由「寫實性的再現」，浮
露了某種自我指涉的傾向，而表顯出一個「看得見」的真實或現實世界；一
方面卻又取徑於「想像性的再現」，儼然是由現實世界遁入一種「奇幻」的
虛構世界，因此作者與其身外真實世界的關係，似乎是處在話語的層面，並
未建立起與外在實存世界的明確關係。誠然，敘事以現實為藍本，摹擬人的
社會生存活動，但敘事也自成一個世界，形成藝術自為的法則。然而林宜澐
不斷調動書寫的「位置」，除了是一種敘事策略外，顯然也是自我認知下的
一種觀看世界的方式：

> 小說作者的位置其實與鼓手有幾分神似。他以基本上是虛構的寫作方
> 式若即若離地與外在世界發生關係⋯⋯。
>
> 　　　　　　　　　　　　　　　　　　　　　（《藍色玫瑰》，頁7）

> 這倒不僅只是位置，它其實是個觀點，而且，因為是個觀點，所以是
> 一個世界。⋯⋯幻想的本質是距離，距離的形式是玩笑，玩笑是人生
> 最完美的後設敘述，跟棉被一樣溫暖。
>
> 　　　　　　　　　　　　　　　　　　　　　（《夏日鋼琴》，頁121）

「距離」誠然是很多事情的本質，林宜澐的小說世界和經驗世界也顯然有因
果關聯，但小說本身終究並不是這個經驗的真實世界。如是而觀，林宜澐在
捕捉現實，並且不斷尋找位置，出出入入的書寫過程，除了表徵不斷「朝
向玩笑」的寫作風格，一如論者所定調為「笑謔的小說傳統」的審美形式
外，[8]林宜澐不斷調動位置的敘事體現，應也可作為啟動小說詮釋的重要途

8　王浩威：〈花蓮文學的特質〉，林宜澐編：《拜訪文學系列講座專輯》（花蓮縣：花蓮縣
　　立文化中心，1996年），頁93。

徑。職是之故，本文延續上述文學虛構與現實的辯證思索脈絡，擬從敘事、文本性以及話語等分析面向，入探林宜澐小說的敘事，如何並為何為我們規定意義，並展現寫作實踐中「故事」、「現實」與「奇幻」的種種盤錯關係。

敘事學的研究內容包括對情節、人物塑造、視點、文體、言白（Voice），以及意識流手法等方面的系統討論。[9]在最普遍的意義上，一切敘事都是話語，因為它們都是向著聽眾或讀者而說的，是以W.C.布斯把「敘事交流」稱為「小說的修辭」。至於敘事學的故事／敘事／敘述（histoire / recit / narration）等概念，則分指「故事」由處於時間和因果秩序之中的、尚未被形諸語言事件構成；「敘事」則是寫下來的話，亦即是「敘事話語」；至於「敘述」則涉及說者／作者（敘事「聲音」）與聽者／讀者的關係。[10]本論文以「林宜澐小說的敘事體現」為題，主要援借之敘事理論為「敘事聲音」（誰在說話的人稱語式）、作為「視野的局限，訊息的選擇」之「聚焦」（focalisation）概念，以及「聚焦」所對應的「視角」（vision）等，另從敘事概念出發的結尾情節形構與奇幻文體書寫，也是本文的論述重點與解讀策略，期能藉由敘事理論之探析，[11]揭現林宜澐小說更多未被既有研究探掘之義蘊。

9　（美）M.H.艾布拉姆斯著、朱金鵬等譯：《歐美文學術語詞典》（北京市：北京大學出版社，1990年）。

10　（美）華萊士・馬丁著、伍曉明譯：《當代敘事學》（北京市：北京大學出版社，1991年），頁126。

11　有關「敘事」與「敘述」兩種術語混合交叉使用現象，大致辨析如下。一是據學理程序而言：「事件」必須是被「敘述」而後化成文本，是以不可能先於「敘述」而存在，故以「敘述」名之。二係從詞語結構而論：「敘事」是動賓結構，同時指涉講述行為（敘）和所述對象（事），「敘述」則為並列結構，重複指涉講述行為（「敘」＋「述」），故以「敘事」名之。三則以「敘述」一詞作為書寫方式，概括有「敘事」與「描寫」（或「議論」）。上述資料參見王文進〈「敘述學」與「敘事學」的擺盪與抉擇──《清華中文學報》編輯委員會議側記〉，《清華中文學報》第5期（2011年6月），頁167。本文主要探討林宜澐小說中透過話語媒介而呈顯真實或想像事件的再現，故權以「敘事」作為統貫之名稱。

二　敘事的語式與情境：「誰在看」和「誰在說」

　　所謂「敘事」概念是指「講述時間序列裡的一系列事件」，亦即事件是如何被敘述組織成統一的情節結構；是如何通過敘事者的話語，構成某種視角的媒介而傳達故事。不同於抒情詩，可以被視為一種私下的言語活動，敘事講述關於人物情感的故事，必須被當作公開的言語活動，方式是以介入私人的體驗，使事件公諸於世。因此歷來定義「敘事」大都從講述故事的手法：「語言」來定義。[12]本節主要依據敘事理論中最重要的「誰在看」（誰在感知）和「誰在說」（誰在講述）的語式語態，藉此探討林宜澐作品中敘事者的中介角色，如何成為詮釋的中心，並如何引渡出閱讀的「意義」。

（一）作者的「第二自我」：作者永恆性的詭計

　　作家根據具體作品的需要，用不同的態度表明自己，因此每一位作者在不同的作品中，都有不同的替身。當作者在故事中表現為一個公開說話的角色時，我們稱之為「作者的第二個自我」（隱含的作者）。[13]緣於作者透過「第二個自我」而進行敘事，有關真正的作者和他自己各種正式替身之間的複雜關係，將會造成蓄意混淆的效果，以致產生讀者與作者或者共謀合作，或者破譯解構的秘密交流。敘事性的文本不僅對讀者表現主體性，[14]更重要的，它還為讀者指代主體性，作為讀者介入一個認同過程，而使閱讀主體得

---

12 有關敘事、敘述學定義，參（美）史蒂文・科恩等著、張方譯：《講故事——對敘事虛構作品的理論分析》（臺北市：駱駝出版社，1997年9月），頁1-5。另參華萊士・馬丁著、伍曉明譯：《當代敘事學》（北京市：北京大學出版社，1991年）。

13 參（美）W.C布斯著、華明等譯：《小說修辭學》（北京市：北京大學出版社，1989年1月），頁80-81、169-171。

14 必須特別說明的是，所謂主體性不是一種統一的或超然的心理本質，而是一個過程。例如，一個個體在說「我」的時候，即已把他自己辨認為有別於一個聽者的（被說的）主體。

以定位。[15]

　　一如在林宜澐小說中，最引人注目的是作為第二人稱的敘事者（你），暗指言語活動對之說話的主體「你」，已置入話語之中了。文本明確地把你當作敘述活動中的主體，對你說話，凸顯了你作為一個讀者的主體性，主要是依賴於對「你」這個能指的認同。在小說中，這個敘述主體是很特別的，因為沒有被命名，一旦被命名，就等同於「第三人稱」。是以作為第二人稱「你」的代詞就保持著代詞的「抽象狀態」，適用於各種特徵和行為。例如伊塔羅·卡爾維諾《如果在冬夜，一個旅人》文中的詮釋者或主角，都是「你」本人，「你」不僅作為閱讀主體的讀者，也是小說虛構框架中的主角──我們閱讀的對象，這個「你」同時又扮演作品意義的生產者（作者）和批評者。[16] 爰是，以「你」作為指代的敘述手法，似乎也在強調「讀者」在詮釋地位上超越「作者」。

　　人稱指代的類分，可以指明敘述者與故事的內外在關係。在以「你」或「妳」為人稱的敘事中，顯然不同於匿名的敘述者，第二人稱指代與作為故事人物的第一人稱敘述者一樣，都是作為行動的代詞性主體，表示人物的在場事實。然而林宜澐各篇小說中的「你」代詞，並非全然作為推動講述的敘述者，卻是同時作為「聚焦者」（觀看者）和「被聚焦者」（被觀看者，從而也「被敘述者」），所以「你」這個人物的所知所思所感，皆可以藉由敘述而得到展露，如〈綠光〉中不斷以在綜藝舞臺上大顯身手，來遮掩「宇宙雖廣，自容何所」的虛無感的節目主持人「你」，在觀物觀人之餘，湧流更多的是自觀之下的沉思與默想；又如〈自由球〉一文，則是融匯外在球場景觀與人物內在心境於書寫之中，於是正面臨關鍵時刻的投手「你」，在四圍觀

---

15 必須特別說明的是，所謂主體性不是一種統一的或超然的心理本質，而是一個過程。例如，一個個體在說「我」的時候，把他自己辨認為有別於一個聽者的（被說的）主體。參（美）史蒂文·科恩等著、張方譯：《講故事──對敘事虛構作品的理論分析》，頁165、152、115。

16 可參吳潛誠：〈《如果在冬夜，一個旅人》：後現代小說的閱讀與愛戀〉，收於（義）伊塔羅·卡爾維諾：《如果在冬夜，一個旅人》〈導言〉（臺北市：時報文化出版社，1993年1月），頁7-18。

眾或嘈雜或闃寂之際，當追憶起逝水年華的許多無奈與失落時，終於投出一記不計得失輸贏的自由球，以此表徵生命剝蝕後的還原。

然而上述以第二人稱指代的「你」所觀看到小說世界的聚焦，只能是從外部觀察到的世態樣貌，而無法潛入小說其餘人物的深邃內心世界。是以〈狹縫〉裡的「你」在同學會暨老師慶生宴中，雖然睇視全場，窺知已婚老師與女同學的曖昧之情，卻是無法穿透並再現畸戀主角內心的竄流愛慾，小說篇名坐實了只能從「狹縫」中管窺秘密的情節；同樣的，〈頒獎〉中承辦地方小型頒獎活動的「你」，面對邀請來盛妝隆重出席的前中國小姐，所興發繁華落盡後的凋落感喟、沉思、反芻和凝視種種，終只能藉由邀請者「你」的心境的再現來傳述，而無法讓過氣女星的情緒得到宣洩與揭現。

在林宜澐以第二人稱為指代的篇作中，有多篇的「你」指代詞是缺少指涉性特徵的，因此在小說中也能夠等量齊觀地移置為另一人稱指代，意即通過界定的那個「你」，即使把「你」轉位為「我」，書寫效果也與「第一人稱」指代的「我」無異，例如〈麵店〉中在店家飽受食客喧嚷、新聞播報干擾的「你」，若置換為「我」，也無礙於人物作為小說敘述者或觀看者的主體位置。前述〈狹縫〉、〈頒獎〉、〈自由球〉諸篇中的「你」，其實也都可以視為一個「自傳式」的敘述者，是以從〈綠光〉中我們可以得知在忽明忽滅記憶中，瞭望家國滄桑與社會變遷的「你」的身分是眷村第二代；而「你」作為敘述者的主體，不僅作為故事中的行動者，同時也針對故事的講述進行聚焦，例如〈自由球〉的主要情節關目是：「你」在球賽中已作好一切預備動作，即將投擲出關鍵性的最後一球……，又如〈狹縫〉中的重要情節匯聚點，是老學生身分的「你」洞穿師生不倫戀情後的諸般心事震動與翻湧。真正具有區分「你」和「我」代詞種種可能意義，並藉由代詞「你」的敘述作用而驅使讀者對敘述中的主體（相對於小說中「你」聚焦的對象或「敘述者」）與被述的主體（「你」），產生一種「想像性認同」或者是一種「疏離效果」的，則有〈你的現場作品 NO.1〉、〈你的現場作品 NO.2〉、〈神風〉、〈藍色玫瑰〉四篇。

《藍色玫瑰》〈你的現場作品 NO.1〉與《晾著》〈你的現場作品 NO.2〉

堪稱是雙生連作。兩篇中的代詞「你」，一個是即將在海濱銷售晚會中表演剖腹，兜售神奇藥膏的江湖郎中；一位則是在政見發表會上承諾興建亞洲第一商業巨蛋，翻轉「後山變前山」的候選人。二文中的「你」，都不作為「敘述者」，但卻都作為故事中的主要人物與被觀看者（被聚焦者）。〈你的現場作品 NO.2〉中候選政客「你」一出場，就帶給讀者嘉年華會狂歡式的戲謔與不可置信感，閱讀者固然經由「你」對「空想中的巨蛋」頂禮膜拜的虛張與浮誇，以致懷疑「你」的履約誠信與執行力；更重要的是小說裡置身於故事外的「隱藏的敘述者」並未全然採用代詞「你」的聚焦點而放棄自己的視點，以致敘述的聲音，時而也扮演「提示者」的聲音：

> 說完你往右邊跨一大步，離開擋在前面的演講臺，讓全身很有誠意地曝露在全場支持群眾的視野中，隨後欠身一大鞠躬，用比美李棠華特技團的身手硬是把鼻子幾乎都彎到了膝蓋前，<u>阿雄一旁看了心驚驚，就怕你不小心一個筋斗給翻到臺下，或是中了風而一摔不起。</u>
>
> （《晾著》，頁12-13）

> 「也就是說聯合國在我們花蓮開分部啦！這樣真讚吼？全世界的人只要來我們花蓮大粒蛋就可以買到全世界的東西，……甚至……我們花蓮的空氣也有在賣啦！通通都有在賣啦！」
> <u>花蓮的空氣？阿雄站在旁邊也不免了一下眉頭，空氣怎麼賣哩？</u>
>
> （《晾著》，頁17-18）

上述刻繪政壇爭逐武林的兵法圖景，顯見小說中的被聚焦者並非來自於政客「你」的聚焦點：黑壓壓的廣大群眾，而是來自於敘述者的主觀性焦點。聚焦可以作為質問小說人物的有力引導，所以聚焦視點中的「阿雄」言行，儼然表徵為敘述者和被聚焦者（「你」）之間立場的對立與分化，循此，也代表「你」人物總體形象已介入敘述者的敘事話語中。讀者讀到的情節，顯然是經過敘事聲音「感覺過濾」後的故事。既沾染上了「隱藏的敘述者」的個人

色彩（作者對政客人物的另一種抹黑？）讀者面對的即是一個在敘事人稱指代操作下浮現的敘事：以虛矯浮誇、媚俗功利、激揚鬥性的既定男性政治人物形象，作為一種可辨識的現代社會框架故事——在爭競之下，政客窮其手段，引喻失當、誇大力量，於是只見口水沒有政策的技術官僚，竟致「政見論壇」淪為譁眾取寵的「秀場作品」。

另一篇〈你的現場作品 NO.1〉，由於涉及「懸疑」與「解謎」的敘事模式，敘述即圍繞著這個核心問題而逐步揭露真相。一開始被聚焦者（「你」）和「敘述者」（相信「你」將遵守剖腹承諾，而前來晚會現場觀看的「我和我所有站在暗處的的朋友」）（頁48），兩者之間的關係是緊密一致的，[17]並非如〈NO.2〉般形成分化與對立。置於故事內的「公開的敘述者」並間接地以「祈使」和「提問」方式，使敘事者位置顯露出來：

> 這是今晚這裡擁來那麼多人的真正原因，簡單地說，大家是來看你死的。看那把匕首如穿透你的肚皮，看你的大腸小腸如悶聲不響地從腹腔中洩出，……她們已經枯站了快一個鐘頭，只見你神采奕奕，似乎毫無厭世自殺的傾向（括弧文字省略），這讓她們有點失望，甚至有些不知所措。離去好呢?留下來好呢？他真的會切腹嗎？他會死嗎？
>
> （頁54）

小說中第二人稱指代「你」，一直是以單一而權威的魄力聲音，信誓旦旦，言之鑿鑿，而被視為一個敘述中介，將讀者置於一個「揭曉欲望」的領域之中，給予閱讀以緊迫的意義。有趣的是，小說末尾當「你」操演著行走江湖的生存程式：將「剖腹表演」置換為「殺狗演劇」時，敘事者和被聚焦者（「你」）竟然表情一致——「霎那間，我看到你和我們的臉孔都和黑狗一樣

---

17 小說中敘及：「在當今這個人渣多過老鼠的社會，不論誰為了何種原因以何種方式實現了自己的然諾，都應該得到比一百斤鞭炮還熱情的掌聲（於是我隨後在黑暗的人堆中大力地鼓掌，以為我是忘情於木瓜姐妹的裸露，我的的確確欽佩你說到做到的美德）。」（頁55）

痛苦地扭成一團。」作者似乎有意安排讀者在故事結尾也加入觀看「神奇藥膏銷售晚會」的「看客」行列，這個抽離而出的敘事者「我」，儼然位移為「讀者」，而同時兼具「看與被看」的角色。當讀者彷彿也參與這場人性噬血暴力舞臺的敘述活動而取得「想像性認同」時，已然和含藏不露而實已引向「自我否定」窘境的「敘述者」相應相和了。

　　〈你的現場作品 NO.1〉、〈你的現場作品 NO.2〉兩作，意外展現了「看」與「被看」、「說」與「聽」之間的弔詭張力，不可小覷的是，借助人稱指代的敘事描摹，表面上似乎欣賞並認同一個擬真的小說世界時，同時卻是顛覆了敘事者所敷演的敘事成規。所謂「現場作品」，即指小說中主要人物與觀眾之間的一種「危險的契約」，暗示著「背叛與奸險」，而江湖郎中與政客同質共構的曖昧性，當是作者別有用心，要讓讀者再次確認已經熟悉不過的事了。

（二）特定性別的人稱指代：性別敘事的差異與位階

　　除了第二人稱指代的敘事運用外，依據敘述指代人稱的特性而產生特殊敘事效果的，尚有《耳朵游泳》〈神風〉中以特定性別的第二人稱指代「妳」和第三人稱「他」，分別是妙齡女子與倖存的神風特攻隊隊員。另一篇《藍色玫瑰》〈藍色玫瑰〉中的「你」與「妳」，則是相知相愛於私娼寮的保鑣與雛妓，「你」後來逃出妓院，成為牧師，「妳」則投湖自盡，完成救贖。這二篇作品都涉及「死亡」與「重生」的情節，並輻輳出自由、宗教、政治與愛欲的議題。在性別差異的人稱象徵編碼下，兩作分別演義不同的男女性別敘事，並且透過人物「被引用的獨白（quoted monologue）」，亦即敘述直接引用人物自己的思想或他／她對情感的詞語表達，[18]所形成現實與錯覺之間「安置──移置──置換」的結構，而浮露許多聚合關係中的命題，

18　有關「被引用的獨白」定義乃指：敘述直接引用人物自己的思想或他／她對情感的詞語表達。參（美）史蒂文‧科恩等著，張方譯：《講故事──對敘事虛構作品的理論分析》，頁108-109。

諸如〈神風〉中的「妳」在接機過程中顯然將老去的神風英雄「他」置換想像為慈愛的父親／情人：

> 妳覺得這像赴愛人的約：一路上風光明媚，鳥語花香，然後愛人開門，笑睞睞擁妳入懷，吻妳，跟妳做愛。……谷川先生要來，妳怎麼大膽想像他？……妳熟悉那種男人說話的腔調。一種堅毅而宏大的聲音。既嚴峻又溫柔，而往往在語言的內裡隱藏著急切的熱情。妳父親那樣子說話，……妳便以為所有的男人全都這樣說話了。那樣的聲音決定了一種想像中的現實。
>
> （《耳朵游泳》〈神風〉，頁80）

對小說中倖存的神風英雄「他」而言，在移置結構中，「父親／情人」的符碼接榫的卻是「天皇」與「民族」，特攻隊隊員的「他」，以「飛向死亡，飛向萬世一系的君父的榮耀」（頁81），來表達對「父親」永遠的義務，並以一己的兒女之情，張擴為以整個大和民族為愛戀的對象：[19]

> 父親大人膝。親愛的媽媽。都寫好了。都準備妥善，要走了。那天一早，氣氛突然極度肅穆緊繃，有指令，要聽玉音播送。天皇要講話。天皇說，放下武器吧。這場戰我們輸了。……戰敗了。回家了。……回到了家就要忘記一切。……忘記這片藍色汪洋，忘記撒嬌的女人，忘記這場黑色的戰爭。
>
> （頁83）

然而「聖戰」輸了，他卻活了。在「愛國者」或「殉道者」神話解體後，只餘老去的青春與剝落的愛欲。小說中藉由特定性別指代「妳」和「他」，使

---

19 在神風老英雄的記憶中，對過往湮沒的輝煌的記憶中，總是伴隨著對女體的憧憬想像。是以，為天皇效忠至死的忠貞與迷戀女性的愛欲原是並置合一的。引文中忘記戰爭也意味著捨棄撒嬌的島嶼女人。

讀者的閱讀認同也有了性別分化的「女性敘事」與「男性敘事」的故事。最
後這兩個獨立而各具性別差異的敘事，雖假借大歷史敘述而收編了作為戰爭
局外觀察者的「妳」，而使「妳」和「他」的敘事有了聯繫，但代詞「妳」
卻在轉向「男性敘事」語話中，明顯失去了「女性」主體性位置：

> 妳覺得妳熟悉那隆隆的引擎聲。……是的，妳上輩子必定是隊員。妳
> 想。妳必定是個義無反顧的死亡隊員。所以，當時，妳是男人，男人
> 有男人的規矩和情誼，妳和谷川之間……。剎那間，妳以為自己是一
> 具幽靈，這幽靈正要走上前迎接一位昔日伙伴，要敘舊，要緬懷，在
> 一個完全空無的甬道裡。

> （頁84-85）

這一敘事由於性別主體的轉向，註記了「妳」已成為「他」的另一個補充，
準此，男性敘事終於凌駕在女性敘事上，而直接扣緊了〈神風〉篇名的命題
所指，並完成了「以父之名」的大敘述。[20]
　　《藍色玫瑰》〈藍色玫瑰〉中的「你」，則具有欲望、背叛、深情與救贖
的多重意象。在置換結構中，「你」以愛慾為修行，先是從墜落／死亡／施
虐者的保鑣，移置為昇華／生命／救贖者的牧師，最後則從眷戀糾纏中走向
巨大深沉的贖罪澈悟。身為受虐者／被害者的「妳」在小說一開始，即是以
男性「欲望的能指」──娼妓，來表徵身分，在故事前後情節中都是歸為男
性「你」所觀看的對象：

> 你讓妳靜止的身體沈沒在幾乎要完全黑暗的空間裡，你對妳說：不要
> 像烏龜那樣躺著不動。……你記得你對妳的最後一瞥：驚慌的、赤裸

---

20 小說中的「妳」，作為迎賓的東道主，非但全無來自於日殖歷史的敵意與陰影，然則就
　　國族情結、就女性意識而言，竟會去認同神風軍國主義的思想，而將自己的前世投射
　　為男性神風隊員，作者於情於理於想像的構思，頗耐人尋味。

的、乃至於怨嘆的。

（頁63-67）

你低下頭，眼角餘光看見教堂門外很遠的地方一個小黑點正往這邊移動。是妳嗎？

（頁65-66）

不管是從妓院保鑣「你」，或是藉從教堂牧者「你」的眼光中所勾勒「妳」的身體或幻影，皆豁顯「看者」（你／男性）與「被看者」（妳／女性）在父權文化的象徵秩序中，被命定的根深柢固位置。在這段紅塵世間男女磨難的故事中，「妳」在敘事情節聚合關係中除了作為「你」對立的位置——愛欲的對象，即便是最後以「死亡之姿」的顯影，也是被展現為在「你」凝視下的「鏡像」幻影：

但它漸漸擴大，像胚胎的孕生般不久有了鼻子毛髮眼睛，而終於在你跟前呈顯出一張完整清楚你所熟悉的臉孔，（括弧省略）那臉孔在驚慌中張合著嘴巴吐出一圈圈的泡沫，伊的頭髮往上浮吊，一身像太空人般無重力地飄懸。

（頁73）

「妳」作為女性生命在劇痛中的糾纏扭曲，在小說結尾中依舊只能憑藉男性「你」以想像性、抵抗性的拯救畫面，始能通過死蔭幽谷，回復到常態的象徵秩序中，完成「你」和「妳」攜手奔赴陽光的新天新地。

上述二篇作品組聚關係的連結，皆來自於特定性別人稱指代的運作，小說由此彰顯出生命真相的兩種力量的勃興與往復——生命與死亡、愛欲與毀滅、個體與歷史、侵略與被害、施虐與受虐的交替盈蝕，恰可證成這兩種力量在性別上的配置與糾結。論者嘗言：「林宜澐更大的企圖心在於藉由講述的方式窺視周遭人物，並藉由敘述／窺視的行為來進入人物的內心，玩起一

場身分交換的扮演遊戲。」[21]小說藉由不同人稱指代的運用，雖為讀者提供
了閱讀故事的觀點，但同時也詭譎照映出讀者受制於作者一套特殊的價值標
準，即使是復現稱代人物的說話，也可能是作者另一種「掩蓋真相」的欺騙
形式。總之，作者藉由「第二自我」的敘述者，不僅構成故事多層次意義的
關鍵，也將讀者連結於敘事結構的網絡中，並藉由敘事的聲音，敞開作者自
我指涉性的批判意識。

三　結尾的意義：現代的危機與啓示

　　好的文學作品原本即提供多層次與自由詮釋的閱讀論述，實乃因作品內
蘊有語言與形式的多樣曖昧意義。在林宜澐小說中構成故事多層次意義的關
鍵，除了有「語式」中的「指稱敘事人」外，各篇種種「結尾」的形態，不
僅具現首尾呼應的和諧結構，也別有意外與突變的轉折過渡作用，因而使結
尾既具有「收束」，也具有「改造」並「增生」意義的功能性。

　　所謂敘事的完整，乃是指有開始、中間和結束。在亞里斯多德《詩學》
第七章討論故事或情節的適當構造時，對於「結束」有如下定義與解說：

> ……結束為或出於自身之必然，或出於常理，跟隨於某些事件之後，
> 而無事件跟隨於它之後。
>
> （頁79）

引文主要說明一個結構良好的情節，必須遵守並安於各部分在配置下的秩
序。現代藝術自由創作觀念上，雖然趨於任意截取生活的片斷，乍看之下，
或許與《詩學》的「結束」定義有所扞格，但所謂「而無事件跟隨於它之
後」的「終結」形式，終究是古今中外結構的必然，值得思考的是「結束」

21　見郝譽翔：〈怪誕嘉年華——林宜澐小說中的喜劇世界〉，收於《大虛構時代》（臺北
　　市：聯合文學出版社，2008年9月），頁161。

的意義與觀念：故事真正的結尾，並不代表人生的結束，它只是構成一個事件的段落而已，[22]所謂未來無定，但生命仍然得繼續下去。爰是，有關結尾的形式雖不能被否定刪除，但作為一種新的敘事，所謂的「結尾」已非傳統意義上的結尾，即使闔上終卷，小說其實還是繼續往下敘述、延續著……。準此，情節隱晦面最終而合理解釋的必要性已不存在，原本相互對立、不同組合的事實也可以共存，而不必在結尾進行調和，當下性的事件也可以成為小說中的事件等等，因此讀者已無法要求按自己的意志結尾，或是執迷於迎合一定時序期待的老式結尾，[23]即使一般讀者還是渴望確定性、解答與了斷。

審諸林宜澐小說的結尾，在書寫自覺下，自然也力圖求新求變，善加選擇「最後一擊」，諸如《惡魚》〈虛線〉一文，諷喻純樸麵包店老闆一路躍進政壇，俯身效力成為官府附庸後的淪覆與失常。文中的「虛線」因而成了比喻符號，表徵「由實而虛」，人格扭曲的投射，於是一夕發跡的副議長的詭異「變臉」、「變身」情節，先是耳朵成了虛線、繼之則是中空的頭顱，最後則是在偷情時連那話兒也變成了虛線。小說高潮和張力盡在於結尾處：「張正盛和情婦雷麗神情肅穆地凝視著那堅挺的虛線，它雖然空虛，但它堅定、它沉著，它剛強，它……」。（頁180）小說迴避了破解「虛線」的謎底，而用低迴反響的方式，停留在詞句模稜兩可中，達成辛辣諷刺的結局效果。

《藍色玫瑰》〈世紀謠〉的結尾則是：「在二十一世紀的今天，在我們這個體質那麼脆弱的社會，我們走路時必須隨時注意半空中掉下來的招牌，否則下次可能會引發倒閣的危機。」由「被招牌砸到」到「倒閣危機」，看似放肆想像與超連結的結尾，則是在形式與敘事上都回應了小說開篇的點題敘事，並藉篇名〈世紀謠〉來嘲諷「耳語謠言」傳佈、「蝴蝶效應」下「情節大翻轉」的市鎮傳奇。除此，林宜澐另有一些市井敘事，則儼然「書跋」或「箋註」式地直接宣講結論，如《晾著・打烊》中敘寫得癌症的理髮師，縱

---

22 參姚一葦於《詩學箋註》第七章的箋註，頁81。

23 本文有關「結尾」的界定與闡釋，主要概念來自於弗蘭克・克默德著，劉建華譯：《結尾的意義——虛構理論研究》（瀋陽市：遼寧教育出版社，2003年），頁20-22。

浪大化的收放灑脫，使她從容地打烊，並與老主顧一一告別——「死亡並不可怕，死亡不過就是以後再也見不到他們而已。」（頁102）小說結尾一方面是對小說人物輕倩擺落的肯定，一方面也提出對自然生命密碼的一種通觀解讀。

其他諸如最後一秒鐘的大逆轉情勢，或是以後設手法來嘲仿、破壞正統小說的威信等結尾方式，似乎不常在林宜澐短篇小說中出現。這是因為林宜澐最具特色的結尾風格，大都植基於對現代現實的反應方式，而提出一種危機時代的社會哲學觀，因此在多篇小說中皆可感受到結尾意義支配下而引發的危機氣氛——無所不在的各種危機，包括個人的危機、時代的危機、自然災害的危機等，而這一切皆可統攝為「生存的危機」。在林宜澐笑謔人情，諷刺時事諸作中，隱隱洩露的當是作者的正統哲學家心事。

（一）生存蹇境的末世感：「臨終者」的角色

林宜澐小說情節中頗多事涉個人困境式的末日感，浮顯出有關個人直視死亡、苦難、罪行、人性道德墮落等許多危機，其中並漫漶著情欲、不確定感、時間意識與自由思想等命題。如《藍色玫瑰》〈愛情神話〉的結尾：「鏡頭慢慢拉高拉遠，拉得跟天一樣高一樣遠，它跟上帝一樣在天下俯瞰這樣一個家，一個被愛情神話擁抱的熱鬧繽紛的家。那電影便這樣結束了。」（頁134）作品敘說「我」正觀賞撿拾來名為「愛情神話」的錄影帶，影帶完整攝錄人一生的婚戀情愛歷程，其間並橫生許多放恣混亂的枝節，如情欲與純愛、盟誓與外遇、幻滅與成長等，影帶以此定義並解構「愛情神話」的迷思。小說導向結局之前的大逆轉情節是觀賞者「我」赫然發現影帶裡的場景、角色、腳本，竟然都牽涉自己。小說用奇詭超現實的形式（虛構的真實）來詮釋一則「愛情神話」（冒牌的事實），結尾不僅螫伏了「反愛情」的論辯，也精彩地貫串出：「覷眼看紅塵，可憐身是眼中人」的現實人生戲劇腳本。與〈愛情神話〉同為模擬並解構世路人情的還有〈人生——持續 Zoom Out 的鏡頭〉這一篇，小說明示「人生，就是持續 Zoom Out 的鏡

頭」，借助鏡頭與景框的距離遠近運用，小說提出女性被安置在社會象徵系統之內的視域與框架——風塵女子的人生故事。本篇小說的視覺性，不僅是關於過去或未來的意象，也同時是真實的「此時此刻」，因而最後結尾所保有一個沉思的觀看者話語，已然躍升為一種哲學的視野：「前方一無所有。當我們現在處於一千萬呎，幾乎和上帝一樣高的高度時，我們無限寬闊視野裡真是一無所有。」

另一篇〈雨夜〉結語：「然後，他把門敲得跟他的生命一樣地急亂、匆忙。」為人師表的王方對心神喪亂的髮妻雖有深重的虧負感，卻難捨貪歡偷情的身心大釋放，於是小說結尾承載出現代人面對道德僭越情色，生理原欲凌駕倫理的一場尚未夢覺的噩夢中的夢境。《惡魚》〈預知搶案紀事〉則是以在「演習搶劫」中弄假而成「真搶匪」最後投案自首被槍斃前的剎那意識作為收束：「警員掏槍。他勇敢地繼續前進。槍響。他知道這一切都不是真的。」（頁132）執法與玩法淆亂不分的情節，演繹例常演習中「假搶匪」的遊戲，到荒腔走板演出「用假槍」、「虛擬搶劫」的「真搶匪」的悲劇。小說結尾不僅提點真實與虛假、對位與失常的辯證，也收攬文中所提出「渴望像自由自在的鯨魚，衝出無邊無際的海面」的論點，結尾的意義因而推演出人們潛在原欲暴力的騷動，是否一如瘴癘原始洞穴中飛蛾撲火的危機與命定？

令人快慰的美滿結局是一般短篇小說常態式的復辟，但是林宜澐小說中的人物卻大都有隨著小說結尾來到，即象徵人物行將投向此刻「危機」或臨近「死亡」的沉重「末日感」，儼然預示著人物被定罪後即將面臨的「審判」與「分離」，[24]這些人物或多或少都有面對「尚未終結」，卻「終將結束」的「臨終者」角色形象。上述屬身心靈個人式的危機如此，小說中別有關懷的身外大事題材也如是展演諸般正在臨近「結尾」的種種怖懼與危機。如《耳朵游泳》〈侏儸紀〉中講述援交小胖妹米雪，在單親教養偏執的觀念中，讓米雪產生：「爸爸不是男人，是好人。爸爸很好，男人很壞」的悖逆

---

24 「危機」（crisis），希臘文 Krisis，意為「被定罪後必面臨的審判」，或「已經死定了」的意思，「審判」與「分離」乃為雙關語。相關概念可參《聖經》〈約翰福音〉。

性別概念。弔詭的是，失去「母愛」關懷，才是導致米雪成為援交妹行為的內在邏輯與主導動機。孤寂的米雪，長大後一直藉由「援交」方式，來滿足成為「父親的女兒」的情結與欲望。最後米雪不慎被喬裝嫖客的警員查獲，即將審訊定案。小說結尾寫道：「走吧！米雪不哭，米雪不怕，米雪要去找爸爸，米雪要去找爸爸，走吧……。」（頁197）篇名〈侏儸紀〉自是源於「恐龍妹援交」社會議題的發想，且先宕開本文有關男性凝視女性身體下「脂肪迷思」的意識形態，[25]從小說世界對應到真實世界中不斷內爆浮現的援交現象，想當然耳，眾多米雪妹最後找到的，終只能是欺凌、侮辱、宰制或給予定罪審判的許多「爸爸爸」，[26]然而米雪的悲劇，不也正是「父親們的罪過」嗎？小說拒絕在文本內給予人物救贖性的結局，正在於將「米雪」現象放置在更大的社會語境中——一個被勾勒，也被顯影的未來／末世圖景。

　　面對唯一的現實世界與社會風景，林宜澐重新解釋不同的生存壓力，並構思不同的世界末日景象，還有〈弟子〉諸篇。〈弟子〉一文逆寫「風雨故人來」、「不打不成器」的溫情世道，「說教性」意味濃厚。桃李成蹊的老師風雨夜卻迎來「地獄來的訪客」，小說結尾寫道：「說罷，男子一把抓起手槍，高瘦身子幽幽站起，外頭一陣風雨嚦聲劈下，他像隻鬼魅般繞到老師背後……。聽起來，颱風似乎已經登陸。」作者喋喋宣教，將校園倫理的風波險惡，納入小說誤入歧途的「學生」劫掠行動中。摧枯拉朽的暴風雨，並未隨著小說戛然而止，而是繼續蔓延在現今社會中。

　　作者對〈侏儸紀〉若是逼近同情與憐憫，對〈弟子〉顯然是批判與寄託了。作者所示範對校園的反諷教訓與社會關懷也同樣表現在《晾著》〈事

---

25 作者曲曲勾繪的小胖妹米雪，雖是被賦形為妖淫而帶著貪歡的女孩，頗有一股要什麼就要定似的篤定，是以對於對於男人的主動召喚，可以是如此卑微卻從容而又霸道。有趣的是，「恐龍妹」的能指符號，如或是「醜怪」，則於此文所符應的所指：「胖妹」，除了是一種作者有意暴露荒謬性的手法外，似乎也反映出作者或現實世界對女性美醜的標準。

26 援借韓少功小說名：《爸爸爸——韓少功小說精選集》（臺北市：正中書局，2005年1月）。

件〉。原是一樁單純校園碰撞傷害的小意外，卻如滾雪球效應般延燒為幫派
火拼暴力與凶殺案件。小說借助游移視點的敘述與拼貼，一網打盡事件內外
圍的諸多人物：老師、校長、當事人、同學、家長及親友等，共同演出這場
關於「復仇」與「刑罰」的駭人慘劇。小說結尾說明飽受驚嚇的老師，在多
年後，雖然極力地想給自己給女兒「享受一個忘掉一切痛苦的假日早晨」，
但影影綽綽的威脅始終揮之不去。本文計分十七個節目，前後文看似兩個獨
立切面，卻是緊密關鎖，令人寒慄的是，結尾甜蜜天倫畫面與開篇幸福家庭
場景、人物、情節的相似性與呼應性，似有若無地暗示著在故事又回到開頭
的情節轉動下，下一場的悲劇正在醞釀著……。

　　總此，從小說結尾的形構種種，顯現小說人物所面臨的那些重大危機和
結局，並不會迫使時間終止。作者一方面賦予整個情節以持續的時間和意義
延異，代表虛構作品與現實的重新結合，一方面也透顯作者面對一個衰退而
墮落的動盪世界時，所生發自己所處的時代是兩個時代之間的轉折，因而有
生活在時間殘渣中的過渡階段感。[27]

（二）自然災難的恐懼景觀：輕信與懷疑的對話

　　林宜澐小說獨特的啟示危機還表現在自然災難形象的喻示上。在「後山
意識」中，得天獨厚的洄瀾山水，擁有「自然優位」的地理景觀，然而頻密
的颱風、地震、大水等自然災害，卻讓人們飽受焦慮。林宜澐小說所營構的
自然鄉土景觀，不僅是作者個人經驗世界的一部分，也是「現實環境」的縮
影與寫照。小說中來自大自然的危機，大致可以「恐懼的景觀」來概括。
「景觀」雖然作為自然的和可測量的具象實體，其實也是一種「心像」，屬

---

27 林宜澐在作品中不經意流露的對於所處時代的過渡感，是極容易辨識。廖咸浩：〈序：
　　最後的鄉土之子〉（《耳朵游泳》）中即言：「也許正因為林宜澐這個世代對舊的世界仍
　　有記憶（一如朱天心、王家祥等），而知道現代化所進行的「文化大革命」有所盲目、
　　有所匱缺。面對現代化迷思即將趁全球化之風潮建立全面壟斷的最後關頭，心中不免
　　著急。」斯言可為證。

於心智的構造。嚇人的景觀，雖因個別經驗而有不同的類型，但恐懼始終來自兩種強烈的感覺，一為面臨自己的世界倒塌和死亡的來臨，一為面對人格化的邪惡的展現。在景觀與恐懼感的論述中，「人」，竟然也是造成恐懼的最常見因素，這個「人」可能是以鬼、凶手、竊賊、劫殺者、陌生人之姿，來破壞如地方鄉野社群，使之轉變為可怖的景觀。是以恐懼的景觀同時指陳「心理狀態」和「現實環境」。[28]

　　在林宜澐小說中，這些大自然的恐懼景觀，如颱風、大水、地震和鬼怪等，也成了「令人震驚的中心事件」，並且還具有危機的連續性，以致受波及的人物皆有面對災難來臨的一致「焦慮」模式。《惡魚》中〈惡魚〉、〈蹲著等待地震〉、〈抓鬼大隊〉三篇，分別以「出沒無常的鱷魚」、「即將發生的地震」，以及「抓不到的鬼」等恐懼事件為材。正如在敘事功能的結構轉化中，大都是經由平衡→失衡→新的平衡的演化狀態，[29]而孵育出故事情節，上述小說開篇也並不直接喚起恐懼，而是透過在災難發生前，所呈現太平風物的和諧景象——繁華市鎮夜空下逐漸散去的人潮、隔洋通訊話說地震的家常問候等等，來營構「山雨欲來風滿樓」的氣氛。導致破壞平衡而引入危機的關鍵乃在於幾個貼身觀察者，然而恐懼視景的興起，藉由觀景人的諧謔視角，卻被轉化為「表演」而不是「再現」：

　　　　據他形容，該隻鱷魚當時在夜色的映照下自水底躍出，扭動的身體打

---

28 有關恐懼景觀的論述，參見段義孚著、潘桂成譯：《恐懼》（臺北縣：立緒文化事業公司，2008年），頁18-20。

29 托鐸・若夫（Tzvetan Todorov）集結弗拉基米爾・雅可夫列維・普羅普（Vladimir Propp）、葛瑞馬（A. J. Greimas）等之大成，所提出建立敘事最小單位（主題），以及組織層次：「順序」（sequence）與「文本」（text），意即基礎的順序由五個主題所組成，這些主題描述某種狀態，經擾亂後，重新以另類的形式建立。五個主題可命名為：平衡1（Equilibrium，例如和平）→武力1（Force，敵人入侵）→失衡（Disequilibrium，戰爭）→武力2（Force，敵人被打敗）→平衡2（Equilibrium，新的和平）。參（英）雷蒙・塞爾登等合著，林志忠譯：《當代文學理論導讀》（臺北市：巨流圖書公司，2005），97-98。

散了銀白色的月光，四濺的水珠在天空形成宛如煙火般壯麗的圖案。

（〈惡魚〉，頁16）

正著看、倒著看都不會，他（角川博士）腦裡浮現出那條下降的曲
線，一條有如道奇投手野茂英雄著名的致命下墜球那樣的大幅度曲
線。七年來，他透過設在臺灣東海岸某斷層帶上的地震觀測者，仔細
地記錄了我們卑微的眼睛所無法窺見的變化。

（〈蹲著等待地震〉，頁40）

那晚麗香跟貓一樣躡手躡腳穿過市場後面的泥濘空地，到木板搭建的
臨時廁所小便時，卻結結實實地摔了一個四腳朝天。……黑貓仔麗香
的記憶停留在五分鐘前的恐怖狀態。

（〈抓鬼大隊〉，頁133-134）

小說沈溺誇示了恐懼的「傳播」方式，「遮蔽」了本該暴露的「危機」啟
示，切切指陳的實是關乎新聞、事實、真相等辯證概念，於是從「排水溝」
現身的鱷魚面目，首先被新聞報導為一隻從水裡躍出的壯麗「惡魚」，後來
則是化身為驚嚇捕鱷小組的「蛇」，最後的捕鱷行動，更是異化為「搥打鱷
魚遊戲機」。鱷魚的「在」，在小說中始終被「視而不見」，[30]因此庶民大眾
恐懼的擴散感覺，交織著官方機構警訊系統的啟動，透過社會各階層人士的
「觀看方式」與「描述過程」，不僅帶出「角色的距離效果」，也傳達出集體
性的文化型態，進而組構成閭巷街弄橫潑人情風景的「鄉鎮傳奇」。

在故事的結尾中，所有的災難都尚未解除。〈抓鬼大隊〉在抓鬼不著的
恐慌下，一再地從「假犯罪」（找人扮鬼）和「真調查」（抓鬼示眾）的敘述
中達成鬼趣的效果，但深知真相而「隱匿」事實的局長不免希望能「在宇宙

---

30 「鱷魚的在」與「視而不見」，挪借自馬翊航：《虛實對照，城鄉融涉──論花蓮文學
中的地方意識與城市／街書寫》（臺北市：臺灣大學臺灣文學研究所碩士論文，2008
年），頁145。

中自由自在地奔馳，啊！他是多麼希望自己真的是一隻鬼啊……」。（頁156）
〈惡魚〉中的市長則是以「謠言止於智者」來「壓縮」新聞傳媒的聳動流
布，最後卻只能悲壯揮舞手臂，以打擊電玩假鱷魚（或真鱷魚埋伏其中？）
為宣洩。小說結尾寫道：「一切是真是假，只有鱷魚知道。」（頁30）〈蹲著
等待地震〉裡的縣長也只能「簡化」地震災難，而以「蹲下來」的方式教導
群眾：「就這樣，在縣長的帶領下，很快地，大家便都恍然大悟地蹲下來
了。」（頁53）因著無能無力解決災厄，小說結尾中的主事者幾乎都藉由
「同化想像」、「自我催眠」來位移災難，因而都被賦予具有他們所懼怕的鬼
怪品性而成了漫畫式人物，這自是作者透過諧擬而反諷人們對恐懼物的情緒
幅度與強度。

　　小說人物面對災難，解決災難危機的模式，大致是藉由追溯過往記憶而
取得想像與預測未來，並以此壓縮、簡化和隱匿事件，來達成「未來完成
式」：

> 其實，地震算什麼？……我們什麼苦難沒見過？七七事變、八七水
> 災，還有什麼九一八、二二八、八二三、五二○，幹伊娘，我們死了
> 嗎？……共匪的飛彈都不了，地震算什麼？來啊……。
>
> 　　　　　　　　　　　　　　　　　（〈蹲著等待地震〉，頁49）

從「地震算什麼」所輻輳的種種命題，正說明作者將民眾對臺灣歷史困境所
不能已於言者，盡行投諸於這些自然災難景觀的表象危機。

　　〈抓鬼大隊〉、〈惡魚〉和〈蹲著等待地震〉裡的具體危機，原都根植於
「事實」與「現象」，並非全然虛假，然而經由「恐懼」的擴散感覺而產生
一種假定的預期能力，再加上許多傳媒、專家開講，淆亂視聽，竟使眼前單
一的災難一再衍異出複合式災難，不僅淪為政治惡鬥、陰謀論戰，並遠取歷
史陳跡而溯及既往的可怖危機與災難。小說歧義橫生處的社會挪揄與政治挑
逗，表顯出作者真正的微言大義。小說裡人人自危，表面上是因怕鬼、怕地
震、怕鱷魚，而墜入歪曲現實的假想敵中，然而天災並非構成生命威脅的潛

在亂源，驚魂喪膽實來自人性原風景所展演失序脫軌的「大混沌的存在」。[31]
是以原本可以解除的大自然暴烈災害與危機，竟轉而成為鄉民的「心理魔
障」，因恐懼而繁殖出許多「人性幽黯面」的驚悚，而地方政客、各階層社
群之間的矛盾緊張，也間接砌築了令人恐懼的城鎮文化景觀。恐懼與危機遂
從個人的角度而擴延至集體，甚至放入白色恐怖的歷史架構中，直指現代人
／現代社會在潛意識層面上的惶惶不可終日。

　　在上述篇章中，作者所選擇的事件、場景、人物，雖然是以充滿了表演
式的戲劇張力，[32]來傳達現代人類生活中無所不在的存在脅迫與危機感，並
展現一種恐懼模式。然而林宜澐戲謔式的喜劇手法中雖然嬉笑聲多，噪音量
也大，卻不掩其沉重的訊息量——一種啟示性立場。林宜澐對現代現實反應
的方式，極大部分是表現在小說各篇結尾上。小說語言雖緩緩減速，直到停
止下來為止，但小說人物所面對的各種危機和結局，並不曾使時間終止下
來。就結尾的意義而言，或許結尾本身在現代文學的情節設計中，早已喪失
了其震撼人心和統轄一切的終止感，「然而我們就像神學家們看待世界末日
那樣，認為結尾是無處不在的，而不是即將發生的。這樣，我們就會看到，
我們進行思考的根據是危機，而不是時間上的結尾。」[33]閱讀林宜澐作品的
結尾處，當會在輕信和懷疑間，感受到作者所提出的現代啟示意義，除了表
呈作者對應有事實的尊重，也會感受到作品尊重讀者的現實感。有時間收煞
的結尾，當是一種神話或童話，神話是確定的，童話是夢幻的，而沒有時間
收束終止感的虛構作品則是演化的，更趨近於我們生活的真實層面。

四　奇幻與超現實的現代性語境

　　穿梭於虛實之間的奇幻與傳奇，原是林宜澐小說中頗受矚目的特色。南

---

31 有關恐懼景觀中的混沌與宇宙的對立現象，參（美）段義孚著、潘桂成譯：《恐懼》
　　（臺北縣：立緒文化事業公司，2008年）。
32 楊照：〈魔法師的生活哲學——序〉，林宜澐《惡魚》，頁4。
33 參（英）弗蘭克・克默德著、劉建華譯：《結尾的意義》，頁28。

方朔嘗以「怪誕（Grotesque）嘲諷小說」，並擴延「怪想」（Fantastic，或譯「奇幻」）來概括林宜澐早期三部小說；[34]楊照則是以「魔法師式邏輯的產物」名之，強調的是「小說的想像本質」與「魔術的表演性」。[35]就小說的虛構性而言，其實涉及「想像」與「奇幻」的不同概念，而「奇幻」之名，除了涉及「幻想」，[36]也與「逼真」，成了逆反。爰此，奇幻作品本身即充滿了驚奇與怪誕，並可簡單解說奇幻的事件分屬自然世界與超自然世界兩層次，意即神秘事件突然闖入現實生活範疇，此類作品中的人物，以及作品的閱讀者，對於種種非現實現象的了解，始終處於蒙昧不明狀態，所有的困惑也都懸而未決。準此，奇幻文學是一個只知道自然法則的人，遭遇了一個明顯超自然的事件後，所經驗的疑惑。「奇幻」概念雖也是在真實和想像中被定義，[37]卻比想像更具豐繁的內涵。

就林宜澐作品而言，改寫「隔牆有耳」，藉耳朵「超級聽力」而廓延出泳池內的「窺探」，以此側寫現代人孤寂感的〈耳朵游泳〉；觀看影帶卻赫然發現「此身雖在堪驚」的〈愛情神話〉；〈生氣〉一文裡遙隔時空的分手女友，竟附魔於酒瓶擺動來示威；〈虛線〉中以喻漸次失去自我形象的虛線；以及疑妻不軌而訓練藏身隱匿容易的小螞蟻007，權充徵信密探的〈螞蟻錄〉，又如〈假日〉中因愛女走失而在友人眼中幻化為具有神奇膂力「大猩猩」，一路穿裂百貨公司的磚牆瓦壁，急於尋獲女兒的母親等，皆近於故事

---

34 南方朔：〈代序：一切堅固皆融化成風〉，收於林宜澐：《夏日鋼琴》，頁12。

35 楊照：〈魔法師的生活哲學——序〉，林宜澐：《惡魚》，頁9。

36 就「想像」和「幻想」的詞義分判而論，二者雖時有「同義詞」之混用現象，然大體而言，「幻想」乃傾向於自由地聯想經驗，並抵制理性判斷力的引導，而「想像」雖也是無限豐富的聯想能力，然若就柯勒律治的想像理論而觀，則「想像」乃是具有神的創造力，是一種在感官觀察上附加了詩人自己的格調與氛圍，因此意味著「重洗一張張經驗之牌」，遠勝於「幻想」則只作為記憶的一種變化形式，是一種機械的聯想形式。參見（英）拉曼・塞爾登（Selden, R.）編《文學批評理論——從柏拉圖到現在》，頁126-129。本文所稱指之「奇幻」，大致從Tzvetan Todorov而定義，就林宜澐的奇幻表現而言，則兼有「想像」與「幻想」之特質，卻又不同於二者之界定。

37 （法）Tzvetan Todorov ，頁22、23-27。（自譯）

角色的想像或幻覺的產物，其中雖也有誇張的驚奇形式（hyperbolic marvelous），但變形或者奇想之事物，並未超越讀者的理性理解，故宜列為奇思狂想類，本質上並非歸屬怪誕或奇幻。[38]〈傀儡報告〉、〈王牌〉、〈鼓聲若響〉、〈抓鬼大隊〉四篇就閱讀者心理反應而言，顯然已打破了知識常規，而在日常法則中突然產生了一些異常變化的超自然現象，因此，在分類上將之歸屬奇幻文類。

（一）奇幻中的神聖與凡俗
——〈傀儡報告〉、〈王牌〉、〈鼓聲若響〉

〈傀儡報告〉、〈王牌〉、〈鼓聲若響〉三作的主要角色，概屬普通而平凡的鄉里小人物，但是在他們的生命故事中都展現了致命的魔法：幻魅傀儡的法術、蠱惑人心的魔歌、無堅不摧的鼓聲。然而擁有神秘技能，時時捲入宇宙巨大力場戰爭中的主人翁，都不是典型英雄人物，此乃因林宜澐的鄉土傳奇，純是一種「不尋常」的奇幻敘事，非關史詩故事，卻是屬乎世道艱難的人間事。〈王牌〉中阿溜和母親金花落腳異鄉，先是被視為不祥瘟神，後因阿溜魔魅歌聲，能掌控鬥雞會場，遂被金花同居人許樣掌控以聚斂橫財，母子命運雖大為翻轉，最後卻因未遂許樣心意而招來殺身之禍，就在阿溜唱出最後一首輓歌聲中，母子二人也慘死於火燒厝。〈傀儡報告〉中藉由兩個採訪記者的敘述，道出神秘傀儡之鄉吉野村種種傳奇，並引出黑道左手李和厝

---

38 如童話故事裡會說話的狼，或仙女帶來神奇禮物等，也只作為驚奇書寫的一種方式，並非超自然的狀態。另就讀者的遲疑（reader's hersitation）而論，奇幻文學的標準並不存在於作品，而是讀者個人的閱讀經驗上，意即當面對異常事件時，究竟應作自然理性解釋，或作超自然解釋，並無法作一取捨的遲疑態度，就會產生奇幻效果。以上論點，分見（法）Tzvetan Todorov, "THE FANTASTIC: A Structural Approch to a Literary Genre"，頁50、26-28。準此，上述界定林宜澐狂想之作，諸如〈耳朵游泳〉、〈假日〉等篇什，與下文所界定為奇幻文本，諸如〈傀儡報告〉、〈王牌〉、〈鼓聲若響〉等之閱讀經驗，實大異其趣，而在Tzvetan Todorov的奇幻定義中，顯然極偏重讀者閱讀的過程與心理反應。

仔師傅文欽爭奪有法力的尪仔王爺的生死對決。〈鼓聲若響〉中的勤奮仔從小隨從賣藥舞孃團的母親走唱，並從班主處學得一身超群鼓藝，最後則是以隆隆鼓聲震碎建物並壓死背叛他的愛人與友人。

　　如前所定義奇幻性小說既是以現實世界作為出發點，上述諸篇主要人物即使具有超能力，在人物際遇情節上也都籠罩陰森魅艷奇情的神秘氣味，卻終究無法像神話故事般具有特殊的機遇性與巧合性，可以扭轉命盤，成就英雄性功業。所以阿溜、勤奮仔這些人物，充其量都只能算是亦正亦邪，非凡非聖的「半開化的英雄」，甚至一出場時即已預示著死亡、毀滅或潰敗的降臨，如阿溜，生父不詳，繼父也死於非命，母子二人幾為煞神，人見人怕。小說中阿溜一出場即嵌合喪葬靈車行陣的「預知死亡紀事」畫面；勤奮仔一生的勵志故事也輾轉為小說敘事人所譏誚並定調為聊以陪伴「失意男子」的一則軼聞趣事。

　　林宜澐的奇幻書寫固然也有偵探故事程式化的模式──避開直接情節的線索，包裹著神秘事物的懸念，以此挑動讀者閱讀直到大結局，其中也有黑白對立的人物──阿溜v.s.許樣；勤奮仔v.s.董事長高某；尪仔師傅v.s.左手李。英雄和惡棍兩極化人物的塑造對立，自是迴避了現實生活中的善惡模糊性，也是對道德事實給予簡化的一種傳奇或奇幻語境，但林宜澐藉由奇幻對現實的仿擬書寫，並未以簡單的道德善惡分化論，賦予角色一以貫之的良善或邪惡，相反地，小說人物角色大致是具有超能力光環加持，又同時承受黑暗勢力影響的兩面性，如積怨邪頑、壞嘴斗的歌唱神童阿溜；從小長養於舞孃摟抱之間，「逢事縮頭的烏龜」神奇鼓王勤奮仔等，這些主要角色的言行道德既非高於一般人，最後歷險更非是為理想而悲壯死亡，[39]機遇既不再作為決定人物行為的力量，小說遂把人物引向幸福的峰頂，卻又把他推落下來，以致故事的結束只餘塵土灰燼。

---

39 即如〈傀儡報告〉中的文欽師傅，當是小說人物中較具光明性的角色，但也屬於扁平人物造型，從情節中並無法看出崇高形象。最後與左手李的殊死戰，亦非基於正義與邪惡之戰的分判，純是為搭救女兒瑞芳而被迫出戰。

　　然而在小說情節中擁有「令人驚顫的神秘事物」的阿溜、勤奮仔和文欽師傅，就某方面而言，都具有一種威嚴和力量，既可怕又迷人的「神聖性」。人們之所以會意識到神聖，是因為「神聖以某種完全不同於世俗的方式顯現自身」。神聖事物向人們顯現出自己的行動，稱之為「聖顯」（hierophany 或譯「顯聖」）：[40]

> 任何具體事物無時無刻地均可以轉化為聖，並且當物轉化為聖時，它仍舊以世間的存有者的身分，例如樹、石、山川、江河等，參與在周遭的環境之中。因此呈顯出聖俗的並存弔詭。

上述有關聖與俗的對立辯證，說明「聖顯」之物藉由可感知的世俗事物的中介，質變而為超自然的實存，一方面顯示出宇宙的神聖性，一方面也與周遭世俗之物的存在價值秩序判然有別。小說形容當阿溜的歌聲揚起，鬥雞會場即雞翎飛舞，「激烈的纏鬥中彷彿在抗拒著某種正被扭曲的秩序」；文欽師傅手中的尪仔王爺更是赤焰焰的鬼魅幽靈，氣吞山河的法力超拔，遠勝活人；勤奮仔擊鼓如雷，無堅不摧，無敵不剋。由是而觀，對抗或溝通惡勢力的似乎只能是天賦極高的藝術者或是追尋上帝的人，勤奮仔甚至被賦予頭頂光環、刀槍不入的耶穌基督形象。（頁193）

　　然而憑藉這些可感知的「神聖」實體的顯現，阿溜等人雖操控了部分的俗世秩序，顯現了混合著尊敬、欲望，以及恐懼的「神聖性」表徵，然而終究是世間「凡俗」之輩。這些非典型的奇幻人物，原是現實社會裡被邊緣化的「外圍人物」典型，他們都是以被嘲諷、被削弱、被欺凌的中心之外的身分來搬演一個現實社會的具體情境──阿溜擁有唱歌天賦，卻被許樣轄制（現今影藝界經紀人現象？）；勤奮仔發跡史中鄉鎮地區勒擄掠索的暴力景觀，（夜市人生的悲辛紀實？）；覬覦尪仔王爺而挾持人質的陰狠權謀（黑幫

---

40 參看（羅馬尼亞）伊利亞德著、楊素娥譯：《聖與俗──宗教的本質》（臺北縣：桂冠圖書公司，2000年），頁294。

江湖恩仇錄？）小說通過這些人物來建立與真實世界的聯繫，而人物在現實
意義上的層級身分也已被融合到奇幻舞臺的表演了。

　　〈傀儡報告〉裡的傀儡戲在民間習俗中本用於喪葬場合的除煞演藝；小
說中形容吉野村幾乎不像個真實的村鎮，來到此處，「驟然像被置放在一個
不可預期的世界」，所謂「不可預期」，相對於正常世界的秩序、宇宙、系統
性結構，當是指一種混沌、失序與黑暗的威脅與危害狀態，簡言之，即代表
「吉野村」環境的異化程度，這是個邪惡勢力、神秘力量籠罩著罪惡猖獗的
地域。是以傀儡戲原鄉吉野村在歷史進程中始終揮之不去關於山洪、瘟疫、
死亡、咒詛等災難與劇變，以致「整個村子活像個地獄」：

> 它像個奇異的水晶球，當村民以咒語相互詛咒時，天空會出現瑰麗異
> 色光芒，大小和真人相差無幾的木偶沿街跳躍，幾個地方派系利用祭
> 典的進行而勾心鬥角，在許多場合中，真人與傀儡幾乎已難以分別
> 了……。
>
> 　　　　　　　　　　　　　　　　　　　　　　　　　　　　（頁61）

小說中援引百年前荷人航海日誌史料來說明吉野村歷史，或意圖打破文學想
像和真實世界之間壁壘，一方面也藉由吉野村的非邊緣化，而賦予它奇幻敘
事性歷史，以此建構一個自足的敘事世界。小說文末以大傀儡尫仔王爺耳垂
上刻的「人生如戲」，闡述「一切生死魂靈其實卑微無助」的命題。論者嘗
就此定調小說的虛幻傾向，[41]然則將人比附為傀儡，同樣是被無形的手操縱
的拉線木偶，固然箋注出人的宿命感與被支配的悲劇性，但不也從中投射出
混跡紅塵，對現實荒涼的看法？文中敘及地方派系彼此傾軋，利用祭典或民
俗活動以遂世俗權力等等，同樣參差對照出現今「儀式化」、「被確認」了的
政治行為？〈傀儡報告〉或他篇奇幻小說中所反映的世界，並非是正在消

---

41 見馬翊航：《虛實對照，城鄉融涉──論花蓮文學中的地方意識與城市／街書寫》（臺
　　北市：臺灣大學臺灣文學研究所碩士論文，2008年），頁144。

亡、虛妄或是陌生的世界形象，小說通過表現一個概括、集中的微觀世界，事實上正與社會現實直接接榫，展現的是現今世界的真實性和必然性。

這幾篇奇幻故事，雖有奇幻框架的元素，都是以人和非人的力量結合為奇異景象，塑造出怪誕的異化世界，使人感到恐懼，然而小說內部空間實為一個極其真實的社會產物——「名利場」，為覓食而相互捕殺噬咬的社會體系。是以〈鼓聲若響〉中勤奮仔遭到雙重背叛後的瘋狂擊鼓演奏，意義並不在於土崩瓦解的毀滅性神力，而在於藉著鼓聲「怒斥了人間的不公不義」，並體現了對世界更明亮的觀察；〈王牌〉中金花瀕死前猶頻頻叮囑阿溜快跑的母愛深情，以及阿溜不願棄母逃離，而幽幽站起為母親獻唱安魂曲：「阿母，莫驚，妳醒來，我唱歌，妳聽。」小說引發苦情，以及對人性內在層面的細緻寫真，也讓讀者放棄了原處於閱讀奇幻的客觀與超然，而體悟出奇幻現象中的悲劇成分與存在主義因素，這是因為現實與虛幻的聯結，實已潛藏在奇幻敘事中了。

（二）作為現代性召喚的神鬼敘事——〈抓鬼大隊〉

上述林宜澐以奇幻、超現實等艷異敘事，打破現實鄉土生活的範疇，措意的並非是怪誕事件的存在或狎邪趨魔的氣氛，而是藉從正視小說人物的日常性生活、生存觀念與行為依據，進入現代性的基本命題和精神實質，藉此表顯臺灣本土性的文化價值與倫理道德觀。另一篇〈抓鬼大隊〉是一則帶有調侃色彩的神鬼奇幻故事。

巴比特是一隻喜歡在天上人間，四處飄飛盪遊的憂鬱鬼魂。老將鬼臉貼在窗戶看人類的巴比特，是人人志在必抓的「真鬼」，他雖撩撥得全縣風雲四起，卻是一隻不想嚇人，善於等待投胎轉世，並樂於「幫忙人類抓假鬼」的善良鬼。抓鬼大隊費盡心血，抓真鬼不著，最後只好以「人扮鬼」交差了事。〈抓鬼大隊〉的敘事其實是講述了兩個發生在不同時間次序中的故事：一為關於巴比特的鬼敘事，一為關乎社會犯罪和調查的敘事，既名為「抓鬼」，兩種敘事顯然被鏈接為一，然而這兩個敘事之間確有一種相似或互補

的關係。作者當志不在於談神說鬼，而是借助「鬼魅」題材，獲取講述方式，並用以負載日常生活層面上關於媒體傳播、現代性話語等，藉以整合、連綴前現代與現代的日常生活風貌。

小說以簡短陳述語：「鬼！有鬼！鬼！有鬼！」開啟重要情節關目，隨之一連串「見鬼」、「疑鬼」、「抓鬼」、「裝鬼」事件的紀實敘事形式，頗帶有「即時性」、「表現性」、「話題性」的新聞報導況味。文中最主要的敘述形式是通過各階層社群，如傳播媒體、學者專家及權威人士的運作、改寫與散佈，來彰顯「事實」與「真相」之間的種種差異觀念。在各界開講的表意實踐中，實隱藏著「誤以為自己的話話就等同於事實」的意識形態，然而究竟該如何忠實於「事實的權威性」？「真相」是由誰決定和創造的？又如何找出通往「真相」的途徑？

小說中呈現三組關鍵人物體系：見證者（庶民大眾）、論述者（學者專家）和查驗者（政府部門）。有關事實的「粗糙陳述」的「來源」，顯然是經由「肉眼」的觀看，藉由「我曾目睹，這是真的」，即成了關鍵性人物的見證與陳述依據。有趣的是，小說中雖有多起「鬼嚇人」的事件，但涉及真正「見鬼」的目擊陳述，計有六位：歌舞團成員麗香（看到臉貼廁所，兩眼上吊，長髮散肩，尺長舌頭的蒼白抑鬱的「男人臉孔」）、晨起運動的市民江阿新（撞見一具吊死樹上會動的屍體或殭屍）、心臟病發的家庭主婦（夜半在自家廚房見到亡夫鬼魂）、受傷機車騎士（深夜撞見一團白影蹦進車燈裡）、議員太太（落荒而逃的鬼撞破多盆蘭花），最後則是真正看到巴比特的警局工讀小妹。經由上述眾人的「視覺經歷」，使「鬼影」暴露為各種不同的「視覺意象」，顯然地，上述幾位見證者雖具有「觀看」本身的視覺性「權力形式」，[42]但並未能形成觀看的共識，這是因為視覺與真相之間的落差，致使觀看者架起框架，剔走框外事物後的也是一種扭曲現實的意識形態，因而雖可以順理成章地轉為個人證辭，卻無法成為客觀記錄。

---

42 有關視覺性與權力、力量關係之論述，可參周蕾：《原初的激情——視覺、性欲、民族誌與中國當代電影》（臺北市：遠流出版公司，2001年5月），頁22-38。

　　反倒是不具有觀看「權力之眼」的專家及執法官員，不斷地使用、誤用「專業化」、「公權力」的操演，而使佐證與詮釋過程一再變形，於是而有學者的「集體潛意識投射現象論」、「父權遂行殘暴實例論」，政敵惡搞、違建戶詭計等政治陰謀論，或從匪諜威脅到金融風暴說，從遊民犯罪到棄婦復仇論等等「重申」、「簡化」與「煽動」的流言。[43]作為執行單位的警局部門一開始更是鎖定為「歹徒扮鬼嚇人」的案件，並未接受民眾的「視覺權力」。抓鬼情節中緣於真相與證據之間原本存在的距離，因而引渡出觀看、權力和知識關係的種種論述，然而人人雖渴望講述真相，小說最後卻並未匯聚於「誰的真相得到了講述」的檢驗有效性，因為即使是真鬼巴比特也無法講述真相。依據小說所述，巴比特在人間共出現過三次，只撞見過三人：王爺姨太、醉酒士兵，最後一次則是警局工讀小妹，如是而觀，上述見鬼諸人所見者何？抑或真是「活見鬼」？還是巴比特在說鬼話？〈抓鬼大隊〉的整個表述或話語情境，顯然是對「多種真相」的存疑，也是對權威而單一聲音的否認。

　　現代性作為歷史分期的概念，標誌了一種斷裂或一個時期的當前性或現在性，因此也意味著現代性與傳統的斷裂，亦即在制度性、文化與生活方式等方面發生了秩序的改變。在傳統社會裡，一切都處於確定性和穩定性之中，知識和價值的可靠性，保證了我們認識自我與世界的信心，人的生存更是根扎於各種確定道德、信念、價值織構的社會網絡中。然而面對歷史進程中理性化、工業化、城市化、世俗化、市民社會等現代化的種種指標，現代性更體現為「必須絕對地現代」的人們對這一巨變的特定體驗，[44]因著現代社會的穩定性已被打破，人生再也沒有可以確認的終極性價值與目標，於是一切都顯得如此令人困惑不解。

43　有關林宜澐作品中鄉鎮的耳語與傳奇論述，請參拙作：〈經驗透視中的空牌與地方——九〇年代以降花蓮鄉土小說的書寫樣貌〉，收於《第五屆花蓮文學研討會論文集》（花蓮縣：花蓮縣文化局，2009年），頁105-108。

44　見吳寧：《日常生活批判——列斐伏爾哲學思想研究》（北京市：人民出版社，2007年6月），頁319。

　　〈抓鬼大隊〉以神鬼奇幻的故事（虛），與現實社會直接對峙（實），卻又以此建立與社會真實世界的聯繫。小說借助政治諷刺與戲仿諧擬的交媾，提出的社會眼光與公眾話語，計有現代人對政府官員的信任危機意識——現代版官場現形錄；也有對過去歷史階段的消遣——對過去的歷史記憶與知識，竟然是通過戒嚴體制意識形態下「保密防諜」等傳播標語的召喚；小說也潛藏著對掌握知識、真理論述的專家學者與傳媒報導的憎惡——刺穿「誰的真相得到了講述」的詭詐表象。藉由小說所提醒：「我們這個社會喜歡把假的東西當成真的，所以真的就常常被當成是假的了」的問題（〈抓鬼大隊〉，頁143），也驅使我們反思現代人是否真能毫無問題地去理解外在現實環境的真相或假象等等。作者假神鬼奇幻所寓託的實可解讀為一種「哲學的質疑」，亦即對時代進行「批判性質詢」的「現代性精神氣質」。[45]因此當林宜澐將「寫實劇」讓位給「怪誕」、「神妙」或「奇幻」時，也足以闡明非常極端的書寫，正好代表「非常現代性」的小說世界。

五　結語：小說敘事體現的世界說了什麼

　　羅蘭・巴特曾以「刺點」（punctum）說明相片中的刺點，是「刺痛」（謀刺）觀看者一個足以改變「觀看」與「閱讀」的「重要細節」。[46]本論文所界定閱讀林宜澐小說的「刺點」，即是「敘事性」概念中的敘述語式、結尾形式與奇幻書寫。

　　前賢之論大都從林宜澐書寫的表演性、魔術性、戲劇性而發揮，且一致

---

45 有關現代性概念的界定，大致有三，可分從一、吉登斯的社會學角度，將現代性等同於「工業化的世界」與「資本主義」制度；二、哈貝馬斯從哲學角度，將現代性視為一套源於理性的價值系統與社會模式設計；三、福科也是從哲學視角出發，但卻是將現代性視為一種批判精神。此處引語，典出福科學說。參陳嘉明：《現代性與後現代性十五講》（北京市：北京大學出版社，2009年），頁1-5。

46 參（法）羅蘭・巴特著、許綺玲譯：《明室：攝影札記》（臺北市：臺灣攝影工作室，1997年12月），頁36-37。

認為林宜澐書寫的表演性已躍昇至敘事者／書寫者的姿態，然而諸家之論卻鮮少就小說敘事角度的穿梭與變化作一全面探討。尤其是小說體的第二人稱使用上，一開始就把讀者視為說話對象，使讀者捲入小說文本中，而成為合謀參與者，然而小說中的第二人稱究竟是「第三人稱的一個變種」，或是作者特意隱匿不說而代以「你思」而實為「我思」寫法？是以本文首先即以指代人稱及特定性別指稱的「敘述情境」，試著引渡出在多層次的語式構成中，作者在說的主體和言語的主體之間所出現的裂隙，並由此窺知作者自我指涉性的批判意識，以及敘事生產所建立「寫／讀」與「說／聽」的權力宰制與被宰制的關係。

有關林宜澐小說笑鬧情節與渲染情緒濃度的喜劇性表現，也見諸多位學者的評論，但在放肆笑聲此起彼落中，小說結尾卻是以預言性啟示的沉重末日感，來推遲時間，破壞我們天真地期待常見的平衡狀態的收束，而試圖為我們找出某種現實的對應物。因此林宜澐小說角色大都有臨終者的形象，預示著人物即將面臨「尚未終結」，卻「終將結束」的命運結尾模式，迫使讀者正視虛假的暫存性，而重新與現實結合。結尾的形式與意義，例示這是作者對現實感的一種尊重與鄭重，其間更透顯林宜澐「存在的悲感」意識。[47]因此結尾的意義並不作為時間上的結束，而是作為一種危機的連續性與現代啟示錄的揭現。

至於一般奇幻書寫所搬演仙魔鬥法的奇譚與遐想，因著英雄與惡棍兩極化人物的塑造對立，所顯示聖俗兩個世界的分離與衝突，在林宜澐小說中來自魔法世界的主角們，卻是兼具神魔雙重性的「半開化的英雄」，因而人物在現實意義上的邊緣身分也早已被融合到奇幻舞臺的表演。玄奇魔魅而激情飛躍的故事因而有端倪可尋，原來奉現實之名，建構奇幻寫作的模式，其實是作為啟蒙讀者的媒介，而探奇蒐密、鬼魅幢幢的小說世界也並不純屬想像

---

47 「存在的悲感」典出見蕭義玲〈從存在的悲感析評林宜澐的小說世界〉，收於《地誌書寫與城鄉想像：第二屆花蓮文學研討會論文集》（花蓮縣：花蓮縣文化局，2000年12月），頁129。

的世界，即使異化到面目全非的地步，也還是我們所認識的自己的世界。於是，務求在小說層面追索現實與真理意義的作者心事，昭然若揭。

上述從敘事概念出發的人稱語式、結尾形式與奇幻書寫，是本文在文學虛構與現實的辯證思索脈絡下的論述重點與解讀策略。「敘事是作者與讀者之間的一種『修辭』關係，是作者向讀者傳達知識、情感、價值和信仰的一種獨特而有力的工具。」[48]從論證中發現林宜澐書寫範式與現實之間的緊張關係，某一部分正表現了對虛構情節的抵抗，因而衍生「故事」與「現實」之間的多重辯詰關係，從中也讓我們重新發現了文本中許多失落的聲音。林宜澐小說文本的生成語境，並勾勒出關於現代性體驗的敘述模式，小說表達的不僅是作為整體人類生存形式的巨大改變，也包括這個社會的希望、恐懼、愛欲、意識形態和社會結構等等。

林宜澐曾說過：「人類從來不曾真的在現實前面閉嘴過、謙虛過。那麼多人日復一日地夸夸其談，無非是想整理出、找出一個讓自己安心的美麗世界。」又說：「在眼下這個撲撲跳動的時代，不斷有新發生事情在我們後面如浪一般追趕過來。一些被推得遠遠的陳年往事，逐漸變得有如一具具瘖啞的遊魂，在不確定的地方招搖飄盪。故事伴著人誕生，也隨著人死亡。每個不同的時代記憶不同的故事，遺忘不同的故事。而在記憶與遺忘之間，我們不知不覺累積了一整個社會可觀的感覺和氣質。」[49]前者一語道破他對世界一種幻覺性改變的欲望與超越現存秩序思維觀念的烏托邦心態；後者則是他結合故事、奇幻與現實，作為書寫起點與視野的敘事姿態。如此說來，林宜澐典借故事、奇幻，把人世間紛亂線索鋪排為另一種更有趣世界的敘事體現，贖回的除了是可欲可解的當代社會樣貌與生活現實圖景外，也當是「在文學所經營的完整世界裡得到另外一個獨立完整的現實。」[50]

48　（美）James Phelan（詹姆斯‧費倫）著、陳永國譯：《作為修辭的敘事》（北京市：北京大學出版社，2002年5月），頁23。

49　分見林宜澐：〈自序〉、〈故事中的故事〉，《東海岸減肥報告書》（臺北市：大塊文化出版公司，2005年6月），頁10、19。

50　林宜澐編：《拜訪文學系列講座專輯》，頁82。

第五章

恐懼地景？景觀詩學？

—— 李昂小說中鹿城鄉土的異質書寫

一　前言：剔除「浪漫」與「寫實」的鹿城鄉土故事

　　擅寫兩性交鋒與政治辯證的李昂，從初試啼聲之作〈花季〉（1968）中「一場自擬的，然而卻把生命的真相暴露出來」的青春戲劇，[1] 形塑出沈悶而迷幻的鹿城小鎮；《鹿城故事》系列（1973-1974）以離／返鹿港為軸線，演繹深嵌於流言與窺視而湮沒於輝煌中的鹿城鄉土風情，皆顯見李昂所融攝生命、記憶與歷史而重構「我所在之處」的鹿城鄉土。後續以「婦人殺夫」為材，借用饑餓與性的論辯，入探臺灣兩性權力意識的《殺夫》（1983），小說中的鹿城，漸被營構為展演女性「血的獻祭」刑罰的可怖場景；另有在現代經驗下，以座落鹿城的「菡園」植栽景觀，反襯國族政治寓言的《迷園》（1991），小說中的鹿城園林儼然是「臺灣風土的縮影」；[2] 接連至晚近《看得見的鬼》（2004）刻繪女性群鬼盤踞鹿城國域等，則是融情欲、世情、神魔於一爐的魔魅陰森鄉土。從〈花季〉到《看得見的鬼》，李昂講述的鹿城故事，總是透顯出在原初大自然鄉土中所隱藏凶險與可怖的空間，即如〈花季〉中作為浪漫憧憬的幻想空間——「開滿暖色花朵的小園圃」，也因著少女對老朽花匠的欲拒還迎而充溢著恐懼與魅惑的譎詭氛圍。

　　李昂的鄉土想像顯然不同於男性觀看鄉土「不僅作為生命的來處，也是

1　施淑：〈文字迷宮〉，李昂《李昂集》（臺北市：前衛出版社，1992年），頁266。
2　楊翠：《鄉土與記憶——七〇年代以來臺灣女性小說的時間意識與空間意識》（臺北市：臺灣大學歷史學研究所博士論文，2003年），頁106。

一處退路與淨土」的視角，是以彭瑞金曾批判李昂偏航的鄉土書寫，認為「做為一種文化，鹿城應可以自足，不應採取較高姿態，自認卑屈地從鹿城的蔽塞又否定了自己對鹿城的情感。」[3]陳映湘也論及李昂：「故鄉的作用竟是這般功利，……她是十分功利地在榨取著鹿城的餘暉。」[4]實則李昂的鄉土不僅浸透著女性觀想、知覺與激情，深具性別差異下的鄉土意涵，更有其多層次的鄉土反映與呈現，可以作為一種展延性與補充性的鄉土書寫。

李昂所形塑兼具現實環境和心理狀態的鹿城「景觀」——現實環境裡的鹿港，廟宇數驚人、多神化宗教信仰、民俗古蹟繁盛的文化古城，傳統彎曲狹深巷弄，頗具臺灣傳統風情，而鹿港的「臺灣性」也由此生發。[5]然而別來滄海，原作為「舟車輻輳，百貨充盈」的通商口岸鹿「港」，終究褪去繁華而成為衰頹窒悶的鹿「城」。輝煌湮沒的敗落古城鹿港，對李昂而言，除了是美好幻像、驕傲的粉碎與破滅外，鹿港「紛雜眾多的夢魘般的宗教」和其他「邪巫神秘的部分」，[6]更幾近是一種「脅迫性」的環境。李昂曾言她基本上是被鬼嚇大的，她的鹿港經驗與記憶，散落於「有一隻鬼魂盤踞」的每一條小巷與每一街道的轉角：[7]

> 過往在鹿港，陰暗的小巷與廢宅，在在都是鬼的藏身處，直到我高中，下課後得穿過一條長巷回家，我還是每回都用跑的。……據傳長巷石板地下有「甕子鬼」，因戰時大量人死，無處埋屍，……。
>
> （《看得見的鬼》〈後記〉頁237）

3　彭瑞金：〈現代主義陰影下的鹿城故事〉，《書評書目》第54卷（1977年10月），頁35。

4　陳映湘：〈初論李昂——寫在「人間世」書後〉，李昂《人間世》（臺北市：大漢出版社，1977年），頁239-240。

5　見邱貴芬：〈尋找「臺灣性」：全球化時代土想像的基進政治意義〉，《中外文學》第32卷第4期，2003年9月號，頁52。

6　李昂：《人間世》〈附錄：一鹿港・鹿港〉，頁228。

7　李昂：《看得見的鬼》〈後記〉（臺北市：聯合文學出版社，2004年），頁237。另〈不見天的鬼〉文中亦敘及：「即便像鹿城這樣的古老城市，四處俱已有鬼魂盤踞，每個街道轉角，每口水井、甚且每幢老屋，都有魂們占據。」（頁137）

彎曲小巷中的神秘懼與好奇，巨大媽祖廟與觀音廟的輝煌，城隍廟的陰沉，各種迎神祭典，可怖的黑白無常和葬禮……。

（《人間世》〈附錄：鹿港・鹿港〉，頁226）

由觀察感知鹿港地方風貌文物，到經驗鹿港的神奇妙異氛圍，進而規模出對鹿港獨特體驗與觀看位置，此即李昂所創構豐饒多采的鹿城故事。

在主流鄉土書寫中，「鄉土」總是聯結著「懷舊」與「鄉愁」，而帶有強烈與豐盈的隱喻，其中最顯豁的鄉土意識即是「愛戀」的情結。然而在李昂小說難以抹去的鄉土情節中，總是兼攝「恐懼地景」與「景觀詩學」的對舉，而表顯出批判性與辯證性的鄉土視野。這自是李昂在創作歷程中攸關涉遠與歸返的辯證，[8]弔詭的是，李昂伴隨童年記憶而浮露鄉土的「恐懼地景」，與其餘鄉土作家所深植童年鄉土的「景觀詩學」，大異其趣。是以李昂所觀看的鹿城鄉土，即有了雙重視野：「介入」與「分離」的觀看模式。介入與分離都代表一種主體的感受，但「介入」模式是一種「內在者」（insider，典型代表是當地住民），「分離」模式則是一種「外在者」（outsider，典型代表是觀光客）。[9]

本論文的關懷所在，乃在於探索李昂小說中鹿城鄉土書寫的幅面及意義，特別是李昂所表呈鄉土書寫差異性的實踐，雖是根植於生活經驗中的物質空間與再現於心靈中的想像空間，卻是逸出於以「真實」與「想像」簡單組合而成的鹿城鄉土，而浮露出與鹿港空間相連結，卻又是絕對不真實的一個虛像空間。一如鏡子作為現實中的一個異質（或譯「差異」）地點的作

8　「鹿城故事」九篇於一九七七年結集成冊，論者多謂為「回應著一九七〇年代中期的鄉土回歸運動」之作。然而李昂卻自明書寫鄉土，只是按一個作家必然發展的路線，並非標榜也非跟隨昔日鄉土潮流，是以「想要在「鹿城故事」裡找到狹隘的鄉土文學認可的對農村的反應，自然會失望。」見《殺夫——鹿城故事・寫在書前》（臺北市：聯經出版事業公司，1983年），頁VI。然而不可否認的，一九七〇年負笈北上與一九七五年出國留學的離鄉經歷，對於李昂返觀鄉土，自有重大影響。

9　參（美）Bourassa Steveu C.（史蒂文・C.布拉薩）著、彭鋒譯：《景觀美學》（北京市：北京大學出版社，2008年1月），頁4。

用，即是當凝視鏡中之我的那瞬間，它使我所在之處成為絕對真實，和周遭一切空間相連，同時又絕對不真實，因為要能感知它，就必須穿透存在於那裡面的虛像空間。此即米歇・傅寇（Michel Foucault）所稱類鏡子的「一種有效制定的虛構地點」：[10]

> 於其中真實基地與所有可在文化中找到的不同真實基地，被同時地再現、對立與倒轉。這類地點是在所有地點之外，縱然如此，卻仍然可以指出它們在現實中的位置。由於這些地點絕對地異於所有它們的反映與討論的基地，並因它們與虛構地點的差別，我稱之為差異（或譯異質）地點（heterotopias）。

李昂融攝物質（真實的）和心靈（想像的）兩種空間想像的領域，而另闢異質的鏡像鄉土空間，藉由文本所構設非真實／虛像而確實存在於地理臺灣中的鹿城鄉土，再次凝視並重構了生活經驗與記憶中的鹿港鄉土，李昂所展現獨特的鄉土觀看與詮釋，異於一般以浪漫或寫實為底調的鄉土書寫質地，[11]

---

10 有關（法）米歇・傅寇（Michel Foucault）異質空間概念中虛構地點與差異地點之論述，參見米歇・傅寇著、陳志梧譯：〈不同空間的正文與上下文（脈絡）〉，夏鑄九、王志弘編譯：《空間的文化形式與社會理論讀本》（臺北市：明文書局，1999年），頁402-408。相關論述另參索雅（Edward W. Soja）著、王志弘等譯：《第三空間》（臺北縣：桂冠圖書公司，2004年），頁207-219。必須說明的是米歇・傅寇該文原為演講稿，其所界定兩個主要異質地方的範疇為：「危機」異質地方（乃指有特權或神聖或禁制的地方與位址）與「偏差」異質地方（指行為偏離要求之規範者，被安置的所在，如監獄、精神病院、養老院等）。但上述這兩者是否涵蓋了一切異質地方，傅寇並未說明清楚，是以所謂的異質地方並沒有絕對的普遍模型。本文擇取異質地方，乃取其相對於其他所有空間的功能與特徵：一，其角色在於創造幻想空間，以便揭露所有的真實空間，亦即人類生活在其中區隔分割的所有位址，其實是更為虛幻；例如《殺夫》中的血腥與流言交織的驚悚鄉土。二，反過來，其角色在於創造另一個完美的、精雕細琢、安排妥當的真實空間，以視顯我們的空間是如此污穢、病態和混亂。例如《迷園》中作為虛擬臺灣鄉土的美麗園林「菡園」。

11 有關臺灣鄉土文學系譜，參見拙作：〈「鄉土」語境的衍異與增生──九〇年代以降臺灣鄉土小說的書寫新貌〉，《中外文學》第39卷第1期（2010年3月），頁97-98。

是以所謂異質書寫，除了標示李昂的鹿城鄉土書寫，乃作為男性鄉土書寫史觀與女性鄉土想像中共時性的非同質書寫外，也指稱李昂所賦予鹿城異質性的獨特空間，所謂「不是地方的地方」，卻具有反照「感知其存有」之功能和意義的鄉土空間，如以「血的獻祭」呈顯的女性／罪罰鄉土、以「鬼魅敘事」建構的魔魘／歷史鄉土、以「看與被看」展演的人性／暴力鄉土、以「身分認同」砌築的族群／神聖鄉土等。

二　以「血的獻祭」呈顯的女性／罪罰鄉土

如果說張愛玲對女性現實的描述，最集中使用的評述語是「蒼涼」的話，那李昂對女性處境刻劃最為用力的，當是「獻祭」的語境。在李昂諸多書寫中，時見「性／金錢／暴力」主題的思考辯證，[12]綜觀李昂諸作所釋出強烈女性意識，約可概分為兩類：一是藉從女性身體與欲望，來傳達女性的啟蒙與成長，如〈花季〉中翻轉純潔美好的少女情懷，而為脫軌想像的性與暴力，演繹的其實是少女情欲的初步覺醒；又如《迷園》裡的朱影虹，先是經由探索、解放與爭奪的機心，最後則是以超越「性」的姿態，來達成女性自我的建構。

二是入探傳統婚戀社會中的男女關係，來關注女性「從屬和受壓抑」的生存境況。如以校園性教育為探索議題的〈人間世〉一文，當男女戀人觸犯禁忌後，擔荷全部罪責的卻是因愛而「被動迎合」的女孩，而非主導失控情欲劇碼的男孩，女孩天真未泯，吐露實情卻招致污名與醜化，只因「本來沒什麼，卻到處去說」。這段敘事情境的言詮是：不管發聲或噤音，女性總是身陷「受難者」與「有罪者」的錯位與轉繹中。

性別權力關係的衝突，在李昂小說中屢見不鮮，特別是在鄉土場景中展演女性生活史悲劇，雖加重了蒙昧鄉野女性空洞生活的現象與面目，卻也在無意間揭現了根植於鄉野神秘意識與命運觀念中，女性的「罪與犧牲」命題。

---

12 邱貴芬：《（不）同國女人聒噪——訪談當代臺灣女作家》（臺北市：元尊文化企業公司，1998年），頁92。

（一）罪與犧牲的命題

　　《殺夫》講述林市母女命運流轉的循環迴復，實為一篇女性代罪羊的迫害文本。小說開篇在林市殺夫後，鹿城即傳言是「林市的阿母回來報復的一段冤孽」。循此，小說即在林市「有罪的生命」中展開倒敘的情節。由於林市非為男丁子嗣，父族親長遂有堂皇理由，侵佔寡母孤女僅存的立錐之地。待林市初長成時，凡發育期所有的性表徵，無不被標貼為「思春淫穢」、「等不及要讓人幹」的亂迷癥候。這是林市被迫附魔於「寡廉鮮恥」阿母的宿命。小說鋪寫林市種種逼近日後不幸命運的異常標誌，諸如因救母心切而疾呼求救，卻引來眾人圍觀饑餓母親與闖入者的交媾，「白白害了伊一條命」；或是林市日後嫁給眾皆曰：「不可嫁」、「不敢嫁」的屠夫陳江水等，凡此種種命運的跡線，皆已預告林市將是一位有罪者／受難者，她的噩運至多只能暫時延緩，卻永遠無法改變命定的劫難。

　　林市命運既是可怖的必然，因此《殺夫》最驚悚的核心命題，即在於這個步向死亡的神秘象徵和瀕臨死亡恐懼的過程，而不在於小說開篇即已揭曉的駭人聽聞的殺夫案件。林市究其一生無法淨化的魔咒，讓她順勢走向毀滅的結局，固然與鄉野女性的蒙昧與禁錮有關──懵懂愚騃的林市雖然無辜，卻無法自覺，因而無法完成自我救贖。從情節中卻也暴露命運的混沌與放恣的悲劇，一如林市和陳江水善心救了吊縊求死的阿罔官，詎料原本存善的生命體卻因而轉為有罪的載體。救人脫離凶惡的，反因轉嫁而必得飽受吊死鬼迫害的模式，雖源自傳統民間故事（如水鬼轉世傳說）「唯有一人死去」的「替罪羊」觀念系統，[13]卻也顯見救贖終歸要靠人以外的神秘力量。有關命

13　「唯有一人死去」的概念，來自於（法）勒內・吉拉爾著、馮壽農譯《替罪羊》（臺北市：臉譜出版社，2004年8月），頁177-194。唯勒內・吉拉爾以「替罪羊」借喻「宰殺／淨化」的宗教祭祀，轉以批判集體性暴力迫害的歷史現象，固然有其歷史正義的申辯訴求精神，但全書不免過度演繹《聖經》文本。是以本論文所定調林市作為獻祭之理論，仍以回歸《聖經》原典為要。

運與罪罰的宗教意識與習俗，本是鄉野庶民普遍存有的一種信仰與心態。[14]
《殺夫》裡敘及陳江水無意中宰殺待產的母豬，惟恐日後被豬靈齊來索命，
陳江水在豬灶幫工指引下，即備辦三牲冥紙祭拜，以求解罪除厄。此處所披
露常民的罪罰與命運觀，隱然成為小說情節發展的兩個內在平行結構：

> （林市告發）族人懲治林母→林母遭劫→（林母亡魂復仇）林市殺夫
> →林市蒙難
> （林市出嫁）陳江水殺母豬→豬仔慘死→（豬仔獸靈索命）林市殺夫
> →林市受難

由上述脈絡而觀，林市「殺夫」與「受難」似乎是命運的一種必然。然而林
市究竟有罪或無罪？是以天意式的賞罰觀，說明「功過意識是形成世人罪感
的原動力」的命數律則，在《殺夫》中卻敷演為探索人性的大哉問——攸關
命運神秘力量的裁決，實則緣於迫害者（林市父族、陳江水、阿罔官）與有
罪者（定人死罪的林市父族、殺豬的陳江水、上吊尋死而未死的阿罔官）群
體所驅策的「代罪羊」機制。從滌罪救贖的獻祭意義而言，林市即成了無罪
卻受迫害而蒙難的犧牲者。[15]

在李昂的鹿城故事系列中，鄉土往往成了女性犧牲的場所，是命運陰謀
展開的地點，而女性的原罪其實是很模糊的，一如林市的告發，原是為了拯
救母親，即使因而使母親慘死，何罪之有？〈西蓮——鹿城故事之二〉中因
丈夫出軌而選擇離異，自立門戶的婚姻受害者陳西蓮母親，始終都得承受各

---

14 有關護佑與罪罰的命數觀，可參李豐楙：〈命與罪：六十年代臺灣小說中的宗教意
識〉，《五十年來臺灣文學研討會論文集（一）》（行政院文建會出版，文訊雜誌社編
印，1996年），頁249-275。

15 《聖經》（和合本）舊約「利未記」中載及庶民獻贖罪祭、贖愆祭中，犯罪者要為所犯
之罪，牽一隻沒有殘疾的母山羊或羊羔作為供物，宰燔祭牲後，沾其血抹在祭壇，並
以羊脂油作為馨香祭，而後犯罪者方得以贖罪而蒙赦免。（頁126-127）從載記中可知
無殘疾的母羊或羊羔，即表徵無罪且正常而非異常之犧牲祭物。就《殺夫》中林市有
罪與蒙難的命運軌跡而論，即近於作為代罪之無殘疾的母羊或羊羔。

式的謠諑與指控；而《殺夫》中最可憎的慘劇合謀共犯——阿罔官，若連結至人物角色原型〈蔡官——鹿城故事之七〉裡的蔡官，不難看出蔡官作為傳統性別文化制度與結構中「守護者」角色的前提性因素。出身書香世家的蔡官，一入門即力挽夫家頹勢，以持重明理的氣魄，獨立撐起家業，蔡官女性主體性的呈現，就某方面而言，正是「代夫」意義的一種強化。日後蔡官雖以她清白無瑕的過往，化身為「鹿城廚房後院的良心」，因而掀起鹿城天風海雨，但蔡官這個人物形象，無疑是具有雙重性的能指符號：被審判者與執行者。尖刻的蔡官好發議論，正是從「受難者」轉為「迫害者」的話語狀態。

（二）與災難綰結的有罪者與受難者標記

「鹿城故事」系列和《殺夫》呈現出對應性的性別敘事：「鹿城故事」系列轉換了固有的男強女弱性別秩序，一如在廊道遇見妻子蔡官，都得側肩閃讓的浪蕩夫婿；在堤岸坐忘塵俗，耗盡四十餘載人生的色陽丈夫王本；陳西蓮無所作為的旅日父親，以及淪覆為仰賴繡學號持家的醫生丈夫等等，這些「鹿城男人」一律是被閹割的孱弱角色：

> 雖是老舊陰暗的古屋宇，白天裡亮著的日光燈，仍散佈滿一室慘色耀亮刺眼的白光，照在因低俯身子愈顯瘦小的原本青蒼瘦弱的男人身上，不知怎的居然反射出一層光暈，使乍看之下，男人好像屍身的浮白著。
>
> （〈假期——鹿城故事之六〉，頁190）

在男女權力佈局中，上述鹿城女性儼然是置於等級秩序的上層，然而顛倒的情節模式與女性顛覆僭越的生存實況，依舊未能使鹿城女人得到命運之神的欽點與特許。是以「只不過是說出一句隱忍了二十餘年的話」，卻讓軟弱丈夫難以堪受而自殺身亡的色陽，也只能將人生停滯於認命：「整個世界化形在鹿城生活上的變遷，又曾怎樣加諸於她身上來導致這樣的結果？然而這一

切或都不重要，……既已無從挽回，她也只有承受它。」[16]一貫溫純的色陽，在敘述者李素筆下，固然是「作文中偶會提及有關五月節美好的回憶」，顯示色陽所表徵鹿城輝耀時期的精神風貌，[17]但終究無法抹煞來自鹿城婦女齊聲指認色陽的另一重身分──「妓女」。這正是所有鹿城女性對女性受虐體驗與受虐位置的認同與結論。

不同於「鹿城故事」系列凸現女性主體形象，《殺夫》中藉從林市觀看之眼，浮雕出以「性」來交換「食物」的悲涼林母：「已狠狠心的塞滿白飯的嘴巴，隨著阿母唧唧哼哼的出聲，嚼過白顏色米粒混著口水，滴淌滿半邊面頰，還順勢流到脖子及衣襟。」（頁76-77）女性不僅是男人眼中的欲望客體，在生存與文化現實情境中的噤聲（失語）與禁口（饑餓），也讓林市母女成為承擔社會施虐的堪憐角色。事實上，不管是已跨越或不能逾越（性別階級），所有的女性都無法獲得悲劇的豁免權。在此意義觀照下，總結出的是鹿城婦女創傷生命的集體寫真。

《殺夫》中作為陳厝中心地景的鬼井，傳說是菊娘投井自盡處，自殺是因為受不了「迫害」。小說敘及哀怨沈冤的女鬼終能顯靈，伸張不幸，是因為王爺靈聖，給冤屈的人有說話的機會。女性生前含冤莫白的沈痛，終必等到死後，才能被賦予決斷的行為與照亮命運的機會，無怪乎李昂《看得見的鬼》〈後記〉要如此疾言呼籲：

> 女鬼的確做到女人所做不到的。……女人一「逾越」，也會被當作鬼。
>
> （頁237）

葬埋沉冤女性的古井，不僅成為陳厝婦女歡聚汲水洗衣的公共場域，在此更形成編派與傳布流言的公共論壇，顯見投井的菊娘非但未以悲劇英雌之

---

16 〈色陽──鹿城故事之八〉，《人間世》，頁55。

17 陳映湘：〈初論李昂──寫在「人間世」書後〉一文，認為「色陽」是第一篇真正的「鹿城故事」，色陽的一生也正是鹿城的一頁充滿歡笑血淚的滄桑史。見李昂：《人間世》，頁241。

姿，映照鹿城女性生命的甦醒，反倒引渡出一群同樣受「迫害」命運而無法自覺的女性。無辜之人的犧牲，是李昂鹿城書寫的神秘本質所在，鹿城以「血的獻祭」所呈顯的恐怖地景，其實並不在於兩性角力的創傷體驗，而在於父權社會與傳統文化體制中，女性理所當然被視為犧牲的替罪羊模式。令人驚心的是來自女性罪罰的指控並不是根據一種罪名，而是根據女性所具有受害者的標記，可使人思及與危機聯繫的罪惡標記，一如林市「無奸不成殺」的罪證確鑿也緣自於與阿母「淫婦通奸」事故的聯繫（頁195），又如好事者阿罔官斷言春枝聲音是種「破相」，所以才會「守寡」等等。（頁102）所謂指控體系的群體運作即是將危機責任（殺夫、守寡），轉嫁到受害者身上，藉此示現危機或混亂的失序現象。[18]鹿城女人籠罩在命運中的罪與犧牲，乃作為懲罰降在一無罪之人身上的代罪羔羊模式，是以作為命運受害者或自我犧牲者的女性，實有「殉難」的意味。在「血的獻祭」下的鹿城女性鄉土，當非只象徵一時代一地域的社會現實文化寫照，而是疊加人類歷史中令人驚駭的以女性獻祭的暴虐景觀。

三　以「鬼魅敘事」建構的魔魘／歷史鄉土

當景觀作為審美對象時，必須從總體上來定義，如建築物、人造物和自然物等整個景致的涵括，其中自也包括「人」。在景觀中「人」的在場或缺席，經常是至關重要的。[19]有人無人，攸關場景的熙攘光彩或荒涼晦暗。李昂書寫鹿城地景，常常以「荒清陰森」氛圍與「杳無人跡」來示現景觀：

> 冬天清黯的路燈照在鋪地的長條石板，淡灰一如墓地石碑顏色，所有
> 以前聽到有關長巷鬼的傳聞，驟然湧現，另者在臺北耳聞的許多黃暗

---

18 所謂「替罪羊」機制，即指「一種與社會有關聯的原因，就是尋找一個人，一個受害者，一個替罪羊。」參見（法）勒內・吉拉爾著、馮壽農譯：《替罪羊》，頁55、95。
19 參（美）史蒂文・布拉薩著、彭鋒譯：《景觀美學》，頁23。

地方女子遭強暴的事故，也齊湧上心頭。

　　　　　　　　　　　　（〈人間世・假期——鹿城故事之六〉，頁184）[20]

天夜是徹骨的冰冷，慘寒的風一陣陣嘶叫著撲打過來，一輪近十五的明月高高的掛在天上，青白的月光白慘慘的無處不在。林市漫無目標的朝前走，四周沒有人聲也不見人影。

　　　　　　　　　　　　　　　　　　　　　　　（《殺夫》，頁185）

不管是勻勻一片藍天，或是深夜中的秋風冷寒，鹿城總是漫溢出那暗影幢幢、海風慘烈呼嚎，荒天闊地的肅殺氣息。在尋常而美好的大自然風景中，卻透顯出凶險與可怖，這是鹿城以魔魘的自然，在不協調的衝突中顯現自身鏽蝕和破敗的色調，更埋伏著鬼氣森然的死亡徵兆。從「鹿城故事」系列所營構猶豫奇幻的「譎詭感」（fantastic feeling），[21]到《看得見的鬼》的鬼敘事，李昂書寫形式的衍異，其實也等於是一種觀念的展演。

（一）女鬼身體各種「神奇的還原」

　　鹿城小說情境中女性的生命，既被視為獻祭與犧牲的本質，則《看得見的鬼》裡所有的女鬼，一律是死於非命，各種不同身分的女鬼冤魂，也就別有生理性別上的特殊意義了。如爭地籍與官府抗爭致死的原住民妓女鬼（「頂番婆的鬼」），其性別化的身體顯然象徵了「殖民化的空間」，[22]也表呈了女性所受族群與身體的雙重宰制；渡海復仇的唐山女鬼（「吹竹節的

20　本論文所引「鹿城故事」，皆以《人間世》版為據。《殺夫》版〈假期〉文字略有更動（粗黑字體）：「另者在臺灣耳聞的許多昏暗地方女子遭強暴的事故⋯⋯。」

21　參古添洪：〈讀李昂的《殺夫》——譎詭、對等與婦女問題〉，李昂：《北港香爐人人插》（臺北市：麥田出版社，1997年9月），頁235。

22　黃于青：《鹿港書寫——李昂小說研究》（桃園縣：中央大學中文系碩士論文，2005年），頁105。

鬼」），終能在公眾前大膽控訴生前慘遭漢藥仔仙的凌辱與冤屈；「不見天的鬼」原是居於鹿港最繁華的商街五福路，卻始終幽禁深閨而孤芳自憐，偶因羅帕飛落，使名節受損，最後受迫以死明貞節之志，成就門風家聲；「林投叢的鬼」乃是概括在父權體制下冤死的女鬼總體代表；「會旅行的鬼」則是執意飛越臺海雙城（鹿城與泉州），尋索手刃髮妻的負心漢。

有關《看得見的鬼》評析論述，論者大致分從身體情欲論述、歷史書寫、國族寓言或性別權力與空間土地關係等面向而論。[23]李昂定義五種女鬼分據五大國域方位，並於〈自序：鬼國無疆，只有鬼聲啾啾〉中言：「島嶼歷經荷蘭人、西班牙人、中國清朝政府、日本、『中華民國』政權統治。……而島嶼這四百年歷經各種不同文化累積的成果及其特殊性，亦將只成記憶。」（頁7）對照書末穿梭臺海兩岸的「會旅行的鬼」最後的宣告：「我，即是這島嶼。」（頁235）小說暗寓海島百年歷史舞臺上錯謬搬演的政經文化風雲，已不證自明，然而就小說以「鹿城」五大方位借託五大國域而觀，鹿城鬼國寓言中有關鹿城鄉土地方感與女人／女鬼身體主體性的建構，以及所謂的「死亡敘事」，似可再作深層探掘。

這些生前蒙不白之冤的女鬼，唯有在死後才獲有命運的反撥與反動，是以娼妓出身的番婆，終能坐擁山間隘口小廟，以昔日賺食身分廣博誦讚，原為恥辱印記竟反轉為榮耀冠冕；始為志潔受污，名節有損的深閨麗人，也終能跨越各種規範與編派閨壼日用倫常、行止坐臥飲食等空間編碼與空間秩序，[24]甚至以女鬼之軀護佑鹿港歷史地標「不見天」，而被尊榮為女神媽祖；生前被視為行船忌諱的污穢不潔女性，死後一縷芳魂化為黑傘，黑傘竟能成為商旅舟楫最安全的庇護聖物。

---

23 分見范銘如：〈另眼相看——當代臺灣小說的鬼／地方〉，《文學地理：臺灣小說的空間閱讀》（臺北市：麥田出版社，2008年9月）；郝譽翔：〈鬼聲啾啾的國族寓言——李昂《看得見的鬼》〉，《大虛構時代：當代臺灣文學光譜》（臺北市：聯合文學出版社）；劉亮雅：〈女性、鄉土、國族——以賴香吟的〈島〉與〈熱蘭遮〉以及李昂的《看得見的鬼》為例〉，《臺灣文學研究學報》第9期，2009年10月。

24 見范銘如：〈另眼相看——當代臺灣小說的鬼／地方〉中所言：「才媛鬼魂的越界歷程清楚再現出空間如假借象徵社會位置的禮儀進行編碼。」同前註，頁99。

　　「（女子鬼魂算不算是女人呢？）」（頁211）因為女鬼的確做到女人所做不到的。蟄居於不見天的鬼媛，直到死後才能發現新習得的自由：「不僅不再受到三寸金蓮纏腳的限制，如今飄飄然的可輕易到抵任何地方」。（頁89）海洋空間與閨閣空間本都具有排他性，無法自由進出，直至身為旅行的鬼，方能橫渡大海的無限性，從一個港口穿流到另一個港口。女性悲苦而庸碌的浮生，如果意欲超越或逾越，原來勢必進入一套邏輯的體系——唯有透過獻祭的「犧牲」儀式，才能淨化罪名，重返神聖與崇高。

　　李昂的鬼敘事中關鎖許多女性「身體」和「死亡」的故事。就鬼而言，作為參照的身體就是「屍體」。然而即使作為名義上的「解剖學身體」，一如「頂番婆的鬼」閱讀自己受苦的滄桑軀體、「不見天的鬼」伏臥綿長屋脊的變形魂身等，在李昂獨樹一幟的情欲書寫中，都可以看到屬於解放的、衝動的、欲望的性感身體的煽動性，[25]甚至特意顯露某種淫邪趣味。女鬼的屍身因而不是作為註記死亡，或標識在人世間最後僅存痕跡的屍體。李昂所生產女鬼的屍身，迥非壓抑與昇華的身體，女鬼「身體大復活」的故事，原是有其在歷史脈絡與社會語境中歸屬政治——性別論述的微言大義。因此女鬼故事中的「死亡」，並非被構設為替生存帶來病禍或災難，或指向通往彼岸永生的渡脫之路，而是作為終結沒有意義的塵俗生活，以及邁向女性身體各種「神奇的還原」的一個轉折點。女性身體的巨大魔力，[26]在李昂的書寫演繹中，已然逸出傳統鬼敘事的神秘與非理性概念，而是從身體和生理意義，提供另一種女性成長與超越的形式。

25　此處有關「身體」論述，概念源自（法）讓・波德里亞著、車槿山譯：《象徵交換與死亡》（南京市：譯林出版社，2006年4月），頁175-176、181-183。

26　有趣的是，在女性身體的論述中，李昂遺漏或者說是跳脫的，竟然是最能體現女性本質的原型象徵：女人＝身體＝容器，這一基本的象徵，亦即作為孕育生命、溫暖、保護的「大母神」模塑。

（二）女性／女鬼觀想中的大歷史記憶

　　以時空流變的觀察與記憶，進入臺島的政經史與地方史，《看得見的鬼》顯然也有李昂「歷史書寫」的實踐，然而除了通過基本文史檔案資料，來統一整個情節線索外，書寫本身也包含了李昂自己建立的材料，如對鹿港的記憶、對國族與性別關係的思考，甚或民間傳說奇譚的挪借等等，是以潛在的情節，即因歷史敘事和虛構敘事的交織，更增添現實的關懷與擴展探索的視野。

　　《看得見的鬼》裡的五個女鬼，大都有其歷史漫遊者的身分，能在鹿城不同地域空間現實中，作歷史時間的回溯：「頂番婆的鬼」隸屬荷治階段到島國戡亂時期、「吹竹節的鬼」則為清領乾嘉年間、「不見天的鬼」歷經清代乾嘉以至日殖；以河海口交界的林投植被命名的「林投叢女鬼」，是最富本土性的典型女鬼，和「會旅行的鬼」一樣，皆見證了乾嘉到日殖時期，鹿城開港、淤塞到填海的滄桑歷史。

　　在女鬼紀傳中，尤以「不見天的鬼」的刻寫最具鹿城在地特色，也最能表顯李昂重塑臺灣歷史記憶的性別化論述。「不見天」的建築空間，原是鹿城最富盛名的地標，極具可見度和公眾性特徵的地方標記，往往連結地方的認同感與神聖概念。「不見天」在小說中類同於博物館、圖書館所形成無限累積時間的差異地點（heterotopias），[27]才媛女鬼意欲將鹿城所有歷史的綜合檔案收攬載記於此，建構一個不被破壞的全部時代與歷史地點，是以當得知鹿城烽火將起，女鬼即俯伏身軀守護「不見天」。女鬼原以麻竹、月桃細枝，書寫不同於官方縣誌的臺島動亂歷史於「不見天」屋面板上，詎料書寫之際汩汩流出百年來冤屈受難者的血淚墨痕，宛如歷史的血證。時日一久，女鬼書寫時原承受大量鮮血的湧流潑灑，竟浸滲魂身，而歷史魂體的疼痛與創傷，遂湧流穿行女鬼的屍身。文末「不見天的女鬼」閱讀自身（屋面板上群字亂舞的草書），終於發聲喟嘆：「我，即是……。」（頁138）「我，即

27　（法）米歇・傅寇著、陳志梧譯：〈不同空間的正文與上下文（脈絡）〉，夏鑄九、王志弘編譯：《空間的文化形式與社會理論讀本》（臺北市：明文書局，1999年3月），頁406。

是⋯⋯」一語，箋注了女鬼＝主體＝歷史的宣言。女鬼的自我書寫與閱讀，顯示女鬼書寫歷史的角度，已然轉變為書寫女性自己本身。女性經由血的獻祭的蒙難，不僅見證了男性製造兵燹人禍的血腥，女性／女鬼的書寫也因而進入了歷史的宏大架構中。

　　《看得見的鬼》以鬼敘事敷演死亡與鬼域，狎邪趨魔的非理性思維，雖浸染鄉土書寫所固有常民宇宙意識與生存觀念的鄉俗成分，但書寫現象實已演化為批判性或具有某種危機啟示。李昂的鬼敘事迥然不同於老一輩男性鄉土作家，如同樣是以鬼魅敘事為主調的鄭清文《天燈・母親》，書寫鬼神崇拜信仰的鬼故事，亟欲傳達前工業時期庶民生活文化的記錄資料，並以「人在世時的價值及利害關係」為主調，意圖建構出一個「善惡有報，因果交接」的倫理鄉土。《看不見的鬼》雖只是鬼國寓言而非磅礴史詩，然而藉由性別／鬼魅書寫方式，讓總是被歷史暴力施虐後才得以顯現主體意義的女鬼，去背負大時代歷史的苦難與重負，這是李昂所嘗試建構女性歷史書寫的合法性與必要性，全書以慘烈的女性經驗為思維主體，並以女鬼為啟示錄的言說方式，應稱得上是有效的表述。

四　以「看與被看」展演的人性／暴力鄉土

　　李昂所營構魅影幢幢的鬼域鹿城，儼然類同於奇幻巫術異域的詭秘鄉土，但作為「恐懼景觀」的異質鄉土，不僅是李昂個人經驗世界的一部分，也是「現實社會」的縮影與寫照。「景觀」雖然作為自然的和可測量的具象實體，其實也是一種「心像」，屬於心智的構造。在某種意義上，在每個人的每種心智的或物質的人為構築中，都有「恐懼的景觀」意義。嚇人的景觀，雖因個別經驗而有不同的類型，但恐懼始終來自兩種強烈的感覺，一為面臨自己的世界倒塌和死亡的來臨，一為面對人格化的邪惡的展現。在景觀與恐懼感的論述中，「人」，原本是作為吾人安全的最佳來源，但卻也是造成恐懼的最常見因素，因此在恐懼景觀中，「人」可能是以鬼、巫婆、兇手、竊賊、劫殺者、陌生人之姿，來破壞如鄉村等這些原本用來養育人類之地，

而使之轉變為可怖的景觀。[28]

（一）重申、簡化與煽動的流言

李昂所繪製最具暴力性的鹿城景觀，不在於魑魅精怪、暴虐儡人的驚悚鄉土，因為不安定的女鬼亡靈並非構成生命威脅的潛在亂源，反而是包藏禍心的醜惡人性風景，才是製造紛亂的本源。在「鹿城故事」中有許多「看與被看」、「說與被說」的人性暴力場景，《殺夫》中即有一段關於「敘事與傳播」的精彩特寫鏡頭：

> 「你們知否……。」
> 永遠是這樣的開頭，還會略停頓一下，向四周飛個眼風，看沒有礙眼在跟前，才再接續說。而這一停頓，早引來數雙好奇的耳朵。「我隔壁那個阿欠嫂，她阿欠跟查某早不是新聞，妳知最近她要娶媳婦，去相北角頭的一個人家。……」
>
> （頁102）

「你們知否」的敘述修辭背後，正反映出一種饕餮別人痛苦傷楚的「觀景心態」。小說中洗衣場邊的鹿城庸眾話語已然成為一組修辭：「它們重申。它們簡化。它們煽動。它們製造了達成共識的幻覺。」[29]在公共領域中所放大某些「隱私」或「尋常」瑣事的訊息，經由散播者的創造與編寫，再透過接收者的認同與想像，已然成為鹿城女人生活經驗的一部分。〈假期——鹿城故事之六〉中的李素雖厭惡「這經由惡意刻毒的閒話建立起來的生活方式」，卻也不得不承認這是日後返鄉後「很可能需回來永遠加入」的鹿城生活模

---

28 有關恐懼景觀的論述，參見段義孚著、潘桂成譯：《恐懼》（臺北縣：立緒文化出版公司，2008年），頁18-20。

29 此處且援用蘇珊・桑塔格有關「思考影像用途與意義」的論點。（美）蘇珊・桑塔格：《旁觀他人之痛苦》（臺北市：麥田出版社，2004年），頁17。

式。（頁189）〈西蓮——鹿城故事之二〉通篇更是藉由鹿城人所採取一貫「閒言閒語」的報導口吻，並混雜著未經證實的謠言與揣測，建構出陳西蓮母女種種的傳奇故事。[30]

　　然而被論斷的人物，總是作為不在場的人物，藉由種種耳語的傳佈、詮釋與破譯後的共識，即是將此「尚未謀面」或「現場缺席」之人，界定為罪人，一如眾婦加諸給阿欠嫂的數條罪名：「真三八」、「沒七沒八」、「人家不怕死了，這款婆婆」、「（阿欠嫂）好先給人家一點厲害看，知道這婆婆手底下有幾分幾兩」等等。「示眾的材料」原是與「看客」組構為一種配套措施，[31]作為有關事實的「粗糙陳述」的「來源」，顯然是經由「肉眼」的觀看。流言、真相與證據之間原本存在的距離，藉由「我曾目睹，這是真的」，即成了關鍵性人物的見證與陳述依據。實則視覺與真相之間的落差，就在於觀看者架起框架，剔走框外事物後的扭曲現實，而後從觀看中所獲得的意識形態，因而順理成章地轉為個人證辭與客觀記錄。「鹿城故事」系列中作為「看客」最具代表性的人物是蔡官和阿罔官。

（二）觀看的「權力之眼」

　　〈蔡官——鹿城故事之七〉中蔡官藉由輾轉各門戶洗衣的「視覺經歷」，掌握各家私隱，並進而使其暴露為「視覺意象」（如沾染經血的衣褲），成為提供論斷的佐證，這正是一種「視覺化權力」的操演。蔡官作為「看客」角色的功能性，即在於自傲「有那樣無可非說的過往」，因此咸信

---

30 歐陽子論〈西蓮〉中曾言及小說這種敘述語調，與鹿城居民之喜歡談論人長短，恰相配合。歐陽子：〈李昂：西蓮——鹿城故事之二〉，歐陽子編：《現代文學小說選集》（臺北市：爾雅出版社，1996年），頁539。

31 典出魯迅：《吶喊》〈自序〉中的名段：「凡是愚弱的國民，即使體格如健全，如何茁壯，也只能做毫無意義的示眾的材料和看客，病死多少是不必以為不幸的。」見魯迅著、楊澤編：《魯迅小說集》（臺北市：洪範書店，1994年10月）有關「看客」與「示眾的材料」的議題，幾乎貫串魯迅所有作品，而魯迅棄醫從文的原初，即源自於一張關鍵性的「幻燈片」。

自己的理由充分，可以議論判準，而「無動機」的審判與披露事實的「真」面目，乃是自己職責所在，為的是建制鹿城社會的監督、調節與管控的規訓。因而蔡官在傳播形式中進行蓄意的指引與示範，形成對林水麗母女的「定罪」與「指控」。藉由「示眾」的材料，「看客」提供了「可觀看」與「賞鑑式」的他人苦難和慘痛經驗。《殺夫》裡的「窺淫狂」阿罔官，也是循此模式，將林市受性虐待而致肉體迫害的呻吟苦痛，轉用語言和敘述來展示視覺事件的追溯：

> 「都是林市貪，早也要晚也要，真是不知見笑，那有人大日頭作那款事情。」阿罔官回說。
> 又是一陣轟笑，有個聲音問：
> 「妳那知人家白天作什麼？」
> 「唉喲，每回都要唉唉叫，三里外的人都聽得見。」
>
> （頁159）

阿罔官利用淫視來滿足偷窺之所好，這是一種病態，更是一種越軌的意欲：藉觀看林市與陳江水的交媾，使自己潛伏與壓抑的性欲望，得到補償性的滿足。是以小說描述在土牆偷窺許久而乍然驚見林市的阿罔官，臉上竟似閃現一絲紅霞：「眼中漾著一層水光，咄咄逼人，林市不知怎的居然想到陳江水逼近身時的眼光。」（頁107）作者以陳江水邪淫慾念的眼神比之阿罔官的慾火烈焰，實寓有女性在守貞守節漫漫命途中的堪憐與悲辛。守寡的阿罔官羞持春意的神情，流淌出被鹿城社會所壓制與阻撓的女性情欲，[32]間接體現的即是傳統鄉土社會中「貞節」論述文化語境下的女性命運。[33]

在饜足自己觀看的快感中，引渡出觀賞、權力和知識關係的論述——

---

32 小說裡敘及阿罔官為了媳婦和彩搬弄她與阿吉之間的曖昧情事，因而憤然上吊明志。

33 可參楊翠從家族與社群的空間語境中所析出兩個傳統型空間——家族、貞節牌坊之論述。《鄉土與記憶——七○年代以來臺灣女性小說的時間意識與空間意識》（臺北市：臺灣大學歷史學研究所博士論文，2003年），頁101-102。

「觀看」本身即為「權力形式」,「被看」則意味著無力,[34]因此把別人的痛苦視為一種錯誤與罪惡,隨即進行合法性的「淨化」與「宰殺」。然而,飽含惡意、暴力、捕獵與殺傷力的「看客」心態,也源自於在集體受害者中間所產生的一個變化循環。蔡官、阿罔官藉由觀看的暴力,迫害的其實是自己的同類——同為貞節／情欲論述文化建構與理念傳遞下的受苦的人,這是來自於轉化經驗後的位移。蔡官、阿罔官皆是作為女性悲劇的集體積累,足以總括一群無名的女性受害者,一如論者所言:「在(阿罔官)她身上,我們看到備受壓抑女人的命運。」[35]如前所述,她們也都曾經是「看客」眼中的娛樂中心焦點——「被看」的「犧牲者」角色,昔日蔡官夫妻間的齟齬,經由幫傭老媽子的口耳傳播而成為鹿城傳奇;眾人對於阿罔官上吊的災痛反應,更是只有殘忍與狐疑地揣想上吊的表演性而毫無悲憐。蔡官、阿罔官皆是從暴行受害者,轉而成為暴行的煽動者,故而也以賞鑑別人的痛苦,來求得自己廉價的宣洩。

　　從觀看者所製造的意義而言,李昂鹿城故事系列頗能切換至魯迅小說所用以表現庸眾的反諷技法。這點從《殺夫》作為楔子的「幾則新聞」中,所描繪林市殺夫後遊街示眾的畫面,即可為證。魯迅嘗從群眾看剝羊的觀景神態,洞見「群眾——尤其是中國的——永遠是戲劇的看客。」[36]如果說魯迅最有力的批判語言是關乎國民性的體現,則李昂藉由「旁觀他人之痛苦」的書寫,應也是對鄉土地域的愚昧殘忍惡癖的一種撻伐。所差者只在於魯迅小說中的看客,大都是作為心不在焉、麻木的看客,而李昂小說中的看客則是作為全神貫注的看客,原因即在於魯迅「看客」書寫是「獨異個人」(孤獨

34　有關視覺性與權力、力量關係之論述,可參周蕾:《原初的激情——視覺、性欲、民族誌與中國當代電影》(臺北市:遠流出版事業公司,2001年5月),頁22-38。

35　呂正惠:〈性與現代社會——李昂小說中的「性」主題〉一文,嘗論及《殺夫》是一個非常主觀的幻想故事,一點也不具有真實感,真正具有人間性的是阿罔官。阿罔官表徵了可厭又復可憐的舊式婦女的某一形象。見呂正惠:《小說與社會》(臺北市:聯經出版事業公司,1988年),頁164-165。

36　見魯迅:〈娜拉走後怎樣〉一文,收於《魯迅雜文》(桂林市:灕江出版社,2001年)。

者或自大的個人）和「庸眾」的並置，[37]而李昂的「看客」文化卻湮滅了這兩者的區分，亦即作為被觀看的獨異個人身分，也都曾／成為庸眾看客中的一員。[38]看與被看、說與被說的角色流動與置換，除了說明李昂鹿城故事中女性鄉野表演者身分（受害者／迫害者）的轉換，也表顯鄉土居群原所擁有信賴親密的人際網絡，竟成為一種反噬與風險。

五　以「身分認同」砌築的族群／神聖鄉土

《迷園》全書計分三部及終卷，貫串三部曲的軸線率皆以小說人物朱影紅在小學作文題目「我」，所寫下的第一個句子：「我生長在甲午戰爭的末年⋯⋯」，作為開啟朱影紅女性成長敘事與臺灣歷史認同的種種情節；終卷則是以「菡園」捐贈給基金會共管的儀式活動，作為對小說開篇作文「我」的完成句──「全家人快樂的生活在一起，⋯⋯住在一個大花園」的一種對照與收梢。歷來有關《迷園》的論述實踐，頗多豐碩的詮解面向，諸如展現「性別化」記憶，重整臺灣國家敘述；[39]女性情欲、國族創傷與性別宰制的總體歷史經驗；[40]在身體敘述中，凸顯民族與情欲主體在權力關係中的形成

---

37 有關魯迅小說中「獨異個人」和「庸眾」並置原型論述，可參李歐梵：〈鐵屋中的吶喊：「獨異個人」和「庸眾」〉，《中國現代文學與現代性十講》（上海市：復旦大學出版公司，2002年10月），頁150-169。

38 有關「看與被看」角色的錯位例證，除了蔡官、阿罔官外，《殺夫》中林市的被看與看（觀看母親受虐慘劇）、陳江水的看與被看（金花眼中荏弱的陳江水）；《鹿城故事》裡林水麗的被看與看（冷眼旁觀肖似自己的學生辛夷）、陳西蓮的被看與看（觀看母親與丈夫狼狽的快意）、色陽的看與被看（觀看丈夫王本的冷峻）；又如《看得見的鬼》中「頂番婆女鬼」的被看與看（對電子花車半老舞孃的蔑視）、「不見天女鬼」的被看與看（魂遊肉身叢林，淫覽鄉野性事）等等。

39 邱貴芬：〈歷史記憶的重組和國家敘述的建構：試探《新興民族》、《迷園》及《暗巷迷夜》的記憶認同政治〉，《中外文學》第25卷5期（1996年10月），頁16。

40 劉亮雅：〈九○年代女性創傷記憶小說中的重新記憶政治：以陳燁《泥河》、李昂《迷園》與朱天心《古都》為例〉，《中外文學》第31卷6期（2002年11月），頁147。

面貌等；[41]另有「以女性來作為臺灣的隱喻」，或「臺灣在現代中國歷史中所代表的『女性』寓意」之論說；[42]或是「一則政治寓言」，同時也表徵「李昂對臺灣的國家、歷史與土地認同之宣告」等論。[43]本文側重者則在於《迷園》小說中座落於鹿城，派生於中國園林卻終於撕落大中國符碼的臺灣本土「菡園」，在李昂形塑系列鹿城異質性空間中，所具有反照特殊鄉土的空間語境及其意涵。

（一）作為生命啟蒙的一個地點

　　園林所獨有幽靜山川，花草樹木均被圍牆圈定的空間布署特色，使園林具有「隱閉」的分隔色彩，而多層次、多彎繞的觀景效果，更使園林極具曲奧無窮，涵藏不可測的神秘感。小說題名標舉「迷園」，自是有「隱曲」本義。是以林西庚在荒廢的「菡園」四處遊逛時，只能重復繞轉而遍尋不著出路：

> 一開始，以著他自恃的從事多年營造、對空間有的清楚認定與方向感，林西庚認為並不難掌握那園林，卻是一當置身其中，那園子竟有如迷宮，迷迷離離的幻化起來。
>
> （頁262）

41　王鈺婷：〈身體敘事與慾望主體——以李昂《迷園》為分析對象〉，收於《性別、記憶與跨文化書寫——第四屆經典人物「李昂」跨領域國際學術研討會論文》，中正大學臺灣文學研究所主辦「第四屆經典人物——李昂跨領域國際學術研討會」，舉辦日期：2010年5月21-22日。

42　分見林芳玫：〈《迷園》解析〉，梅家玲：《性別論述與臺灣小說》（臺北市：麥田出版社，2000年），頁169，以及王德威：〈性，醜聞，與美學政治——李昂論〉，《跨世紀風華：當代小說20家》（臺北市：麥田出版社，2002年8月），頁198。

43　楊翠：《鄉土與記憶——七〇年代以來臺灣女性小說的時間意識與空間語境》（臺北市：臺灣大學歷史學研究所博士論文，2003年），頁105。

然而「菡園」對朱影紅而言，卻非重圍框圈的封閉場域，也非禁錮身心的空間制約標記。有著美麗樓閣臺榭、勃勃草木的「菡園」，進門的第一個亭子，即為「影紅軒」，就命名意義而言，「菡園」已然為朱影紅的化身；再就朱影紅生於斯、長於斯的意義而言，「菡園」更是朱影紅生命世界一個介於時間與空間通道中的重要啟蒙地點，這個特殊地點演繹著朱影紅跨越自我身分、國族文化認同，以及情欲綺夢的完整生命經歷。

朱影紅在這座通幽園林中，經由父親朱彥祖災難的隱秘真相及「鑑真書齋」裡「架上圖書」的文史知識薰陶，不僅經歷了自我身分的族譜尋溯，認同未獲官方史料認可，卻是開拓臺海移民史，功在臺灣的早期外貿商人——先祖海盜朱鳳，更一步一步完成父親為她進行修整模塑的「臺灣知識分子」的教育，從中貞定了臺灣族群認同的位置。小說言及：「一向被教導成只能全然遵從父親，有時小學老師提出不同意見，朱影紅一定以父親的看法為準。」[44]也見朱彥祖對朱影紅所提供文化裁成教育的深厚影響。從依附「中國」文化標誌的「移植性」庭園景觀，到大量改以植栽「臺灣」鳳凰木、苦棟樹等本土草木花樹的臺灣園林，朱影紅牢記的是父親莊嚴的話語：「臺灣不是任何地方的翻版、任何地方的縮影，它就是臺灣，一個美麗之島。」（頁114）職是之故，即使朱影紅迷戀林西庚至極，最後甚至憑藉林西庚的厚實財資，以達重建家園的使命，但朱影紅卻矢志不貳地守護著這象徵國族文化性的獨立園地——「菡園」，不讓它有淪覆為林西庚炒作土地資本的任何機會。

「菡園」作為家屋空間的背景襯底，也是朱影紅學習超越人間情愛、纏綿欲念而轉化為成長的啟悟地點。小說描繪朱影紅急急奔往都市住家高樓窗口，眺望林西庚離去畫面的同時，也切換出在曲水疊山的隱奧園林中，朱影紅登上「菡樓」，目睹父親被逮捕而遠離家園的童年記憶，這兩個印象的重

---

44 李昂：《迷園》，頁137。有關《迷園》小說中父權文化的深層結構分析與朱影紅所扮演「陰性」角色的討論，可參黃毓秀：〈《迷園》中性與政治〉，《當代臺灣女性文學論》（臺北市：時報文化出版公司，1993年）。

疊合一，顯示朱影紅對兩種情感反應的強烈張力，一是作為「父親的女兒」的匱缺，一是作為「戀人的情婦」的苦鬱。顯見朱影紅情欲的萌動，實源自「菡園」經驗的生命靈魂之旅，是以朱影紅壓抑的情欲苦悶，對愛情的渴想，遭林西庚漠視的幽怨等等，終於被引爆而延宕為小說中辯證「獵」與「被獵」的情欲／性別位階情節。準此，「菡園」因而是朱影紅心靈深處的永恆性體驗的啟蒙地方，也是朱影紅自我認同與生命追尋之旅的起始點與歸返點。

（二）花園與荒原的雙重圖像

有著通幽曲徑，鋪地疊石，層臺累榭，集美麗山水而成就「欣欣然而樂與」的花園，雖非原始意義上的「大自然」，但卻是被表徵為一個「神聖化空間」的異質性地點：

> 就如一個臍點（umbilicus），世界的肚臍就在花園的中心；而且園中的所有植物，都被設想成聚集到這個空間、這個微宇宙中。……花園是世界的最小包裹，並且它也是世界的整體性。從古代起，花園就是一種快樂的、普同化的差異（異質）地點。[45]

所謂「差異地點」，並非指陳真實居住的生活空間，也非那些沒有真實地點基地的虛構地點，「差異地點」是作為一個幻想空間，用以揭露所有的真實空間（如妓院與人類生活的區隔性），或作為另一種精心構設，用以反照出現存空間的污穢、病態和混亂的完美空間，所謂「補償性差異地點」。[46]總結所述，差異地點實具有兩個極端的空間功能特徵：揭露與反照。

---

45 見（法）米歇·傅寇著、陳志梧譯：〈不同空間的正文與上下文（脈絡）〉，夏鑄九、王志弘編譯：《空間的文化形式與社會理論讀本》，頁406。

46 同前註，頁406-408。

就空間語境而觀，小說中朱家「菡園」的空間意象已然是整體臺灣風土的縮影，誠如論者所稱：「《迷園》的書寫策略是透過空間的鋪展，分延空間、承載時間，將臺灣風土與臺灣歷史盡納『菡園』之中。」[47]在這意義上的「菡園」，自是一個「聖化的空間」。然而就空間性詮釋而言，「菡園」又是作為囚閉、防範與壓制朱彥祖的一個政治權力所圈圍定義的空間。小說敘及滿園子悽極荒敗，年月湮遠厚積下揚起的塵埃，幾乎使人窒息，「許久以來，朱影紅一直以為，那就是死亡的氣息。」（頁174）是以朱彥祖在菡園內長年藉著玩物、迷物、戀物，表呈的並非是病態式消費的傾向癖性，[48]而是對知識分子「命定悲劇」的一種決裂與對抗模式，「菡園」中的「禁閉物」朱彥祖近乎是一種類死亡的「存有之傷」。

值得尋繹的是朱彥祖玩索相機、汽車、音響等等，就物體系的價值與功用而言，皆非「新奇無用的玩意兒」，尤其是這些依年代出產而蒐購的收藏品，引人側目的並非在於它的商品價值化，而是藉由依出產年譜而完成描述物體系功能化程度中，所傳達的訊息：這些現代物恰好說明朱彥祖與現代性文明的遇合與體驗，而這原是他身為知識分子最汲汲渴慕的，然而朱彥祖終究只能徒呼負負：「現在只能用先進國家的機器，拍些無用的東西，什麼都做不成，廢人一個罷了。」（頁176）爰此，唯有釐清朱彥祖和物之間的根本關係，才能理解朱彥祖戀物癖背後攸關家國社會背景網絡的深刻意涵。

即使移居繁華都會的朱影紅，也總還是拖曳著一個恣意漫發卻又萎黃敗壞的「菡園」鄉土景觀，無怪乎林西庚不解地說道：「妳真奇怪，走到哪著，都有這樣一園雜草，再來害怕……」（頁261）殊不知從父親人生的噤默幽閉到個人的成長啟蒙，正表顯「菡園」分以不同的景致物象，向朱影紅顯現「花園」與「荒原」的雙重性景觀詩學。

---

47 楊翠：《鄉土與記憶——七〇年代以來臺灣女性小說的時間意識與空間語境》，頁106。

48 這點可從朱家母親的追憶口述得知：「你們的父親，從年少的時候，就不是個不知節制的人。……從來不曾沾染這些富家子弟的惡習，不把這些墮落的行徑，視為必然。」（頁235）

六　結語：對鹿港景觀的馴服／疏離

　　誠如李昂所言「鹿港」是她「過去能夠寫作、現在能繼續寫下去的一個重要泉源」,[49]從第一篇創作〈花季〉開始，作為生命原初的乳母之土——鹿港，即陸續浮現或轉化於李昂日後諸作的想像空間中，即使是以現代都會作為最主要場景的《迷園》，也可以清楚觀見小說中「菡園」所織構土地意識、國族認同與歷史記憶的鄉土空間想像。李昂鄉土書寫的原型，關乎她經驗世界中的鄉土世俗生活，是以也可從自家姐妹論評創作素材中得一概覽：「在這個閉鎖的、由迷宮似的鬼氣森森的街巷連結起來的天地中，首先鬼故事、禁忌和傳統成了認識上和文化歸屬上的基本思想材料。」[50]綜觀李昂書寫中的「鹿港」，遑論是作為「類鄉土誌田野報告書」的地理空間鄉土概念,[51]如「鹿城故事」系列；或是作為具有社會現實關懷的特定的鄉土空間意識，如《殺夫》中驚悚「鹿城」；或是標記地理空間也指涉鄉土與歷史時空記憶的鬼域，如《看得見的鬼》；或是昇華為精神鄉土意識，如《迷園》裡作為「神聖化空間」的「菡園」，表徵「臺灣，一個美麗之島」的空間符號,[52]雜糅都會與家園共構的象徵性鄉土等等，在「鹿城」書寫的多重鄉土語境中，李昂最具特色的即是以真實的鹿港「地理景觀」與想像的鹿城「恐懼地景」，聯構出一個異質性的「不是鹿港的鹿港」，作為既是幻像空間又是現實補償性的鹿港鄉土。

　　李昂鹿城鄉土諸作所呈現的女性性別意識書寫，迥異同時期男性鄉土作家所賦予鄉土作為「救贖」與「歸屬」可能性的抒情對象，或鄉土作為兼攝

49　李昂：〈鹿港·鹿港〉,《人間世》，頁228。

50　施叔：〈論施叔青早期小說的禁錮與顛覆意識〉，梅家玲：《性別論述與臺灣小說》（臺北市：麥田出版公司，2000年10月），頁311。

51　參見楊翠歸結李昂創作中「鹿港」的多重鄉土語境。楊翠：《鄉土與記憶——七〇年代以來臺灣女性小說的時間意識與空間語境》，頁95-96。

52　見李昂：《迷園》（臺北市：貿騰發賣公司，1991年）（李昂自行出版），頁121。

「寫實批判」與「鄉愁意識」的道德理想主義，[53]諸如《鹿城故事》（1973-
1974）系列以西蓮、色陽、蔡官等女人「不幸的婚姻」，來襯顯鹿城傳統歷
史古老、複雜、病態、排外、式微等徵候，[54]對應於黃春明《鑼》（1974）
以鄉土失業小人物的生存掙扎，來揭露現代化經濟體制衝擊下的農村敗落現
象。這自是性別觀點差異下的不同鄉土空間經驗，誠如論者所言：「這些鄉
土、傳統的正面意義不見得是女性的鄉土經驗。『剝削』、『箝制』、『壓迫』
早就存在於所謂的『原鄉』，早就是我們的『傳統』的一部分，不必等現代
化的過程來當觸媒。」[55]是以女性鄉土書寫提出的是一種「與之矛盾共存的
多重視野」。[56]然而李昂植基於女性鄉土經驗與想像的書寫，也依然不同於
同時期鄉土創作的女性作家，諸如以混亂、病態、醜怪的鄉俗世情作為批判
議題的「鹿城故事」系列（1973-1974）對應於蕭麗紅植基於「在新潮流衝
擊下，忍不住對從前舊文化種種的懷念」而書寫漫漫漢文化光陰裡的傳統女
子故事──《桂花巷》（1977）；[57]再由李昂《殺夫》一書（1983）參照於蕭
麗紅用力闡揚民間文化禮典習俗與傳統父權規範下的婦學女教，砌築美善風

---

53 如「鹿城故事」系列出版（1973-1974），同時則有黃春明：《鑼》、《莎喲娜啦·再
　　見》、鍾肇政：《大龍峒的嗚咽》等作；《殺夫》（1983）前後階段則有洪醒夫《田庄人》
　　（1982）、林雙不《臺灣種田人》、宋澤萊：《福爾摩沙頌歌》（以上皆為1983年之作）、
　　林雙不：《筍農林金樹》、陳映真：《山路》、王禎和：《玫瑰玫瑰我愛你》（以上皆為
　　1984年之作）。上述諸作書書及鄉土的著眼點，隱然有邱貴芬所概括兩層鄉土的概念：
　　「過去／農（漁）村／純樸／寧靜v.s.現在／工商都會／剝削／污染」之意識形態架
　　構。見邱貴芬：〈女性的「鄉土想像」──臺灣當代鄉土女性小說初探〉，《仲介臺灣·
　　女人》（臺北市：元尊文化企業公司，1997年），頁82。
54 有關鹿城女性人物與鹿城歷史興衰的合觀論點，分見陳映湘：〈初論李昂──寫在「人
　　間世」書後〉、彭瑞金：〈現代主義陰影下的鹿城故事〉，以及歐陽子：〈李昂：西
　　蓮──鹿城故事之二〉諸文。
55 見邱貴芬：〈女性的「鄉土想像」──臺灣當代鄉土女性小說初探〉，《仲介臺灣·女
　　人》，頁82。
56 劉亮雅：〈女性、鄉土、國族──以賴香吟的〈島〉與〈熱蘭遮〉以及李昂的《看得見
　　的鬼》為例〉，《臺灣文學研究學報》第9期（2009年10月），頁9。
57 見蕭麗紅：〈剔紅是我──《桂花巷後記》〉，收於《桂花巷》（臺北市：聯經出版事業
　　公司，1987年），頁510。

情的鄉土聖殿——《千江有水千江月》（1981），顯見即便同為女性意識開展下，極具「性別化的、具有顛覆意義的『鄉土』書寫」，[58]李昂所形塑的異質性鹿城鄉土，顯然更進一步地將辯證性的純樸寧靜／混亂失序的鄉土語境，推廓至「原始性的社會裡來研究人獸之間的一線之隔」，[59]後續《迷園》中所砌築的族群創傷與女性情欲的國族寓言；《看得見的鬼》裡鬼聲啾啾的「歷史鬼域」更是架構起性、政治與歷史的新鄉土想像。

　　在李昂鹿城鄉土的全景敞視中，首先是以「血的獻祭」表顯女性／罪罰鄉土，照澈鹿城女人被籠罩在命運中的罪與犧牲。女性的苦難常被定罪為「天譴的產物」，然而女性理所當然被視為犧牲的替罪羊模式，並不是根據一種罪名，而是根據她們所具有受害者的標記。失卻因果性類型的解釋，使鹿城女性一生無法得到淨化，只能披戴著咒詛，順勢走入沒有光的所在。其次在女性「有罪的生命」與「代罪羊模式」之後展開的鹿城驚悚鄉土景觀，則是以「鬼魅敘事」建構的魔魘／歷史鄉土，張顯女性原本作為內疚與負罪的身體各種「神奇的還原」，並藉由爭奪歷史書寫意義的場域精神，完成女性的自我救贖。以幽冥鬼域作為鹿城另類鄉土「景觀詩學」的美學策略，頗能反照出作者反身性的思考——女權與人權的置入性。[60]在詭魅、怪異與驚悚之外最凶險怖懼的鹿城鄉土景觀，則是以「看與被看」展演人性／暴力鄉土，形塑人格化的邪惡景觀。「看」與「被看」，「說」與「被說」，原是置於對立性位階，卻突梯地形成由對比到相聯，甚至完成位移與轉嫁的惡行，充分豁顯人性不安定的構圖形式。以幽靜山川，花草樹木作為空間布署的園林鄉土觀景，因著「隱閉」與多層次、多彎繞的曲奧特色，而以「身分認同」

---

58 有關女性化的「鄉土」經驗與想像論題，可參邱貴芬：〈女性的「鄉土想像」——臺灣當代鄉土女性小說初探〉一文，收於《仲介臺灣‧女人》，頁74-103。

59 語出白先勇評《殺夫》之論，見李昂：〈至少看過這本書——再版序〉，收於李昂：《殺夫——鹿城故事》（臺北市：聯經出版事業公司，1983年），頁II。

60 李昂曾言，「如果說我不幸錯失了文學流派上的盛事，但卻不曾錯失臺灣的社會、政治運動，而且還有幸深入參與了兩個極其主要的運動：女權和人權。」見李昂：〈從花季到迷園〉，《中國時報》，1993年7月15日版。

砌築的族群／神聖鄉土，反照出神聖鄉土作為「補償性異質地點」，雖兼有樂園與荒原的雙重圖景，卻也是自我認同與生命追尋之旅的起始點與歸返點。

　　李昂鹿城鄉土書寫之所以形成驚怖的恐懼景觀，實包含著「大混沌的存在」。[61] 從經驗世界中傳統古鎮多廟宇神巫的自然鹿港風情，到李昂觀念世界中魔魅詭異的人文鹿城，甚或是李昂自覺「要突破困局的人，都要拋開所有預定的價值，重新建構自己的『城』」[62] 的文本化鹿城，所謂社會制約下影響的人性鄉土等等，都可發現這個屬於李昂的「鹿城」鄉土，相對於宇宙的秩序化的空間，呈現的是一種混沌、失序與黑暗的另世界景觀。這是李昂藉一種「有效制定的虛構地點」——在現實中可以標明位置（鹿港），卻又是位居一切地方之外的地方（鹿城），忠實表達出對家鄉鹿港景觀的馴服／疏離的弔詭心態。[63] 藉由本文所規模出的四種鄉土異質性景觀，不僅形構出作者觀看鄉土世界的一種方式，小說中的鹿城顯然已成為一種可見性的歷史——社會——空間的現實裝置。李昂所形塑異質性鹿城鄉土，不僅是在傳統鄉土書寫中開啟了女性／抵抗性位置的鄉土空間，也重新銘刻出對照性、延展性與補充性的鄉土書寫視域。

---

61 有關恐懼景觀中的混沌與宇宙的對立現象，除段義孚著、潘桂成譯：《恐懼》（臺北縣：立緒文化事業公司，2008年），另參伊里亞德著、楊素娥譯：《聖與俗——宗教的本質》（臺北縣：桂冠圖書公司，2000年12月），頁79-82。

62 黃秋芳：〈給不知名的收信人，李昂的一封未寄的情書〉，《自由青年》（1987年9月），頁38。

63 李昂：〈寫在第一本書後〉中曾言：「以我當時是個學生，置身於鹿港那樣小鎮社會中，不免深切感受到在我小說中出現的荒漠與隔離，那種只能靜坐等待變化或救贖的空茫。」收於李昂：《花季》（臺北市：洪範書店，1994年），頁199。

第六章

另一種臺灣田野誌
——李喬《草木恩情》的自然書寫

一　前言：作為自然、食物與表現形式的草木菜蔬

　　「自然」（nature）一詞關涉複雜，就中西文化詞義訓解而言，前者援為哲學術語，主要源於道家，用以指稱「原始本來之態」[1]。其義為世界萬物都有其自然狀態，因此人類也要符契自然，並與之相互依存。後者則界定為「世界之本」，就西方文化釋義而言，「自然」即「萬物內在固有的力量」[2]，此「自然」具有事物的本質、質料或變動來源等意義，因此而有「物理」的涵義[3]。究此探源，中國的自然觀側重「人類的心靈」（自然狀態），西方的自然觀則顯現為「世界的構造」（自然法則）。由是，當文學融入自然史時，探索的重點也即是以「人類內在的精神體驗／反思」，以及「大自然的顯示／教導」作為關目[4]。

　　所謂「自然書寫」（Nature writing）或「自然文學」（Nature literature），

1　參見陳鼓應註譯：《老子今註今譯及評介》《老子》〈第五十一章〉：「道之尊，德之貴，夫莫之命而常自然。」（臺北市：臺灣商務印書館，2000年），頁235。陳鼓應註譯：《莊子今註今譯及評介》《莊子》〈田子方〉：「夫水之於汋也，无為而才自然矣。」（臺北市：臺灣商務印書館，1984年），頁591。

2　參見（義）安伯托・艾可編著、彭淮棟譯：《美的歷史》（臺北市：聯經出版事業公司，2006年6月），頁83-85。

3　見（古希臘）亞里斯多德著、李真譯譯：《形上學》〈第三章〉（臺北市：正中書局，1999年），頁10-11。

4　有關「自然」複雜演變過程所衍生豐富概念及其涵義，非本文可竟其功，此處僅簡要概括。

意指在自然與人文背景下產生，並具有特定主題、文體和風格的一種文學類型。以第一人稱寫就的散文、日記文體，並以寫實方式來描述作者由文明世界走進自然環境時的身體和精神體驗[5]，堪稱是自然書寫的典型範式。夙負盛名的自然書寫作家（美）亨利·大衛·梭羅名作《湖濱散記》（1854），即是以散文、日記形式，記錄「走向林野」和「離開林野」的湖畔生活，並開展「回歸自然」和「探索人生」的寫作命題[6]。若以梭羅作品為據，就其書寫形式、主題內涵與文類表現，大致可歸結自然書寫三大要素：一、寓託環境意識與土地倫理；二、強調人類在自然界的生存位置；三、具有獨特的文學形式和語言[7]。

有關臺灣自然書寫研究，近年來已成為顯學，研究成果則為作品研析與理論建構，諸如吳明益、簡義明和李育霖諸作[8]。審諸前賢諸作，關注面向與論證取徑或有異趣，析論聚焦的作家作品分類，則多有重出，諸如馬以

5　參見趙一凡等主編：《西方文論關鍵詞》（北京市：外語教學與研究，2006年1月），頁901。

6　（美）H. D. 梭羅著、吳明實譯：《湖濱散記》（香港：今日世界，1975年）。在「我生活的地方，我為何生活」篇章中，最能體現梭羅身處大自然中的自我心境，以及他對於所處土地的認識、想像、考察與描述，其中更富含他的環境意識、土地倫理觀，以及對於荒野的審美觀。如「只要我能使這片田園自生自滅，它將要生產出最豐美的收穫。」（頁76）「我生活的地方更靠近宇宙中的那些部分，更靠近歷史中最吸引我的那些時代。我生活的地方遙遠得跟每天晚上天文家觀察的那種地方一樣。」（頁79）

7　吳明益界定「自然書寫」者有六項（以自然與人的互動為描寫主軸、創作歷程中實際的田野經驗、自然知識符碼的運用與客觀知性理解的行文肌理、以個人敘述為主的書寫、逐漸發展成以文學雜揉史學、生物科學、生態學、倫理學、民族學、民俗學之獨特文類、呈現不同時期人類對待環境的意識），大致亦涵蓋此三項重點。吳明益著：《自然之心——從自然書寫到生態批評：以書寫解放自然 BOOK3》（新北市：夏日出版社，2012年1月），頁36-43。

8　吳明益諸作：《臺灣現代自然書寫的探索1980-2002：以書寫解放自然 BOOK1》、《臺灣現代自然書寫的作家論1980-2002：以書寫解放自然 BOOK2》、《自然之心——從自然書寫到生態批評：以書寫解放自然 BOOK3》（新北市：夏日出版社，2012年1月）。簡義明：《寂靜之聲——當代臺灣自然書寫的形成與發展（1979-2013）》（臺南市：臺灣文學館，2013年10月）。李育霖：《擬造新地球：當代臺灣自然書寫》（臺北市：臺大出版中心，2015年）。

工、韓韓的「環境書寫」、徐仁修「荒野書寫」、陳冠學和孟東籬的「田園文
學」、陳玉峰的「山林書寫」、廖鴻基與「鯨豚書寫」、凌拂的「植物書寫」、
方梓的「野菜書寫」、夏曼‧藍波安的「海洋書寫」、劉克襄的「鳥類觀察」
和「動物書寫」，以及吳明益的「蝶道踏查」與「河流書寫」等等。由是可
知，諸家所定義的自然書寫題材，大致以自然物種（動植物）和自然環境
（山川田園）為要，即使刻繪敘寫人與田園、荒野或山林等自然場景的互動
往還，衍生沿用的還是「草木鳥獸蟲魚」的題材。

　　在上述自然書寫題材分類中，如凌拂《食野之苹：臺灣野地生活》、
《山‧城草木疏──綠活筆記》等「植物書寫」，以及方梓《采采卷耳》、
《野有蔓草：野菜書寫》等「野菜書寫」，可歸屬於「草木」類[9]。兩位女作
家書寫的植物菜蔬，大致為臺灣常見野生、可供食用的草木，書名則不約而
同援借《詩經》文句，看似遙擬原初農業生活的自然生機與豐富野趣，卻是
寓託日常生活空間故事的感悟：

> 我只想探索自己的周遭，把蓬生的野地納入文學生活，描繪這些野
> 草，心裡想到的是詩經，陌上桑麻，採食野蔬豈在徒沽野味，生活中
> 的故事才是重點，……希望切入的角度是野地生活，展現的仍是文學。
>
> （凌拂《食野之苹：野地生活》，頁4-5）

> 二○○○年我回溯敘述自己的童年，循著《詩經》的野蔬投射庶民的
> 生活，我以常見的蔬菜映照母親輩臺灣女人的性格，以及花蓮農家的
> 樣貌。
>
> （方梓《采采卷耳》〈新版自序〉，頁17）

9　凌拂：《食野之苹：臺灣野地生活》〈新版序〉（臺北市：時報文化出版公司，1995年11
　月）、《山‧城草木疏──綠活筆記》（新北市：無限出版：遠足文化發行，2012年7
　月）；方梓：《采采卷耳》（臺北市：聯合文學出版社，2008年9月）、《野有蔓草：野菜
　書寫》（臺北市：二魚文化事業公司，2013年11月）。另洪素麗：《十年詩草》（臺北
　市：時報文化出版公司，1993年）、《十年散記》（臺北市：時報文化出版公司，1985
　年）。雖也有多篇花卉蔬果作品，但因集中非盡為自然書寫之作，本文暫不列入討論。

綜上，凌拂和方梓自然書寫所蘊含自我生命的觀照，藉由〈書序〉或書名副標，並揭示作家取徑「植物菜蔬」所表徵自然生活、尋常作物，以及作為文學表現形式的多種意義循環與張力，包括以菜蔬喻寫，並深情頌讚臺灣女性。

在臺灣文學界夙負聲名，著作等身的老作家李喬，近期出版兩本特別的散文集：一為載記臺灣田野草木生態史，間亦回溯生命體驗的《草木恩情》[10]；一則以游水、行陸、飛空等三類生物作為書寫對象，表顯生態關懷與殺生懺情的《游行飛三友記》[11]。兩書各以六十二篇成書，每篇計有一至四類物種不等，內容除了觀察省思人與萬物的對應關係，也照見老臺灣山村即景與生活記憶。就動植物主題與書寫形式而觀，兩部連作所表現作者與自然的互動、田野體驗與環境意識等「非虛構」的記錄寫作，概屬上述界定的臺灣「自然書寫」文類，殆無疑義。

《游行飛三友記》，蒐羅生物類種，極為駁雜，蜘蛛、蜈蚣、馬陸、蟑螂、蚊仔、蒼蠅、蛔蟲、肝吸蟲、細菌、病毒等，皆涵攝於內。作者以〈保蟲〉開篇，並以「保蟲人類」、「臺灣保蟲」貫串全書，藉此寓託「人性與文化之辯」的「現代懷疑論」[12]。李喬嘗言撰寫兩作的異樣文心：寫草木之文，大多「心平氣和」；寫游行飛三界，則「心境不可能清靜無波」。究其因，人與植物的狀態，一動一靜，彼此「刺激反應」較為平靜；至於人與游魚行獸飛鳥，則是以動態交往，最終則趨於動物生命觀象的「死亡」之境[13]。

以植物草木為名的《草木恩情》，附有圖繪，各篇章結構內容大致有三，一為類近植物圖鑑凡例的文獻簡介，並分以客語、閩南方言和漢語，簡述植物命名旨義；二則以生動文字講述各類草木經驗與生命各階段交會的故事（特別是以復現童年往事為最）；三則載記植物在地特色與臺灣集體歷史記憶的融攝。

李喬此作以「草木」為材，主要記述生活經驗中，對於臺灣田野自然生

---

10 李喬著、蘇芳霈繪：《草木恩情》（新北市：遠景出版事業公司，2016年1月）。

11 李喬：《游行飛三友記》（新北市：遠景出版事業公司，2017年12月）。

12 同前註，頁11-14、143、185、217、232等。

13 同前註，頁244。

態的綜合觀察，全書既不是以詩意棲居為主題，也不具有歸田園居的抒情調性，因此有別於將生命沉澱、澄清於土地的陳冠學「田園文學」[14]，也殊異於濱海築草屋，以尋求「第二度的純樸」的孟東籬「隱逸札記」[15]；就廣涉臺灣田野植物的知識與詮釋面而觀，更不及陳玉峯以調查數據，嚴謹寫就「植被物種生態」或「山林書寫」的生態資訊與專業成果，例如誤將「咬人狗」、「咬人貓」視為同一類目等等。[16]此外，李喬將自然花草與珍愛護惜的感情繫念於一的筆調，也有別於前述女性作家，以抒情視角刻繪自然絡草經綸的古典筆調[17]，或是將植物草卉類比為臺灣傳統女性的書寫關懷[18]。然而《草木恩情》卻展演出小說家李喬「一生文學生涯」中極為特殊的散文區塊[19]，特別是以「草木」為輻輳，從文字到現實生活的個人情志、區域生態、族群關懷、歷史追尋、庶民生活史與家國敘事，甚至是鍼砭陳情的寫作姿態，在在透顯李喬有意借用草木，見證並構建另一種臺灣田野誌。

　　爰此，本文擬將《草木恩情》視為李喬通往在地田野、個人生命史與臺灣歷史文化的一份綠色圖誌，冀能按圖尋索李喬如何以文學之筆，及其田野經驗與自然知識，來書寫草木生態，展現喻指遙深的植物修辭學，及其關懷臺灣自然和歷史人文的襟懷。至於另一連作《游行飛三友記》，也將列為互文對讀，藉資掌握李喬書寫自然生態族類的多元視域。以下即由李喬個人經驗及其生命史出發，分就「作為地景的田野植物」、「草木劇場與自我生命故事」和「植物演化與臺灣歷史的交匯及其隱喻」三個面向，探述李喬草木經驗與生活記憶中所勾連的臺灣植物史和庶民史，以及族群家國等歷史大敘事。

---

14 陳冠學：《田園之秋》（臺北市：前衛出版社，2007年）。

15 孟東籬：《濱海茅屋札記》（臺北市：洪範書店，1985年），頁59-66。

16 相關資料參見陳玉峯：《臺灣植被誌第九卷・物種生態誌（一）》（臺北市：前衛出版社，2007年），條目60「咬人狗」，以及條目63「咬人貓」諸說。（頁399）

17 張曉風之論評、凌拂〈食野之苹・自序〉，皆點出《食野之苹》細細描容眾芳草的詩思文字與潺湲情質。凌拂：《食野之苹：臺灣野地生活》，頁13、27。

18 王鈺婷〈原鄉的菜蔬體驗〉和鄭淑娟〈在平凡中尋求不平凡〉二文，亦論及方梓借菜蔬暗喻女性或敘寫女性面對社會邅變的處境。見方梓：《采采卷耳》〈附錄〉，頁296、288。

19 李喬：《草木恩情》〈前言〉，頁004。

二　作為地景的田野植物

　　《草木恩情》一書，據以採樣的草木種類豐碩，總計收錄六十二篇草木文章。李喬自詡還有五、六十種「十分親近」的草木，尚未列入書寫，顯見對於臺灣田野植物極熟極博。

（一）臺灣的自然田野景觀

　　「草木」對於創作量豐沛的李喬，當不只作為開拓書寫的另類題材，在早期短篇諸作中已見多種植物登場，如以「鹿仔樹」興衰，喻指地景滄桑變貌；或是在追尋詭麗植物之旅的情節情境中，寓託政治意識等等[20]。至於長篇諸作，如《情世界：回到未來》已見大篇幅勾繪苦茶樹及其榨油步驟，此外，藉「草木」書寫而大話「藥草」、「草藥」之自然知識與民間療法，也見於《散靈堂傳奇》[21]。集植物品類於一，而將生活與文學統彙為二合一的述寫之姿，可謂將「自然植物」植入文學性符號或修辭想像，而意圖建構某種意義。類此之作，繁不及備載，顯見李喬草木敘事學，較諸其他作家更具想像性與多元化。在《草木恩情》「前言」、「後記」中，李喬坦然揭現鍾情草木的時空內幕：

> 　　我的生活園地、觀察、思索環境，都在苗栗「山線」這個空間。……
> 書房群書外，最親最密的還是草木與群山。群山、草木填滿我心靈內
> 外。我有時感覺到又置身童年時期那種身心內外都是草木，而恍然彼
> 此一體的感與受……。
>
> （《草木恩情》，頁6-7）

20　〈那棵鹿仔樹〉、〈某種花卉〉，見李喬：《李喬短篇小說全集・3》（苗栗市：苗縣文化，1999年8月），頁278-300，以及《李喬短篇小說全集・8》，頁310-328。

21　見李喬：《散靈堂傳奇・鄉野、奇情、藥草》（新北市：印刻文學生活雜誌出版公司，2013年），頁62-65。

> 在我生命史上，《草木恩情》所述只是取樣，就老年至現在每日，或
> 數日間接觸到的就還有數十種。
>
> （《草木恩情》，頁253）

李喬與草木田園相互依存的親密關係，由是可知。「草木」原是臺灣田野的
自然與地景，藉由人與植物的交會，不僅照見作者的童年記憶，也間接繪製
出家鄉（苗栗）的田野地圖。

　　複雜的植物生態系常被簡化為模糊的綠色概念[22]。即使植物被視為自然
地景的一部分，也具有足資辨識的性質特徵，人們卻依舊習於籠統整合所看
見的植物，而鮮少關注根植於時間與空間摺縫中，已然「在地化」或已經成
為少見的「鄉野流浪客」的草木特色[23]。就李喬考掘植物學名、產地的內容
而觀，《草木恩情》中的植物雖非盡屬臺灣或苗栗地方特有種，然則藉由作
者「重述」回憶與「重塑」草木，恰恰見證了臺灣田野植物史。如全書開篇
首登場的即是作者原鄉「番仔林」的植物群：

> 實際上「番仔林」是泰雅人舊居地，無論耕作打獵都不適合而遷徙；
> 漢人得到默許才移入的。……「當年」番仔林是真正荒山莽野。那樣
> 的山野，草本植物最強悍的就是菅草。
>
> （《草木恩情》，頁8）

滿山淡黃粉白的菅芒花叢，是臺灣常見也最典型的鄉野景觀。《植物圖鑑》載
記「臺灣全境山野處處散見或廣大群生」的植物，即是菅草（五節芒）[24]。
李喬除了詳述，菅草作為耕稼時期編造屋頂牆壁與耕牛飼料的農產特性外，

22　（英）Richard Mabey著、林金源譯：《植物的心機：刺激想像與形塑文明的植物史觀》
　　〈引言〉（新北市：木馬文化事業公司，2016年8月），頁45。
23　「鄉野流浪客」語出《草木恩情》〈茅仔〉（頁47），李喬用以形容現今已少見隨風搖
　　曳，翠綠優雅的「茅園」。
24　許喬木等著：《原色野生食用植物圖鑑》〈凡例〉，頁233。

也直指菅草特具「葉齒」尖銳如刃的自衛本質，並藉此反照自己的性格與際遇。此外，菅草作為介質，再現臺灣原漢族群的土地爭奪史，也讓縮結植物與臺灣草萊初闢的土地故事，於焉浮現。

　　《草木恩情》以〈菅草〉作為綠色族群的初登場，復以〈禾仔〉收梢全書，其意即在於規模出最典型的臺灣本土田野景觀。客語「禾仔」即是「稻米」，是人類重要糧食之一，也是最具可見度與特徵性的臺灣農村地景：

> 《草木恩情》壓卷，以悠然而感恩之心寫「禾仔」。……就我個人而言，少青時代，在農莊可以看到高一丈多、大大小小很像中東或俄國的伊斯蘭寺廟的圓錐形高塔。在清涼午後或有月的晚上，金黃色「稈堆」是徘徊玩耍、躺臥幻想的絕妙「空間」。
>
> （《草木恩情》，頁249-251）

「稈堆」，原是各國農村尋常景物，在李喬筆下，「一身是寶」、是「人類恩物」的禾仔景觀，卻輾轉托出臺灣農業社會的歷史與風土人事，並躍昇為「親切經驗」與「神聖化」的生命視景。

　　《草木恩情》攝錄的植物草木，皆非稀有草木，而是臺灣山鄉習見，可供食用、農具、生活器材或藥用的庶民性植物，如番薯、芎蕉、朳仔、油茶、鹿仔樹、山棕仔、香茅等。誠如作者所言，這些都是熟悉而「有情的」草木[25]，因此連結「眼前真實地景」，再現「往日生活經驗」的草木書寫，即意在勾繪老臺灣的地貌與視景。

　　有關「地景」概念，或可從兩個角度來理解，一地景是觀者眼中呈現的地域，因此呈顯的是主體性的反應或經驗；二是來自於個人和社會（內在者與外在者）的差別，此中涉及生活與非生活在地景中的人們觀點[26]。審諸李喬於書中一再申明自己是「山居遺老」、「山野人家」，並頻頻敘及「深山窮

---

25 同註24，頁253。

26 見黃孫權：《綠色推土機：九零年代的台北的違建、公園、自然房地產與制度化地景》（新北市：破周報出版社，2012年），頁31-32。

人」、「極窮生活」、「窮困歲月」等世事觀照[27]。依此觀景線索，李喬「凝視」草木，實攸關「觀察者」特殊敏感的主觀思維與經驗。一如《游行飛三友記》所載生物，雖是寰宇大自然慣見的尋常物，但細察篇目名稱：「狗姑拙、黃阿角、石貼仔、矮哥豚」、「雞仔、竹雞仔」、「白翎鷥、白鶴」等，盡皆關鎖困阨年代的臺灣客家、閩南山林鳥禽與水域魚類生態景象，其中自然嵌藏作家生命故事的懷舊記憶與歷史場景。

山居田野的植物景觀，是李喬有意引領閱讀者觀看臺灣的區域性地景，焦距校準尤在於與過去記憶勾連，迄今猶為臺灣常見的農作地景。如〈番薯〉一文，即敘寫以番薯、番薯葉為主要蔬食的「那年代」；〈朳仔（番石榴）〉則是照見家屋前後、菜園角落的零星朳仔樹叢，迥非是今日大規模專營的商品化「朳仔園」。上述追記與敘事，時序架構總不脫離二戰前後期臺灣農村社會的片段，作者重現常民史的微觀細節，顯然意在贖回以「臺灣草木」為舞臺的一段歷史記憶。就李喬呈現的「草木圖像」與「視覺詮釋」而言，固無法包覆臺灣田野史的整體，但對於地方性的草木圖誌，卻有其精準而深廣的繪製表現。

（二）苗栗區域的植物地景

李喬曾提及生活圈大致為苗栗「山線」空間，因此草木書寫也以苗栗為多。在地關懷的書寫脈絡中，除了直承對鄉土認同感之外，來自地方景觀改變的記憶反挫，卻間接投射了臺灣農林產業興衰史。如〈香茅〉一文載明四、五〇年代，苗栗「香茅油」產量，居全臺之冠，儼然是獨領風騷的經濟產業，而今卻殘存「香茅寮」點綴荒村野地。〈香絲樹（相思樹）〉則敘及四〇年代桃竹苗丘陵重要農作，如今卻輾轉變身為三義高速公路旁的行道樹，可謂一頁香絲樹滄桑史；至於〈柿仔〉一文，娓娓道來臺灣澀柿與日本甜柿的品種交替，並生動講解柿餅脫澀、刨皮的製作過程。〈梧桐、油桐〉寫及

---

27 分見李喬：《草木恩情》，頁131、78、143、86。

近年來極負盛名的苗栗「桐花祭」艷景，間亦鑑照李喬的苗栗鄉土意識。凡此，皆是在時間與空間的摺縫中，探掘苗栗特殊的綠色地景切面，或許是太熟悉這塊地土的形色品類，所以李喬又引導我們觀看另一種複雜的綠色地圖。

〈刺波仔〉一文突顯的是苗栗大湖名產「草莓」。「刺波仔」另名「野草莓」，或指稱栽植的「草莓」。野莓漫生山徑、菜園邊，代遠年湮的歲月裡，是村童的天然零食與充飢物。而今大湖草莓商機無限，但「草莓酒莊」與「草莓名鄉」的勝地，顯然不及作者記憶檔案中永恆的「刺波仔地景」。在歌頌原生物種的書寫中，不僅寓有地方認同的牽引，也蘊含環境的關懷，特別是目睹日遭破壞的綠色地景，作家原屬自然觀察的書寫，也轉為現代化反思與綠色環保的生態批評意識。因草莓產業之需，而拓寬路面並砍伐二百八十棵老樟樹的慘劇情節，也重出於〈樟樹〉篇章中。在繪製眾所稱美苗栗臺三線「綠色隧道」之際，已見李喬蓄積滿腔義憤與悲情：

> 兩百八十多棵五六十年的樟樹「齊地」砍伐，「樹屍」地面上部分被
> 移走、毀屍分屍之後，筆者和許多朋友去憑弔好幾回「老樟喪身」地
> 段。……故鄉大湖的樟樹綠色隧道被毀。
>
> （《草木恩情》，頁42-44）

「為草木代言」、「與大自然相親」，是李喬撰寫《草木恩情》的鮮明信念。大自然不僅僅是所崇仰的聖物，也是他療癒童年創傷的秘境，李喬因此自稱是「生態人口之一」，並直呼草木是「兄弟姐妹伯叔姑姨嬸嫂」[28]。此作者之悲的文學情節也衍生出另一種思考向度：人類名之為「利用厚生」的土地開發，是否即是對於自然的一種宰制形式呢？對於人類自尊自大的控訴，亦浮現於《游行飛三友記‧蜈蚣、馬陸》文中歸罪於即將把所有生物攜往毀滅之路的「邪惡的倮蟲」（人類）。有謂「在現代政治地景裡，『自然』必須被視為政治的，而非一個描述性的範疇。」其意認為「自然」將變成由多方界

---

28 李喬：《草木恩情》，頁007、93。

定與控制，不僅關於非人類，也關乎不同人們生活態度的領域[29]。泛政治化的自然觀，不獨有偶也牽扯蔬果的更名，如醃製後的「芥菜」，名之為「覆菜」或「仆菜」，在風聲鶴唳的年代裡，「覆」或「仆」之字義，因有影射「顛覆」之嫌，隨即更名為「福菜」。[30]類此匪夷所思的草木側寫與政治意識的投影，可謂荒謬而有深意存焉。

　　李喬對於苗栗草木地圖遷變的感喟，或緣於自然草木與自我情志關係的「位置感」，但也來自於「植物馴化」的深沉思考，如〈芎蕉〉一文，即用力著墨於公館一帶的芎蕉變裝秀：

> 那巨株濃綠的芎蕉叢或芎蕉園悄悄換裝了，稍微注意就會發覺，那「假莖」變矮小了，株葉色彩變淡、淡黃帶綠；最特別的是扇形葉比較窄而短小，而且總是滿滿裂痕，好像小鎮路旁在地選舉時多色多形的宣傳彩旗。

（《草木恩情》，頁19）

公館蕉叢樹影蛻變，是因為改植芭蕉，而廢除原生種芎蕉。兩者雖是相同類屬，且各有醫界、食療界的擁護與新解，但李喬關懷的焦點，卻在於農作物改良的優劣。「水果演化」，固然呈現種類繁多、物美價廉的改良之功，但李喬卻進一步統整生物演化過程中適應環境的「被動說」和本身自然趨向完美的「主動說」[31]。有關「植物馴化」辯證問題，原本即關涉「自然環境壓力」而迫使植物改變自身的性質特徵，但另一方面「植物馴化」過程也衍生出植物特徵的消失，則來自於人類一味追尋「栽培化」的後果。如是而觀，植物的變異，究竟是基於植物本身的自由意志，或是人類行為介入造成的影

---

29 見黃孫權：《綠色推土機：九零年代的台北的違建、公園、自然房地產與制度化地景》，頁26。

30 同註28，頁220。

31 李喬：《草木恩情》〈蝦公夾、弟藤蝦公夾〉，頁115。

響？[32]這是李喬此作間接引渡的重要思辨。由在地植物生存悲劇的觀視，而至揭示並反思人類與其他物種之間的關係，人類行為與自然環境的互動影響，頗有生態導向的草木書寫樣貌。

上述以綠色地圖為喻，簡要梳理李喬描繪的地方性植物。《草本恩情》浮雕的綠色圖誌並非虛幻，它的取樣是摹製地面且與地景相符的書卷。

三　植物劇場與自我生命故事

自有生靈以來，人類與自然便開啟交織互動的歷程，迄今延續不絕。就某些人而言，「自然」是對一切事物內在秩序的概括，所謂「客觀化的自然」；另一種則是「個體化的自然」，意即投射個體內在生命的認同，而興發對自然的孺慕之思[33]。以李喬而言，認同的自然是「草木藻類」[34]，這是因為草木與他生命多有交會纏結。

（一）童年往事再現：「活命恩物」與「綠色空間」

在人們與過去重逢時，總會有某些斷片存在於其間。斷片雖只是碎裂殘片，但卻具有「方向指標」的作用，本身且形成了一條連接過去與現在的紐帶[35]。《草木恩情》各篇章幾乎都以「記憶底層」和「童年歲月」為敘事啟始，草木不僅發揮「往事再現」的作用，也同時扮演「活命恩物」，並具有「綠色空間」的特殊意義。「草木」於李喬而言，因此可比擬為一種「斷片」，是過去與現在的介質。

---

32 參（英）Richard Mabey 著、林金源譯：〈推薦序〉，《植物的心機：刺激想像與形塑文明的植物史觀》（新北市：木馬文化事業公司，2016年8月），頁33-35。

33 王學謙：《自然文化與二十世紀中國文學》（長春市：吉林大學出版社，1999年），頁1-3。

34 李喬：《草木恩情》〈樟樹〉，頁046。

35 （美）宇文所安著、鄭學勤譯：《追憶：中國古典文學中的往事再現》（臺北市：聯經出版事業公司，2006年11月），頁93-94。

　　祭上敬虔的感恩與學習，大概是所有自然書寫的基本姿態。李喬於《游行飛三友記》中對於殺屠、食用以活命的游行飛三類，雖也有頌揚感恩，卻有更多的懺情與領罪。而《草木恩情》裡的草本類或木本類植物對於李喬而言，則是生命成長史中的「活命恩公」或「救命恩人」。前者指裹腹充饑或種植以維生的植物，如貧困年代的主食「番薯」、「芎蕉」、「藕薯」；以及物資匱乏年代補充油類脂肪的唯一來源「番豆」、美味零食兼可充饑的刺波仔等；至於後者則指具有經濟效益的植物「杉仔」等。以「杉仔造林」為例，這是童年一處可以耽溺於幻想的堡壘之地，此外，「造林」所得豐沃，也可紓解困境，改善家計。「杉仔，實實在在是我的救命『恩人』」，所謂「救命」之恩，直指草木的經濟效益。實則《草木恩情》所臚列之植物大都具有經濟價值，對於李喬謀稻粱與購屋置產最具效能的尤其是「蘭花」[36]。「草木恩情」不僅是書名，也是全書輻輳的命題：

　　　　人類存活基本是草木所賜，而人類以草芥為鄙卑的代稱。不知他人感
　　　　與動如何？我一生尤其到了老年，日夜時分，是滿懷對草木的感恩。

　　　　　　　　　　　　　　　　　　　　　　　（《草木恩情》，頁7）

草木故事不僅鋪展李喬老年世路的感恩心境，也推衍出往日童稚時光的懷舊況味。「豆棚瓜架」原是古遠年代，農閒時分講古清談的場景，〈菜瓜〉文中敘及臺灣山區菜棚下，是老人、婦女「揣有鮮」（吹牛或說稀奇古怪事）的舞臺，也是小孩子「拈揚尾打草蜢」的趣味空間[37]。綠野田疇所凝聚李喬童年的秘境寶地，多數是探險尋異的遊樂區和幽深怪異的綠空間。如「牛筋草」特區是寂寞童年的遊樂場；「刺波仔」山野，是採食解饞與打群架的「秘境寶地」；「糖梨仔」則是孤獨童年的療癒與歷險之奇異空間[38]。上述藉由追溯童年往事的片段，構制了小小的草木風景，然而童幼歲月的草木世界

36　詳情可參《草木恩情》〈東方蘭與我〉和〈養蘭春秋〉二文，頁145-152。

37　同前註，頁212。

38　同註36，頁179、57、224-225。

卻也兼具「殘忍」與「慰藉」的二重悖逆性。被戲稱為「關係嚴切」的「鴨公青」和「桂竹」，證諸李喬與草木的恩怨糾葛，多少恨事皆肇因於被用來毒打孩子的「桂竹枝」；至於可製為藥方的「鴨公青」，也曾因被截刻為「極樂仔」（陀螺）[39]，而使作者遭致責打。「桂竹枝」或「乒乓子」，皆非李喬鍾愛之物，但菅草叢裡和乒乓子叢中卻是藏身避禍，或「養心傷」的秘密基地：

> 又因為四周有高大杉林護衛著，強風不侵，烈日外擋，……我在「牛肝石乒乓子」叢中真是獨樂樂，自由自在。有委屈、傷心、憤怒，或想向誰傾訴什麼，就是有月色的晚上，我都會爬上山來到這裡。
>
> （《草木恩情》，頁70）

草木世界具有的「我城」空間感，結合了作者李喬的童年往事，儼然成為幽深怪異而神妙奇幻，同時兼具「隱蔽所」（Refuge）和「光明地」（Prospect）的烏托邦空間特質[40]。林木花樹空間因此不僅是現實存在物，也是一處隱秘的藏身處和避難所，李喬在這微型構建的神遊空間中，既可以曝亮自己，也可以療癒挫傷，數後並藉由可藏身的「黑暗地」，逐漸邁向未來的「光亮處」。

（二）生命情志的投射：反抗、懺情與追憶人事

《草木恩情》中的綠色空間，除了引領探溯往日時光，輾轉其間，所推衍的草木意識，顯然也有不同層次而寓託遙深的意涵，包括李喬個人生命特

---

39 同註36，頁54、215-216。

40 所謂Refuge（隱蔽所）意指古代人藉山洞，保護自己，躲避野獸之謂；與之相對概念的Prospect（光明地），則指光亮的曠野。由此喻示人類從「隱蔽所」走到「光明地」的歷史進程。參見張系國教授，「竹塹堡、科技城與烏托邦／我的科幻小說創作」演講稿，收錄於陳惠齡主編：《自然、人文與科技的共構交響——第二屆臺灣竹塹學國際學術研討會論文集》（臺北市：萬卷樓圖書公司，2017年4月），頁14-15。

質，如反抗哲學、懺情告白，以及縈繞人事風華的生命經歷。

　　有謂「一草一木耐溫存，留予他年說夢痕」[41]，旨趣乃在於體味自然物景帶來的生命之趣味與啟示。藉由草木的聯想，讓李喬順勢召喚並標記歷史年月中浮現的人事光影。〈豬孃乳〉是臺灣常見的野菜，中國北方亦稱為「馬汁菜」（「馬乳」）。在作者筆下，「豬孃乳餃子芯」的獨家美味，除了表顯豬孃乳餵養農民的恩情，也由此繫連昔時農校李師母溫柔關愛之情。全文藉家常烹膳而遙想故人，並延伸出悼亡悲愴情事。類此追憶而餘恨悠悠之作，尚有〈葛藤〉一文敘記母親於田間鋤地，而以葛藤圈圍幼童活動的搖籃式空間。葛藤引渡出辛酸又甜蜜的往事，油然而興發人子思母之情。〈梧桐、油桐〉則刻繪日殖時期，與即將徵調赴日受訓的二哥，重逢梧桐樹下的記憶即景。〈藕薯〉一文，同樣載記日殖年代「便利粉」諸般食物記憶，並循此思想起與亡友鍾鐵民爭辯正宗「粄條」的歷歷往事[42]。上述草木記憶中的人物，皆已從人間舞臺退場，草木情節中只見深植無盡的傷逝與感嘆。藉草木野菜落實回憶，重組往事，這是李喬在直觀自然之際的另一種感性的抒情與詮釋。

　　不同於上述感懷式的草木觀照，李喬另一種草木賦形書寫，則表現出知性與思辨性的評介。「反抗意識」，是貫串李喬多數作品的主脈絡。他嘗倡言「反抗是人性的至高美德」、「反抗先於存在；不反抗就不存在[43]」的反抗哲學，然而反抗的具體特質，實為「堅韌自在」的傲骨，以及「無傷他人」的溫柔生命。李喬寓寄個體情志的植物，皆為鍾愛而認同的草木，諸如不卑不亢，自愛自尊，當外力倏爾觸身，即闔起不理的「見笑草」；生命本質溫柔，若無外力侵擾，便恢復悠然自在的「咬人狗」；只知「低頭」悠然蔓生，卻堅忍自強，生命力驚人的「牛筋草」；隨風搖曳而謙虛怡然，雖有鋸齒尖刺，卻不傷人，只默默獻身的「禾仔」。又如從柏油縫裡掙脫，伸莖展

41　琦君：《留予他年說夢痕》〈後記〉（臺北市：洪範書店，1970年10月），頁201。

42　見李喬：《草木恩情》，頁109、209、228。

43　李喬：《重逢──夢裡的人：李喬短篇小說後傳》〈修羅祭〉（新北市：印刻文學生活雜誌出版公司，2005年4月），頁170。

葉又開花，極富生命力與攀援性的「牽牛花」，深具李喬歌頌的生命特質，除了指正植物專書所稱「一年生草質藤本」之誤，李喬也將之正名為「番薯舅」和「藤仔花」，除了強調其平民性、沒有價值的野草特性外，也旨在表彰培育後的另一番「花牆」麗景。再有身帶銳刺，遠近觀望皆宜，卻不可褻玩焉的「九重葛」，更是李喬理想中的「國花」[44]。凡此木草花樹的審美形象，寓寄作者自在傲骨的生命本色，皆點撥出李喬自然書寫的另一文脈。

　　心靈的精神體驗既與自然大地融為一體，草木劇場儼然成為李喬心靈的風景。以「反抗」為存在本質的李喬，在審視「今與昔」、「物與我」之後，對於大自然動植物也有一番懺情告白。人類對於大自然的傲慢與戕害，在此先限縮為童年李喬扮演「自然殺手」的認罪懺情。悔罪的情節包括採食尚未成熟的生芎蕉；砍斷木瓜樹巨幹，作為捕鳥陷阱；謀殺「楓樹蟲」，製成釣魚絲等罪狀[45]。凡此傷害草木鳥類昆蟲行跡，都成為不堪回首的惡行惡狀，李喬為大自然發聲，非僅控訴「人類自造孽」，而是更忠實地自我曝現，重申「大去之前，在此公開認罪」，請求寬恕[46]。這樣的懺情，當然也見於《游行飛三友記》文中，頻頻回首清算檢視虐殺番薯鳥等「自然之孽」[47]。李喬《草木恩情》此作迥不同於陳玉峯《臺灣植被誌》系列著作，寓有自然生態保護運動與山林教育的背景，但李喬的「生態良心」，顯然來自與生態環境融為一體的共生共性位置，見諸他以「身為生界之一員」[48]，而頻頻以「老兄」、「仁兄」稱呼草木諸君而證之。由是而觀，李喬與自然的關係，已不再是「我和它」的物我疏離，而是「我和你」的親密關係。這是李喬超越「自然書寫」、「生態批評」而特具的「生態倫理」觀，也是他對於自然草木的重新認識。

---

44 分見李喬：《草木恩情》〈見笑草〉、〈咬人狗〉、〈牛筋草〉、〈禾仔〉、〈牽牛花〉、〈美人樹〉、〈九重葛〉等篇，頁153、165、179、252、228、240、126-129。

45 分見李喬：《草木恩情》，頁20、61-62、176。

46 同前註，頁62、176。

47 見《游行飛三友記》，頁016。

48 同前註，頁154。

四　植物演化與臺灣歷史的交匯及其隱喻

上述李喬所演繹的植物故事，大都與童年生活有關，其中多數植物是臺灣特有種，即或有外來種，也都「安身立命」於臺灣久矣，少數引進之新樹種，如「美人樹」等，也是李喬情有獨鍾的「新臺灣族」。《草木恩情》一書雖充滿自傳情味，就中也遙指了臺灣植物在時間之流的演化，及其與臺灣歷史交匯，或類比互涉的隱喻。

（一）臺灣田野植物的生存演化

在《草木恩情》書中，除了觀察植物在自然環境中的生存方式與植物外觀外，也藉由作者成長經歷的在場性，一一述說食物轉化為庇護、耕農工具、天然藥草之用，以及作為自然田野與地方景觀等「植物圖像」的故事。此外，也間接記錄了臺灣野地植物歷經人類強力介入、人工栽培化或環境變遷壓力下的生存演化，例如野生植物演進為糧食作物；主食作物轉易為山林雜草等變化歷程。這些記錄並未援用生態歷史文獻的考證，或經過嚴謹的科學觀察，然而李喬卻獨能引領閱讀者參與見證臺灣植物演化史，並進而理解這些臺灣日常性／野生食用植物，作為「自然資本」的內在價值與經濟潛力，又或者是被視為或收編為「企業生存法則」或「文化產業思維」的某種替代方案或對立物[49]。例如〈山棕仔〉一文即敘及山棕變化歷程的故事。山棕，原屬野生種，早期農家取其葉鞘軸的黑纖維，製作為洗滌刷、掃帚，或用以阻塞風雨，特別是織成防水禦寒的「蓑衣」，葉中梗則用於農家孩童玩樂的寶杖或釣魚竿。待時代遷變，農具新異，山棕漸被淘汰，詎料時移事易，今日卻又重返光輝，搖身化為高價位木床和餐宴珍饈：

---

49 參（英）Richard Mabey（理查德‧馬比）著、林金源譯：《植物的心機：刺激想像與形塑文明的植物史觀》，頁44-45。

臺灣人生活品質提高了，山棕這窮老臺灣的老山產又重回榮光。可是
我知道臺灣本身不可能回頭再去繁殖山棕，以謀利求生了。最新消
息，都市「新野菜主義」的年輕人有了新發現：山棕的嫩莖芽是可口
的野菜。

（《草木恩情・山棕仔》，頁124-125）

顯見山棕歷經「窮老臺灣的老山產」到「摩登臺灣的新野菜」的角色流轉，
已然成為人類生活史的反映者。

「構木」，客家名又稱「鹿仔樹」，依據《植物圖鑑》，臺灣平地至中海
拔山麓林內或再生林地均易見之[50]。〈鹿仔樹〉一文說明「鹿仔樹」因鹿仔
的主食而得名，古老年代的構樹纖維，不僅是製紙好材料，也是原住民織就
被衣，以及農家重要的豬飼料，「鹿仔樹」可謂一身是寶。據史料記載臺灣
草萊初闢、藝植耕稼之際，多有「鹿場」、「捕鹿」等開發景況[51]。揆諸李喬
名之「前進植物」，意指最早繁殖於新天地者，如鹿仔樹、菅草、油桐等
等，顯然持理有所本。自一九六九年後臺灣已不復見野生梅花鹿景象，但原
本不高不矮的鹿仔樹在山野中依然有其位階，不僅與菅草混生，甚至因高達
八公尺以上，代代密植土地上，菅草反而被壓制而逐漸消失[52]。上述植物生
存演化，或因環境變因，而有轉化進程，但植物際遇的背後，也不乏人類介
入的軌跡，如木質鬆脆，原不具經濟效益，客家諺語稱為「鬼生鬚，人湊
个」（沒用的存在）的「油桐」，即源於「文化產業」概念，歷經改造變貌
後，竟產生意義與價值；然而也不乏因慘遭棄置而漸成為荒山草野，或飄零
鄉野的流浪客等等[53]。

上述臺灣田野植物演化的視景，源於李喬對於草木的憐惜、感知，以及

---

50 見許喬木等著：《原色野生食用植物圖鑑》，頁23。
51 （清）陳培桂編，郭嘉雄點校：《淡水廳志》〈卷十五下・文徵〉（臺中市：臺灣省文獻
　　委員會，1977年），頁434。
52 李喬：《草木恩情》〈鹿仔樹〉，頁137-140。
53 參見本文「苗栗區域的植物地景」之章節內容。

對於自然興廢的體會，間也展現出臺灣草木生態知識及生存演化中極富意義
的田野文化內涵。

（二）植物故事與臺灣歷史的互涉及隱喻

　　李喬曾述及吳濁流以「臺灣連翹」為書名，意在挪借「連翹」特性與境
遇，寄寓作品的主題[54]。「臺灣連翹」是臺灣民間常見的庭院圍籬植物，吳
老因此取其「不屈自己的個性掙扎著活下」的生存精神，藉以命題[55]。《草
木恩情》一書敍述重點，或與吳老不同，但藉草木烘托散亂時代記憶和臺灣
歷史處境，儼然也是一則則「正史」邊緣的遺事。如〈公館紅棗〉一文，開
篇即遠溯一八七五年因抵抗光緒皇帝御用徵收，而後始有廣東潮安紅棗幼苗
傳入公館陳煥南培植的來龍去脈。作者狀寫公館紅棗歷經風霜，才得以展露
皮綻骨突的樹身，索隱派讀者或可緣此想像浮沉於李喬字裡行間，所賦予紅
棗「抗暴政來臺灣，落腳公館」的象徵喻意[56]。

　　李喬以近乎白描的姿態，道盡草木外貌本性，以資比擬並呼應臺灣意
識，間也映照臺灣社會現象。如以「番薯」的土拙樣貌，狀繪臺灣島嶼形
貌，並以番薯「謙卑地成長」而營養豐富，物美價廉，來喻指臺灣人的草根
味與素樸質性；又取「枊仔」（土芭樂）而棄「番石榴」之名，也意在強調
「土土的」，從未被珍視的「土臺灣」形貌色味與真實境況[57]。〈樟樹〉文中
更直接註記不畏貧瘠而能耐風暴雨襲的樟樹為「臺灣象徵」：

54　〈臺灣連翹〉，李喬：《草木恩情》，頁075。

55　〈臺灣連翹〉之命題涵義，見於《亞細亞的孤兒》中胡太明觀視被修整成青牆的臺灣
　　連翹，獨有一根大樹枝從籬笆底邊隙中穿過，免於被剪厄運，而自由伸展生命力之
　　姿。胡太明因此興發：「要堅強地活著，像臺灣連翹一樣。」見吳濁流作、黃玉燕譯：
　　《亞細亞的孤兒》（新竹縣：新竹縣文化局，2005年4月），頁246-247。

56　文中另有一段微言大義：「有從中國引進的另系紅棗，但據悉進貢北京的紅棗因水土不
　　服，並未繁盛開來。」見《草木恩情》，頁91-93。

57　分見李喬：《草木恩情》，頁15、41。

樸素平凡而能耐環境惡苦，內懷珍寶卻平易近人，生命力堅韌而能成
長數百年依然生機旺盛。隱隱是「臺灣象徵」……。

　　　　　　　　　　　　　　　　（《草木恩情》〈樟樹〉，頁45）

上述緊密勾連臺灣本土性的草木特質，不無將「植物想像」投射為認同臺灣
的意識，但主要還是在於銘刻臺灣孤懸一隅而不被珍視的歷史實境。《草木
恩情》不單寓託作者的自然體驗，其中歷經演化磨難的臺灣植物，也觸及社
會集體記憶與族群經驗。李喬的童年適值太平洋戰火正熾的年代[58]，生活實
境因而糅合了臺灣歷史的縱深：

藕薯可生吃，熟食也是豐富的一餐：番薯、生芎蕉「四煮」之外，
「蒸藕薯」是美食，沾點鹽巴，或幾滴豆油（醬油），吃起來真是
「胃舒腸爽」。

　　　　　　　　　　　　　　　　（《草木恩情》〈藕薯〉，頁194）

依據李喬所言，這窮苦人家大餐的寫真年代，約莫是一九四二年左右，在米
糧配給管制下，連糖和油都列為配給，養豬數和大小都需登記列管[59]。因
此，番薯、藕薯都是當時珍貴的「活命食物」。飲食概況如此，起居建築也
可從「茅仔」故事一窺究竟。歷經「臺灣紅瓦屋」、「茅草屋」而至「日本瓦
屋」，〈茅仔〉一文細細解說茅仔築屋的繁複工法，體現了日殖時代的民生住
屋史[60]。草木書寫轉譯為舊時代生活演義的篇章，尚有〈紅甘蔗、竹蔗仔〉
裡描述古老榨糖工場「牛犅地」；〈苧仔〉介紹「做苧仔」的精細工程；〈香
茅〉則曲曲勾繪蒸餾香茅油的精密過程[61]。凡此，皆是採用極具實用性的草
木，作為再現歷史祖輩生活面貌的摹本。

58　李喬：《草木恩情》〈咬人狗〉，頁164。
59　同前註，頁164。
60　李喬：《草木恩情》〈茅仔〉，頁49。
61　分見李喬：《草木恩情》，頁80、96、99。

　　除了照映庶民日常外，李喬顯然也將臺灣重要的歷史事件納入草木記憶，以草木來紀史與載道，如〈牛眼〉一文載及玉井街牛眼樹下葬埋一九〇五年「焦吧哖慘劇」的眾英魂屍骨；〈養蘭春秋〉、〈東方蘭與我〉則是將時序從日殖拉回臺灣經濟起飛，全臺瘋蘭花養蘭花的七〇至八〇年代。草木與史事互涉外，也帶出可資解讀的草木「政治性」隱喻，如〈昭和草〉除了表記一九二九年的「農民組合」大湖支部的「二一二事件」，也敘及日殖時期貧農因將寓有天皇名諱的「昭和草」視為「野草」、「便宜貨」，而惹來偵訊的悲／鬧劇。「草木何辜，人類賦予『政治意義』？是草木可憐？還是人類可笑？[62]」不由得李喬感慨系之！

　　《草木恩情》不獨孜孜探索歷史與記憶，以草木作為敘事線索，更揭現了族群在語言與文化之間的游移辯證關係，如客族稱「七層塔」，福佬族稱「九層塔」的由來：

> 那些人也許先抵達取得肥沃的土地，植木花串大都是「九層」；反之，後來者只取到較貧瘠土地，「花串」自然較矮短，所以看來「七層」而已。……在客家大社會，年節喜慶日子的兩道菜餚是不可缺席的，……這兩道主菜絕不得缺一個配料，放幾片或一撮拐絲的豆油。
>
> （《草木恩情》〈七層塔、拐絲〉，頁77-78）

引文的詮解，強調兩族群先來後到的歷史時間差，後文並持續開展出客語稱「拐絲」（紫蘇）的客家飲食文化。李喬更以生動客家諺語：「有女毋好嫁到番仔林，毋係葛藤就係蔗擎」[63]，來形容環堵皆葛藤的客族山居蹇困生活。類此異曲同功的草木名義闡發之例，還有客語稱「牛眼」，福佬和華語稱「龍眼」，漢醫界則名為「桂圓」；以及客語名「咬人狗」，福佬語「咬人貓」等等語言反差的趣味[64]。咬人狗、貓草之釋名，如前所述，或有謬誤，

62　同前註，頁132。

63　李喬：《草木恩情》〈葛藤〉，頁206。

64　分見〈牛眼〉、〈咬人狗〉，李喬：《草木恩情》，頁242、162。

然則李喬意在將多數閩客語彙的錯置與對立，視為多聲部交響的臺灣多族群文化現象，則會心不遠。

除了客家族群文化的片段縮影，草木療癒特性也落實於現實社會的氛圍，如〈Tokeso〉一文即以「時計草」（即今「百香果」）可抗癌而思及臺灣社會團體、國族、政團黨種種「社會癌病變況」[65]，全文雖主訴百香果是特優水果，但變裝演出的「百香果敘事」卻蕩漾出嘲諷的餘波。同樣以觀照花卉草木來質詰當前變動社會亂象，尚有〈牽牛花〉一文，作者先是稱頌牽牛花優雅、平民化而易培植，繼而提出牽牛花在「文化創意」當道下，或也可以創造出如桐花祭的盛景，然而語鋒凌厲一轉，卻大肆抨擊「大塑膠鴨」、「放天燈」污染大氣、海灘等現代文明公害。作者藉題發揮，直指時弊，不僅嘲諷地將「大小牽牛花很寂寞」的景況[66]，訴諸公論，也間接指責耽溺於「孤島獨處」的年輕網軍與鄉民們。

審諸《草木恩情》全書的基本構圖，主要取徑草木而追溯既往，不但展示了老臺灣社會的各種細節，也把個人記憶轉化為集體的歷史。即便如此，在凝視草木，回眸過往的餘光中，老作家也琢磨參照了不同時代的異同，在反襯「相同歷史與不同記憶」的世代差距感覺結構之際，也不免有物非人非的殘念！同樣的感發，也浮現於《游行飛三友記》文中絮絮叨叨的「老人言」：「就我這個年齡的人」、「我這個年紀的人知道⋯⋯」[67]。藉此生命小史，提醒新世代「毋忘老臺灣」之餘，老作家實式憑之的宜乎是：「自己是生活在歷史中的人，所以有義務提筆記錄或檢視自己生活過的歷史」的創作信念[68]。

---

65 李喬：《草木恩情》，頁200。

66 李喬：《草木恩情》，頁228。

67 李喬：《游行飛三友記》，頁059、103。

68 黃武忠，〈人性的探討者——李喬印象記〉，彭瑞金編選：《臺灣現當代作家研究資料彙編・27・李喬》，頁169。

五　結語：一體共命的草木書寫情志

「草木」，作為李喬生命／文學語境中的重要意義，草木書寫究竟如何回應李喬的文學生涯及其生命哲學？純就《草木恩情》此作所提及草木與李喬小說諸作的互文關鎖，概可分述如下：如《情世界──回到未來》所詳述「油茶」的種種情節；《孤燈》文中受虐女性服下「魚藤」自殺的悲劇；《幽情三部曲》文末主人翁離開政治圈，回返故鄉，種植野菜「烏紐草」；《結義西來庵》裡的「牛眼樹」，見證慘烈的焦吧哖事件；《情天無恨》文中的白素貞則是目睹「真柏」移植崑崙山頂後的「再生」，因而頓悟生命形貌之可變[69]。總此，已可管窺李喬作品與草木的多所纏結與對話。然而正式演義草木故事，或以《散靈堂傳奇》為大觀。

較諸前作，《散靈堂傳奇》堪稱集植物藥草之大成者，「山林藥草」不僅成為鄉野奇情的重要主線與意義符號，並躍昇為全書「散靈堂安靈教」的重要教義：「提倡健康飲食觀念，提示植物物食材」、「推動生態保衛工作，替本鄉草木編製『戶籍』」[70]。此外，《情世界──回到未來》，雖以「性」、「情欲」探述與質疑「未來演化」現象，但就中承繼《散靈堂傳奇》的「草木自然」課題，進行反思「人的自然特質喪失，人就不存在了」的關鍵概念[71]，也是有跡有尋。凡此例示，皆可映證草木作為李喬文學創作獨特的演述情境與命題註腳，有其一貫的意圖與精神。《散靈堂傳奇》和《情世界──回到未來》，可謂《草木恩情》之前傳。

惟「草木」終究是李喬小說創作的符徵或話語，其承擔與載荷的所指，實為「大地草木之子」──這個終將「返回山林」[72]與「自然境」的「人」，也即是李喬本人。《草木恩情》和《游行飛三友記》兩作，是李喬文

69　參見李喬：《草木恩情》，頁110、136、172、245、248。

70　李喬：《散靈堂傳奇》，頁389-390。

71　李喬：《情世界──回到未來》，頁292。

72　見《散靈堂傳奇》〈大地草木之子〉篇章，及鄭清文〈序一：宗教後宗教〉，頁24-41、4-7。

學創作中唯二的自然書寫散文。作家於訪談中提及：「一輩子寫小說，但散文才是真正的看到我自己。」[73]對於以小說創作名家的李喬來說，兩部連作所揭示回溯生命體驗與個人精神史的意義，主要鏈結於載記臺灣田野動植物生態史。

植物草木是自然環境的一部分，也是庇護人類與大地的重要生態景物，從人類文化的角度來看，植物大都被視為是栽培作物、食物、藥草、製作工具的原物料，更多時候則是被轉用為住屋內外環境的裝飾物。就此而論，植物顯然被視為一種實用物與裝飾品，角色相當於「食物基因的提供者」[74]，充其量也只作為一種「客體的存在物」。然李喬對於植物「形色」的喜惡，則是經相當時間體會、閱讀、「臨場觀看」的結果[75]，因此有其獨到的「自然生態和諧論」。依其所述「養蘭春秋」與「真柏盆栽」諸篇[76]，看似並不反對人為後製、建構、培植的第二自然，但卻強力主張必要和環境的形色澤相容、相吸、相引，才是建築的、美學的、生態學的「好」[77]。由是，「以自然為尊」的重心與視景，也可印證於李喬拒斥過度戕害植物自然生命力的「盆景藝術」[78]，這點也類同於自然寫作者凌拂在城市遊牧之後，極力歌頌「野地豐盈」、「野草任縱」，主張「還歸自然」的視野，而認為庭園藝術缺少了野逸能力[79]。

《草木恩情》的敘寫方式，雖近似植物圖鑑的撰寫凡例[80]，如中文名稱、植物學名和別名，以及調理、藥效與用途等等。然而書中最熠閃動人的

---

73 見筆者參與「客籍文學家李喬口述歷史訪談計畫」，於2019年3月8日10:00-12:00 A.M 於苗栗公館李喬書房訪談內容。

74 （英）Richard Mabey（理查德‧馬比）著、林金源譯：《植物的心機：刺激想像與形塑文明的植物史觀》，頁36。

75 李喬：《草木恩情》〈美人樹〉，頁241。

76 分見《草木恩情》〈養蘭春秋〉、《草木恩情》〈真柏〉等篇。

77 李喬：《草木恩情》〈美人樹〉，頁241。

78 李喬：《草木恩情》〈真柏〉，頁247。

79 凌拂：〈還歸視野〉，《山‧城草木疏──綠活筆記》〈序〉，頁6-8。

80 見許喬木等著：《原色野生食用植物圖鑑》〈凡例〉（臺北市：南天書局，1986年）。

情節焦距與命題特徵，卻是作者面對植物的心靈過程，草木竟然從「被觀看」的客體，翻轉為作者生命故事的「主導者」。人和草木兩個物種的邂逅，因此有了親密的聯結交織，從而迴旋掩映出許多生命故事的圖像，諸如自然田野地景、植物劇場和童年成長，以及舊時歲月深山人家的生活經驗與時代記憶等等。

　　《草木恩情》一書刻寫家鄉草木、本土經驗、童年往事與傷逝情懷，並兼及歷史追尋與地方書寫，特別是對於「在地物產」與「庶民性草木」有情與抒情的眷戀。老作家嘗於《游行飛三友記》〈前言〉表明：「筆者是筆耕一生的老人，所以不能也不想追尋游行飛三者的『智識部分』，只談『相處』，認識感受[81]。」循是而論，《草木恩情》雖兼具智識性觀察與浪漫想像，如前所述，李喬雖懷有生態危機的現實感與批判意識，卻終非是嚴謹田野調查的自然誌，或全力聚焦於環境保育責任的環境文學。整體而言，李喬此作趨近於隨想式的自然書寫與地方田野的經驗視察，因此不同於主流「自然書寫」的精準、密集、視覺、考察、觀察、詮釋理論，以及鮮明「生態環境倫理觀」的學理性與載道式的命題，一如陳玉峯《臺灣植被誌》系列所偏重臺灣植物社會的全盤結構、地區植被誌及物種生態誌等的全觀輪廓，及其所提供臺灣深度物種解說的資訊與研究的素材。

　　李喬以草木為載體，重返當年生活於山野的記憶與體驗之作，顯然與方梓取徑花樹菜蔬，「再一次回到童年，再一次敘述父母故事，花蓮人的事跡」的典型的臺灣自然經驗[82]，略有異曲同工之妙；而李喬以草木花樹為篇名，串連為類植物小百科的文類，也似乎貼近凌拂以各篇「說文解草」，一一賦予草木個案形態更為明確的存在與界定，而寫其當年行於田野，體驗、認知自然奧義的綠活筆記[83]。

81　李喬：《游行飛三友記》〈前言〉，頁5。有讀者於「遠景文學網——書評」，論及李喬《草木恩情》內容，錯誤頗多。類此負評，對於「文學作家」而非「植物學家」李喬而言，不免過於尖刻。網址：http://www.vistaread.com/reviews_dtl.php?action=view&id=179，檢索日期：2018年8月17日。

82　方梓：《采采卷耳》〈新版自序〉，頁020。

83　參見凌拂各篇之「說文解草」。見氏著：《山·城草木疏——綠活筆記》。

　　相較於上述自然寫作名家名作，李喬初嘗試自然書寫的體現與實踐，雖有其生態批評觀，諸如質詰人類的思想、文化、經濟、科技、生活方式與社會發展模式與自然環境的關係，藉此彰明人類歷史與自然史之密切關係。[84]然而李喬強力昭顯的創作立場始終是「與自我生命同在的自然生態觀」。在此面向上，李喬非主流與典型性的自然書寫，顯然更近於重視人類（人文）與自然相互交織的生態導向的文學，而非單純描寫自然，或過度切割人與自然的二元對峙的一般自然書寫架構。[85]《草木恩情》所有的書寫意圖、觀察感覺與別具意義的敘述，在在落實了李喬生命與草木同在的書寫情志：

> 草木與我的種種，在老年歲月，幾乎取代我人世的點滴。意念心思到此，油然萌生動機：何不趕速筆記懷恩心情，兼述草木與我之間種種往事與懷念、領會？……並祈求不久的將來我「回去」時，能夠被接納。
>
> （《草木恩情》〈前言〉，頁007）

> 我是一個「心境與處境」時刻對應銜接的人，選擇與草木對話為寫作的結束，或許是一種「逃避現實」的方式與某種徵兆吧？
>
> （《草木恩情》〈後記〉，頁253）

就李喬生命史而論，山野草木作為幼年成長的生活場景與特殊景觀，草木植

---

84 此為生態文學表現的特徵，參見王諾：《歐美生態文學》（北京市：北京大學出版社，2003年8月），頁9。

85 感謝審查者之一提點 nature writing 這組複合的研究詞彙或寫作型態，所衍異不同的概念與書寫嘗試，復又提供另一種「生態批評」（ecocriticism）的討論架構，以資參考。經筆者查閱相關書籍後，發現相關術語計有「生態文學」、「自然書寫」、「環境文學」等三大類，且因各國研究者所使用的術語與依據文獻，十分混亂與歧異。（相關資料，參見王諾：《歐美生態文學》）。若欲釐清相關學術演變與討論架構，恐非本文短製篇幅可竟其功。事實上，本文在「前言」已初步界定所依據之「自然書寫」理論，並也強調李喬自然書寫的「非典型」。謹此說明。

物的演化故事不僅具現李喬的生命特質，也讓李喬看見自己映現在自然草木世界中的位置。草木的情節脈絡，因此佔據了李喬一輩子的記憶。「返回山林」、「與大自然草木合一」，這是李喬個人世界的最後回歸──情歸土地。就其創作史而觀，邁入七十後的李喬，對於平生創作主力的「小說」文類，自覺大致「已完工」[86]，因而另起創作新意，所謂「這一生另一系列悠然浮現」[87]。據此或可推論並總結其意：一、在小說之外，改換為直接呈現心情意念的散文創作；二、以平日所積累之雜學，於文學學門之外，直面個人生命與物種的交融契合[88]。

　　文學行動與反映人生，從來就不是對峙分立，而是互通聲息，匯聚合流為一。故此，李喬的自然書寫之姿，宜乎安置並見證於其總體生命背景中。其晚年孳孳於完成田野草木小史，毋寧是意在交代臺灣山林田野記憶，感恩孕育生命的地母后土，而後與個人生命／時代歷史的一種話別形式。誠如作家所言：「大去之前既與草木話別，對於游行飛三界豈可無言離去？……於是哲學、宗教、科學都有些『銜接』了，以這種『狀態』，親草木友游行飛三界，想來感恩又喜悅的[89]。」李喬雖於晚年締建了個人新的自然書寫創作素材與散文文類形式，然則老作家自小說創作伊始，即長期關注臺灣的土地與自然，所謂「臺灣土地草木化生的作家」，[90]當之無愧！李喬草木書寫，雖從個人經驗的生命史出發，卻輻輳出臺灣植物史、庶民生活史、多族群經

86　李喬：《草木恩情》，頁253。高齡李喬在近期新作發表的各種公開或私下場合，皆表露出「這應是最後書寫」的預告心境。事實上李喬自出版《草木恩情》後，已於二〇一六年八月陸續完成新作《亞洲物語》長篇小說（新北市：印刻文學生活雜誌出版公司，2017年），以及《游行飛三友記》（2017年12月）、《生命劇場》（新北市：印刻文學生活雜誌出版公司，2018年）。老作家依舊於《亞洲物語》〈前言〉與〈後記〉中分別宣告：「這篇作品是個人真正晚年小說。聲明於『前言』」（頁7）、「八十三歲生日後兩個多月，正式的八十三歲長篇小說完成。決定小說創作，從此擱筆。」（頁295）。惟老作家已另有新作《思想想法留言》付梓，將於二〇一九年六月正式發表。

87　見《游行飛三友記》，頁004。

88　見《游行飛三友記》〈前言〉、〈後記〉內容，頁4-5、244-245。

89　同前註，頁244-245。

90　此語化用於李喬自稱「水土草木化身」。見李喬：《散靈堂傳奇》，頁421。

驗、家國歷史等大敘事，李喬的自然書寫，或許非主流也非具有典型性，卻因此標記了另一種多向度的臺灣田野誌！

結論

從「生產鄉土」到「科幻鄉土」

—— 臺灣新世代鄉土小說書寫類型的承繼與衍異

一　前言：以「世代」作為分析概念

當今這個時代是一個號稱「革命和嬗變」的時代，最明顯的特徵就是一切過程都在加速運轉當中，全球化時代的來臨，不僅產生了新的文學生產技法與日常生活結構，也為現代人提供了一種新的經驗基礎。現代乃意指「最近的」與「最新的」，用於口頭語則意味著網路與數位化環境的社會狀態。就文學與社會的縮結而言，「不同的心靈，不同的想像」，新世代新氣象即意指以後現代／後資訊筆調來書寫新世紀新感覺。

所謂「世變」概指政治與世局之鉅變，或文化與世情之潛變，世變鉅力與文變生成固然有著千絲萬縷的纏結，然而攸關文學變貌的成因，當然也涉及文學自身的進化規律與作家本身的情性才資。爰是推論，不同時代、不同世代的書寫關注與反應，是否有其「感覺結構」的定式？再則不同世代的文學作品縱或有其新創性風格，或世代趨同化現象，然而在代際差距與變異性關係中，終究有其書寫典範的繼承性關係，意即在開發主題或文類上有其明顯程式化的趨向，或隱匿其程式化的承繼性。是以在承繼或裂變之間的書寫鉅變與潛變，頗值得探究。

Robert Escarpit 嘗借助於研究社會結構等等的一些統計數據，作為分析文學活動的詮釋依據，而揭櫫諸多概念，諸如種族、環境和時勢三項元素的匯集，決定了文學現象，因此文學活動也涉及諸多外在客觀的牽掣條件，例如政治制度、文化素涵、身分地位、社會階層及類別、職業、休閒所參與的

社團、識字程度等等。[1]Robert Escarpit 所採樣並定義普世作家形象的立論觀點與統計資料，固然與彼時社會背景有關，但他所提出作家類群的「世代與班底」概念卻發人深思。

首先「世代同儕」的觀念，並非是規律性的「世代的交替律動」，其次文學世代乃是從「數量」上可鑑識出來的團體，再則論及作家世代，出生日期並不具意義，[2]只能設想一個年齡層，而不是一個確切的年紀，通常新的世代也會認同一位年長的作家為帶頭領路的人。總體而言，世代的概念實際上是曖昧不清的，因此 Robert Escarpit 主張與其探討「世代」（Generation），不如援用「班底」（Equipe）的概念更具彈性，所謂的「班底」即包含了所有年齡層的作家群（儘管當中自有一個占優勢的年齡層），而促成一批批「班底」的成因，則與外在政治情勢相呼應。[3]

參照於臺灣時代與世代書寫發展脈絡的討論，有關「社會世代」研究的概念與理論，恰好提供了可貴的研究線索。諸如蕭阿勤《回歸現實：臺灣一九七〇年代的戰後世代與文化政治變遷》，[4]取徑於 Karl Mannheim 所闡述「對於知識的和社會潮流與世代現象關係」的論點，所關懷者則從一九七〇年代中壢事件、美麗島事件的異議性政治與文化現象，作為觀察焦點，並側重歷史上重大「創傷事件」與「覺悟啟蒙」所創造的獨特世代——七〇年代臺灣一個特殊的「回歸現實世代」的三群成員：發揚日據時期臺灣新文學的文化界人士、鄉土小說家及支持者，以及黨外新生代。顯見蕭文著眼的「世代觀」乃涵蓋位於一個歷史的／社會的過程中相關的「年齡團體」，[5]而非全

1　參見（法）Robert Escarpit 著，葉淑燕譯：《文學社會學》（臺北市：遠流事業公司，1990年），頁7、29、35。

2　（法）Robert Escarpit 意指作家非先天而為作家，乃是後天養成，其參與文學生涯是個糾結複雜的過程。同前註，頁45。

3　同前註，頁40-47。

4　蕭阿勤：《回歸現實：臺灣一九七〇年代的戰後世代與文化政治變遷》（臺北市：中央研究院社會研究所，2008年）。

5　同前註，頁12、14、18。

然為生物學上的年齡。又如朱雙一《戰後臺灣新世代文學論》,[6]主要考掘一九五〇年前後出生,而於八〇年代活躍於臺灣文壇的作家創作現象,並涉及作家「世代」特徵外的意識形態、美學風格密切關聯的「流派」特徵。[7]

　　至於近期有關臺灣文學「新世代」書寫新局的論述中,大致可統整出三個要點:一是九〇年代恰逢臺灣政治本土化及首次民選總統等政治社會的巨大變遷,文化論述既被激盪出繁複奇詭面貌,勢必也帶動臺灣當代文學場域的生產機制與美學典範等變動,[8]影響所及即是學者觀察的時間落點,頗多聚焦於「九〇年代」以降的新秀書寫現象;[9]二則界定「新世代」群類的年代浮標,大致是從一九六五年(含)以後出生者,及一九七〇年代前面幾年出生的作家,[10]再下修至「七年級生」(亦即出生於一九八〇年代),所謂臺灣文學的「最新世代」。[11]三則來自「網路族群、媒體時代與全球化世界」的文壇新秀,幾乎都是出身學院的知青,[12]且多半是各項大小文學獎的得勝

6　朱雙一:《戰後臺灣新世代文學論》(臺北市:揚智文化出版社,2002年2月)。

7　同前註,〈緒論〉,頁7。

8　如范銘如:《文學地理:臺灣小說的空間閱讀》(臺北市:麥田出版公司,2008年9月),頁254;向陽〈疆域無限的新詩〉,《聯合文學》第299期(2009年9月),頁34。

9　諸如李瑞騰:〈九〇年代崛起的新生代小說家〉,《聯合報》(副刊)(1998年1月1-.2日),以及劉乃慈:〈九〇年代臺灣小說的再分層〉,收於《臺灣文學研究學報》第9期(2009年10月),頁69-104,另見拙作:〈「鄉土」語境的衍異與增生——九〇年代以降臺灣鄉土小說的書寫新貌〉,臺灣大學《中外文學》第39卷第1期(2010年),頁85-127。

10　參李瑞騰:〈新鄉土新世代新世紀〉與向陽:〈疆域無限的新詩〉,分就小說創作與網路詩為例示的論述。同註8,頁21-22、頁36-37。

11　見楊宗翰:〈誰怕七年級!——「臺灣七年級文學金典系列」策劃人語〉,朱宥勳等編:《臺灣七年級小說金典》(臺北市:釀出版,2011年2月),頁3。依據楊文,彼時界定最新世代、年齡大致介於二十至三十歲之間(現為30-40歲)。迄今文壇雖浮於千禧世代,俗稱八年級生作家群,如《印刻文學生活誌》創刊十六周年即推出「七年級、八年級作家打卡　今非昔筆」專號(2019年9月),但目前學界研究的新世代作家群相,大致仍以六、七年級作家為主。

12　如吳明益(輔仁大學中文博士,現任東華大學華文系教授)、童偉格(臺灣大學外文系畢業,臺北藝術大學戲劇碩士、臺北藝術大學戲劇學院專任講師)、甘耀明(東華大學創英所)、許榮哲(臺灣大學生工所與東華大學創英所)、伊格言(臺北醫學大學肄業,淡江大學中文系碩士)、王聰威(臺大哲學系暨藝術史所,現為《聯合文學》雜誌

者，因此習於顛覆、破格與象徵、隱喻等炫奇之技。

　　上述九〇年代邁入多元書寫後，具有可觀學歷及輝煌創作光譜的新世代寫家，容或身處於臺灣在地的生活思想與文化氛圍，然而在現代性參照系下，已然具有「當代意識」以及不同於傳統的「文化精神」向度的新世代，他們實質體驗中的「臺灣鄉土」，或許更趨近於朱天文筆下人物米亞所高呼：「這才是她的鄉土，臺北米蘭巴黎倫敦東京紐約結成的城市邦聯，她生活之中，習其禮俗，游其藝技，潤其風華，成其大器」的一個國際性都會。[13]因此若檢視他們挾帶著各式各樣的現代性話語及極致性技藝的書寫現象，或許可以探掘出他們或有潛在傳承，卻是殊異於前行代，而更接近學院理論與西方概念的「世代差異」書寫特質。誠然隸屬於同一世代或年齡團體，雖可賦予並限制世代成員在一個可能的經驗範圍內，而使他們「傾向於某種特別的思考與經驗模式，且具有某種與歷史相關的行動類型」，[14]但也必然要正視描摹「世代共相」的不易，亦即是「世代敘事」具有「不可化約」的多元可能性。

　　依據上述概念，首先若將前行代與新世代作家概分為文壇「主流」（意指作為臺灣文學史的撰述者與詮釋者）與「潛流」（概指在多數學界與論者眼中「文學血統」未臻純正卻具有潛力者），在不得不然的承繼與新變中，諸如前行代寫「離散」經驗、攝錄自身的鄉土社會、捕攫現代都會世界、開展公眾記憶的家國敘事，新生代則是寫「離開」體驗、生產從祖父母到父母的鄉土地誌、徜徉於全球化與資訊化的網路世界、揭現個人記憶的家族故事或擬歷史的大敘述……。循是而論，當針對前行代作家所擁有一些書寫文類特徵而進行「重寫」或「改寫」時，特別是新世代作家群表現最多的「鄉土地誌」文類，其操作策略與書寫行為為何？又處於「網路時代，疏離世界」的新世代位置的作家，如何透過作品詮釋「社會及知識的潮流」而體現自身

　　總編輯）、高翊峰（文化大學法律系）、張耀升（中興大學外文系，北藝大電影創作研
　　究所）、楊富閔（臺灣大學臺文所）等等。
13　朱天文：《世紀末的華麗》（臺北市：遠流出版事業公司，1992年5月），頁189。
14　同註4，頁18。

對於現代的態度？被稱為「移動部落」而無慣常安於一塊書寫土壤精耕細作，[15]卻又亟於形塑「作品辨識度」的新世代作家，[16]在主題、文類的延展與轉型現象為何？

　　基於上述問題意識及所涉及的「世代」理論觀點，本論文所研擬議題，主要以被歸類為「新鄉土書寫」流派的文學世代結構者，作為觀察對象。此乃因囿限於短製篇幅，實難以全面檢閱新世代書寫類型，因此本文假設命題先是以新世代作家群表現最多的「鄉土地誌文類」，作為觀測基石，至於「新世代」的界定，大致即以年齡層落於一九六五年至一九八〇年以後出生者為據。論述進程先是藉從「新鄉土」作為上溯起點，繼則下探其所衍異擬歷史—家族的「魔魅鄉土」，以及晚近越界而來「末日小說」文類形式的「科幻鄉土」。揀擇的作家作品，除了似有所承繼臺灣文學本調的新鄉土諸家之作，如童偉格《王考》、《無傷世代》與《西北雨》、[17]陳淑瑤《流水帳》、[18]王聰威《濱線女兒》、《複島》諸作外，[19]主要以始於「新鄉土」一脈譜系，晚近創作題材與文類形式屢見衍異與新拓的甘耀明《神秘列車》、《殺鬼》，[20]伊格言《甕中人》、《噬夢人》，[21]以及高翊峰《家，這個牢籠》、《幻艙》[22]等作為觀察對象。

15　見黃崇凱：〈創作場域的多音交響〉，《聯合文學》第299期（2009年9月），頁68。

16　見《聯合文學》「新十年作家」專輯系列中甘耀明、鯨向海介紹專文，同前註，頁41、44。

17　童偉格：《王考》（新北市：印刻文學生活雜誌出版公司，2002年11月）、《無傷世代》（新北市：印刻文學生活雜誌出版公司，2009年）與《西北雨》（新北市：印刻文學生活雜誌出版公司，2010年）。

18　陳淑瑤：《流水帳》（新北市：印刻文學生活雜誌出版公司，2009年）。

19　王聰威：《濱線女兒》（臺北市：聯合文學出版社，2008年4月）、《複島》（臺北市：聯合文學出版社，2008年）。

20　甘耀明：《神秘列車》（臺北市：寶瓶文化事業有限公司，2003年）、《殺鬼》（臺北市：寶瓶文化事業公司，2009年）

21　伊格言：《甕中人》（新北市：印刻文學生活雜誌出版公司，2004年2月）、《噬夢人》（臺北市：聯合文學出版社，2010年）。

22　高翊峰：《家，這個牢籠》（臺北市：爾雅出版社，2002年2月）、《幻艙》（臺北市：寶瓶文化事業公司，2011年）。

二　生產地方性：從「鄉土」到「新鄉土」

當以「鄉土」概念作為文學內涵的指稱時，勢必涉及將「鄉土」視為具有「地方性」或「空間感」的一個「指涉空間隱喻」的基本閾限。此乃因「鄉土」作為啟動作品敘述的泉源與媒介，與「背景」、「地方」、「空間」、「土地」的意涵，頗多互涉，且「鄉土」兼也表徵了個人、群體和全民族在情感歸趨裡的「家園」與「認同」意義。[23]唯「地方性」或「空間感」都是非常廣泛的分析概念，且涉及了在物質空間中塑造「意義與實踐」的過程。[24]

自九○年代開始，各縣市政府舉辦皆以突顯地方特色與在地主題的文學獎活動，甚至以古地名作為徵文名稱，藉資展現由自然景觀與文化形式結合而成的地方區域形態與風物，如竹塹、府城、南瀛、鳳邑、打狗、後山、蘭陽、桃城、浯島與菊島等等文學獎，皆是以地方性書寫作為建構與深根地方鄉土文史的活動策略。[25]而隨著九○年代主導文學所傳遞的美學認知，以及臺灣文史文物的嶄新資料與詮釋角度，也為新世代作家提供更豐碩的鄉土想像與創作養分。[26]針對上述各區域徵文或文學場域中新秀作家所書寫的「鄉土」語彙，已然是為隱喻性符碼的「地方性」，強調由地方的視角出發，凝視在傳統歷史中所銘刻的原鄉家園、地方記憶與文化身分。此類「鄉土文學」所蘊含認識層面上的「鄉土社會」內質與概念，或無異於作為一種文類的內質與基本閾定，諸如涉及鄉土社區所特具它自有的一套社會結構，以及各種習俗風物制度的特色現象等，然而現今地方鄉土作為安置於文學書寫的元素與題材，已迥異於同樣是以鄉土意識作為書寫主題與建構策略的七○或八○年代鄉土文學。

七○年代初期如黃春明與王禎和等作，或以「鄉人」為主；後期如洪醒

---

23 有關「鄉土」概念，請參拙作，同註9，頁85-127。

24 參（美）Tim Cresswell 原著，徐苔玲等譯：《地方：記憶、想像與認同》（臺北市：群學出版公司，2006年），頁131。

25 有關各區域文學獎活動資料，可參各縣市文化局網頁徵文辦法。

26 相關資料，范銘如論述甚詳，可參〈後鄉土小說初探〉，同註8，頁254-259。

夫與宋澤萊鄉土之作，或以「鄉土」為關懷，[27]總理言之，主題重心不管是在「鄉人」或「鄉土」，其所塑造之地方感，皆涉及在政府政策主導下所產生文學與社會的交涉現象，因此是以整體性的臺灣鄉土狀況為主；八〇年代鄉土文本則顯然已從七〇年代的鄉土文學「行動主義」、「鄉土寫實」，一路跨越到「超越寫實」的書寫現象，[28]至於九〇年代以降則興起各區域極具差異性與獨特性的地方學或地方書寫。

就文學系譜而觀，「鄉土文學」也即帶有農業文化標記，而歷經工業文明與現代性衝撞的一種書寫題材與文類。因此，論及「鄉土」，勢必要涉及與「現代」相生相斥的齟齬關係。誠如前文所述以「鄉人」、「鄉土」為關懷的批判性鄉土小說，甚或是陳映真反殖反帝一系列鄉土小說，如〈夜行貨車〉中開往南方故鄉貨車的主題與意象，[29]俱見前行代所刻繪的鄉土性大都有其「鄉愁意識」的浪漫情懷，[30]諸如鍾理和《笠山農場》、黃春明〈青番公的故事〉、鄭清文《天燈・母親》等作，小說中作為人文視覺的厚土大地，已然被挪借為「原鄉符號」的經驗體系。[31]這樣的鄉土空間，近乎是一種藉由文化結構交織著寫作者的觀念而形成的「存在空間」，鄉土儼然是一個價值觀念的象徵。[32]因此小說中的「笠山農場」雖然座落在交織著各種現實因素的社會網絡裡，有著社會文化的牢籠與慣例，卻是鍾理和寓託遠離時代政治風暴，[33]不受性別、地位、階級區分或歷史折磨，而表徵「社群理

---

27 見范銘如：〈七〇年代鄉土小說的「土」生土長〉，同前註，頁154。

28 楊照：〈從「鄉土寫實」到「超越寫實」——八〇年代的臺灣小說〉，《霧與畫：戰後臺灣文學史散論》（臺北市：麥田出版社，2010年8月），頁305-310。

29 陳映真：《夜行貨車》（臺北縣：遠景出版事業公司，1980年），頁289。

30 黃春明嘗言：今日臺灣多數老年人的鄉愁是來自於故鄉的快速轉變，不同於以往遷徙至異地的鄉愁。見〈鄉愁商品化〉，《自由時報》（副刊）（2006年4月6日）。

31 所謂「原鄉符號」的經驗體系依序為鍾理和的美濃鄉親網絡世界、黃春明的宜蘭鄉土世界，以及鄭清文的童年時空鄉土。

32 見（英）克朗（Mike Crang）著，楊淑華等譯：《文化地理學》（南京市：南京大學出版社，2005年8月），頁103。

33 見葉石濤：〈新文學傳統的承繼者——鍾理和〉一文：「他在《笠山農場》裡把日本人關在門外，塑成了一座遺世獨立的山間農場，記錄了那農場裡悲歡離合的動人故事。

念」、「烏托邦化」的一種「超越現實」取向；至於〈青番公的故事〉裡擁有頑強生命力的青番公，儼然是「歪仔歪」地方的守護神與「土地倫理和族群歷史」的代言象徵。「歪仔歪」，即是作者寓寄理想色彩和浪漫情懷，蘊涵價值觀念的「完整世界」。而《天燈・母親》鋪展人與萬物品類，甚至是人與神鬼和睦相處的「視覺性」農村景觀，更是作者意欲修補／虛擬「人間而不人煙」的童年世界。

從前行代跨越而來，並開啟新生代鄉土書寫，被稱為「作品有鬼氣」的中生代作家袁哲生等作，[34]則漸趨鄉土遲緩時間意識辯證——擁有自身時間意識的鄉土民群，對世俗統一時間的抵制與反思。如〈秀才的手錶〉與〈時計鬼〉二文，[35]皆涉及「現代鐘錶時間」與「鄉土社會時間」的分離與不對等，並藉由具有「生命終點」意義的鐘錶或精密記時器的量度概念，暗示鄉土社會的邊緣性與滄桑感。〈秀才的手錶〉中，手戴著一只村人少有的「鐵力士」錶（代表文明與現代性），不論春夏秋冬，總是穿著全套的，厚厚大西裝的秀才，不僅被視為「缺乏時間觀念」，[36]更顯然地是退出群體人際網絡的「獨異個人」。另一篇〈時計鬼〉則是在一連串錯置的「時間遊戲」（上課十分鐘，下課五十分鐘）情節中，營漾出「死神」（鐘錶鬼「吳西郎」）所帶來預知死亡紀事的奇譎情節。

九〇年代以降，作家群由於面對的是一個「異化」和「進步」的現代社會，因此大都與新的空間和時間經驗有所連結，「鄉土」敘述遂有了繁複的移轉與置換。新世代鄉土書寫顯見異於前行代，而別有「非常現代」的新妍

所以在《笠山農場》裡看不到臺灣新文學作家的共同主題：民族的矛盾，也就是臺灣民眾反抗日本統治的故事。」收於《展望臺灣文學》（臺北市：九歌出版社，1994年8月），頁57-78。

34 見王德威：〈生命中不安的光影——《靜止在樹上的羊》〉，載於《聯合報・讀書人周報》第43版（1996年4月8日）。

35 袁哲生：《秀才的手錶》（臺北市：聯合文學出版社，2000年8月）。

36 小說中的敘述者「我」，特別強調自家阿公也有一套西裝，卻是每年只有過農曆春節時才穿。因此認為像秀才這種穿法就不太像話，可見「在這一點上，他（秀才）可就沒什麼時間觀念了。」（頁17）

展現。[37]特別是在二十一世紀龐大「全球化」趨勢的衝擊下,「變遷」與「移動」已然不斷地消解地域／國土觀念時,有關地方鄉土的主體性與定錨點,以及地方性作為生命經驗的本質等諸多命題,皆需重新看待或重新詮釋。

　　針對全球化潮流中的「流動與移動」概念,論者標示出「創造地方」或「生產地方」的方式,大致有四:一是在超移動世界中重申「地方、邊界和根著性」的信念。二則進入「地方中的歷史」領域,建構有利於安置地方的「公共記憶」,諸如特殊地景與「史蹟地區」。三是從作為「基本且理想的地方形式」——「家」的概念出發,創造「生活的好地方」的方式。四則將地方放置於更廣大的區域與國族國家等較大的尺度中,建構為「想像共同體」(imagined community)的政治認同。[38]職是之故,所謂「地方性」並非只根植於一種生態地理表層的空間生產,而是攸關更複雜的現象學性質,諸如社會階級組織、慣例習俗、在地歷史傳統、社會角色網絡、集體觀念態度、價值體系等互為滲透的現象。易言之,「地方性」乃指陳在特定脈絡化與關係性中的一種共同體,所謂「在地社群景觀」。援是而論,「地方性」也是作為「一個向度或價值,能以各種方式實現其中的實存社會形式」。因此「生產地方性」可視為植基於一種情感結構,乃作為社會生活的特質,並也作為在特定處境下的共同體意識形態,意即「在特定處境中的共同體,他們的實存可能是空間式的或擬制的【／虛擬的】,並具有社會再生產的潛能。」[39]如是而觀,地方性固然作為生命經驗的本質,然而當新世代作家書寫鄉土時,或可能如前所述,是一種空間式的或虛擬式的,並具有社會再生產的詮釋?或就美學操演策略而言,在表述臺灣「地方感」時,除了強調自然環境與人文景觀外,也還有藉資生產「鄉土性」的書寫元素?

37　請參拙作:《鄉土性・本土化・在地感:臺灣新鄉土小說書寫風貌》(臺北市:萬卷樓圖書公司,2010年4月)。

38　上述四個「創造地方」的方法例示,乃統整自 Tim Cresswell 提出的概念。其意認為創建地方的歷史與地理複雜糾結,不僅出現舒適的地方層次。辨認出地方的方式,也在國族和區域尺度上運作。同註24,頁132-162。

39　(美)阿君・阿帕度萊著,鄭義愷譯:《消失的現代性:全球化的文化向度》(臺北市:群學出版社,2009年),頁270、255。

（一）以「空間邊界性」作為景觀符號的地方書寫

如陳淑瑤《流水帳》一書，論者美稱「將澎湖的地理景觀與日常生活作自然主義式的呈現，開啟寫實小說的另一種美學形式與視野。」[40]然則《流水帳》中最耐人尋繹的地誌書寫特色，尤在於以「空間界限」為象徵，而引渡出界限內外不同住民的社群意識。如小說中時見以「這裡」（澎湖離島）和「那裡」（臺灣本島）作為明顯對照的情節，藉由小說主要人物錦程和父親初次返回老家祭祖的「視覺探索」即可一窺究竟：

> 父親付了車資，使勁將門甩上，這一聲碰響震出空寂的屋底一個上了年紀的婦人，灰白的髮髻，沒有表情的臉龐，挺拔的腰桿子上掛著沒個性的藍底碎花上衣和半長褲，……錦程一時糊塗當她是祖母。（按：實則是父親的大老婆）……院子裡一股酸臭，標準鄉下味。「還在飼豬！」父親邊說邊向內走，……紅磚地上有堆雞屎，綠中帶白，像未調勻的水彩顏料，看起來不髒，感覺卻很髒。「還在飼雞！」父親說。
>
> （頁50）

在特定的空間界限之內居住的村群，他們「共同體生活形態」必然也會涉及空間形式的若干基本要素。就空間社會學概念而論，被界限框住的社群意識，或可以藝術品周邊框框為例示：「周邊框框宣示在它之內存在著一個只服從自己的各種準則的世界，這個世界並不納入到周圍世界的規定性和運動中去。」[41]循此而言，養豬飼雞，海邊捕撈的漁耕生活模式，以及屬於鄉野區域才有的看似愚執樸直而代表生命強力的老婦人物精神，顯然是《流水帳》書中藉以展示「參與者／在地者」所特具只服從自己村群內部的各種準

---

40 劉乃慈：〈日常的非常──《流水帳》的抒情鄉土與敘事〉，《臺灣文學學報》第20期（2012年6月），頁103。

41 （德）齊美爾著，林榮遠編譯：《社會是如何可能的：齊美爾社會學文選》（桂林市：廣西師範大學出版社，2002年12月），頁298。

則，而不同於外部世界規定性的一種「集體身分感」。然而從作為「分離者／外在者」錦程父子的觀點來看離島村群人物及地景，卻儼然是臺灣「內部的他者」——一個正在「消失的時代」裡所鑄造的異質世界。因此，錦程父子才會生發「看起來不髒，感覺卻很髒」的視覺佔有。相對而言，看似尋常淺表的農村耕稼現象，顯然在小說中也被作者提升為一種對生存經驗的了悟。《流水帳》因此是以「空間邊界性」作為鄉土景觀生態符號，而傳達「島嶼／邊緣」的地方書寫。此即《流水帳》在超移動世界中所重申「地方、邊界和根著性」的生產鄉土信念。[42]

（二）進入地方中的歷史

至於王聰威《濱線女兒》和《複島》，則是分別書寫母親故鄉高雄哈瑪星與父親家鄉旗後故事的連作。[43]兩作皆有一特色，即以父母的鄉土取樣，而體現特殊地景與「史蹟地區」，並將個別村民的命運和歷史事件繫連，人物的空間活動因而也表顯了歷史事件的進展。觀諸《濱線女兒》的篇目設計，即可總覽港都空間史料與歷史景觀：第一章主標目「濱線鐵路大院第一船渠木麻黃林」。第二章主標目「大院四枝垂大新百貨」。第三章主標目「高雄驛旁畸零地代天宮岩壁鼓山國校後」。第四章主標目「哨船頭旗後千光寺大院」。小說並以此進入「地方中的歷史」領域，建構安置地方的「公共記

---

42 感謝匿名審查者提醒「單一文本其實往往可能含括數種創造地方的方式」。誠然《流水帳》一書除了標誌「島嶼／邊緣」的空間邊界外，關於地方民俗及地景地物的記錄、澎湖家屋生活的書寫，以及對於節氣農事、節日儀典的展示等，亦所在多有，其他小說亦然。然本文此處單一性歸類的用意，主要植基於「生產地方性」意義脈絡下，意圖藉由不同例證或不同側重點來呈顯「生產地方性」的殊異概念，俾達參照性效用。分類原是便於研究，不可諱言，全面總攬或精準區隔，實有其現實中存在的必然限制與論述困境。只能佐以另作加以補足。有關陳淑瑤、王聰威等援用景觀生態符號，諸如島嶼、農村、海洋、漁港等等，作為生產空間知識與地方風物的展示，請參拙作：〈從景觀符號、民俗儀典到資訊媒介——作為「生產地方性」的新鄉土小說書寫現象〉一文，即本書第一章。

43 見王聰威：〈再記一頁女兒故事〉，《濱線女兒》〈後記〉，頁301。

憶」，展現高雄漁業社會和經濟發展史中「生活博物館」式的地誌景觀，如漁船建造、進港、入水知識等，以及港都發展史，如鹽埕埔商業圈、大新百貨、扶手電梯等等。[44]《複島・渡島》一文，除了可看到旗後地方的燈塔、海岸公園、過港隧道、二十四淑女墓等地標，以及濱海觀光路徑等寫實地貌外，更以文字和意象的符號層次，來建構有關旗津地方「民眾生活及文化形態」的痕跡，諸如「漁業文化」等實物與信息資料或知識。如小說中以近乎兩頁半篇幅，極刻意且鉅細靡遺地介紹拆船業技術程序及其惡劣的工作環境（頁182-184、頁218-220）。另也對於旗後住民所賴以維生或習焉察見的各式船舶，有一番概述與總覽。（頁176）〈渡島〉一文所收集、記錄、展覽並闡釋的旗後文物種種，使「文本」成了具可參觀性的「漁業博物館」陳列室。王聰威以連書雙作，紀念父母的鄉土以及那個憂患年代，並藉由「人與空間與時間」的親切聯繫，來想像與考掘高雄旗津的特殊地景與「史蹟地區」，從中發現歷史，再造地方性。

（三）最核心的「地方形式」：從「家」的概念出發

另一新鄉土作家高翊峰《家，這個牢籠》，篇名雖賦予家屋「反面而幽黯」的空間意象，卻實為一種「「隱意」的「遁辭」，所欲宣揚的並非是「家的解放」，而是透過迂迴委婉的方式，表顯童年記憶中的「鍾愛空間」與現實社會裡「空殼家屋」的強烈對比。如〈好轉屋家哩〉一文描寫兒子媳婦返家過年的倉促與短暫，孤單老父阿章伯因而思念起早夭妹仔（女兒），而將滿懷父愛傾注於不知來歷的貧寒小女孩，藉此填補天倫的匱缺：

> 嗐，過一個年，兒子喊就喊不轉屋家。一轉屋家，又走清清。我去廟巷拜妹兒，看她要轉屋家，來陪俺晤兩個老人家麼？
>
> （頁29）

---

44 分見《濱線女兒》，頁30、12、48、49、153、168、189、247。

〈掛紙〉一文則是藉由元宵節後第一個禮拜日，客家祭祖掃墓（掛紙）的習俗，傳達唯有經由「掛紙」禮俗，才能織就家族成員的「血系大網」與「倫理輩份」的認證，也才能匯聚開枝散葉各處，見面宛若「像是有禮貌新同事在問好」的疏離親族。〈國道墓草〉則敘說喪偶的鰥夫錦伯，帶著智能不足的傻愣長子，輪流至三個兒子住處就食，表面上雖有孝子賢媳承歡侍奉，但錦伯卻心知肚明，知道「要是沒田沒地，死在自家灶頭下也冇人知道」的涼薄親情。（頁146）上述三篇刻繪滯留鄉間的孤寂老人「穿衣吃飯即人倫事理」的生活光影，鑑照出普遍和典型的現代老化社會現象，儼然是向前輩作家黃春明致敬的「新世代版」《放生》之作。

　　基本上所有真實棲居的空間，都含有「家」這個理念的本質。家屋就是人世一隅，家屋就是我們的第一個宇宙。[45]有關地方與家園的縮結，即可由此作一探源，誠如人文地理學者所言：「在各種尺度上創造地方的行為，被當成是創造了某種居家感（homeliness）。家是地方的典範，人們在此會有情感依附和根植的感覺。」[46]爰是，「鄉土」和「家」都是作為最重要的地方概念與宇宙結構的焦點。「鄉土老家」在高翊峰的小說表現中，容或已化為「老、孤、閒、病、弱、危、貧」的老人生存情境，[47]但小說映顯鄉土家屋的幽微暗影，同時反襯的卻也是附加許多想像價值的「被歌頌的空間」（espacelouangés）。[48]一如〈阿立和他弟弟〉中因城鄉差距而失聯失歡的阿立和他弟弟，終得以在山居外婆家完成手足天倫的和解；〈少年小羽〉中的小羽則幾近是守衛天使般照護著輪椅上的姐姐；〈阿月的家工平車〉勾繪出貧寒母子三人，互為體諒關愛的人間至情。《家，這個牢籠》處理浮生人間的悲歡苦樂，實際展演的卻是以「鄉土世界」作為佈景的「家屋映像」。從

45　（法）加斯東・巴舍拉（Gaston Bachelard）著，龔卓軍等譯：《空間詩學》（臺北市：張老師文化事業公司，2003年7月），頁66。

46　同註24，頁42。

47　七種老年情境，參見徐立忠：《老人問題與對策──老人福利服務之探討與設計》（臺北縣：桂冠圖書公司，1989年），頁15。

48　同註45，頁55。

作為最基本且最核心的「地方形式」——「家」的概念出發，顯然也是新世代作家群創造「鄉土地方性」的書寫方式之一。

（四）族群民俗儀典的展示櫥窗

與高翊峰同為客籍作家並同樣熱衷書寫「家庭內部景觀」的甘耀明，他所聯結「鄉土」與「家」的書寫，迥非高翊峰「憂世傷生」的陰鬱風格，而是暈散開來更多開懷悅笑與暖老溫貧的意味，如採用「一人說一個故事」的接力方式推展情節的《喪禮上的故事》，[49]即使是表達傷逝與悼亡的「告別式場上」故事，也依然是詼諧幽默筆調。自陳小說創作中的地景，多取自童年村落苗栗獅潭「關牛窩」及家族故事的甘耀明，[50]其系列「關牛窩」作品的故事題材頗能突顯在地族群文化及習俗特色。如〈伯公討妾〉與〈尿桶伯母要出嫁〉二文，[51]可謂「諧鬧喜劇」，卻頗能表現客家族群的民俗文化特性。

〈伯公討妾〉藉從「伯公討妾」作為展示族群民俗儀典的櫥窗，平行對應的則是兩岸小三通及 WTO 後種種骨牌效應：諸如臺商西進「包二奶」、疏於返臺事親，導致家庭體系崩壞等等。小說以伯公老是「卸廟」變成其他動物，跑出廟外「風流」的趣事作為引子，村民因而費心為伯公迎娶「大伯婆」與「大陸妹」等妾神，好讓伯公轉廟回來。故事開篇即展佈客家族群的迎神儀典：

> 伯公拐看似打醮的燈篙，風中呼啦的驚響，輒常蓋過熱鬧煎煎的關牛窩。……在採茶戲班、山歌班、醒獅隊日夜開棚、唧唧啁啁中，紙砲聲帶起高潮，妾神安座大典開始。
>
> （《神秘列車》，頁32）

---

49 甘耀明：《喪禮上的故事》（臺北市：寶瓶文化事業公司，2010年12月）。

50 見甘耀明：〈甘耀明談殺鬼〉，《殺鬼》，頁442。

51 分見甘耀明：《神秘列車》，頁32-49，以及《水鬼學校和失去媽媽的水獺》（臺北市：寶瓶文化事業公司，2005年），頁60-105。

至於另一篇〈尿桶伯母要出嫁〉，小說則援借客籍除歲佈新的民俗儀典：「每年除夕，族人會出嫁尿桶伯母，辦個熱熱鬧鬧的夜宴活動。」（頁61）「尿桶出嫁」的故事意義，乃在於回溯先人「篳路藍縷，以啟山林」的生命巡遊，好讓後代子孫的眼界與心靈得以重新界定。「尿桶」原是農業社會簡易的衛生設備，作者以此為材，一方面敘其源自農業社會系譜，一方面也藉此先民文物，表達對祖輩先人的溫情與敬意。[52]

　　族群成員或許多數互不相識，但身為族群一份子，多少也會知道一些族群的「共同傳統核心」。甘耀明書寫客家「民俗儀典」，藉此表徵「群體的身分感」，顯然也是一種辨識地方鄉土特性的方法。鄉俗儀典關注的本是「地方主體」，即特屬於某種情境下共同體的行為者如何生產出來的課題。因此藉由認識族群特有的民俗儀典，也可稱為一種生產「本地人」的方式。[53]客家文化乃源於客族遷移和開發過程，〈尿桶伯母要出嫁〉主要的故事重點即在於傳達祖輩渡海開臺，耕稼拓墾，建立家園而念茲在茲「食是福，做是祿」的勤儉祖訓。甘耀明在神人鬧劇的背後，植入客家民俗儀典，作為理解在地族群文化的鄉土實踐，此即論者所稱，將地方放置於更廣大的區域與國族國家等較大的尺度中，建構為「想像共同體」（imagined community）的一種政治認同。[54]

　　上述援例說明新世代書寫鄉土經驗的多種面向，顯見已不再聚焦於現代化與傳統鄉土之間的內在緊張感，而是「特意」地將「文本鄉土」轉化為極具「生產性」特徵的一種地方再現，意即地方感的培養，是刻意且有意識的建構。然若就新世代藝術思維和表現方式的風潮而論，挪借可資辨識的「元素」而還魂鄉土，似也可指歸於身為學院派作家所習於表現美學概念，與夫具有藝術符號構形的創作實驗及操演策略。此亦可證成新世代鄉土題材或趨於戲謔化，或將鄉土轉化為傳奇而成為某種近乎「文創」式的符號化產品，

52　是否真有「尿桶出嫁」的民俗遺風，不得而知，但檢索客家先民文物資料，卻發現盛裝尿溲，餲味橫溢的「尿桶」，確然是客家女子出嫁妝奩之一。

53　同註39，頁257。

54　同註24，頁157-162。

以致書寫策略轉以輕質化方式來陳述他們對待鄉土的態度。

三 重說歷史的魔魅鄉土：
從「家族故事」到「公眾記憶」

論者嘗言「比起上世紀，這一個十年沒有驚心動魄的戰爭、沒有無可奈何離鄉與流亡、沒有農業社會進入工業社會的劇變」，因此，「這是一個面目模糊、缺乏流派的世代。」[55]年輕寫家，或因文體與風格持續變化而尚未定型，以至「面目模糊」，然而綜覽新世代作品實際表現或相關論評，卻發現「鄉土」／「新鄉土」或「鄉土語境」諸議題，儼然是生活在全球化浪潮中新世代的書寫大宗，此即論者所稱「輕‧鄉土小說蔚然成形」。[56]

昔日鄉土作家書寫鄉土，泰半來自於生活經驗，如黃春明的宜蘭鄉情書寫、鄭清文的桃園舊鎮人事風華、王禎和的花蓮市井傳奇、宋澤萊彰化農村現象等等，始終浸染與作者生命歷史、情感與經歷，牽扯最深最多的本源之地，因此輕易地即可串連作家與「他的鄉土」的親密關係，前行代的鄉土書寫因此多屬於「經驗的問題化」，主要是對於不可抵禦的現代性，頗有深重焦慮，書寫鄉土的過渡性意義，顯然大於一切。

至於新世代鄉土諸作，在表意上可能趨於認同前現代的傳統價值和觀念，然而在他們年輕的心靈角落，自然也會有一處地理位置，是屬於魂縈夢繫之所，或別具意義的象徵之地，如新鄉土領銜者袁哲生的「燒水溝」和「羅漢埔」，[57]或陳淑瑤的「澎湖」、甘耀明的苗栗獅潭「關牛窩」、王聰威

---

55 參陳宛茜：〈新世代面目模糊？〉，《聯合文學》第299期（2009年9月），頁57。

56 見范銘如：〈輕‧鄉土小說蔚然成形〉，《像一盒巧克力──當代文學文化評論》，頁175；吳鈞堯：〈醒覺的火炬：七〇後與六年級〉以及陳國偉：〈後一九七二年的華文小說書寫：世代與記憶的倫理學〉，分見《聯合文學》第331期（2012年5月），頁63、33。

57 「燒水溝」是袁哲生外公和外婆的故鄉，見袁哲生：〈自序：語言安靜下來的時候〉，《秀才的手錶》，頁4；「羅漢埔」等虛構鄉土諸作，參見《羅漢池》（臺北市：寶瓶文化事業公司，2003年9月）。

的「哈瑪星」與「旗後」、楊富閔的「臺南」等等，即使所呈顯的「紙上故鄉」，並非實指地理或空間位置，卻也是作為啟動作品敘述的一種泉源與媒介，而且是近乎一種「他方異鄉」的浪漫想像之物。一如甘耀明《神秘列車》中以「野薑花暗香浮動」，烙印家族記憶的「勝興」火車站；童偉格《王考》或《無傷時代》，一貫以海濱荒村（臺北萬里？）敷演荒村荒人故事；許榮哲《𦣡一ㄢ/》則是以「興建水庫」寓言來託喻並塑造一個美濃「新鎮」等。新銳寫家的「文本鄉土」顯見是圍繞一系列意象和觀念而形成，類乎一種想像性的藝術國度，非盡如前輩的真實鄉土經驗。因此其鄉土書寫，大都為「體驗的問題化」，亦即所表現的乃緣自於現代世界科技、物質、文明等交織下，對時間的新的認識，因而產生「現代經驗與內在家園」的諸般錯綜糾葛。

（一）歸屬於「個人記憶」與「擬歷史」的家族書寫

誠如上述，缺乏實質鄉土經驗的新世代頗多以鄉土為書寫主題，更耐人尋味的是新世代鄉土諸作頗多以「家族故事」為材。[58]論者嘗言：「家族成為他們僅存能夠進入鄉土的甬道，透過拼湊家族過往，驅動那些流竄在記憶網絡與鄉里人際間的故事，方能形構鄉土的歷史圖譜。」[59]自文類書寫與論述系統而觀，「鄉土文學」原是一種地方性詮釋的延展，不僅構築鄉野特有的人文空間，也表呈前工業時期庶民生活文化的紀錄資料。從昔時到今日，老中青作家所書寫的「鄉土場」，頗多植入地緣性格、民間信仰、生活記憶與文化層累，不僅表徵臺灣在地性格與鄉土意識的回歸，其所映照鄉土民間人文地理風貌，也堪稱「臺灣歷史記憶的贖回」。論者亦論及除了最接近正

---

58 如吳明益：《睡眠的航線》（臺北市：二魚文化事業公司，2007年5月）、童偉格：《無傷世代》諸作、張耀升：《縫》、甘耀明：《神秘列車》、《喪禮上的故事》、伊格言：《甕中人》、高翊峰：《家，這個牢籠》、王聰威：《濱線女兒》和《複島》，以及楊富閔：《花甲男孩》等等。

59 陳國偉：〈後一九七二年的華文小說書寫：世代與記憶的倫理學〉，同註56，頁34。

宗鄉土小說的甘耀明「對臺灣生活史展現過人的熱情」、「更能在社會性歷史性之外刻畫出地方性」外，其餘如童偉格、伊格言等人則「深層結構裡似乎承襲更多現代主義的精神。鄉土或家庭，只是大、小空間之於主體存有的關係，引發又撫慰青春的孤絕、躁動。」張耀升、許榮哲甚至「打著鄉土反鄉土的後現代式小說」。[60]顯見論者並不認為新世代作家群的家族書寫或鄉土議題，乃攸關父祖輩生活臉譜或時代風雲，而是更多對鄉土固有概念或敘述形式的「嘲擬、解構與後設性反思」，[61]然則論者也無法宕開新世代鄉土書寫習於大量援用臺灣文獻，搭建時代場景，熱中建構個人、家族史或臺灣史的慣習與現象。透過重述個人生命史、家族史，來挑戰官方或國家歷史大敘述，將「歷史私人化」的小說敘述方式，[62]自非新世代所專擅。觀諸新世代作品似乎更趨近於以「無名大眾」的個人故事為輻輳，而探掘開挖「日常生活史」，來展現一種非源自於民間傳說的「自由的虛構」，因此有別於前行代崇高體裁的大河「史詩」諸作。[63]

權以書寫「家族故事」最具代表性的童偉格作品為例示，〈王考〉一文，誠如篇名英譯「My Grandpa」，[64]乃是藉由孫子的視角敘說有考據癖，幾近是書痴、知識瘋子的祖父故事。故事主要以祖父的傳奇軼事來呈現，如祖父化解三村奪神分祀紛爭，展現考證神祇身分等文獻典實，但伴隨祖父考據實學而來的卻是對祭壇聖王進行一連串的「疑神」與「解構」，甘冒大不韙的祖父因而成為村群眼中的怪物。小說更多篇幅尤在於勾繪祖父處於「在無望中的遊蕩」之姿，如祖父老年總是懷抱著糖甕，一心一意等候早已停馳

---

60 見范銘如：〈輕‧鄉土小說蔚然成形〉，同註56，頁177-179。

61 見范銘如：〈後鄉土小說初探〉，《文學地理：臺灣小說的空間閱讀》，頁252、270。

62 見邱貴芬：〈面對浩劫的存活之道：閱讀吳明益《睡眠的航線》〉，吳明益：《睡眠的航線》，頁13。

63 有關巴赫金小說理論中「自由的虛構」與「長篇史詩」的差異，見後文闡述。

64 就小說有關「搶神」與「疑神」，最後考證該神為「王光大帝」（祖父考證出王光實為虛構的小說人物）等情節觀之，有關〈王考〉篇名義涵，似也可從「考證王光大帝」而發明之，有趣的是二〇〇九年，筆者因發表論文而向作者童偉格請益〈王考〉英譯篇名時，始知其原意為"My Grandpa"。

的公車，要去看海；在道旁菅芒叢中撿拾草葉編織花鳥；憂悒焦愁於孩童淋
雨著涼，只因往昔村人最大死因是肺炎與流感……。小說即藉諸多生活細
節，組構人物的「傳記微素」。至於《無傷時代》則以人子「江」的敘事，
連結母親生命史中諸般錯置而難以解密的人際網絡記憶與自由生命狀態。小
說延續童偉格一貫浮雕的背景：「彷如跌入睡眠般的酣寥山村」，而後引渡出
「荒蕪荒村荒人」與「悲傷殘破敗壞」的故事。善於編撰故事的母親，在煞
車皮工廠工作了近三十年，卻因識不得英文字母編號的貨品而被訕笑多年
（頁146）。表面上這個家族成員似乎從凝聚「同一血緣體」而裂散為「他人
眾群像」的諸多紛歧面貌，可是故事卻不經意透露出先輩與後代，實質上全
歸屬於具有「同一性」的「廢人家族系譜」，如江和母親皆具有善於虛構現
實、誇張故事的能力；其他家族成員，如祖孫、姐弟、舅甥也都各自存在於
自由操縱「時間」與「夢想」中（頁120）。小說一再勾繪「窮途一生，無罪
無惡，當他們離開時，人們早已沒有任何情緒」的廢人群落（頁44），然而
文中卻又透過江的母舅，當他面對人生挫敗的父親對子女造成挫傷時，終究
難忍對「廢人」血胤的憤慨：

> 那些什麼「自由」與「夢想」等等寬遠的字眼，都像回身伸手的父親
> 一樣，發出濃濃的酒臭氣。那些字眼，是如此地不可輕信，就像故作
> 天真地販賣著他們童年的父親一樣。那樣地自我陶醉。
>
> （頁124）

如是而觀，故事收梢中人子的告白，隱然揭現自詡「無傷無礙」而實際「有
傷有礙」的廢人懺情錄。童偉格系列小說所書寫「廢人」價值、「無傷」哲
學、失敗「畸人」，這些荒蕪而萎頓的生活表象，恐非論者所言「『廢人』是
『無傷無礙』的，……他們的敗壞甚至不帶點頹廢（decadence），單純只是
敗壞（decay），敗壞到底。」[65]相反的，小說所刻繪「存在而不屬於」與

---

65 楊照：〈「廢人」存有論──讀童偉格的《無傷時代》〉，《無傷時代》，頁9。

「低度意義」的廢人生活，正是關乎現代性最重要的命題——「時間的破壞性和沒落的宿命」，[66]亦即是處於對現代性時間的一種「震驚」體驗與尷尬處境的無所適從姿態。小說籠罩「惘惘威脅」的氣味，頗近似張愛玲的書寫主調：「時代的車轟轟地往前開。我們坐在車上，經過的也許不過是幾條熟悉的街衢，可是在漫天的火光中也自驚心動魄。」[67]此即「無傷時代」的「頹廢」色彩。

另作《西北雨》，依舊延續著童偉格一貫的憂鬱鄉土基調與家族寫真故事：一個儼然如墓場的山村／孤島，「像是光天化日下，不該存在的影子。……在那裡出生、成長的人，會覺得生活本身是一場漫長的瘟疫。」（頁27）故事開始即收攬家族的群像：離異的父母親、同居的祖父母、姑姑叔叔，以及出生後即被母親放入野餐盒裡，前往尋父的敘述者「我」。小說〈卷首〉開篇即浮雕出「從死裡復活的母親」與「魂魄飄蕩的祖母幽靈」，宛若「幽靈家族」的氛圍，已然傳達出一家數代疏離與寂廖的人際關係。敘述者講述家庭成員的故事，或以「記憶」套疊著「記憶」，諸如敘述者「我」（許希逢）的母親追憶她「母親」記憶中的「丈夫」李先生；或以「我想起」、「我猜想」，或是「夢境」（虛偽的、經濟的與甜美的夢）來組構家庭成員的圖譜。

論者有謂《西北雨》是魔幻鄉土，「從日常生活的實證時間朝向神話一般的非時間性，而趨近於夢與原型。」[68]小說中的時間確然是在時間之外的時間，是敘述者記憶／想像祖父或父母記憶中的生活斷片，敘述者敘說的情狀是屬於「現在」，而「父母彼時的生活斷片」則屬於「過去」，因此小說中的家族歷史故事，遂成為「現在和過去之間無終止的一種對話。」[69]是敘述

---

66 （美）卡林內斯庫·馬泰（Calinescu Matei）著，顧愛彬、李瑞華譯：《現代性的五副面孔》（北京市：商務印書館，2002年5月），頁161。

67 張愛玲：〈爐餘錄〉，《流言》（臺北市：皇冠出版社，1997年），頁54。

68 黃錦樹：〈貘的嘆息〉，《聯合文學》第310期（2010年8月），頁52。

69 見（英）愛德華·卡爾著，江政寬譯：《何謂歷史？》：「歷史是歷史學家跟他的事實之間，不斷交互作用的過程，是現在跟過去之間，永無止境的對話！」（臺北市：博雅書屋，2011年），頁126。

者進行「解釋」和「過往事實」之間的一種交互作用。此或即是《西北雨》一書，被定調為「這是一個『自己』之書」的緣故。[70]又如王聰威《濱線女兒》和《複島》兩作，明顯以「家族境遇」為基底，書寫本身雖也顯示了「人與空間與時間」的親切聯繫，但在最終意義上卻是通過「自我的想像建構」，來展現父母輩歷史層累性的生活經驗，而主要揭現的其實是芸芸眾生所面臨「他我關係」的艱難課題。

　　論及「家族故事」的命題，自然關乎家庭乃作為最深刻的「原初情感」與最初始經驗的源頭。具有先輩與後代序列結構的家族，勢必涉及代與代之間頭尾連續與傳承的線性軸：父母生出子女，子女成年後，再生出子女……，因此，家庭體現了來自於時間上的延續性。此即家族小說所必然具有的歷史性意義。總理而觀，新世代作家鮮明勾勒「家族故事」情節與框架的企圖，或意不在於那個廣大而盤錯的「集體歷史」，而在於「『說』史」情結——不在於傳達一系列連續性，或經驗的、或原始的事實，而在於將歷史時間的語境視為一種敘述方法或寫作行為。[71]

　　就廣義而言，「所有人類自出世以來所想，或所做的成績同痕跡，都包括在歷史裡面。大則可以追述古代民族的興亡，小則可以描寫個人的性情同動作。」[72]要言之，歷史絕大部分是屬於無數人的問題，包括無名的庶民。然而歷來的歷史書寫或研究，主要的關懷大都與政權、國家、制度、革命、戰爭、變局等等相關的事件或問題。這樣的歷史被稱為是「正史」，或是與官方意識形態縮結的歷史。[73]小說家筆下的歷史題材，對於歷史的解讀，對歷史視角，或歷史觀念，或所關注的歷史材料，都與正史大不相同，因此稱為是野史，或稗史，或民間敘事。對新世代小說家而言，不同的生活經驗所

70　見駱以軍：〈贖回最初依偎時光〉（代跋），《西北雨》，頁239。

71　（加）哈琴著，李揚等譯：《後現代主義詩學：歷史‧理論‧小說》（南京市：南京大學出版社，2009年），頁126。

72　（美）魯濱孫著，何炳松譯：《新史學》（上海市：上海古籍出版社，2012年），頁1。

73　參曹文軒：《二十世紀末中國文學現象研究》（北京市：北京大學出版社，2002年），頁216。

產生的切身體驗或許是：「全然理直氣壯打心底的不再好奇關心他們那一代所熱中的一切珍貴或垃圾。」[74] 然而既以表徵「傳統」、「文化」的鄉土，作為書寫主要命題，因此回溯「往事並不如煙」的歷史時間，也成為必然。縱或不以鄉土為材，在現代或後現代的大眾消費情境中，所謂「對當下的懷舊」意識，也是尋常可見的。

　　新世代寫手喜於重說「家族史」或「臺灣史」的現象，顯然並非植基於某一種年齡層對於過去的「真實」懷舊，一如朱天心「對時間、記憶，與歷史的不斷反思」的老靈魂角色，[75] 而是將「歷史」視為小說般的話語，易言之，文本中所炮製過去的意義，並不存在於事件本身，而在於把過去事件轉易為現在歷史「現場」與「事實」。新世代小說藉「家族故事」來書寫「頹廢」概念與「荒蕪」表情，除上述童偉格系列之作，還有張耀升〈縫〉藉著父親與祖母兩代令人驚心的裁剪纏鬥，展演「變色家屋」劇場；至於伊格言《甕中人》更是耽溺於以肉身、屍骸與死亡的意象，來標識親緣血脈的家譜。爰是，這些家族小說演繹家族悲喜劇碼，卻從中消解了原可作為後代族裔一種楷模性存在的父祖巍然身影，而只餘精神廢墟。昔日鄉土文學中作為父祖輩角色，即使被定義為悲劇或滑稽英雄，終究還是一介具有神聖、崇高、理想與價值的祖輩人物，如黃春明小說中的青番公、阿盛伯等等，基本上皆近乎史詩中表徵某一階段的典型性英雄人物，迥非新世代家族小說中的父祖形象——存在於所有人之外的一個「絕對存在者」的角色，一種與世隔絕，無法建立與他者關係的畸零人。

　　前述新世代以「家族」作為書寫要素，描述人物際遇和家族命運，最終的「家族史」卻是貼近於「鄉土小說」文類，而將「家族」視為懷舊書寫的象徵符碼，「在血緣親族關係上綿延幾代人命運中，建構起一個與現代化變

74　見朱天心：〈序：讀駱以軍小說有感〉，駱以軍：《降生十二星座》（新北市：印刻文學生活雜誌出版公司，2005年2月），頁11。

75　王德威：〈老靈魂前世今生——朱天心論〉，《跨世紀風華：當代小說二十家》（臺北市：麥田出版社，2002年8月），頁114。

遷相對應的懷舊空間」，[76]因此宜屬「個人記憶」與「擬歷史」的家族書寫意義，主要還是在於「說史」的書寫策略。並非如鍾肇政《臺灣三部曲》或李喬《寒夜三部曲》等，明顯具有「歷史－家族」質素的大河小說，乃是通過對傳統家族史的梳理與轉用，來表達和敘述民間對歷史的記憶，並進行「補遺」或「顛覆」或「解構」官方廟堂的歷史載記。

　　相較於上述新世代「家族史」諸作，甘耀明《殺鬼》在創作體材、歷史意識與民間敘述立場上，其整體創作實踐，顯然更貼近於重述「公眾記憶」的歷史書寫。從敘寫「個人記憶」的《神祕列車》、《喪禮上的故事》，到「公眾記憶」的《殺鬼》，堪稱是作家的自我突破與蛻變更新。

　　如〈神祕列車〉以「家族記憶」為敘述主軸，全文以諸多老式火車型號、鐵道建築、行車時刻表等物件，來暈染歷史性氣氛。作者以「鐵道迷」的書寫面向，細數火車歷史種種，儼然像是一篇交通工具物體系史詩，除了概要性標明與技術沿革相應的社會變遷風貌，小說從主要角色「少年」對火車的認知感受與生命體驗出發，因此在小說中已超然於作為實體交通工具的「神祕列車」，即在文中構成了主要的核心理念，象徵兩個世界的聯繫：少年／有自動購票機的現代火車站／時刻表上的列車／太平歲月，以及阿公／十六份驛小站（勝興站）／時間表上冇的列車／白色恐怖時代。原來浸染著神祕色彩的火車故事，乃是攸關少年家族受難記——在火車票背印有「共匪必滅，暴政必亡！」「反攻第一，勝利第一！」字樣的肅殺年代，少年父親童年的鐵道之旅，竟是全家分排靠窗坐定，全臉緊貼車窗，好讓因政治事件而逃匿山區的阿公可以看清家人容貌，一慰思念之情。小說藉由兩個老人分別搭乘過「坐過一次，就不再出現的火車」，連結不同時間平臺的兩段歷史風暴，一是戰爭逃難年代，一是政治肅殺年代。歷史進程中的錯謬荒唐，尤顯現在少年阿公所搭乘的神祕列車，原來這是一場設計騙局下通往牢獄災難的恐怖班車。神祕列車因而不再只是作為鐵道迷少年單純的夢幻與追尋，而是關鎖跨越歷史時空，召喚家／國記憶的少年心靈成長史。

---

76 參陳思和：《當代小說閱讀五種》（香港：三聯書店，2009年），頁184。

另取材自「家族故事」的《喪禮上的故事》，甘耀明自陳具有「父母透過不同場合表達『生命教育』的意涵」。書中如〈微笑老妞〉主要描寫農耕時代，人與耕牛的深摯情感；〈囓鬼〉則是講述民生日用飲食諸事，如從「番薯籤」主食到「清飯」度日的「吃不飽的歲月」，以至意外獲得一隻山豬腿，卻是全家珍重慎重地吃了四年才食罄的清貧年代生活斷片。小說或意不在於藉此呈現日常生活和大眾文化的視野，卻是間接傳達出臺灣五、六〇年代常民生活的歷史面貌。至於論者評為「以童話的筆法寫出了歷史的格局」、「在日本殖民與國民政府接收兩造的政治光譜中，直視隸屬於臺灣的『國民性』」的長篇小說《殺鬼》，[77]更是復現了臺灣歷史的某一斷層。

（二）「自由的虛構」與「歷史私人化」的大敘述

《殺鬼》以史實和想像構建出一個人鬼共存、神鬼不分、虛實雜糅的魔幻世界。對應的歷史背景，則是從日殖臺灣階段以迄一九四七年二二八事件爆發之際。小說紛以具有神人鬼特質，力大無窮，可以殺神殺鬼，攔下道路鐵獸（火車）的「帕」；不願降服日人而將兩足深植地土的「頑固老人」；難捨分離而血脈相通的連體「螃蟹父女」；肚臍下有紅悶火圈，凡經過處即焚化成炭的「螢火蟲人」；以及具有魔法的機關車，可以疾馳在無軌道的世界等等，組構成塗滿民間傳奇色調的魔魅歷史故事。就歷史界定而言，正史是不應該富有想像力的，歷史學家的要務，首在於忠實記載「一個歷史家的目的，不應該用許多的奇異的軼事去驚動讀者，……歷史家最重要的職務，在於記載實在的事體，不問它怎樣平常。」[78]因此駭人聽聞的軼事，並非屬於「歷史」。甘耀明書寫趣聞軼事、民間傳說和帶有傳奇色彩的《殺鬼》故事，自非有撰史企圖，且參見附錄於書末〈甘耀明談《殺鬼》〉一文：

---

77 分見朱宥勳：〈甘耀明——童話筆法的歷史格局〉，《聯合文學》第331期（2012年5月），頁39，以及張耀仁：〈殺鬼，也殺神——面對甘耀明〉，《明道文藝》419期（2011年2月），頁80。

78 見（美）魯濱遜著，何炳松譯：《新史學》（上海市：上海古籍出版社，2012年），頁18。

> 史料是小說主要的靈感來源，……我也不希望小說變成歷史資料
> 庫。……設定在日治時期是早就選好的，並無特別考量。……因當時
> 的國族認同與身分認同，找出不少的著力點，更能顯現角色間的張
> 力。……我筆下的人物絕對不是活在那段歷史時期，活在我的小說
> 中，是我想像的，大膽想的，有不少錯誤的聯想，但是人物也更有血
> 肉。（《殺鬼》，頁442-443）

觀諸《殺鬼》的歷史意識，確如甘耀明所言「我的重點是講故事，歷史只是畫龍點睛，也作為一種致意。」因此小說固然未偏離官方與正史的原則性思想體系，諸如表現昔日民間反殖抗日，沛然莫之能禦的能量與現象（主要以矢志當「唐山鬼」的「帕」的阿公劉金福，以及死後原不知萬事空，猶以江山易主為最大憾恨的「鬼王」為代表人物）；或營構彼時大東亞戰爭肅殺氛圍（如〈從現在開始，我要成為日本人〉即敘說鬼中佐設練兵場，進行魔鬼特訓種種）；或朗現彼時決戰時空下，民間倉皇度日的情景（如〈她喊加藤武夫時，沒有布洛灣了〉裡，失卻原鄉家園而在胸前掛牌尋找入伍情郎的慰安婦）；或敘寫天倫乖違，幽冥兩隔的人間悲劇（如〈聖母瑪利亞・觀世音娘娘下凡〉中不遠千里來臺尋子尋夫的黑人婦與洋女人）；或刻繪屍骨堆積成山，人與人相食的煉獄景象（〈神風來助・桃太郎大戰鬼〉文中即有戰爭荒年，袍澤友愛也不免於死後互為爼上肉的寒磣情節）等。

　　種種戰爭的荒謬、人間的慘難，以及天地無言的史實，在《殺鬼》小說中皆有所表現，只是甘耀明更以民間化的想像，來側寫悲情與抗暴下諸多生命的喪失感，並轉易為極富人情味的諧趣，甚至離奇、滑稽或荒誕的情景，以此來滿足讀者閱讀時的諧謔與鬆快心理。[79]

　　論者美稱「《殺鬼》的敘述度顯然高於其他作品，每一頁近乎爆炸式的

---

79 如「帕」從軍之際，即訓練十九隻豬雞扮鬼臉，讓牠們學習老萊子娛親，好安慰孤寡寂寞的阿公；而當「帕」趁夜返家訣別後「流著淚」溯溪離開時，在後頭追趕的阿公劉金福竟能感受到溪水因「帕」淚水而細微升高的變化，後來再蘸一滴溪水嚐，更確定有淚水的鹹滋味（頁245），類此種種揮灑自如的奇譎想像，皆令人耳目一新。

描述與畫面構成」，[80]尤其顯豁於〈神風來助・桃太郎大戰鬼〉裡幽靈魅影幢幢的片段，幾近是臺灣版的《蒼蠅王》故事。小說敘及帕帶領練兵場的少年兵白虎隊員到東部和美軍作戰，途中誤闖迷宮森林，滯留多月而無法走出魔魅祕境，隊友們先是彼此猜忌、內鬨、怒罵，甚至喫食死人肉以維生。後來因接獲收音機的傳輸訊息：「毀滅性攻擊……吱吱喳喳……全體軍民防備……」，而使整團白虎隊進入風聲鶴唳的備戰狀態，並大量服用「檳榔錠」（含安非他命的藥丸）以增強夜間視力，未料因迷幻樂效，竟錯把強颱侵襲景象誤以為米軍登陸而大開殺戒。直至暴風雨止息，迷幻藥性褪去時，才知道一切凶險之境乃源於幻聽幻覺。更錯謬的是，致使全軍皇撤退，原來竟是誤譯了天皇因廣島長崎慘遭轟炸，而向米國投降的玉音放送。小說在情節推演中多所表現因「黑暗之心」勃發的諸多生動畫面，而人類潛藏野性突發的狂暴性與毀滅性，尤其表現在兼具「原始蠻力」與「精神意志」兩種人格要素的「帕」角色上──當「帕」面對死亡與殺戮的驚懼時刻，竟因誤判而將無辜鹿群炸毀殆盡的暴戾心靈圖景。

上述所謂甘耀明「故事轟炸」式的小說筆調，或許即是一種有別於沉重、緩慢的「輕盈」。「輕」一詞雖易流於「輕」「重」相對性的負面意涵，[81]但是藉「輕」反襯「重」，以「化除故事結構和語言的沉重感」，以及「對生活中無法躲避的沉重，表現一種自慰式的消解」，[82]以此來消解歷史悲劇的蕭穆，似乎也與新世代新鄉土書寫頹廢的精神極為符契，再則對於崇高體裁的滑稽化，在現代小說書寫現象中，也是尋常可見的。[83]

然而甘耀明近乎鄉野傳奇式的說史小說，雖具有怪誕寫實風格，卻並未將我們引向一個狂放降格的粗鄙化世界，基本上作者的歷史意識、民間敘事

---

80 同註75，頁79。

81 昔日多採魔幻、後設、解構，藉以馳騁敘述技藝的新鄉土小說，曾被范銘如總稱為「一種輕質的鄉土小說」，之後則於〈後鄉土小說〉文中有所修正。此例可證。

82 （義）伊塔羅・卡爾維諾（Italo Calvino）著、吳潛誠校譯：《給下一輪太平盛世的備忘錄》〈第一講輕〉（臺北市：時報文化出版公司，1996年），頁15。

83 如林宜澐的〈聖清芳〉便蘊含了其對歷史的反思。〈聖清芳〉收錄於一九九七年的短篇小說集《惡魚》之中。

與審美形態，是介於史詩與小說之間的，因此故事的靈魂人物「帕」的造型，並非一般市井人物的形象。巴赫金在〈史詩與小說——長篇小說研究方法論〉一文中，嘗提出史詩與小說化現象的區隔。他的論點主要有三：一、史詩作者的意向實為一個講說者敘述他所無法企及的過去時代的意向。因此史詩的過去被稱為「絕對的過去」。二、屬於絕對過去的史詩世界，從本質上而言，不是個人經歷所可企及，也不允許有個人視點和評價存在。三、作為無可懷疑的「民族傳說」，也決定了絕對的史詩距離，區隔史詩世界與當代現實。史詩是封閉的，完全完成了的世界。相對於史詩，長篇小說的特色即在於以當今現實作為視角、得自民間文學的笑謔基礎、依據個人體驗和自由的創作虛構、多種語言意識、經驗的多元性與歧異性、具有未完成的性質等等。[84]

　　循此而論《殺鬼》裡的「帕」，顯然不是尋常的民間臉譜，然而具有「半神」和「英雄」史詩角色的「帕」，卻也不是絕對過去或久遠時代的人物形象，而是一種複雜的，在成長中變化，集正面和反面、低下和崇高、莊嚴和詼諧於一身的人物。小說中眾人勾繪「帕」的形象有如下種種：自家阿公看帕是「家神三太子哪吒轉世。祂會刮肉換身，落身在哪個地方，那就變成阿鼻祖地獄。」（頁374）帕看自己則是和阿公同為「一根倔強的老木，不發芽，更是拒絕腐朽。」（頁370）論及帕的外在形象，則以帕走唱江湖的臺詞，以及城市的耳語最具傳奇性：「我是下港來的電鍍鐵牛人，身高六呎四，頭毛是鐵釘，肌肉像雞胿（氣球），戰車輾不死，坦克壓不歹，顛倒來幫忙打拋光。」（頁369）「那少年是廖添丁轉世，……你們看過他跑嗎？夠快夠狠，銃子打不死，房屋壓不垮，人也沒有影子呢！那傢伙不是人，是鬼。」（頁362）關於「帕」形象諸說中，最能表顯《殺鬼》的歷史意識，乃是與現代生活本身緊密連結，迥非不可企及的偉大而遙遠的史詩距離，則是透過「城市男孩」對「帕」的形容：

84　有關史詩與與小說特點，乃整理自（俄）巴赫金著，白春仁等譯：《小說理論》（石家莊市：河北教育出版社，1998年），頁505-545。

看著眼前的人喝酒，玩土地公取樂，……不怯神，也不怕鬼，也沒有
人樣，毫無規矩，不服禮教。帕到底是何方神聖？還有多少的能耐他
不曉得的。……人要是活得越像自己，就越沒有朋友。眼前的人也是
甚少朋友的吧。

（頁381）

「歷史」與「英雄」是一種共構的概念，然而作為「殺鬼（鬼王）／殺神
（恩主公）／殺鬼畜（英美聯軍）／殺己（黑暗之心）」的「帕」，顯然並不
是作為崇高理想性的人物，而是具有戲謔性與親暱化的造形。如上所述，巴
赫金在分辨史詩與小說文類時，曾論及小說賦予體裁的問題性，即是使它們
具有一種特殊意義上的「未完結性」，藉此與沒有定形、正在形成中的現代
生活（未完結的現在）產生密切的關係。[85]

　　臺灣的文化記憶，原是公私兩種歷史相互證成。新世代「重說歷史」的
意圖自非如前行代大河小說創作者的意圖：「那是一部可歌可泣的偉大民族
史詩」（鍾肇政《臺灣人三部曲》），或「試著去抖開歷史的帷幕，展示真
象，並予個人的註釋。」（李喬《寒夜三部曲》）或「沒有一百年來千萬人辛
苦寫下的珍貴資料，不會有今天的《浪淘沙》」（東方白《浪淘沙》），[86]或如
鄉土作家懷有「社會意識強烈」的「參與性」寫作：「我想清楚的表示，我
要為這一代被留在鄉間的老年人做見證」[87]、「我寫農村，並不止是我個人
的記憶，它也是許多臺灣人的共同記憶。」[88]雖然如此，《殺鬼》畢竟有其
扎根於現代現實經驗中的歷史闡述觀點，誠如甘耀明自剖《殺鬼》是充滿

---

85 同前註，頁509。

86 分見鍾肇政：《臺灣人三部曲‧1》（臺北縣：遠景出版事業公司，1980年），頁4；李
　　喬：《寒夜三部曲‧1‧寒夜》（臺北縣：遠景出版事業公司，2001年7月），頁2；東方
　　白：〈期待開放世界的花朵〉，《浪淘沙》下冊（臺北市：前衛出版社，2009年），頁
　　2044。

87 黃春明：《放生》（臺北市：聯合文學出版社，1999年），頁16。

88 鄭清文：《天燈》〈母親〉（臺北市：玉山社出版事業公司，2000年），頁210。

「人與力量」的故事，[89]小說源自於「我本人」、「我的時代」的歷史與創作意識，自也無法迴避臺灣歷史發展進程中必然會碰觸的身分認同課題。審度〈從現在開始，我要成為日本人〉與〈我叫作鹿野千拔〉等篇目命題，作者毋寧揭現了更為複雜的認同反思的現代視野。另篇〈我是鬼子，也是來寄信的〉文中有關「帕」的國族感情指向，尤其暗示了有關「臺灣人」的身分，不必化約成意識形態的窄仄路徑：

> 帕跪在地上，心想他不是日本鬼子，他不是日本鬼子，可是除了日本鬼子，他想不到自己能是什麼了。日本天皇急忙的把他們的赤子丟了，國民政府又急忙的把日帝的遺孤關在門外。除了荒野，他們一無所有了。
>
> （《殺鬼》，頁385-386）

真正認同的歸趨，應該是什麼？小說並未有封閉式的結局，而是以「日久他鄉即故鄉」作為終章篇目，藉此逆溯「帕」家族史以及從唐山移民至「關牛窩」的源起。推敲其意，或意在於以「去地域化」（deterritorialization）和「再地域化」（reterritorialization）的概念，來傳達認同的形成。甘耀明《殺鬼》作為一種「歷史敘述」的小說，其間既納入正史／政治史脈絡中的公眾事件，更耐人尋繹的尤在於「歷史論述之外」的「個人化」說史情結，以及與新時間座標中的「新時代」、「新文化」與「新文學」創作意識綰結的多語現象特點。《殺鬼》所具有小說敘述和歷史的開放性結構，即藉由最重要的靈魂人物「帕」的形象，而證成作者創作「情感」與「歷史」的邂逅，並完成了另類的關牛窩「魔魅鄉土」世界。

　　如前所論新世代鄉土作品固然有「輕質化」趨向，然則此「輕盈」非彼「輕浮」之意，而甘耀明對於家族故事的「魔魅」書寫，以及童偉格關於個人記憶與家族書寫所展現出的「頹廢」氣息，或同歸屬於輕質書寫，但此

---

89 見〈甘耀明談《殺鬼》〉，《殺鬼》，頁444。

「輕」與彼「輕」所反映的精神氣質實有所差異。前者之「輕」乃在於以戲謔、諧趣來折射「魔魅」鄉土中的現實；後者之「輕」則明顯寓寄「現代畸人」之思，因而看似微渺輕盈，卻顯得無趣而沉鬱，並藉此道出「生命中無可逃逸之重」。

四　架構末日景觀：從「奇幻現實」到「科幻異境」

如果說，「鄉土小說」或「家族小說」是一種時間觀向後看的文學類型，則以「現代神話」之姿現身，寓託著對新天地的發現、未知世界、人類生成轉化的預示性／啟示錄文類的「科幻小說」，就是一種「向前看」的書寫文類。就觀測最新世代小說創作而言，近來似乎有從「鄉土文類」轉向長篇小說科幻文類發展的現象，如伊格言《噬夢人》與高翊峰《幻艙》。[90]

伴隨「政治解嚴」與「典律重構」，九〇年代顯然已成為一個高度流動、多元紛雜的文化場域。論者嘗論述「九〇年代臺灣小說的再分層」現象，並藉從布迪厄場域理論，由文學行為與活動裡可能的「位置」，而提出當代文學場域的新秩序因素，主要是「讀者導向」的創作活動與「後現代美學」的新藝術觀。論者論及新潮藝術與全球化流文化的影響，而使當代小說也在文類體裁、形式、風格，甚至連審美標準也隨之位移。[91]昔日張誦聖即已提出臺灣現代派小說的「高層文化」傾向，並說明引進英美思潮，藉以提升本國文化的臺灣現代主義運動特色，即是「菁英式的美學觀念」。[92]由上述可知，前後論者主要關懷焦點，皆觸及臺灣文學場域中諸多創作題材與表

90　近期伊格言新作〈零地點〉（臺北市：麥田出版社，2013年），雖也歸屬末日景觀之作，然其現實性指涉極為明顯，主議題涵攝有「核爆」、「國家機器」體制的批判與反思，小說的「介入與進場」性極強烈。在創作意圖與議題上與本節《噬夢人》或高翊峰《幻艙》諸作，並不相同，將另文處理。

91　劉乃慈：〈九〇年代臺灣小說的再分層〉，《臺灣文學研究學報》第9期（2009年10月），頁72-86。

92　見張誦聖：〈現代主義與臺灣現代派小說〉，《文學場域的變遷——當代臺灣小說論》（臺北市：聯合文學出版社，2001年6月），頁8-9。

現形式都有「朝向高層文化邁進」（西方前衛藝術觀）之架勢，然而討論的對象尚未及於游走在嚴肅文化、通俗文化與在地文化之間，卻同隸屬於學院派，也同樣善用新的、世界性知識潮流裡的象徵符碼，向高層文化汲取創作靈感或素材的新世代。[93]

（一）奇幻與科幻：輕盈的噪音量或沉重的訊息量？

或透過後設小說的形式，或探索符號與指涉的關係，或耽溺於奇幻或科幻文類的年輕作家，基於現代性與全球化時代的震撼，勇於探索各種小說可能的形式，而表現出更加前衛進步的藝術創作企圖，自屬必然。全球化是現代社會發展的必然趨勢，並不單指西方資本主義生產和消費的現象，而是涵蓋一系列有關政治、經濟、文化和生活方式的現代化變遷過程。以現階段全球化現象而言，主要是以經濟產業系統中的資訊科技、資訊產業為核心。資訊已然成為當代世界一切活動的神經系統，將當代人類生活的時間和空間結構徹底改造，同時也帶動生產、消費和生活方式的變化力向及其脈動節奏。[94]除了電腦網路，印刷媒體的資訊外，將意象濃縮至畫面的電影與電視，也是全球化重要的傳播媒介，能跨越文化疆界。因此新世代的文學創作在環境濡染之際，也頗受到科技資訊與影視傳媒的影響，[95]例如閱讀伊格言《噬夢人》，文中置身於被監視系統而不自知的生化人 K 的處境，即可與電影「楚門的世界」中的「楚門」互為參差對照，另小說裡夢境植入或夢境與現實兩分世界，以及雙面間諜叛逃情節等等，也可與「駭客任務」的母體

---

93 如劉乃慈的議題重點主要在於也被稱為「新世代」的五年級作家群，如蔡素芬與鍾文音的作品。同註91，頁84。

94 見高宣揚：《流行文化社會學》，頁348。

95 伊格言嘗言：若沒有網路上的維基百科，他無法寫出《噬夢人》，而他也無法理解為什麼王文興喜歡搜集各類老虎相片的來源，竟得費心取材並剪貼自美國《國家地理雜誌》圖片，而不是從網路上直接下載列印老虎相片？（「百年小說研討會」座談會：「時代與書寫1──各世代小說家交鋒」，趨勢教育基金會統籌，文訊雜誌社執行，2011年5月22日於國家圖書館）。

（Matrix）居民、或「發條橘子」的定眼殛刑，或其他類型化好萊塢電影並置比勘；又如高翊峰《幻艙》中「發現以前所未見的生物（球藻）」的災難故事，以及因躲避危機或末世來臨而構設的「臨時下水道避難室」，也見諸許多類型電影的慣常場景與通俗情節。

　　創造和傳播通俗／大眾文化的方式迅速增多，現代整體文化因此不可避免地發生變化，諸如通俗文化和高雅文化，或藝術人文文化與科學技術文化，因而超越某種特定文化的界限，二者分類邊界日趨曖昧與鬆動。在最新世代小說創作中表現傑出的伊格言、高翊峰，近期兩部長篇鉅構，基本是遵循科幻小說文類規則，進行創作，但作品卻有極度炫學現象，包括乞靈於各式學術流派理論與經典名家名作敘事或思想路數，並兼採「刻意精準」記錄的學術論文姿態，作為敘事技藝展演，如伊格言《噬夢人》即仿擬學術論文的三十餘則註解，以偽報導、偽輿論風暴、偽知識論述等諸多細節，擬造了尚未存在卻緊實構建的未來世界的架構。類此「以知識從事虛構」的論述架構，以及令人難以辨識的虛擬杜撰，一如安伯托・艾可《傅科擺》所呈現「偽百科式」書寫，[96]因此論者指稱：「《噬夢人》的科幻是某種要動員極龐大知識體系的『科幻』」；[97]至於分從時間（未來、歷史與當下）與空間（地底、路表與頂樓）來敘說關乎未來城市故事的高翊峰《幻艙》，則儼然服膺的是「虛構的寫實法則」，作者雖自陳是「將怪誕引向曖昧」，[98]卻是以極大篇幅的「特意寫實」與「知識訊息」，來表顯下水道球藻、綠艙玻璃蟲，以及蜉蝣羽化歷程等等「記錄式筆記」與採訪書寫方式。

　　自一九六八年張曉風創作〈潘度娜〉以來，後繼如張系國《星雲組曲》、林燿德《時間龍》、張大春《傷逝者》及平路《按劍的手》等科幻諸作，遑論是否只出現科幻因素而非典型科幻小說文類，然觀諸前述作品，確然已擺脫通俗性科幻，而應視為嚴肅文類。[99]兼具雅俗文化類型的伊格言、

96　（義）安伯托・艾可著、謝瑤玲譯：《傅科擺》（臺北市：皇冠出版社，1900年）。

97　見〈夢的奧斯維辛──伊格言對談駱以軍〉，伊格言：《噬夢人》〈附錄〉，頁460。

98　見童偉格・高翊峰：〈艙音與靈共鳴〉，高翊峰：《幻艙》〈附錄〉，頁351。

99　見陳思和於「百年小說研討會」專題演講：〈兩個新世紀的科幻〉講稿。同註95。

高翊峰科幻諸作，顯然也應如是觀。

　　科幻小說主要題材大都植基於「遙遠的時間」（通常指未來而言）與「遙遠的空間」（不一定局限於人類的地球），科幻小說探討的世界因而不是我們所熟識的世界本然面貌，而是它可能的面貌。具有消遣娛樂性、開發推理智力與有趣的閱讀體驗等通俗特點的科幻小說，[100]其所提供的是一個「想像世界」。[101]

　　就小說的虛構性而言，實乃涉及「想像」與「奇幻」的不同概念，以前者而言，並沒有超自然的存在，意即並沒有確實發生什麼事物，只有想像或發狂虛幻的產物；後者則意味確實發生令人費解的超自然事件，雖然無法用知識常規來解釋，但還是有其超自然的法則規範。因此，「奇幻」概念雖也是在真實和想像中被定義，卻比想像更具豐繁的內涵。[102]上述主要是區別想像與奇幻文類。至於同歸屬於奇幻類小說中尚有所謂科幻文類。一般而言兩者大致的區分是：奇幻較偏向過去也就是往歷史中尋求背景依據，而科幻小說則偏向現有科技的延續，用以強化及加強科學方面想像。

　　從貼有「新／後鄉土」作家標籤，來回溯伊格言與高翊峰的鄉土書寫系譜，則《噬夢人》與《幻艙》兩作顯然已從「寫實鄉土」，一躍而為未來冷峻無序、異質異想的城市空間──「科幻鄉土」，這中間穿涉了所謂的「奇幻鄉土」。權且以書寫系列奇幻鄉土的林宜澐作為比勘例示。穿梭於虛實之間的奇幻與傳奇，原是林宜澐小說中頗受矚目的特色，在他內爍本土性與戲

100　作為通俗性文類的科幻小說，在中西文學理論的界定上，都將之歸屬於類型小說（或稱「傳奇小說」，主要指描寫外部世界的小說），以區別於正統小說（具藝術性／文學性，關注於人物的內心生活及其道德困境）。相關資料參見（美）伊麗莎白‧安妮‧赫爾：〈科幻小說：美國文化的表徵〉、（美）查爾斯‧N‧布朗：〈類型小說，科幻小說，追尋烏托邦〉等文，胡亞敏主編：《文學批評與文化批評》（武漢市：華中師範出版社，2007年），頁320-323、331。

101　有關文學敘事與現實世界的關係，可參（英）拉曼‧塞爾登（Selden, R.）編，劉象愚等譯：《文學批評理論──從柏拉圖到現在》（北京市：北京大學出版社，2000年）。

102　有關「想像」和「幻想」的詞義分判，同前註，頁126-129。另本文所稱指之「奇幻」，大致從Tzvetan Todorov而定義。參見（保加利亞）Tzvetan Todorov: "THE FANTASTIC", Cornell university press, ITHACA, NEW YORK, pp.22-27。

劇性的系列小說中，如〈傀儡報告〉、〈王牌〉、〈鼓聲若響〉，[103]都有一個基本情境——充滿了魔法與幻化：神奇的傀儡幻化法術、藏有蠱惑玄機的王牌歌聲、雷霆萬鈞的魔魅鼓聲。三篇小說主要的鄉土人物都擁有神秘技能，彷彿可以探觸到宇宙最深處的奧秘，因而也開展一段段充滿奇異而危險的人生。另一篇〈抓鬼大隊〉也是帶有調侃色彩的神鬼奇幻故事。[104]

前述甘耀明《殺鬼》以自由虛構、歷史私人化而撰成「魔幻」書寫，以及袁哲生〈時計鬼〉裡刻寫「時間鬼」吳西郎的故事，或〈天頂的父〉裡藉乞丐頭空茂央仔陪著已死去的養父母散步等情節，而引出鬼厝鬼混等鬼故事，[105]大致趨近於林宜澐以想像虛構而寫就「奇幻」鄉土一脈；[106]至於《噬夢人》與《幻艙》則顯然脫出驚奇狂想或異常事件的奇幻魔魅書寫，而歸屬於以自然科學或社會科學（如心理學、社會學等）思想為基礎的「科幻」書寫。[107]

（二）後人類與後人性的異想

誠如上述林宜澐典借故事、鄉土與奇幻，鋪排出更為清晰的當代社會樣貌與生活現實圖景，所強調的是人在面對歷史進程中理性化、工業化、城市化、世俗化、市民社會等種種時代巨變下的現代性特定體驗，[108]因此，書

---

103 林宜澐：《人人愛讀喜劇》（臺北市：遠流出版事業公司，1990年）。

104 林宜澐：《惡魚》（臺北市：麥田出版公司，1997年）。

105 袁哲生：《秀才的手錶》，頁90、98。

106 就讀者的遲疑（reader's hersitation）而論，奇幻文學的標準並不存在於作品，而是讀者個人的閱讀經驗上，意即當面對異常事件時，究竟應作自然理性解釋，或作超自然解釋，並無法作一取捨的遲疑態度，就會產生奇幻效果。參 Tzvetan Todorov: "THE FANTASTIC," Cornell university press, ITHACA, NEW YORK, pp.26-28。在 Tzvetan Todorov 的奇幻定義中，顯然極偏重讀者閱讀的過程與心理反應。

107 此處科幻定義，參向鴻全：〈我們正在挖出時空膠囊〉，《臺灣科幻小說選》（臺北市：二魚文化事業公司，2003年），頁18-19。

108 見吳寧：《日常生活批判——列斐伏爾哲學思想研究》（北京市：人民出版社，2007年6月），頁319。

寫的主題乃在於外部世界與個體的關係。最新世代伊格言與高翊峰的「科幻」，則是藉由將人拋向域外的軌道，而顯影未來／末世生命圖景中的逃逸路線。這裡頭有極大成分的是源於後現代性思維中對於人類世界的一種「反命題」思考，諸如人類和平共存的世界如何可能？人類經由某種結構性的改變，如何完成整體的夢想？科幻文類主要的情節大都植基於「如果……發生了，會怎樣呢？」的未來式敘述，然而不管是著眼於「對將來的想像」，或是敬懼於「未來的噩夢」，總之，包孕有各種不同衝突在其中，並藉以尋求超越人類文化和知識局限的科幻小說，其所引渡閱讀者抵達的確然是一個全新的世界。但科幻只是勾繪將來的大概預測，並不同於科普小說講求「精確」，是以，所謂「是思想實驗的聚集」，遂成為科幻小說諸多定義中極其重要的一項。[109]《噬夢人》與《幻艙》皆是以日常／非常的「沉睡－夢境」敘事，收攬愛欲、親情、人性、存有與虛無等命題，側重點雖無法宕開與現實人生的對話，但主要是關乎「自我與意義」的思想辯證展演。「沉睡－夢境」在兩部小說中不僅成為主要人物意識的重要組構部分，並且也作為探照幽黯靈魂的一種獨特的內視角。

　　《噬夢人》以通俗科幻格套：「雙面間諜叛逃」情節，講述「類人物種」──「生化人」經由自體演化而成為「第三種人」──一個可能存在的全新物種，但卻必須面臨自我人格，以及向「人類」尋求鏡像認同的探索與證成。小說主要藉由「做夢人」K與「記憶者」K疊加而成為敘述主體，因此敘事開端與故事結尾的時地場景皆為「西元二二一九年十二月九日。凌晨時分。D城。高樓旅店。」所差別者只在於一為夢境或記憶畫面，一為清醒時分的視覺畫面。其中夢境（麗江之夢、無臉人之夢與初生之夢）作為特殊的意識狀態，恰成為K的現實情境（因夢境植入而形塑「生化人」對「人之認知」與「人之自我」所開展的「另一個人生」）與另一存在經驗（愛情初體驗、人的未完成性與父子的對話）的中介。其中「成人」與「兒童」的重

109　語出（美）查爾斯・N・布朗：〈類型小說，科幻小說，追尋烏托邦〉，同註100，頁333。

要對立，構成了小說中諸多近似的同義對立元素，如上帝v.s.人類；產製生化人的「人類」聯邦政府v.s.受制於種性退化而被棄置集體牢房的「生化人」；執法者人類「父親」v.s.被告者生化人「兒子」；研發「佛洛依德之夢」的組織（生化人陣營的實驗計畫小組）v.s.被擇定的「自製生化人」K；現實v.s.藝術；又或者是作為象徵意義上的「母親M」v.s.「子嗣K」；身分為「母親」或「父親」的Cassandra（最後變性為男人）v.s.女兒Eurydice……。爰是而觀，小說表面上藉由探討人類創造／毀滅生化人的情節，進行探勘人類與異人類／異族群的關係課題，[110]或只作為故事的表意符號，實則通過處在各階段時刻的主角K的自我中心主導位置，來尋索並探勘自我生命的幽黯與未明，才是小說真正的主題意識：

> 那就是在他尚未成為 K，尚未被納入「創始者佛洛依德」專案，尚未成為被生解標定實驗物件之前，在生化人製造工廠中原本預定被給予的身分……
>
> （頁400）

K預定被給予的身分，是一組數字編碼：Y94009827。生化人K因而沒有「自我」，他的自我乃是因「夢境植入」而「『重構他人的構成』而構成」，預先被設定投射的「自我」，亦即論者所謂「原發生命的等而下之」：無童年、無選擇開端之可能，因此成為「某種排列組合之遊戲」。[111]循此，《噬夢人》中作為只有「意志身分」（決定成為誰）而沒有「本質身分」（原來是誰），[112]但卻因為具有情感因子而成為異於「人類」與「生化人」的「第三種人」實驗品K，基本上角色原型，還是歸屬於卡夫卡作品中人物「K」的

---

110 見《噬夢人》中借女主角Eurydice所表述人性中存有極端而恐怖的、惡的成分等等（頁248-249）。

111 陳栢青：〈夢，作為一種技藝／記憶──伊格言《噬夢人》的技藝論〉，《聯合文學》第319期（2011年5月），頁167-168。

112 《噬夢人》，頁069。

生命情境與存有難題——命運是一種不可逃避的認識，人類的原罪，原不是偶然的，而是命中注定的，因此不僅會受到「無罪判處」，而且是受到「無知判決」。人生既沒有可以確認的終極性價值與目標，於是一切都顯得如此令人困惑不解。這就是K精神世界的圖景，也是小說提出回望「對於人的鄉愁」的哀愁視角。

和《噬夢人》同樣以「沉睡—夢境」作為主要情節模式的《幻艙》，小說也是從主要角色「不確定自己甦醒與否」的夢境或記憶作為故事開端。小說所構設的「幻艙」／「綠艙」，原是指下水道一個臨時避難室，在這個封閉的地方，日夜光亮如白晝，一切日常生活都有簡單的規則秩序，不僅有老管家統籌一切生活，也有定期送來補給物資的官僚系統人員（高樓層管理員），以及一些在現實情境中的跌倒者（如與妻兒情感疏離的文字工作者達利），或挫敗者（與父親關係宛若世仇的記者蒼蠅），或邊緣人（身體工作者日春小姐），或荒謬者（分別將對手兒子變成布製木偶，卻變不回自己兒子原形的兩位魔術師）等等。載負這些「彷彿連死亡都拋棄了」[113]的角色們的「幻艙／綠艙」，儼然是一個小型的畸零社會，特別的是在這個避難室裡，只要人物進入沉睡，時間就會消失，然而相對於沉睡之後，時間停滯的避難室，外邊世界卻是急遽變化著。

在小說中作為人造實驗室，藉以測度睡眠集體延長現象的「綠艙」，也被稱為「首都市的沉睡儲藏室」。（頁254）因此被拘囚在避難室的人，多數並不想離開，而想要永遠待在此地。時間的停滯感一方面說明「只要持續這樣下去，就可以一直活著了吧」的無力感。（頁95）一方面也即表現在那一具脫水死去，風乾為屍體後，又再重新復活的日春小姐乾屍上。「乾屍」寓託的即是以「冷藏青春」來對抗身軀必然一分一秒腐化與不再美麗的命定。（頁215）《幻艙》反覆觸及測度時間與記憶的呈現，同時也帶出唯有居處在離地面千呎的地下空間，才能同時保留時間與記憶：

---

113 賴志穎：〈凝結的場景，奔馳的人生〉，《聯合文學》第331期（2012年5月），頁043。賴志穎論及高翊峰筆下角色大都顯現為「持續受著傷害又被動地活著」，似乎對人生更為絕望，彷彿連死亡都拋棄了這些角色。賴文論點頗具有概括性。

能像日春小姐，停在某一秒，是最好的……不認識的人，會被往前走
的時間帶走，離我更遠。所有我認識的人，也可以安心留在過去。這
樣，時間跟過去的記憶，就可以分開，分別保留下來。

（頁178）

一如高翊峰在《肉身蛾》的自序〈我的模糊〉所言：「小說，成了我將人生
凍結的工具。」[114]將時間或場景予以凝滯或凍結，似乎是高翊峰作品的常
態。然而這個避難的地底空間，既像是世界末日來臨時，可暫時安身的「諾
亞方舟」，卻同時也是「比監牢還要像監牢」的一處幽禁拘囚之所。論者嘗
言：「《幻艙》在敘述上的確已開創了『空間扭曲』的批判敘述模式：黏糊糊
的扁平世界，看似有意義，但其實卻只是荒誕的滑稽之動作，意義的荒廢感
像液態般散開。……太虛幻境之都乃是有夢之幻，而幻艙之幻則是無夢無愛
之幻，是幽閉恐懼之幻。」[115]「幻艙」裡的人，大都過著失根、異化與夢境
般的無意義生活，基本上這是一種「逃離」的生活。

小說講述時間凍結的狀態，恰恰反襯出時間變化的各種窳壞現象：人類
在變，社會在變，理想與完美不可企及；人群的「面目模糊」，只剩下晶片
系統中的各種辨識；所有出生的孩童，只能孤獨度過一生；最佳薪資的行業
是喪葬禮儀師，及陪伴老人到死的臨時養子女……。因此小說人物選擇留在
「幻艙」作為逃逸現實人生的路線。《幻艙》以經驗的「夢境」和超驗的
「空間扭曲」組構「大虛構時代」，顯然是極具現實性意義的關於世界未來
的啟示書寫。然而即使「艙內永晝，艙外永夜」的「幻艙」，終究不是一處
「桃花源」或「復樂園」，而是飽受控制的禁錮空間。表面上作為「避其
世」的「幻艙」，並無法與現實世界進行切割決裂，這就是「綠艙」既作為
「地下避難室」的名稱，又作為「一顆顆墨綠色的玻璃球藻」的由來：

（球藻）只消化沒有生命的東西，變成養分，分裂出更多的球藻，捕

---

114 高翊峰：《肉身蛾》（臺北市：寶瓶文化事業公司，2004年）。
115 見南方朔：〈《幻艙》裡的幽閉恐懼〉，同註22，頁22。

捉更多不想躲開它們的無生命體。……球藻可能會捕捉那些想結束生
命的小生物，但並不消化牠們。球藻會與牠們共生，也限制這些小動
物在肚囊空間，一直存活。

（頁211）

準此而觀，「球藻」或「綠艙」的另一層表徵，即是小說裡始終「魂在」而
未曾現身的老大哥——握有操控「地下避難室」權柄的高樓層管理人。小說
提及當蒼蠅追問：「高樓層管理人不會是公務員吧？」（頁269）所有人聽了
都噤默無語，像是被「摘除聲帶」似的，已然豁顯高翊峰書寫《幻艙》的意
識底層中，也如同卡夫卡意欲對歷史中官僚主義進行撻伐。

　　《幻艙》和《噬夢人》皆是以眾生末日景象作為主要圖景，[116]小說情
節頗多涉及個人困境式的末日感，其中並漫漶著情欲糾葛、不確定性、時間
意識與自由思想等命題。兩部小說主要角色面對生命蹇境雖有所不同：一為
探討「成為人」之後種種「後人性」的思考辯證，一則為「成為非人」之後
攸關「後人類」的諸般悲涼情狀。要之，都在有意或無意中觸及卡夫卡式的
將外在「社會結構網絡」視為人無可遁逃於天地的「命運」，因此無論是身
陷龐大的官僚體系制度，或拘囚於家庭羈絆，都必然瞥見巨大命運的魅影。
於此也可見閱讀最新世代作家作品，似乎在某一層面上都可召喚出如拉岡、
班雅明、卡夫卡、村上春樹、杜斯妥也夫斯基、馬奎斯等等名家的老靈魂及
其文本的幻影。[117]這也足以說明，新世代表現想像與演練的書寫風格，在
全球化風潮中，益趨與各種現當代世界名家名著，生發引用、回應、解釋、
影射、仿擬、創作性翻譯等等文本互涉的現象。

116　《噬夢人》中「第七封印」組織，即典出《聖經》最末一章「啟示錄」，是以「最後
　　審判」作為對世界末日的預言。

117　新世代作家習於表陳創作之所由來，這部分可參作品附錄，例如伊格言：《噬夢人》
　　〈附錄〉〈夢的奧斯維辛——伊格言對談駱以軍〉，或高翊峰：《幻艙》〈附錄〉〈艙音
　　與靈共鳴〉等等。

五 結語：文本內外的時空流動

本文論述進程，首先是以「世代」研究的概念與理論，作為研究最新世代書寫類型之線索，並以新世代作家群表現最多產的鄉土地誌，及其衍異而成擬歷史的家族故事與科幻想像等文類，作為析論取向。至於所處理新世代作家作品的擇選依據，主要究其前後作品類型的變異而論。

由生產新鄉土到科幻鄉土，書寫型態與訴求議題皆有不同，新鄉土寫手一變對鄉土題材的應用，而走上另一種類型小說的書寫，顯然有其發展軌跡或某種意義。媒體世紀的來臨，使現代的世界成為一個全新的互動系統，而在觀看世界的新視野中也有了異於往昔的新輪廓，誠如論者所臚列在全球文化形成中的諸多景觀：族群、財金、科技、媒體和意識形態景觀等等，皆足以使現代人不再侷限於「將文化想像為高度地方化的、疆界導向的、整體觀的和充滿原生情感的形式或實體」。[118]其中尤以3C互動平臺特性，更是將人際交流互動帶入一個「新媒體秩序所創造的社群」。準此，除了藉由科幻文類而逞其想像力與敘事技藝，以求創作的超克與突破因素外，作為熱門科技景觀之一的科幻文類順勢成為新世代作家的另一種小說形式的選擇，也屬必然。

爰是，在現代性參照系下，已然具有「當代意識」以及不同於傳統的「文化精神」向度的新世代，在創作類型與風貌上，雖有所承襲鄉土文學的內質與概念，然而在九〇年代以降，以地方性書寫作為建構與深根地方鄉土文史的活動策略中，已興起各區域極具差異性與獨特性的地方學或地方書寫，因此新世代除了是一種空間式或虛擬式鄉土書寫外，在表述臺灣「地方感」時，頗多藉資生產「鄉土性」元素，諸如陳淑瑤《流水帳》書寫澎湖，以菊島「空間邊界性」作為鄉土景觀符號，而傳達「島嶼／邊緣」的地方書寫；或如王聰威《濱線女兒》和《複島》，取樣父母鄉土，再現高雄漁業經濟發展史中「生活博物館」式的地誌景觀；或如高翊峰《家，這個牢籠》，

---

118 （美）阿君・阿帕度萊著：《消失的現代性：全球化的文化向度》，頁63。

展演以「鄉土世界」作為布景的「家屋映像」,「鄉土」和「家」因此是作為最重要的地方概念與宇宙結構的焦點;或如甘耀明系列作品,書寫客家「民俗儀典」,則是將地方建構為「想像共同體」的政治認同,藉此表徵「群體的身分感」與「族群文化傳統」。

　　挑戰官方或國家歷史大敘述,將「歷史私人化」的小說敘述方式,自非新世代所專擅,然而新世代作品似乎更趨近於以「無名大眾」的個人故事作為輻輳,來探掘「日常生活史」,並展現一種非源自於民間傳說的「自由的虛構」,而有別於崇高體裁的「史詩」。如童偉格《無傷時代》等作一貫的憂鬱鄉土基調與家族故事,主要卻是書寫「頹廢」概念與「荒蕪」表情,最終的「家族史」雖貼近於「鄉土小說」文類,然而「家族」卻迻譯為懷舊的象徵,因此宜屬「個人記憶」的「擬歷史」書寫。至於甘耀明《殺鬼》雖作為一種「歷史敘述」的小說,卻更多表現於「歷史論述之外」個人化與新時間座標的新文學創作意識的多語現象。顯見新世代作家書寫家族史／家國史的企圖,或意不在於那個廣大而盤錯的「集體歷史」,而在於「『說』史」情結,意即將歷史時間語境視為一種敘述方法或寫作行為。

　　回溯伊格言與高翊峰的鄉土書寫系譜,則《噬夢人》與《幻艙》兩作顯然已從「寫實鄉土」,一躍而為未來冷峻無序、異質異想的城市空間——「科幻鄉土」,這中間穿涉了所謂的「奇幻鄉土」。黃錦樹嘗提出觀測評論:「鄉土經驗已然化為鄉土的附魔、見鬼、降神的經驗或非經驗。在同一方向的延長線上,伊格言的新作《噬夢人》乾脆走向科幻類型。鄉土只在背景裡、夢境裡、角色裡、敘事的某個瞬間。但它也和敘事裡其他的地理符號(西伯利亞、緬甸、印度)一樣布景化。」[119]《幻艙》和《噬夢人》皆是以眾生末日景象作為主要圖景,其中並漫漶著情欲糾葛、不確定感、時間意識與自由思想等命題,而主要探討的命題,一為探討「成為人」之後的「後人性」思考辯證,一為「成為非人」之後的「後人類」悲涼情狀。

　　總理而觀,前行代的書寫由於載負一種時代的危機感,所以不免有感

---

119 黃錦樹:〈貘的嘆息〉,見《聯合文學》第310期(2010年8月),頁052。

時憂世的沉重心事，在表現上則多表呈為「感同身受」與具有交流性的「集
體經驗的問題化」，至於新世代的小說書寫固然無法迴避與現實世界的連結，
但顯然是愈趨於「個人化的體驗」，以致說故事與聽故事的人，意圖藉由話
語、譬喻、文法和共通經驗來擔起板塊間的橋樑，已日益困難。因此最新
世代作家或如論者所言：「其實只是在各自的板塊上做著謎語及只有自己聽
得見的獨白。」[120]如是而觀，最新世代的創作遂近乎「個人體驗的問題化」
書寫。

　　班雅明〈講故事的人〉一文，認為講故事蘊含某些實用的東西，有時是
一個道德教訓，有時是實用性的諮詢，或是一種諺語格言的呈現，這些種種
皆植基於講故事的人乃取材於自己親歷或道聽塗說的經驗，而後將自己的經
驗轉化為聽故事人的經驗。至於小說家則閉門獨處，小說誕生於離群索居的
個人，寫小說意味著在人生的呈現中把不可言詮和交流之事推向極致。囿於
生活之繁複豐盈而又要呈現這種豐盈，小說因而顯示了生命深刻的困惑。[121]
以上引述班雅明以「經驗的可交流性與否」，作為區隔「講故事」與「寫小
說」不同精神面貌的分判，似乎也可挪借作為釐析前行代與最新世代書寫的
標識軸線。

---

120 見南方朔：〈《幻艙》裡的幽閉恐懼〉，高翊峰：《幻艙》，頁22。
121 見（德）漢娜·阿倫特編，張旭東等譯：《啟迪：班雅明文選》（北京市：生活·讀
　　書·新知三聯書店，2008年9月），頁98-99。

參考文獻

一 專書（依編著者姓氏筆劃排列）

（唐）姚思廉撰 《陳書》 臺北市 鼎文書局新校本廿五史 1983年

（明）李時珍撰 《重訂本草綱目》二冊 臺北市 文化圖書公司 1992年

（清）陳培桂編 郭嘉雄點校 《淡水廳志》卷十五下〈文徵〉 臺中市
臺灣省文獻委員會 1977年

方 梓 《采采卷耳》 臺北市 聯合文學出版社 2008年9月

方 梓 《野有蔓草：野菜書寫》 臺北市 二魚文化事業公司 2013年

方 梓 《來去花蓮港》 臺北市 聯合文學出版社 2012年

方 梓 《誰是葛里歐》 新北市 聯經出版事業公司 2020年

王先霈等主編 《文學批評術語詞典》 上海市 上海文藝出版社 1999年

王 拓 《金水嬸》 臺北市 九歌出版社 2001年

王家祥 《倒風內海》 臺北市 玉山社出版事業公司 1997年

王國安 《小說新力：臺灣一九七○後新世代小說論》 臺北市 秀威資訊
科技公司 2016年5月

王智明等主編 《回望現實‧凝視人間‧鄉土文學論戰四十年選集》 臺北
市 聯合文學出版社 2018年

王銘銘 《想像的異邦：社會與文化人類學散論》 上海市 上海人民出版
社 1998年5月

王德威 《跨世紀風華：當代小說20家》 臺北市 麥田出版社 2002年

王德威 《如何現代，怎樣文學？：十九、二十世紀中文小說新論》 臺北
市 麥田出版社 2008年2月

王學謙 《自然文化與20世紀中國文學》 長春市 吉林大學出版社 1999年

王　諾　《歐美生態文學》　北京市　北京大學出版社　2003年8月

王聰威　《複島》　臺北市　聯合文學出版社　2008年

王聰威　《濱線女兒》　臺北市　聯合文學出版社　2008年

古蒙仁　《黑色的部落》　臺北市　時報文化出版公司　1978年

甘耀明　《神秘列車》　臺北市　寶瓶文化事業公司　2003年

甘耀明　《水鬼學校和失去媽媽的水獺》　臺北市　寶瓶文化事業公司　2005年10月

甘耀明　《殺鬼》　臺北市　寶瓶文化事業公司　2009年

甘耀明　《喪禮上的故事》　臺北市　寶瓶文化事業公司　2010年12月

伊格言　《甕中人》　臺北市　印刻文學生活雜誌出版公司　2004年2月

伊格言　《噬夢人》　臺北市　聯合文學出版社　2010年

伊格言　《拜訪糖果阿姨》　臺北市　聯合文學出版社　2013年4月

伊格言　《零地點 Ground Zero》　臺北市　麥田出版社　2013年

朱天文　《世紀末的華麗》　臺北市　遠流出版事業公司　1992年5月

朱宥勳、黃崇凱編　《臺灣七年級小說金典》　臺北市　釀出版　2011年

朱雙一　《戰後臺灣新世代文學論》　臺北市　揚智文化出版社　2002年2月

何敬堯　《幻之港：塗角窟異夢錄》　臺北市　九歌出版社　2014年

吳明益　《睡眠的航線》　臺北市　二魚文化事業公司　2007年5月

吳明益　《臺灣現代自然書寫的探索1980-2002：以書寫解放自然 BOOK1》　新北市　夏日出版社　2012年1月

吳明益　《臺灣現代自然書寫的作家論1980-2002：以書寫解放自然 BOOK2》　新北市　夏日出版社　2012年1月

吳明益　《自然之心——從自然書寫到生態批評：以書寫解放自然 BOOK3》　新北市　夏日出版社　2012年1月

吳　寧　《日常生活批判——列斐伏爾哲學思想研究》　北京市　人民出版社　2007年6月

吳曉果　《從卡夫卡到昆德拉：20世紀的小說和小說家》　北京市　生活・讀書・新知三聯書店　2003年8月

吳濁流著、黃玉燕譯　《亞細亞的孤兒》　新竹縣　新竹縣文化局　2005年
　　4月

呂正惠　《小說與社會》　臺北市　聯經出版事業公司　1988年

呂正惠　《抒情傳統與政治現實》　臺北市　大安出版社　1989年9月

呂赫若著、林至潔譯　《呂赫若小說全集》　臺北市　聯合文學出版社
　　1995年7月

呂赫若著、林至潔譯　《呂赫若小說全集（上）》　臺北市　印刻文學生活
　　雜誌出版公司　2006年

宋澤萊　《血色蝙蝠降臨的城市》　臺北市　草根出版社　1996年5月

巫永福　《巫永福全集》　臺北市　傳神福音文化事業公司　1996年5月

李育霖　《擬造新地球：當代臺灣自然書寫》　臺北市　臺大出版中心
　　2015年

李　昂　《人間世》　臺北市　大漢出版社　1977年

李　昂　《殺夫──鹿城故事》　臺北市　聯經出版事業公司　1983年

李　昂　《迷園》　臺北市　貿騰發賣公司　1991年　李昂自行出版

李　昂　《李昂集》　臺北市　前衛出版社　1992年

李　昂　《花季》　臺北市　洪範書店　1994年

李　昂　《北港香爐人人插》　臺北市　麥田出版社　1997年9月

李　昂　《看得見的鬼》　臺北市　聯合文學出版社　2004年

李　喬著、蘇芳霈繪　《草木恩情》　新北市　遠景出版事業公司　2016年
　　1月

李　喬　《李喬短篇小說全集》　苗栗縣　苗栗縣文化局　1999年8月

李　喬　《重逢──夢裡的人》　臺北縣　印刻文學生活雜誌出版公司
　　2005年4月

李　喬　《散靈堂傳奇》　新北市　印刻文學生活雜誌出版公司　2013年

李　喬　《情世界──回到未來》　新北市　印刻文學生活雜誌出版公司
　　2015年

李　喬　《亞洲物語》　新北市　印刻文學生活雜誌出版公司　2017年

李　喬　《游行飛三友記》　新北市　遠景出版事業公司　2017年12月

李儀婷　《流動的郵局》　臺北市　聯合文學出版社　2005年4月

李歐梵　《中國現代文學與現代性十講》　上海市　復旦大學出版社　2002年10月

李　銳　《太平風物：農具系列小說展覽》　北京市　生活・讀書・新知三聯書店　2006年

沈從文　《抽象的抒情》　上海市　復旦大學出版社　2004年

沈從文著、凌宇編　《沈從文著作選》　臺北市　臺灣商務印書館　1994年

周　蕾（Rey Chow），孫紹誼譯　《原初的激情——視覺、性慾、民族誌與中國當代電影》　臺北市　遠流出版事業公司　2001年

孟東籬　《濱海茅屋札記》　臺北市　洪範書店　1985年

拓拔斯・塔瑪匹瑪　《最後的獵人》　臺中市　晨星出版社　1987年

於可訓主編　《中國文學編年史・現代卷》　長沙市　湖南人民出版社　2006年

林宜澐　《人人愛讀喜劇》　臺北市　遠流出版事業公司　1990年

林宜澐　《藍色玫瑰》　臺北市　麥田出版社　1993年

林宜澐　《惡魚》　臺北市　麥田出版社　1997年

林宜澐　《夏日出版社鋼琴》　臺北市　麥田出版社　1998年4月

林宜澐　《耳朵游泳》　臺北市　二魚文化事業公司　2002年9月

林宜澐　《東海岸減肥報告書》　臺北市　大塊文化出版公司　2005年6月

林宜澐　《晾著》　臺北市　二魚文化事業公司　2010年

邱貴芬　《仲介臺灣・女人》　臺北市　元尊文化企業公司　1997年

邱貴芬　《（不）同國女人聒噪——訪談當代臺灣女作家》　臺北市　元尊文化企業公司　1998年

思想編委會編著　《鄉土、本土、在地》　臺北市　聯經出版事業公司　2007年

施懿琳　《跨語、漂泊、釘根——臺灣新文學研究論集》　高雄市　春暉出版社　2000年6月

柯慶明、蕭馳主編　《中國抒情傳統的再發現》上下冊　臺北市　臺大出版中心　2009年12月

胡亞敏　《文學批評與文化批評》　武漢市　華中師範出版社　2007年

范伯群、孔慶東主編　《大眾文學的十五堂課》　臺北市　五南圖書出版公司　2010年

范銘如　《眾裡尋她：臺灣女性小說縱論》　臺北市　麥田出版社　2002年3月

范銘如　《像一盒巧克力——當代文學文化評論》　臺北縣　印刻文學生活雜誌出版公司　2005年

范銘如　《文學地理：臺灣小說的空間閱讀》　臺北市　麥田出版社　2008年9月

范銘如　《空間／文本／政治》　臺北市　聯經出版事業公司　2015年

凌　拂　《食野之苹：臺灣野地生活》　臺北市　時報文化出版公司　1995年11月

凌　拂　《山‧城草木疏——綠活筆記》　新北市　無限出版：遠足文化發行　2012年7月

夏曼‧藍波安　《冷海情深》　臺北市　聯合文學出版社　1997年5月

夏曼‧藍波安　《天空的眼睛》　新北市　聯經出版事業公司　2012年8月

孫大川　《久久酒一次》　臺北市　張老師文化實業公司　1991年7月

徐立忠　《老人問題與對策——老人福利服務之探討與設計》　臺北縣　桂冠圖書公司　1989年

徐　敏　《現代性事物》　北京市　北京大學出版社　2011年

袁哲生　《秀才的手錶》　臺北市　聯合文學出版社　2000年8月

郝譽翔　《大虛構時代：當代臺灣文學光譜》　臺北市　聯合文學出版社　2008年9月

高友工　《中國美典與文學研究論集》　臺北市　臺大出版中心　2011年8月

高宣揚　《流行文化社會學》　臺北市　揚智文化出版社　2002年

高翊峰　《家，這個牢籠》　臺北市　爾雅出版社　2002年

高翊峰　《幻艙》　臺北市　寶瓶文化事業公司　2011年7月

高翊峰　《2069》　臺北市　新經典圖文傳播公司　2019年

尉天驄主編　《鄉土文學討論集》第3輯　臺北縣　遠景出版事業公司
　　　1978年

張系國　《夜曲》　臺北市　洪範書店　1985年

張俐璇　《建構與流變：「寫實主義」與臺灣小說生產》　臺北市　秀威資
　　　訊科技公司　2016年3月

張愛玲　《流言》　臺北市　皇冠出版社　1997年

張誦聖　《文學場域的變遷——當代臺灣小說論》　臺北市　聯合文學出版
　　　社　2001年6月

張誦聖　《現代主義‧當代臺灣：文學典範的軌跡》　臺北市　聯經出版事
　　　業公司　2015年4月

曹文軒　《二十世紀末中國文學現象研究》　北京市　北京大學出版社
　　　2002年

許俊雅編選　《臺灣當代作家研究資料彙編10‧呂赫若》　臺南市　臺灣文
　　　學館　2011年

許喬木等著　《原色野生食用植物圖鑑》　臺北市　南天書局　1986年

陳玉峯　《臺灣植被誌第九卷‧物種生態誌（一）》　臺北市　前衛出版社
　　　2007年

陳芳明　《臺灣新文學史》　臺北市　聯經出版事業公司　2011年11月

陳冠學　《田園之秋》　臺北市　前衛出版社　2007年

陳建忠等合著　《臺灣小說史論》　臺北市　麥田出版社　2007年3月

陳思和　《當代小說閱讀五種》　香港　三聯書店　2009年

陳映真等著　《呂赫若作品研究——臺灣第一才子》　臺北市　聯合文學出
　　　版社　1997年

陳淑瑤　《海事》　臺北市　聯合文學出版社　1999年10月

陳淑瑤　《地老》　臺北市　聯合文學出版社　2004年4月

陳淑瑤　《流水帳》　臺北市　印刻文學生活雜誌出版公司　2009年

陳淑瑤　《潮本》　新北市　印刻文學生活雜誌出版公司　2018年

陳惠齡　《鄉土性・本土化・在地感──臺灣新鄉土小說書寫風貌》　臺北
　　　市　萬卷樓圖書公司　2010年4月

陳嘉明　《現代性與後現代性十五講》　北京市　北京大學出版社　2009年

彭瑞金編選　《臺灣現當代作家研究資料彙編・27・李喬》　臺南市　臺灣
　　　文學館　2012年

游勝冠　《臺灣文學本土論的興起與發展》　臺北市　前衛出版社　1996年

琦　君　《留予他年說夢痕》　臺北市　洪範書店　1970年10月

童偉格　《王考》　臺北市　印刻文學生活雜誌出版公司　2002年11月

童偉格　《無傷時代》　臺北市　印刻文學生活雜誌出版公司　2005年

童偉格　《西北雨》　臺北市　印刻文學生活雜誌出版公司　2010年

黃春明　《鑼》　臺北市　遠景出版事業公司　1983年

黃春明　《放生》　臺北市　聯合文學出版社　1999年11月

黃春明　《莎喲娜啦・再見》　臺北市　聯合文學出版社　2009年5月

黃英哲主編　《日殖時期臺灣文藝評論集（雜誌篇）》第4冊　臺南市　臺灣
　　　文學館　2006年10月

黃孫權　《綠色推土機：九零年代的台北的違建、公園、自然房地產與制度
　　　化地景》　新北市　破周報出版社　2012年

楊富閔　《花甲男孩》　臺北市　九歌出版社　2010年5月

楊　照　《霧與畫：戰後臺灣文學史散論》　臺北市　麥田出版社　2010年
　　　8月

楊　翠　《少數說話：臺灣原住民女性文學的多重視域》上下冊　臺北市
　　　玉山社出版事業公司　2018年3月

葉石濤　《臺灣文學史綱》　高雄市　春暉出版社　1998年

葉廷芳編選　《卡夫卡集》　上海市　遠東出版社　1998年

舞　鶴　《餘生》　臺北市　麥田出版社　1999年

趙一凡等主編　《西方文論關鍵詞》　北京市　外語教學與研究　2006年1月

劉乃慈　《奢華美學：臺灣當代文學生產》　新北市　群學出版社　2015年
　　　8月

劉亮雅　《遲來的後殖民：再論解嚴以來的臺灣小說》　臺北市　臺大出版
　　　中心　2014年1月

劉春城　《愛土地的人──黃春明前傳》　臺北市　圓神出版社　1987年

劉洪濤等著　《沈從文研究資料》　天津市　天津人民出版社　2006年

歐陽子編　《現代文學小說選集》　臺北市　爾雅出版社　1996年

蔡清富編　《李廣田散文選集》　天津市　百花文藝出版社　1982年

鄭志明　《臺灣傳統信仰的鬼神崇拜》　臺北市　大元書局　2005年4月

魯　迅著、楊澤編　《魯迅小說集》　臺北市　洪範書店　1994年

蕭阿勤　《回歸現實：臺灣1970年代的戰後世代與文化政治變遷》　臺北市
　　　中央研究院社會學研究所　2008年

蕭　馳　《中國抒情傳統》　臺北市　允晨文化實業公司　1999年1月

蕭麗紅　《桂花巷》　臺北市　聯經出版事業公司　1987年

霍斯陸曼・伐伐　《玉山魂》　臺北市　印刻文學生活雜誌出版公司　2006
　　　年12月

駱以軍　《降生十二星座》　臺北市　印刻文學生活雜誌出版公司　2005年
　　　2月

應鳳凰編編　《鍾理和論述　1960～2000》　高雄市　春暉出版社　2004年
　　　4月

駱以軍編選　《臺灣現當代作家研究資料彙編・11，鍾理和》　臺南市　臺
　　　灣文學館　2011年3月

鍾怡彥主編　《新版鍾理和全集》　高雄縣　高縣文化局　2009年3月

鍾理和　《笠山農場》　臺北市　草根出版社　1996年9月

鍾理和　《鍾理和日記》　高雄縣　財團法人鍾理和文教基金會　1996年

簡義明　《寂靜之聲──當代臺灣自然書寫的形成與發展（1979-2013）》
　　　臺南市　臺灣文學館　2013年10月

顧燕翎、鄭至慧主編　《女性主義經典》　臺北市　女書文化事業公司　1999
　　　年10月

二　外文譯著

（美）Abraham Harold Maslow（馬斯洛）著、莊耀嘉編譯　《馬斯洛》　臺北縣　桂冠圖書公司　1990年

（美）Alan Dundes（阿蘭・鄧迪斯）著、盧曉輝譯　《民俗解析》　桂林市　廣西師範大學出版社　2005年1月

（美）Albert J. Wehrle, *The Formal Method in Literary Scholarship* (Baltimore: The Johns Hopkins University Press, 1991)

（英）Anthony Giddens（安東尼・吉登斯）著、趙旭東等譯　《現代性與自我認同》　北京市　生活・讀書・新知三聯書店　1998年

（古希臘）Aristotle（亞里斯多德）著，姚一葦譯註　《詩學箋註》　臺北市　臺灣中華書局　1973年

（古希臘）Aristotle（亞里斯多德）著、李真譯　《形上學》　臺北市　正中書局　1999年

（美）Arjun Appadurai（阿君・阿帕度萊）著、鄭義愷譯　《消失的現代性：全球化的文化向度》　臺北市　群學出版公司　2009年

（英）Bella Dicks（迪克斯）著、馮悅譯　《被展示的文化：當代「可參觀性」的生產》　北京市　北京大學出版社　2012年1月

（英）Edward Hallett Carr（愛德華・卡爾）著、江政寬譯　《何謂歷史？》　臺北市　博雅書屋　2011年

（羅馬尼亞）Eliade Mircea（伊利亞德）著，楊素娥譯　《聖與俗——宗教的本質》　臺北縣　桂冠圖書公司　2000年

（德）Ernst Grosse（格羅塞）著，蔡慕暉譯　《藝術的起源》　北京市　商務印書館　1984年

（美）Erving Goffman（高夫曼）著、曾凡慈譯　《污名：管理受損身分的筆記》　臺北市　群學出版公司　2010年7月

（英）Frank Kermode（弗蘭克・克默德）著，劉建華譯　《結尾的意義——虛構理論研究》　瀋陽市　遼寧教育出版社　2003年

（美）Fredric Jameson（詹姆遜）著、王逢振主編　《批評理論和敘事闡釋：
　　詹姆遜文集‧第2卷》　北京市　中國人民大學出版社　2004年6月

（法）Gaston Bachelard（加斯東‧巴舍拉）著、龔卓軍等譯：《空間詩學》
　　臺北市　張老師文化事業公司　2003年7月

（德）Georg Simmel（齊美爾）著、林榮遠編譯　《社會是如何可能的：齊
　　美爾社會學文選》　桂林市　廣西師範大學　2002年12月

（法）Georges Giruitch（喬治‧古爾維奇）著、朱紅文等譯　《社會時間的
　　頻譜》　北京市　北京師範大學出版社　2010年9月

（美）Hannah Arendt（漢娜‧阿倫特）編、張旭東等譯　《啟迪：班雅明
　　文選》　北京市　生活‧讀書‧新知三聯書店　2008年9月

（美）Henry David Thoreau（亨利‧戴維‧梭羅）著、吳明實譯　《湖濱散
　　記》　香港　今日世界出版社　1975年

（義）Italo Calvino（伊塔羅‧卡爾維諾）、吳潛誠譯　《如果在冬夜，一個
　　旅人》　臺北市　時報文化出版公司　1993年1月

（義）Italo Calvino（伊塔羅‧卡爾維諾）著、吳潛誠譯校譯　《給下一輪
　　太平盛世的備忘錄》　臺北市　時報文化出版公司　1996年

（美）James Harvey Robinson（魯濱孫）著、何炳松譯　《新史學》　上海
　　市　上海古籍出版社　2012年

（美）James Phelan（詹姆斯‧費倫）著、陳永國譯　《作為修辭的敘事》
　　北京市　北京大學出版社　2002年5月

（英）Juliet Mitchell（朱麗葉‧米切爾）　〈父權制、親屬關係與作為交換
　　物品的婦女〉　張京媛主編　《當代女性主義文學批評》　北京市
　　北京大學出版社　1992年1月

（英）Karl Mannheim（卡爾‧曼海姆）著、艾彥譯：《意識形態與烏托邦》
　　北京市　華夏出版社　2001年1月

（加）Linda Hutcheon（琳達‧哈琴）著、李揚等譯　《後現代主義詩學：
　　歷史‧理論‧小說》　南京市　南京大學出版社　2009年

（英）Linda McDowell（琳達‧麥克道維爾）著、徐苔玲、王志弘譯　《性
　　別、認同與地方》　臺北市　群學出版公司　2006年5月

（法）M. Jean Baudrillard（尚·布希亞）著、林志明譯　《物體系》　臺北市　時報文化出版公司　1997年6月

（法）M. Jean Baudrillard（讓·波德里亞）著、車槿山譯　《象徵交換與死亡》　南京市　譯林出版社　2006年

（美）M.M. Bakhtin（巴赫金）著、白春仁等譯：《小說理論》　石家莊市　河北教育出版社　1998年

（美）M.M. Bakhtin（巴赫金）著、錢中文編：《巴赫金全集·第四卷：文本、對話與人文》　石家莊市　河北教育出版社　1998年1月

（美）Marchall Howard Berman（馬歇爾·伯曼）著、徐大建等譯　《一切堅固的東西都煙消雲散了──現代性體驗》　北京市　商務印書館　2003年10月

（美）Matei Calinescu（卡林內斯庫）　《現代性的五副面孔》　北京市　北京商務印書館　2002年5月

（法）Michel Foucault（米歇·傅寇）著　〈不同空間的正文與上下文（脈絡）〉　夏鑄九、王志弘編譯　《空間的文化形式與社會理論讀本》　臺北市　明文書局　1999年

（英）Mike Crang（佐克朗），楊淑華等譯　《文化地理學》　南京市　南京大學出版社　2005年8月

（美）N·Katherine Hayles（N·凱薩琳·海爾斯）等著、林建光、李育霖主編　《賽伯格與後人類主義》　臺中市　國立中興大學出版中心　2013年12月

（美）N·Katherine Hayles（N·凱薩琳·海爾斯）著、賴淑芳等譯　《後人類時代：虛擬身體的多重想像和建構》　臺北市　時報文化出版公司　2018年7月

（美）Patrick Geary（帕特里克·格里）著、羅新主編　《歷史、記憶與書寫》　北京市　北京大學出版社　2018年5月

（英）Raymond Selden（雷蒙·塞爾登）等合著、林志忠譯　《當代文學理論導讀》　臺北市　巨流圖書公司　2005年8月

（法）René Girard（勒內・吉拉爾）著、憑壽農譯 《替罪羊》 臺北市 臉譜出版社 2004年

（英）Richard Mabey（理查・梅比）著、林金源譯 《植物的心機：刺激想像與形塑文明的植物史觀》 新北市 木馬文化事業公司 2016年8月

（法）Robert Escarpit（羅伯特・埃斯卡皮特）著、葉淑燕譯 《文學社會學》 臺北市 遠流出版事業公司 1990年

（法）Roland Barthes（羅蘭・巴特），許綺玲譯 《明室：攝影札記》 臺北市 臺灣攝影工作室 1997年12月

（美）Roland Fischer（羅蘭・費希爾）撰、陸象淦譯 〈烏托邦世界觀史撮要〉 《第歐根尼》第2期1994年

（英）Rosalind Miles（羅莎琳・邁爾斯）著、刁筱華譯 《女人的世界史》 臺北市 麥田出版社 2006年5月

（英）Selden, R.（拉曼・塞爾登）編、劉象愚等譯 《文學批評理論——從柏拉圖到現在》 北京市 北京大學出版社 2000年

（美）Shils, Edward（愛德華・希爾斯）著、傅鏗等譯 《論傳統》 臺北縣 桂冠圖書公司 1992年5月

（美）Stephen Owen（宇文所安）著、鄭學勤譯 《追憶：中國古典文學中的往事再現》 臺北市 聯經出版事業公司 2006年11月

（美）Steven Cohen（史蒂文・科恩）等著，張方譯 《講故事——對敘事虛構作品的理論分析》 臺北市 駱駝出版社 1997年9月

（美）Steveu C. Bourassa（史蒂文・C. 布拉薩）著、彭鋒譯 《景觀美學》 北京市 北京大學出版社 2008年1月

（美）Susan Sontag（蘇珊・桑塔格） 《旁觀他人之痛苦》 臺北市 麥田出版社 2004年

（英）Thomas More（湯馬斯・摩爾）原著、宋美璍譯注 《烏托邦》 臺北市 聯經出版事業公司 2003年2月

（英）Tim Cresswell（蒂姆・克里斯威爾）著、徐苔玲等譯 《地方：記憶、想像與認同》 臺北市 群學出版公司 2006年

（保加利亞）Tzvetan Todorov (1975). *THE FANTASTIC: A Structural Approach to a Literary Genre*.Trans. Richard Howard. Ithaca: Cornell University Press, NEW YORK.

（義）Umberto Eco（安伯托・艾可）編著、彭淮棟譯 《美的歷史》 臺北市 聯經出版事業公司 2006年6月

（美）Wallace Martin（華萊士・馬丁）著、伍曉明譯 《當代敘事學》 北京市 北京大學出版社 1991

（美）Wayne C. Booth（W.C.布斯）著，華明等譯 《小說修辭學》 北京市 北京大學出版社 1989年1月

（法）YannArthus-Bertrand（亞祖・貝彤）著、黃中憲等譯 《從空中看地球——大地觀察366天》 臺北市 貓頭鷹出版社 2003年7月

（美）Yi-Fu Tuan（段義孚）著、潘桂成譯 《恐懼》 新北市 立緒文化出版事業公司 2008年

（美）Yi-Fu Tuan（段義孚）著、潘桂成譯 《經驗透視中的空間與地方》 臺北市 國立編譯館 1998年3月

（日）矢內原忠雄（やないはら ただお）著、木明德譯：《日本帝國主義下之臺灣》 臺北市 吳三連臺灣史料基金會 2007年5月

（日）吉見俊哉著、蘇碩斌譯 《媒介文化論——給媒介學習者的15課》 臺北市 群學出版公司 2009年9月

（日）柄谷行人（Kojin Karatani）著、趙京華譯 《日本現代文學的起源》 北京市 生活・讀書・新知三聯書店 2006年8月

（捷克）亞羅斯拉夫・普實克著、李歐梵編、郭建玲譯 〈中國現代文學中的主觀主義和個人主義〉 《抒情與史詩——中國現代文學論集》 上海市 上海三聯書店 2010年12月

三 專書論文與期刊論文

方健祥 〈《笠山農場》的新意義〉 應鳳凰著 《鍾理和論述 1960～2000》 高雄市 春暉出版社 2004年4月

王文進　〈「敘述學」與「敘事學」的擺盪與抉擇──《清華中文學報》編
　　　　輯委員會議側記〉　《清華中文學報》第5期　2011年6月

王　拓　〈鄉土文學與現實主義〉　尉天聰主編　《鄉土文學討論集》第3輯
　　　　「從鄉土文學到民族文學」　臺北市　遠景出版事業公司　1978年

王浩威　〈地方文學與地方社群認同〉　封德屏主編　《鄉土與文學──臺
　　　　灣地區區域文學會議實錄》　臺北市　聯經出版事業公司　1994年

王浩威　〈地方文學與地方認同：以花蓮文學為例〉　《山海文化雙月刊》
　　　　第2期　1994年1月

王浩威　〈花蓮文學的特質〉　林宜澐編　《拜訪文學系列講座專輯》　花
　　　　蓮縣　花蓮縣立文化中心　1996年

王禎和講，李瑞記　〈代序──永恆的尋求〉　《人生歌王》　臺北市　聯
　　　　合文學出版社　2005年　頁5-14

王德威　〈苦中作樂──評林宜澐的《人人愛讀喜劇》〉　《閱讀當代小
　　　　說》　臺北市　遠流出版事業公司　1991年9月

王德威　〈國族論述與鄉土修辭〉　《如何現代，怎樣文學？：十九、二十
　　　　世紀中文小說新論》　臺北市　麥田出版社　1998年

王國安　〈序　什麼樣的新時代，什麼樣的新世代〉　《小說新力：臺灣一
　　　　九七〇後新世代小說論》　臺北市　秀威資訊科技公司　2016年5月

古添洪　〈關懷小說：楊逵與鍾理和──愛本能與異化的積極揚棄〉　彭小
　　　　妍主編　《認同、情欲與語言》　臺北市　中央研究院中國文哲所
　　　　1996年6月

古添洪　〈讀李昂的《殺夫》──譎詭、對等與婦女問題〉　李昂　《北港
　　　　香爐人人插》　臺北市　麥田出版社　1997年9月

向鴻全　〈我們正在控出時空膠囊〉　《臺灣科幻小說選》　臺北市　二魚
　　　　文化事業公司　2003年　頁18-19

余昭玟　〈《笠山農場》評析──兼談鍾理和的創作歷程〉　應鳳凰編選
　　　　《臺灣現當代作家研究資料彙編11：鍾理和》　臺南市　臺灣文學
　　　　館　2011年3月

余國藩著、范國生譯　〈安息罷，安息罷，受擾的靈！──中國傳統小說裡的鬼〉"Rest, Rest, Perturbed Spirit! ──Ghosts in Traditional Chinese Prose Fiction"　《中外文學》　第17卷4期　1988年9月

呂正惠　〈鄉土文學中的「鄉土」〉　王智明等主編　《回望現實‧凝視人間：鄉土文學論戰四十年選集》　臺北市　聯經出版事業公司　2018年

呂正惠　〈鄉土文學與臺灣現代文學〉　《臺灣文學研究自省錄》　臺北市　臺灣學生書局　2014年1月

李奭學　〈時間的翼車在背後追趕──評袁哲生《秀才的手錶》〉　《書話臺灣》　臺北市　九歌出版社　2004年

李豐楙　〈命與罪：六十年代臺灣小說中的宗教意識〉　《五十年來臺灣文學研討會論文集（一）》　行政院文建會出版　文訊雜誌社編印　1996年

林載爵　〈本土之前的鄉土：談一種思想的可能性的中挫〉　王智明等主編《回望現實‧凝視人間：鄉土文學論戰四十年選集》　臺北市　聯經出版事業公司　2018年

林載爵　〈臺灣文學的兩種精神──楊逵與鍾理和之比較〉　應鳳凰著《鍾理和論述　1960～2000》　高雄市　春暉出版社　2004年4月

林燿德　〈小說迷宮中的政治迴路〉　鄭明娳　《當代臺灣政治文學論》　臺北市　時報文化出版公司　1994年7月

邱貴芬　〈歷史記憶的重組和國家敘述的建構：試探《新興民族》、《迷園》及《暗巷迷夜》的記憶認同政治〉　《中外文學》第25卷5期　1996年10月號

邱貴芬　〈女性的「鄉土想像」──臺灣當代鄉土女性小說初探〉　《仲介臺灣‧女人：後殖民女性觀點的臺灣閱讀》　臺北市　元尊文化企業公司　1997年

邱貴芬　〈尋找「臺灣性」：全球化時代土想像的基進政治意義〉　《中外文學》第32卷第4期　2003年9月號

邱貴芬　〈在地性論述的發展與全球空間：鄉土文學論戰三十年〉　思想編
　　　　委會編著　《鄉土、本土、在地》　臺北市　聯經出版事業公司
　　　　2007年

邱貴芬　〈翻譯驅動力下的臺灣文學生產——1960～1980現代派與鄉土文學
　　　　的辯證〉　陳建忠等合著《臺灣小說史論》　臺北市　麥田出版社
　　　　2007年3月

施　淑　〈文字迷宮〉　李昂　《李昂集》　臺北市　前衛出版社　1992年

施　淑　〈論施叔青早期小說的禁錮與顛覆意識〉　梅家玲　《性別論述與
　　　　臺灣小說》　臺北市　麥田出版社　2000年

施　淑　〈想像鄉土・想像族群——日據時代臺灣鄉土觀念問題〉　王智明
　　　　等主編　《回望現實・凝視人間：鄉土文學論戰四十年選集》　臺
　　　　北市　聯經出版事業公司　2018年

范銘如　〈臺灣新故鄉——五〇年代女性小說〉　《眾裡尋她：臺灣女性小
　　　　說縱論》　臺北市　麥田出版社　2002年3月

范銘如　〈輕・鄉土小說蔚然成形〉　《像一盒巧克力——當代文學文化論
　　　　評》　臺北市　印刻文學生活雜誌出版公司　2005年

范銘如　〈後鄉土小說初探〉　《文學地理：臺灣小說的空間閱讀》　臺北
　　　　市　麥田出版社　2008年9月

范銘如　〈另眼相看——當代臺灣小說的鬼／地方〉　《文學地理：臺灣小
　　　　說的空間閱讀》　臺北市　麥田出版社　2008年9月

范銘如　〈七〇年代鄉土小說的「土」生土長〉　《文學地理：臺灣小說的
　　　　空間閱讀》　臺北市　麥田出版社　2008年9月

范銘如　〈女性為什麼不寫鄉土〉　《空間／文本／政治》　臺北市　聯經
　　　　出版事業公司　2015年7月

范銘如　〈臺灣當代區域小說〉　《空間／文本／政治》　臺北市　聯經出
　　　　版事業公司　2015年7月

郝譽翔　〈怪誕嘉年華——林宜澐小說中的喜劇世界〉　《大虛構時代》
　　　　臺北市　聯合文學出版社　2008年9月

張盛泰　〈傳統夫權失而復得的悲喜劇——重讀沈從文的〈丈夫〉〉　《中國現代文學研究叢刊》第2期　北京市　1992年

張誦聖　〈現代主義與臺灣現代派小說〉　《文學場域的變遷：當代臺灣小說論》　臺北市　聯合文學出版社　2001年6月

張誦聖　〈鄉土文學對現代主義的抗拒〉　《現代主義・當代臺灣：文學典範的軌跡》　臺北市　聯經出版事業公司　2015年4月

陳世驤　〈中國的抒情傳統〉　《陳世驤文存》　臺北市　志文出版社　1975年

陳建忠　〈臺灣歷史小說研究芻議〉　《記憶流域：臺灣歷史書寫與記憶政治》　新北市　南十字星文化工作室　2018年8月

陳思和　〈兩個新世紀的科幻〉　國家圖書館「百年小說研討會」專題演講講稿　2011年5月22日

陳映真　〈文學來自社會反映社會〉　尉天驄主編　《鄉土文學討論集》第3輯　臺北市　遠景出版事業公司　1978年

陳映湘　〈初論李昂——寫在「人間世」書後〉　李昂　《人間世》　臺北市　大漢出版社　1977年

陳國球　〈「抒情」的傳統——一個文學觀念的流轉〉　《淡江中文學報》第25期　2011年12月

陳國球　〈論徐訏的放逐抒情——「抒情精神」與香港文學初探之一〉　王德威　《一九四九以後》　香港　Oxford University Press　2010年

陳惠齡　〈「鄉土」語境的衍異與增生——九〇年代以降臺灣鄉土小說的書寫新貌〉　《中外文學》第39卷第1期　2010年3月

陳惠齡　〈論戰之後：台灣「鄉土」書寫語境的衍異與增生〉　黃美娥主編　《世界中的台灣文學【台灣史論叢　文學篇】》臺北市　國立臺灣大學出版中心　2020年

陳翠英　〈桃源的失落與重構——朱天心《古都》的敘特質與多重義旨〉　《臺大中文學報》第24期　2006年

陳銘磻　〈最後一把番刀——高山族的昨日、今日、明日〉　《最後一把番刀》　新竹縣　新竹新文化中心　1993年

彭瑞金　〈土地的歌・生活的詩——鍾理和的《笠山農場》〉　鍾理和《笠山農場》　臺北市　草根出版社　1996年9月

彭瑞金　〈現代主義陰影下的鹿城故事〉　《書評書目》第54卷　1977年10月

彭瑞金記錄　〈秉燭談理和——葉石濤與張良澤對談〉　應鳳凰著　《鍾理和論述　1960～2000》　高雄市　春暉出版社　2004年4月

須文蔚　〈再現臺灣田野的共同記憶〉　向陽、須文蔚主編　《臺灣現代文學教程：報導文學讀本》　臺北市　二魚文化事業公司　2002年

黃石輝　〈怎樣不提倡鄉土文學〉　中島利郎編　《1930年代臺灣鄉土文學論戰資料彙編》　高雄市　春暉出版社　2003年3月

黃秋芳　〈給不知名的收信人，李昂的一封未寄的情書〉　《自由青年》679期　1987年9月

黃錦樹　〈遊魂：亡兄、孤兒、廢人〉　《文與魂與體・論現代中國性》臺北市　麥田出版社　2006年5月

楊　照　〈「廢人」存有論——讀童偉格的《無傷時代》〉　童偉格　《無傷時代》　臺北縣　印刻文學生活雜誌出版公司　2005年

葉石濤　〈新文學傳統的承繼者——鍾理和——《笠山農場》裡的社會性矛盾〉　應鳳凰　《鍾理和論述　1960～2000》　高雄市　春暉出版社　2004年4月

銀正雄　〈墳地裡哪來的鐘聲〉　尉天驄主編　《鄉土文學討論集》　臺北市　遠流出版事業公司　1980年

劉乃慈　〈九〇年代臺灣小說的再分層〉　《臺灣文學研究學報》第9期　2009年10月

劉乃慈　〈日常的非常——《流水帳》的抒情鄉土與敘事〉　《臺灣文學學報》第20期　2012年6月

劉亮雅　〈九〇年代女性創傷記憶小說中的重新記憶政治：以陳燁《泥河》、李昂《迷園》與朱天心《古都》為例〉　《中外文學》　第31卷6期　2002年11月

劉亮雅　〈女性、鄉土、國族——以賴香吟的〈島〉與〈熱蘭遮〉以及李
　　　　昂的《看得見的鬼》為例〉　《臺灣文學研究學報》第9期　2009
　　　　年10月

顏崑陽　〈「後山意識」的結構及其在花蓮地方社會文化發展上的異向作用
　　　　與調和〉　《淡江中文學報》第15期　2006年12月

蘇慶黎　〈站在我們的土地上說話〉　宋國誠、黃宗文　《新生代的吶喊》
　　　　臺北市　自印　1978年

鍾鐵民　〈我的祖父與笠山農場〉　應鳳凰　《鍾理和論述一九六〇～二
　　　　〇〇〇》　高雄市　春暉出版社　2004年4月

四　學位論文

王珮真　《論鍾理和病體與書寫：以文類差異敘事為中心》　新竹市　清華
　　　　大學臺灣研究教師在職進修碩士論文　2012年

呂政冠　《臺灣鄉土文學中的「民間」敘事與實踐：以黃春明為例》　新竹
　　　　市　清華大學臺灣文學研究所碩士論文　2011年6月

林巾力　《「鄉土」的尋索：臺灣文學場域中的「鄉土」論述研究》　臺南
　　　　市　成功大學臺灣文學所博士論文　2008年12月

馬翊航　《虛實對照，城鄉融涉——論花蓮文學中的地方意識與城市／街書
　　　　寫》　臺北市　臺大臺文所碩士論文　2008年

黃于青　《鹿港書寫——李昂小說研究》　桃園縣　中央大學中文系碩士論
　　　　文　2005年

楊　翠　《鄉土與記憶——七〇年代以來臺灣女性小說的時間意識與空間語
　　　　境》　臺北市　臺灣大學歷史學研究所博士論文　2003年

鄭千慈　《崩解的自我——現代主義、畸零人與戰後臺灣鄉土小說》　臺北
　　　　市　淡江大學中文碩士論文　2004年

五　會議論文

張系國　「竹塹堡、科技城與烏托邦／我的科幻小說創作」專題演講稿　陳
　　　　惠齡主編　《自然、人文與科技的共構交響——第二屆臺灣竹塹學
　　　　國際學術研討會論文集》　臺北市　萬卷樓圖書公司　2017年4月
張錦忠　〈一文興之後：舞鶴文字迷園拾骨，或，舞鶴密碼或舞鶴空話〉
　　　　哲學與文學：舞鶴作品研討會　中山大學文學院主辦　中山大學哲
　　　　學研究所承辦　2008年6月20日
陳惠齡　〈故事、現實與奇幻——林宜澐小說另一種閱讀與詮釋〉　《第六
　　　　屆花蓮文學研討會論文集》　花蓮縣　花蓮縣文化局　2012年3月
陳惠齡　〈經驗透視中的空間與地方——九〇年代以降花蓮鄉土小說的書寫
　　　　樣貌〉　《第五屆花蓮文學研討會論文集》　花蓮縣　花蓮縣文化
　　　　局　2009年
楊凱麟　〈硬蕊書寫與國語異托邦——臺灣小文學的舞鶴難題〉　哲學與文
　　　　學：舞鶴作品研討會　中山大學文學院主辦　中山大學哲學研究所
　　　　承辦　2008年6月20日
廖炳惠　〈從蝴蝶到洋紫荊——管窺施叔青的《香港三部曲》之一、二〉
　　　　收於《女性與文學——女性主義文學國際研討會論文集》　香港
　　　　嶺南學院　1996年
蕭義玲　〈從存在的悲感析評林宜澐的小說世界〉　《地誌書寫與城鄉想
　　　　像：第二屆花蓮文學研討會論文集》　花蓮縣　花蓮縣文化局
　　　　2000年12月

六　報章雜誌

丁文玲　〈《複島》家族史拼貼旗津風貌〉　《中國時報‧中時文化新聞
　　　　版》　2008年3月21日
王德威　〈典律的生成——小說爾雅三十年〉　《聯合報》　1997年12月24日

王德威　〈生命中不安的光影——《靜止在樹上的羊》〉　《聯合報・讀書人周報》第43版　1996年4月8日

向　陽　〈疆域無限的新詩〉　《聯合文學》第299期　2009年9月

朱宥勳　〈甘耀明——童話筆法的歷史格局〉　《聯合文學》第331期　2012年5月

吳鈞堯　〈醒覺的火炬：70後與六年級〉　《聯合文學》第331期　2012年5月

呂正惠　〈七、八十年代臺灣鄉土文學的源流與變遷〉　《聯合報》副刊第43版　1993年12月17日

李　昂　〈從花季到迷園〉　《中國時報》　1993年7月15日

李瑞騰　〈九〇年代崛起的新生代小說家〉　《聯合報》副刊　1998年1月1-2日

李瑞騰　〈新鄉土新世代新世紀〉　《聯合文學》第299期　2009年 9月

范銘如　〈後山與前哨：東部和離島書寫〉　《臺灣學誌》創刊號　2010年4月

張素貞　〈五十年代小說管窺——《笠山農場》〉　《文訊》第9期　1984年3月

張耀仁　〈殺鬼，也殺神——面對甘耀明〉　《明道文藝》第419期　2011年2月

陳宛茜　〈新世代面目模糊？〉　《聯合文學》第299期　2009年9月號

陳栢青　〈夢，作為一種技藝／記憶——伊格言《噬夢人》的技藝論〉　《聯合文學》第319期　2011年5月

陳國偉　〈後1972年的華文小說書寫：世代與記憶的倫理學〉　《聯合文學》第331期　2012年5月

黃春明　〈鄉愁商品化〉　《自由時報》副刊　2006年4月6日

黃崇凱　〈創作場域的多音交響〉　《聯合文學》第299期　2009年 9月

黃錦樹　〈貘的嘆息〉　《聯合文學》第310期　2010年8月

賴志穎　〈凝結的場景，奔馳的人生〉　《聯合文學》第331期　2012年5月

七　電子資料

中華民國交通部觀光局網站　網址：https://travel.taiwan.net.tw/Tap_TwGuide/
　　　tap_twguide_04.aspx?layer2=11　2013年8月6日

〈執行編輯大人，你該加油了〉　遠景文學網——書評　原文網址：http://
　　　www.vistaread.com/reviews_dtl.php?action=view&id=179　2018年8
　　　月17日

〈專訪｜高翊峰、伊格言：臺灣的科幻文學是什麼樣的〉　原文網址：https://
　　　kknews.cc/zh-tw/culture/l6a952b.html　2020年8月13日

羅　昕　〈對話高翊峰、伊格言：臺灣的科幻文學是什麼樣的〉　原文網
　　　址：https://cul.qq.com/a/20170826/013552.htm　2020年8月15日

〈不只不要核四「五六運動」轉型關心社運無限期〉　原文網址：https://e-
　　　info.org.tw/node/99372　2020年8月26日

文化部　「臺灣文化工具箱」多語文網站　文學工具箱　「地景文學」主題
　　　策畫導讀　網址：https://toolkit.culture.tw/literaturetheme_151_23.html?
　　　themeId=23　2020年7月30日

本書各章出處與說明

導論　怎麼談，怎樣看「鄉土」？

　　本文乃在拙作〈「鄉土」語境的衍異與增生——九〇年代以降臺灣鄉土小說的書寫新貌〉（已刊發於臺灣大學《中外文學》，第39卷，第1期，2010年3月）一文的基礎上，大幅修訂並增補而成。本文經刪節後，更題為〈論戰之後：台灣「鄉土」書寫語境的衍異與增生〉，收錄於黃美娥主編：《世界中的台灣文學【台灣史論叢　文學篇】》（臺北市：國立臺灣大學出版中心，2020年）。

第一章　從景觀符號、民俗儀典到資訊媒介
　　　　——作為「生產地方性」的新鄉土小說書寫現象

　　本文為九十八年度科技部專題研究計畫「『鄉土』的移轉、置換及再生——九〇年代以降臺灣鄉土小說書寫的新貌」之部分研究成果。計畫編號（98-2410-H-134-022-）。原題〈從景觀符號、民俗儀典到資訊媒介：作為「生產地方性」的新鄉土小說書寫現象〉，刊載於東海大學《東海中文學報》第27期（2014年），頁242-272。初稿宣讀於「二〇一三世紀末華文文學國際學術研討會」，臺中市：東海大學中國文學系主辦。（2013年11月16-17日）

第二章　女人的船屋與男人的牛車──沈從文〈丈夫〉和呂赫若〈牛車〉中「典妻情節」訊息及其言說方式

　　本文原題〈女人的船屋與男人的牛車──探析沈從文〈丈夫〉和呂赫若〈牛車〉二文中「典妻賣淫」訊息及訊息言說的方式〉，刊載於政治大學臺灣文學所《臺灣文學學報》20期（2012年），頁47-74。初稿宣讀於「第三屆近現代中國語文國際學術研討會」。屏東縣：屏東教育大學中文系主辦（2011年10月14-15日）。

第三章　抒情意識與現代現實的交會
　　──鍾理和《笠山農場》的烏托邦敘事美學

　　本文為一〇一年度科技部專書研究計畫「臺灣當代小說的烏托邦書寫研究」之部分研究成果。計畫編號（101-2410-H -134-033 -MY2）。原題〈抒情意識與現代現實的交會──鍾理和《笠山農場》的烏托邦敘事美〉，刊載於東吳大學《東吳中文學報》27期（2014年），頁309-336。初稿宣讀於「第十三屆文學與美學國際學術研討會」。臺北縣：淡江大學中國文學系主辦。（2013年5月17日）

第四章　故事、現實與奇幻──林宜澐鄉土小說的敘事體現

　　本文為九十八年度科技部專題研究計畫「『鄉土』的移轉、置換及再生──九〇年代以降臺灣鄉土小說書寫的新貌」之部分研究成果。計畫編號（98-2410-H-134-022-）。原題〈故事、現實與奇幻──林宜澐小說另一種閱讀與詮釋〉，刊載於《溯源與奔流──花蓮文學百年。第六屆花蓮文學研討會論文集》。花蓮：花蓮縣文化局（2012），頁311-353。（ISBN 978-986-03-1780-0）初稿宣讀於「溯源與奔流──花蓮文學百年──第六屆花蓮文學研討會議」。花蓮縣：慈濟大學、花蓮縣文化局主辦。（2011年9月24-25日）

第五章　恐懼地景？景觀詩學？
──論李昂小說中鹿城鄉土的異質書寫

　　本文為九十八年度科技部專題研究計畫「鄉土的移轉、置換及再生──九〇年代以降臺灣鄉土小說書寫的新貌」之部分研究成果。計畫編號（98-2410-H-134-022-）。原題〈論李昂小說中鹿城鄉土的異質書寫〉，刊載於淡江大學《淡江中文學報》24期（2011年），頁131-162。初稿宣讀於「二〇一〇第四屆經典人物──李昂跨領域國際學術研討會」。嘉義市：中正大學臺灣文學研究所、中文系主辦，加拿大雅博達大學東亞系協辦。（2010年5月21-22日）後亦收綠於江寶釵、林鎮山主編：《不凋的花季：李昂國際學術研討會論文集》（臺北市：聯合文學出版社，2012年），頁322-359。

第六章　另一種臺灣田野誌──李喬《草木恩情》的自然書寫

　　本文為一〇五年度科技部專題研究計畫「在『時間─空間』結構中的『竹塹意識』：竹塹文學的地景書寫及其地方詮釋」（Ⅱ）。計畫編號（104-2410-H-134-018-MY2）原題〈另一種臺灣田野誌──李喬《草木恩情》的綠色修辭學〉，後改題為〈另一種臺灣田野誌──李喬《草木恩情》的自然書寫〉，刊載於政治大學《臺灣文學學報》，第34期（2019），頁1-32。初稿宣讀於「自然寫作與環境倫理」海峽兩岸學術研討會。中國社會科學院文學所、泉州師範學院和臺灣中興大學文學院合辦。北京市：鑫海錦江大酒店；泉州市：華僑大廈。（2016年10月26-30日）

結論　從「生產鄉土」到「科幻鄉土」
──臺灣新世代鄉土小說書寫類型的承繼與衍異

　　本文為九十八年度科技部專題研究計畫「鄉土的移轉、置換及再生──九〇年代以降臺灣鄉土小說書寫的新貌」之部分研究成果。計畫編號（98-

2410-H-134-022-)。原題〈全球化底下的移動與跨越：臺灣新世代小說書寫類型的承繼與衍異〉，後改題為〈從「生產鄉土」到「科幻鄉土」──臺灣新世代鄉土小說書寫類型的承繼與衍異〉，刊載於臺灣師範大學《國文學報》55期（2014年），頁259-296。初稿宣讀於「Inter-flow and Trans-border: Ocean, Environment, and Cultural Landscape of Taiwan」。2013 International Conference on Taiwan Studies at UCSB。美國：The Center for Taiwan Studies , UCSB。（2013年12月6-7日）

文學研究叢書・臺灣文學叢刊 0810014

演繹鄉土：鄉土文學的類型與美學

作　　　者　陳惠齡
責任編輯　林以邠
特約校對　林秋芬

發　行　人　林慶彰
總　經　理　梁錦興
總　編　輯　張晏瑞
編　輯　所　萬卷樓圖書股份有限公司
排　　　版　林曉敏
印　　　刷　博創印印文化事業有限公司
封面設計　菩薩蠻數位文化有限公司

發　　　行　萬卷樓圖書股份有限公司
　　　　　臺北市羅斯福路二段 41 號 6 樓之 3
　　　　　電話 (02)23216565
　　　　　傳真 (02)23218698
　　　　　電郵 SERVICE@WANJUAN.COM.TW
香港經銷　香港聯合書刊物流有限公司
　　　　　電話 (852)21502100
　　　　　傳真 (852)23560735

ISBN 978-986-478-409-7
2020 年 12 月初版一刷
定價：新臺幣 460 元

如何購買本書：

1. 劃撥購書，請透過以下郵政劃撥帳號：
　　帳號：15624015
　　戶名：萬卷樓圖書股份有限公司
2. 轉帳購書，請透過以下帳戶
　　合作金庫銀行　古亭分行
　　戶名：萬卷樓圖書股份有限公司
　　帳號：0877717092596
3. 網路購書，請透過萬卷樓網站
　　網址 WWW.WANJUAN.COM.TW

大量購書，請直接聯繫我們，將有專人為
您服務。客服：(02)23216565 分機 610

如有缺頁、破損或裝訂錯誤，請寄回更換

國家圖書館出版品預行編目資料

演繹鄉土 ： 鄉土文學的類型與美學 / 陳惠齡
著. -- 初版. -- 臺北市 ： 萬卷樓, 2020.12
　　面 ；　　公分. -- (文學研究叢書. 臺灣文學叢
刊 ; 810014)
ISBN 978-986-478-409-7(平裝)

1.臺灣小說 2.鄉土文學 3.文學評論

863.27　　　　　　　　　　　　　109016156